Odeur du Temps

Jean d'Ormesson

时光的味道

往年专栏文章汇编

（法）让·端木松 著

于珺 张琴 译

南京大学出版社

图书在版编目（CIP）数据

时光的味道：往年专栏文章汇编／（法）端木松著；
于珺，张琴译. —南京：南京大学出版社，2014.9
（精典文库）
ISBN 978 - 7 - 305 - 13504 - 0

Ⅰ.①时… Ⅱ.①端… ②于… ③张… Ⅲ.①随笔－
作品集－法国－现代 Ⅳ.①I565.65

中国版本图书馆 CIP 数据核字(2014)第 137904 号

Odeur du temps by Jean d'Ormesson
© Editions Hélo? se d'Ormesson，Paris，2007
Simplified Chinese edition copyright © 2014 by NJUP
All rights reserved

江苏省版权局著作权合同登记 图字：10 - 2008 - 313 号

出版发行　南京大学出版社
社　　址　南京市汉口路 22 号　　　　邮编　210093
出 版 人　金鑫荣
丛 书 名　精典文库
书　　名　时光的味道：往年专栏文章汇编
著　　者　（法）让·端木松
译　　者　于　珺　张　琴
责任编辑　芮逸敏　　编辑热线　025 - 83597520
照　　排　江苏南大印刷厂
印　　刷　南京爱德印刷有限公司
开　　本　880×1 230　1/32　印张 17.125　字数 356 千
版　　次　2014 年 9 月第 1 版　2014 年 9 月第 1 次印刷
ISBN　978 - 7 - 305 - 13504 - 0
定　　价　46.00 元
网　　址：http://www.njupco.com
官方微博：http://weibo.com/njupco
官方微信号：njupress
销售咨询热线：(025)83594756

目　录

前　言

　　我一生中最成功的就是有了我的女儿。她比我自己更让我感到自豪。她刚刚和吉尔·科恩-索拉尔一起开了一家出版社。我很高兴能把这本文集交给她出版成书。

　　不到 25 年前，我已经以《抱怨着和微笑着的让》为题在不同日报、周刊或月刊，特别是《费加罗报》和《费加罗杂志》上搜集了一定数量的文章。那时，在结束了从法国光复到第一次石油冲突这之间的辉煌三十年之后，我们进入了二十五年衰退时期，期间分别由密特朗、希拉克和共同执政联盟执掌国家政权。面对这个威胁着他们的世界，法国人开始陷入深深的失望，脾气也越来越坏。《抱怨着和微笑着的让》中所搜集的文章内容囊括了我与弗朗索瓦·密特朗①的争论，我对约翰·保罗二世②的敬仰，共产党——时代

---

　　①　弗朗索瓦·密特朗(François Mitterrand，1916—1996)，法国政治家，曾任两届法国总统。
　　②　罗马天主教第 264 任教皇。

变迁如此之大……！——过重的负担，以及佛朗哥①、尼克松、孟戴斯·弗朗斯②交叉的命运。掩饰的领域很广，政治在其中占据重要地位。时间流逝，万物有变，平衡被打破。渐渐地，对于这些零散篇章的作者而言，读书、回忆、思考，陶醉其中——简单说就是文学——已蔓延到了整个边际。与《抱怨着和微笑着的让》不同，这本新的文集里几乎不涉及政治内容。我总认为报纸与记者最好时不时能回想起他们曾经讲过的事以及在过去预言过的事：根据现如今的情况再来看一些我丝毫不否定的政治文章，将他们曾预言过的与已发生的相对照，这也并不是没有可能。而本册书有另外的目的。它是为岛屿、书籍和朋友而生。它只由梦想筑成。

我很喜欢工作，也喜欢什么都不干。我尤其钟爱去别处走动，散散步，抬头挺胸，手插口袋，穿越过广阔的世界。夏多布里昂的戒心——《人不需要通过旅行来变得伟大》——并没有阻挡我激动地前往墨西哥或印度的脚步。而我总是又回到罗马、威尼斯、托斯卡纳、意大利、希腊、我们的地中海和那些洒满阳光的岛屿，我多么梦想着定居在这里，远离大城市的繁闹喧嚣。在这些篇章中，我们会发现，海浪声并不影响岛上的宁静，在这炙热的宁静中还透出略显哀伤的回音。

对我来说什么最重要？是书。我崇拜它们，在它们身上花了

---

① 弗朗西斯科·佛朗哥（Francisco Franco，1892—1975），西班牙政治家、军事家、独裁者。

② 皮埃尔·孟戴斯·弗朗斯（Pierre Mendes-France，1907—1982），法国社会党国务活动家、法兰西第四共和国总理兼外交部长、经济学家。

很多时间。它们或惊人或有趣,或重要或迷人,在这个没有了书籍就会变得昏暗、几乎无法存在下去的世界里,它们都使简短的章节变得格外有魅力。在我的生命和你们的生命里流淌过的浩瀚书海中,有一小部分出现在本书的篇章中:夏多布里昂,显而易见,图莱①、乔伊斯②、齐奥朗③、阿拉贡④、尤瑟纳尔,还有其他一些人……他们是一群浩浩荡荡队伍的先锋,不断地吸引着我们追随其后。

　　我要将大部分功劳归于一些大师和朋友——有的健在,有的去世了——这些人造就了现在的我。有的人,因为鼓励过我,帮助过我,支持过我;有的人,因为我拜读过他们的作品。这本书很多地方并不完善,结构杂乱,充满了体裁固有的重复,有时还到处是矛盾,远不是我这个年纪所讲述的辛酸苦涩的那类书。这是一本感恩和敬仰的书。在当今这个时代,敬仰这种感觉并不入时。《时光的味道》是一次敬仰和忠诚的实践。我偶然间,或是神意使然,被扔到了这个世界,75 年来一直为之魂牵梦绕。可能这些篇章想要表达的就有一点这样的赞美。这么多年来,这些篇章的书页几乎没有因岁月的变迁而泛黄。

---

①　保尔一让·图莱(Paul-Jean Toulet,1876—1920),法国抒情诗人,著有《反韵集》等作品。

②　詹姆斯·乔伊斯(James Joyce,1882—1941),爱尔兰作家、诗人。

③　埃米尔·米歇尔·齐奥朗(Emile Michel Cioran,1911—1995),罗马尼亚文学家和哲学家。20 世纪怀疑论、虚无主义重要思想家。

④　路易·阿拉贡(Louis Aragon,1897—1982),法国当代著名诗人、小说家及编辑。

这世界总是唤起我抱有的从近乎狂热的赞同到拒不接受的双重感觉。我们在世间做了些什么？几乎什么都没做。我们是什么？什么都不是。几乎什么都没有也就是几乎什么都有。一无是处之人不计其数。我很清楚，正如塞利纳①的文字所描写的那样，旅行是"傻瓜们的一次飘飘然"。而我仍疯狂地喜爱旅行。我完全同意，既然我们邀请了十字若望②、阿尔蒂尔·兰波、安德烈·纪德、保罗·瓦莱里，那么还是把那些书扔掉为好。它们给我带来的好运已经多到令人厌烦的地步。我有很多我并不喜欢的朋友，有的我甚至还很讨厌。是他们照亮了我的生命。

我本可以为这些消失的篇章取名为《岛屿、朋友和梦想之书》。我回想起几年前启发我给之前一本文集取名的一首诗：

> 我的心啊，你为何跳动
>
> 仿佛一个忧愁的哨兵
>
> 我看到了黑夜与死亡，

---

① 路易－费迪南·塞利纳（Louis-Ferdinand Céline，1894—1961），原名路易－费迪南·德图什（Louis-Ferdinand Destouches）。塞利纳被认为是 20 世纪最有影响的作家之一，通过运用新的写作手法，他使得法国及整个世界文学走向现代。然而他也是一个有争议的人物，因为他在 1937 年及二战中发表过一些激进的反犹宣言。

② 十字若望（Saint Jean de la Croix，西班牙语为 San Juan de la Cruz，1542—1591），是天主教改革的主要人物，西班牙神秘主义者，加尔默罗会修士和神甫。他还以写作著称，他的诗歌及其对灵魂增长的研究，被认为是西班牙神秘文学的高峰。1726 年，本笃十三世封他为圣人。他被列为天主教 33 位圣师之一。

我就从阿波利奈尔另外一首诗中借用了《时光的味道》作为书名：

> 我摘了这株欧石楠，
>
> 秋姨的忌日，你可记得起？
>
> 地无涯，海无角，我们无缘再相逢。
>
> 时光的味道，恰似欧石楠一株
>
> 你可记得？我在等你！

时光的味道！幻想一下吧。幻想一下难以忘怀的博尔赫斯[①]，可怜的大个子儒贝尔[②]，我的朋友娜纳[③]，还有风靡那个时代的朱丽叶·雷卡米埃[④]。幻想一下海关，法马古斯塔[⑤]，这个充满了传奇与寓言色彩的名字总是让我万分着迷。幻想可可纳[⑥]，这个洒满阳光的海市蜃楼，我在那儿曾既倒霉又幸运，我是如此地喜欢这个

---

① 豪尔赫·路易斯·博尔赫斯（Jorges Luis Borges，1899—1986），阿根廷作家。作品涵盖多个文学范畴，包括：短文、随笔小品、诗、文学评论、翻译文学。其中以拉丁文隽永的文字和深刻的哲理见长。

② 约瑟夫·儒贝尔（Joseph Joubert，1754—1824），法国文人，以身后出版的《随思录》而闻名。

③ 娜纳是保尔-让·图莱（1867—1920）的小说《我的朋友娜纳》（Mon amie Nane）的主人公。

④ 雷卡米埃夫人 1777 年出生于里昂，原名朱丽叶·贝尔纳。16 岁那年，她嫁给了比她大 27 岁的里昂银行家雅各·雷卡米埃。年轻的雷卡米埃夫人仗着丈夫雄厚的财力，在巴黎举办沙龙。一时文人学士、政客名流都云集在她的沙龙里。

⑤ 塞浦路斯东岸法马古斯塔湾的海港和旅游城市。

⑥ 尼日利亚纳萨拉瓦州的一个地方自治区。

地方。幻想我们如此美妙的爱情,幻想我们的忧伤——比爱情更动人的忧伤。幻想我们的过去和将来。这本书别无他求,只希望能让读者将自身抽离出片刻,尽情幻想一番。

抚慰一下眼中钉

　　我向读者保证说我比较喜欢保持沉默可能让他们感到很惊讶。有时我会后悔我说过的话，但我从未后悔过我的缄默。

　　我并不愿意参与巴黎学术界面红耳赤的争论。有时候我却和一些我很尊重的朋友唇枪舌战。

　　首当其冲的，是贝尔纳·弗兰克①。

　　弗兰克曾是一位令年轻人充满梦想的作家。他天赋过人。附带地提一下，他经常嘲笑我，把我当成嘲弄的对象。我很少作回应。然后，只此一次，我以其人之道还治其人之身。他去世了。我喜欢这个人，所以将他作为开篇。

---

① 　贝尔纳·弗兰克(Bernard Frank，1929—2006)，法国著名作家、编辑。

我的刽子手，我的亲爱

不，我不是狂妄自大的人，也不是偏执狂。他才是。我么，从没有人打电话给我，也从没有人写信给我。要么就是外省来的一些戴着绿色帽子的夫人，或是退休的上校。我隐瞒了从圣谢利-达普谢①或是洛吉维-普卢格拉②打来的电话，还有收到的一些抄写在方格纸上的文笔拙劣的信，只是为了证明我是个笨蛋，是家门不幸，我也将它们藏得好好的。而他，时不时是萨特。每周两次是纳多③。在二战期间供应极其贫乏的日子里，在那些最苍白的时间里，他是枫丹④还是佛维⑤，他也搞不清楚，他将两者混淆了，对此他采取超然态度。但他很清楚地记得从他们嘴里说出的所有的甜

---

① 法国朗格多克-鲁西永大区洛泽尔省的一个市镇。
② 法国布列塔尼大区阿摩尔滨海省的一个市镇。
③ 莫里斯·纳多（Maurice Nadeau，1911—　），法国作家、编辑、文学批评家。
④ 安德烈·枫丹（André Fontaine，1921—　），法国《世界报》前主任、总编。
⑤ 雅克·佛维（Jacques Fauvet，1914—2002），法国《世界报》前主任、总编。

言蜜语："啊！弗兰克，您写德里约①写得多好啊！我想您不能写出比这更好的文章了。为什么您不给《现代》写篇像这样的更长一点的文章呢？（或者给《季节手册》或《世纪报》，又或《观察家》。人们到处要求，您把无用的项目划去好了）您可以任意选择写您感兴趣的话题。"眩晕！眼花缭乱！年轻的弗兰克就想着这个了。他也成功了，但时间总不长。通常是："你好！晚上好！再见！见鬼去吧！"人们厌倦了贝尔纳·弗兰克似乎更甚于他厌倦自己。萨特对他坦白说："我不知道您能不能够写除了您自己以外的其他任何人。"但是最终，介于西奈山②或尼波山③上的惊天大发现④与疲乏、厌恶、失声之间，刚刚将其 50 年代的文章⑤收集成册的贝尔纳·弗兰克，将会在其中占据很重要的地位。这种地位在我看来非常高，

---

① 皮埃尔·德里约·拉罗歇尔(Pierre Drieu La Rochelle,1893—1945)，法国作家，20 世纪 30 年代在法国鼓吹法西斯主义，在德国占领法国时期主张附敌政策。

② 埃及西奈半岛中南部的花岗岩山峰。在犹太历史中此山是上帝发出启示的主要地点。据圣经记载，上帝的十二使徒之一摩西，带领以色列人民逃出埃及，过红海，到西奈，在西奈山上，上帝亲授摩西"十诫"，即上帝子民必须遵守的十条戒律，包括不杀人、不奸淫、不偷窃、不贪图他人财产等。

③ 尼波山是约旦最值得敬畏的圣地之一，这里是摩西升天之地。尼波山海拔 870 米，站在山顶上向西眺望，死海、约旦河谷尽收眼底。

④ 指的是 1844 年，德国学者康斯坦丁·蒂斯琴多夫在埃及西奈山的圣凯瑟琳修道院点火用的废纸堆里，偶然发现了残存的 800 多页"西奈山抄本"。"西奈山抄本"版《圣经》是用古希腊文手抄在羊皮纸上，成书年代约为公元 4 世纪，距今约 1600 年。这是现存最古老的完整版《圣经》。不少学者认为，阅读这份手抄本有助于揭开很多《圣经》之谜；1933 年，在尼波山的最高峰上发现了一个教堂和修道院的遗迹。教堂建于 4 世纪下半叶，以纪念摩西的死亡地点。主教堂由马赛克覆盖的地板下的六个墓穴也被发现。

⑤ 贝尔纳·弗兰克，《我的世纪，52 年—60 年专栏》，伏尔泰码头出版社。——原注

因为它引起的反响比我的要强烈。

　　至于我,在谦虚方面我不惧他人。可是我寻思着如果没有我的话贝尔纳·弗兰克能做什么呢? 我回忆起,我那时刚刚进入一家有点反动色彩的报社工作——啊! 这可没有《斗争》或《观察家》这类报纸那么高雅……——报纸名字叫《费加罗报》。那时候罗贝尔·埃尔桑[①]还没来呢。当然,他后来——这件事儿就像给莫迪亚诺带来一阵浪漫的香气——写了"一封迷人的信"给我们亲爱的贝尔纳,并两次竭力游说他接受邀请到《费加罗报》做专栏作家。啊! 我重申罗贝尔·埃尔桑绝不会给我写这些迷人的信。我想,连我寄给他的带有优美题词的书他都没有回复。但是贝尔纳比我机灵,他选择了《世界报》和《观察家》。我在哪儿? 啊! 对……我刚刚进入《费加罗报》工作。这时我收到一封信——套用贝尔纳·弗兰克的话来讲,写得很迷人——这是从菲利普·戴松[②]那儿寄来的信。他曾经经营(现在还一直在经营)另外一家反动的报纸:《巴黎日报》。贝尔纳·弗兰克曾给他寄过一篇文章,非常好的文章,将我说得一文不值。非常好。文章发表了。八天后,同样的情况:戴松又来了信。贝尔纳·弗兰克的第二篇文章对我可怜的所剩无几

_____

　　① 罗贝尔·埃尔桑(Robert Hersant,1920—1996),埃尔桑集团创始人,曾任国民议会议员。战后初期经营广告公司,1950 年创办《汽车报》,依靠刊登汽车广告致富。以后陆续收买或创办一些中小型报纸,到 60 年代已有 20 来家地方报纸。1972 年他买下了《巴黎一诺曼底报》,改善经营,采用现代化排版和传真技术,站稳脚跟,随后向几家大报冲击。1975 年从普鲁沃斯特集团购得了《费加罗报》,1976 年从阿歇特集团购买了《法兰西晚报》,1978 年又买进布萨克集团的《震旦》,一跃而为法国最大的报团。
　　② 菲利普·戴松(Phillipe Tesson,1928—　),《巴黎日报》创始人。

的人格进行抨击,又发表了并且很成功。十天后:同样的,第三篇文章。整个巴黎都在听贝尔纳讲述,并期待故事的结尾。很不幸,这都是关于我的。我呆在我气派的办公室里觉得我越来越渺小。终于,15 天过去了,戴松跟我讲说他收到了贝尔纳·弗兰克的第四篇文章,讲的是玛莲娜·迪特里茜①。文章写得太差,根本就不能发表。显然这个人是离不开我的。就是从这些事情中产生了某种联系。我疯狂地喜欢上了这个贝尔纳·弗兰克。

　　讲我讲得够多了。来说说贝尔纳吧。毕竟,他是做时事的:他刚刚出版了一本书。按他的习惯,在书里他会引用可以追溯到四十年前的事情。戴高乐永远地留在了科龙贝双教堂村②,斯大林尸骨未寒,肯尼迪正值幼年。之于畅销书持续倍增的奇迹,产生了由贝尔纳·弗兰克发明的文学旋转系统:他不仅重新发表他以前曾经发表过的内容,而且为了更好地欺骗大家也欺骗他自己,他甚至还更换出版方。1953 年,红桌出版社发表了他一部了不起的作品:《世界地理》。1989 年又经弗拉马里翁出版社再次发表。《以色列》与《滑稽的幻觉》于 1955 年经红桌发表,1989 年又被再次发表于弗拉马里翁。《文学甲胄》:1966 年由朱利亚出版社出版,1989 年又由弗拉马里翁出版。之后节奏便加快了。机器超速运行。文学轮作变成三年一次。"美丽的贝尔纳"华尔兹分三个时间段上演:《老

---

　　①　玛莲娜·迪特里茜(Marlène Dietrich,1901—1992),德裔美国演员兼歌手。
　　②　戴高乐将军的故居。1968 年 5 月由学生和工人发动的叛乱,动摇了戴高乐的领导地位。1969 年 4 月,戴高乐在公民投票失败后辞职。之后他隐居在科龙贝双教堂村,直至 1970 年 11 月 9 日去世。

鼠》——只此一部小说，一式三份——1953年经红桌出版社发表，
1985年经弗拉马里翁出版社发表，1988年经袖珍书出版社发表。
还有《无法应对的世纪》：1970年经格拉塞出版社发表；1987年经
弗拉马里翁，1991年经袖珍书发表。这听起来像是奥斯特利兹的
太阳①打了嗝。是阿尔柯桥上的波拿巴②，是波斯波利斯的亚历山
大③——只不过两个都是结巴。我得指出《军饷》这本书，只在
1980年发表过一次。要等多久才能等到《军饷》的第二次发表呢？
或许有第三次？

　　贝尔纳·弗兰克是一个批评家。他是个大批评家。但也只是
批评家。像圣勃夫一样，他属于批评家中不幸的那群人。我有时
会想象——比如当他不再研究我的时候，因为我值得研究——他
会梦想当诗人，编剧，小说家。他只写过三部小说，而且都是一样
的：《老鼠》，1953；《老鼠》，1985；《老鼠》，1988。可能——可

------

　　① 　在创建法兰西第一帝国后，为粉碎反法联盟的进攻，拿破仑率不足八万
军与近二十万俄、奥联军英勇决战于奥地利的奥斯特利兹地区，他以坚毅、果敢的
指挥艺术只用了不到四小时的时间就给敌人以毁灭性的打击，树立了闻名于世的
以少胜多的辉煌战绩。据说12月的那天清晨，拿破仑下令全力一击，结束这场战
斗，一轮火红的太阳傲然透出云隙，阳光迅速驱散晨雾，给摩拉维亚冰冻的平原和
高地勾出一圈耀眼的金边。每个参加过这场战役的法国老兵每每谈起这一幕，就
骄傲地说："le Soleil d'Austerlitz！（那是奥斯特利兹的太阳！）"
　　② 　1796年，法国军队已接连击败奥地利和撒丁的军队，进军都灵，拿破仑
于3月被任命为意大利方面军总司令。法国浪漫派画家格罗创作了这样一幅画
作，描绘了法国军队到达阿尔柯，当拿破仑把胜利的旗帜插在桥头时的情景，这一
幅画也成了表彰拿破仑战绩的重要历史名作。
　　③ 　是波斯帝国大流士一世即位以后，为了纪念阿契美尼德王国历代国王而
下令建造的第五座都城。希腊人称这座都城为"波斯波利斯"，意思是"波斯之
都"。公元前330年，亚历山大大帝攻占了这里，在疯狂的掠夺之后无情地将整个
城市付之一炬。

能……——他会写第四部，但还需要等上一段时间：在 1995 年或 1998 年之前是不可能再写《老鼠》的。

贝尔纳·弗兰克的著作……写到这里我要打断一下，告诉那些读了我写的东西就凭空想象我不喜欢贝尔纳·弗兰克的傻瓜们，我要告诉他们，他们大错特错了。我喜欢，我欣赏贝尔纳·弗兰克。而且不是虚伪地喜欢，而是真实且真诚地喜欢。贝尔纳·弗兰克的作品是评论性的作品。他的评论都是对其他人的作品的评论，因为没有贝尔纳·弗兰克本人的作品。这是对德里约·拉罗谢尔的没完没了的评论。还有对其他一些作品的。聪明吗？再聪明不过了。在这部并不存在的著作里仍应有某些东西吸引着你们。吸引你们的正是智慧。据说，某人对安德烈·马尔罗说："您知道的，朱安军官很聪明的。"，马尔罗就会很快用他惯用的马氏语言回答他："聪明……聪明……像谁一样聪明？像司汤达？"贝尔纳·弗兰克很聪明，仅此而已。既然我们已经这样说了，我们也可以很平静地说他身后没有任何作品。是不是利奥泰元帅①有这么个说法，说他有种但不是他自己的？我不说元帅了，我说的是贝尔纳·弗兰克，他就算像奶牛或者骆驼那样把他那些该死的专栏文章反复捆饬个三四遍也是徒劳，他身后也还是只有其他人的作品。

贝尔纳·弗兰克：注释者。贝尔纳·弗兰克：评论家。我害怕——我不害怕：我知道的，他将这写在每本书里，每页纸上，每行

---

① 路易·赫伯特·贡萨伏·利奥泰（Louis-Hubert-Gonzalve Lyautey，1854—1934），法国政治家、军人、法国元帅。

8

字间——我害怕的是贝尔纳·弗兰克秘密地梦想着的,太可怕了!不是法兰西学院(我给他投了赞成票的,我发誓),而是《小拉鲁斯》。在小说家克洛德·法雷尔,威廉·福克纳和阿纳托尔·法朗士之后,人们会读到:贝尔纳·弗兰克,注释者与评论家。真是会叫人笑到扭曲,抓狂不已。

贝尔纳·弗兰克不写作。他只是一味发表他已经发表过的东西。他只是谈论别人的作品,因为他无法谈论自己的作品,因为根本就不存在他自己的作品。千真万确吗? 呃……也没这么简单。首先,说他谈论其他人的作品有些过分。要写关于这些书的文章,首先必须要读一遍。我很怀疑贝尔纳·弗兰克是否读过当今的书。他有更好的读。他读的是德里约·拉罗谢尔的书。他不厌其烦地一遍又一遍读将要出版的书的样稿,也就是他以前出版过的书。他不读。他是一遍遍地读了再读。读的可能是圣西门的作品吧。或者是司汤达,又或是本杰明·康斯坦的。谁能指责说他有错呢? 没有读过他要评论的那些书,没有看过他要谈论的电视节目,贝尔纳·弗兰克能做什么呢? 天哪! 太简单了:他可以谈论其他事情。比如,他最近一次吃晚饭的小餐馆,最近一次喝的酒,最近一次,扯着头发,心不在焉,眼睛直勾勾盯着他的鞋子发呆,听到的闲言碎语。就是这些,让他以他人无法模仿的速度写出了所有的这些亲身经历和空话。

当心! 不要中计! 在此我听到您傻笑着说:"多么尖锐的抨击! 他到底怎么了? ……"真正的作家写的是空白。只有文章蹩脚的作者才去谈论所谓重要的事情,告诉您商业咖啡馆又发生了什么新闻。大作家谈论的是贵妇人的搁脚凳,穿着露腿肚的破烂裙子的背筐的波西米亚女人,迷失在 33 度高温下的荒凉的布赫东大道上的穷人们。贝尔纳·弗兰克的所有魅力来自您所等待的刚刚获得诺贝尔奖、龚古尔奖,也有可能是十一月奖的书的书评,或位列畅销书排行榜前列的最新小说的评论,以及抛给您的任何东西,或是博若莱地区新出产的葡萄酒。

因此,在贝尔纳·弗兰克的笔下,其他人的评论变成了对评论的评论。而且,通过一种文学炼金术的最巧妙最精炼的操作后,没有比这种对注释的注释更个性的东西了。就像《圣训》,与《古兰经》的地位不相上下,最终成为最神圣的文章之一;正如《犹太教法典》也被提升到显要的地位一样,这种评论变成了贝尔纳·弗兰克自己的作品。这个强行加入《小拉鲁斯》的评论家已变成了一个艺术家。这只评论的毛虫终于破茧成蝶了。

成千上万的年轻人因为他的一点俏皮话没有白白乐得昏过去。好似帕特里克·布吕埃尔身边围着一群狂热的粉丝。他们就像一群林立的打火机,在他的通道边点燃了。对于一个《新观察家》吸引过来的撰稿人来说,可能有点困扰的是——我只是一个临时撰稿人,我这么提醒是为了让大家的情绪平静下来——大部分的年轻人,具体多少比例我不记得了,是右派的。而且,在很多方面,贝尔纳·弗兰克他自己就是个右派作家。他给这些年轻骑兵做了辉煌的洗礼,成为他们的教父,而他也是其中一员。

为什么贝尔纳·弗兰克是个右派作家呢? 因为他什么都说。左派作家令人厌烦,右派作家则轻率随便。这是个诅咒:弗兰克从不令人厌烦。但他是为了说而说，且不知所谓。他不仅不读(参看前面内容)他要谈论的书，而且即便是有关正经的事情他仍是一副令人惊讶的随便态度。比如当他谈到滑雪时，他提到"敞篷二轮马车柄"。这是什么玩意儿？他补充说："我对我要变形的单词已经不再确定"，说了也是白说，大错已筑。弗兰克被归了类。他是个冒充的滑雪者，是个右派作家。没什么可骄傲的了。

　　然而，仔细想想，我们的朋友贝尔纳·弗兰克身上还是有一些左派的东西的。我要说的就是笨拙。再清楚不过了。也再可怜不过了。我也想通过左右派的对比来说说左派。弗兰克引用了鲍威尔写的几句话：我们其他人，努力在危险中生存。简单说就是努力去生活。去爱。去相信。去强壮身体。这就是——近似"相信。服从。斗争"——一个右派的纲要。我猜想弗兰克身体没这么好。某些事情令他憔悴，但我们并不太清楚到底是什么。是未达到人们期待的念头？还是嫉妒人们所轻视之物的可怕的激情？贝尔纳·弗兰克身上潜藏着一只蝎子，有如在让·埃登·阿里耶身上潜藏的一样。它阻止他们的身体太过健康。右派作家是个糊涂虫，是体育与心理健康的业余爱好者。左派作家是痛苦的。看看纪德，瓦扬，阿拉贡，还有其他人就知道了。每个人都知道痛苦中能够孕育出优秀的文字。

　　让我们追溯到早些时候。当然了，不要早过纪德，也不要早过阿拉贡。但要早过弗兰克和阿里耶。莫里亚克是个痛苦之人：这阻碍了他成为一名完完全全的右派人士。他曾经嘲笑从罗马见到教皇后回来的安德烈·弗洛萨尔所说过的话。"嗨，弗洛萨尔，"莫里亚克对他说，"梵蒂冈怎样?""啊!"弗洛萨尔回答说，"那就是教皇的中心。"而有一天，在《费加罗报》随处可见的香榭丽舍大街上，让·雅克·戈蒂埃在一家名叫"圆点"的豪华饭店请他在书上签名，莫里亚克在那天被一个老式的墨水瓶划破了手指。"拿着，"他对他说，"这是我的血。"不久之后，他因悔恨自责而哭泣，最终倒下。"多么十恶不赦啊! 我亵渎了神明!"尤其当贝尔纳·弗兰克也没还我一个公道时，他一直是在辱骂和亵渎。说他不会因此而感到悔恨与自责，我才不信。他的散文中处处显露了悔恨与痛苦，这个右派作家同时也是左派的。右派的? 左派的? 得啦! 他只是个作家。不要再深入研究为什么我要给他写篇这么长的文章了。以及为什么在说了这么多坏话或是表面上的坏话之后还欣赏和喜欢着他。而他，当他说我的坏话时，是真的，他绝对是够嘲笑我的了，他刚刚指责我的时候居然把我描述成手里拿的大盖帽，是真的，我为此还得感谢他。因为所有触动贝尔纳·弗兰克的东西，他都把它转化成了文学。有天我在抱怨，他对我说:"哎，怎么，我谈论萨特和你，你还不高兴?"

我亲爱的贝尔纳，我很高兴。我从向你讲述我自己而开始进行这次写作，我也会以此而结束。时不时地，也会轮到我变得偏执并且有点儿自大，我想象着你是以讽刺的口吻邀我与你进行一种对话。一种文学的交流。一次伟人的辩论。多可怕! 以往有纪德与克罗岱尔，萨特与加缪。为何贝尔纳与让·端木松这两个偏执狂与自大狂不能在同一艘船上呢?

你不承认我的才华，进行疯狂的抨击，对此我的报复，我唯一的报复方法就是保持沉默。我有点傻乎乎地想象着这可能会使你恼火。今天,你看到了,我原谅了你的不公正。我尽我所能作出回应。我说你不好是因为我欣赏你,喜欢你。而你则会立刻作出回应,如你所擅长的那样诽谤我。除非是轮到你的时候,为了惩罚我,你选择保持沉默。坦白来讲,这让我很尴尬。我已经习惯你对我评头论足,如同你评说那些更伟大的人一样。因为所有你所喜欢的,你将其摧毁,就从你自己开始。所有你触碰过的,即使是不值钱的铅,你也能够将它变成金子。

《新观察家》,1993 年 12 月 30 日

永远的弗兰克

我亲爱的贝尔纳：

套用你的话：多高兴的事儿啊！我们通过报纸这个中间媒介，相互信笔撰文沟通。我思量着你写在《新观察家》上，我写在《费加罗报》上，为的就是互相通信往来这一唯一的乐趣。当然，我们还时不时地装出一副过问其他事情的样子。但是我们到头来总会回到彼此身上来。人们是怎么说希拉克①和若斯潘②的？互相铲球铲了整整一个星期。部长们焦躁不安。股市震荡起伏。郊区车辆被烧毁。财政大臣紧急会面。代表大会与会者们有些骚动，西雅图或热那亚聚集了成千上万的游行示威者。这都无所谓。我们在人们的惊叹声中和欢呼声中互相寄出的这些公开信件才是最重要的。

这是一个古老的传统。我们的先辈也这样做过。得意洋洋的

① 雅克·希拉克(Jacques Chirac, 1932—   )，法国前总统。
② 利昂内尔·若斯潘(Lionel Jospin, 1937—   )，法国前总理。

你是福楼拜。总是谦虚平凡的我——在谦逊方面我不输任何人——甘当马克西姆·迪康①，又或许是路易·布耶②，随便哪个。这件事我是不会对你讲的:马克西姆·迪康曾经写过一封信给福楼拜,祝贺他某本书的成功,是《包法利夫人》还是《萨朗波》,还是《情感教育》？我不记得了。他还给福楼拜提了一些文章删节方面的建议。在那封信的信封上,福楼拜大笔一挥,只写了一个单词:"伟大"。

　　我想起战后一些人发表的一些义愤填膺的言论:莫里亚克③在《费加罗报》上为慈善辩护,加缪在《斗争》上呼唤公平正义,第三个小伙子,是个共产党员,人们对他更没什么印象,他天赋过人,名叫皮埃尔·埃尔韦④,发表于《行动》上。我们稍微抬下头:这跟我们已经是一模一样的了。而在《近代》上,萨特则将不公的矛头指向加缪:"您怎么想？加缪？……"或是在《法兰西新杂志》上指向莫里亚克。你会想起这样一段话:"上帝不是艺术家。莫里亚克先生也不是。"这登在某一期的报纸上,发表于一个糟糕的时间:1939 年 9 月,如果我的记性够好的话。莫里亚克对此感到非常恼火,至于小说方面,他已经默默无闻好长一段时间了。

---

　　① 福楼拜的朋友,主办文学刊物《巴黎杂志》。
　　② 路易·布耶是除福楼拜外另一位为莫泊桑走上文学道路打下基础的人。他是莫泊桑 13 岁在卢昂中学学习时的文学教师,经常指导莫泊桑进行多种体裁的文学创作。
　　③ 法国著名小说家、诗人、戏剧家、文学评论家,曾获诺贝尔文学奖。
　　④ 皮埃尔·埃尔韦(Pierre Hervé,1913—1993),法国政治家、教授。

随后，我想，克洛德·朗兹曼①和阿兰·凡基尔克劳②，抑或是贝尔纳·亨利·列维③和与波斯尼亚④的一家匹萨店有关系的雷吉斯·德布雷⑤，他们已经重新接过火炬，并以些许的亲切取代了冲动。而贝尔纳·亨利则抛弃了他的名气："再见，雷吉斯"或是我深表怀疑的更冷酷的说法："再见，德布雷。"我寻思着他们是不是见过面。

仅仅几天前，若斯亚娜·萨维诺⑥在《世界报》上写了封内容相当刺激并且利害相关的信给刚刚当选法兰西学院院士的安吉洛·里纳尔迪⑦以及曾经推选过他的院士们。天哪！他们要怎样处理！里纳尔迪曾经推翻了我们光辉的文学理论，而法兰西学院的成员们最终暴露了他们真正的反动性与仇恨性。

安吉洛的的确确是毫无顾忌。他曾这样写过我很尊重的一位同行也是朋友之一，大概是这样说的："在他小说的末尾，他将傻瓜和混蛋区分开来了。是不是应该提醒他，这两者是可以合并的？"而你知道他是怎么说我的吗？"人们肯定地对我说他出版了一些书。就当他是世界上家喻户晓的人物吧，我们不要再说这个了。"

---

　　① 法国著名纪录片导演。
　　② 法国哲学家。
　　③ 法国公共知识分子、作家、哲学家，是"新哲学"派成员。
　　④ 波斯尼亚和黑塞哥维那（简称波黑）是巴尔干半岛西部的一个多山国家，波斯尼亚和黑塞哥维那是在上世纪 90 年代期间，南斯拉夫战争时独立。
　　⑤ 法国著名左翼作家、哲学家，切·格瓦拉玻利维亚游击队中唯一的欧洲战士。
　　⑥ 法国作家，任《世界报》文学评论版主编。
　　⑦ 法国小说家、文学评论家。

在安吉洛上任后，若斯亚娜·萨维诺关心孔蒂码头①的未来乃是一番好意。上帝啊！我很有信心打赌她改变不了什么，不管是好的还是坏的，她就像那个无耻而又高尚的老妇人②一样步伐缓慢而庄重，是见过世面的人。

而你，我亲爱的贝尔纳，你令我多么痛苦啊！简直和那些我深爱的却拒绝我的女孩一样残忍，甚至比她们更残忍。长时间以来，我脱下帽子一直跑在你的后面，因为我欣赏你。而你，在我经过的路上，在两段长长的休止符间，只丢下一个残忍的字眼。我，总是殷勤、谦恭的。你，总是无情的。我时不时也会反抗，会放任自己发脾气。有一次——你还记得吗？——我在你自己的报纸上大发脾气，我就像是一个希望得到疼爱的孤儿，而这家报纸同情我便将我收养了。当然，是嫉妒，你知道这是怎么回事儿，是嫉妒让我说了一些恶劣的话。代翁③欣赏你，贝松④欣赏你，埃里克·纽霍夫⑤也欣赏你。你是右派和左派的偶像。所有的年轻人都把你捧上了天。而我，我是如此狂热地喜欢着你，难道是他们无意间忽视了我吗？这几乎叫人无法忍受。

---

① 法兰西学院位于塞纳河左岸的孔蒂码头，在艺术桥（Pont des arts）对面，原为孔蒂王宫（Palais de Conti）。今多用孔蒂码头代指法兰西学院。

② 《La Vieille Dame indigne》是法国 1965 年上映的一部电影，译为《无耻的老妇人》。

③ 米歇尔·代翁（Michel Déon，1919— ），法国著名作家。

④ 帕特里克·贝松（Patrick Besson，1956— ），法国作家、编辑。

⑤ 埃里克·纽霍夫（Éric Neuhoff，1956— ），法国作家、编辑。

我想，是皮埃尔·拉扎莱夫①跟我讲过，他跟你已经闹了很长时间矛盾了。你们相互和解，一起吃晚饭，我猜你们还喝了点酒，你们还发誓要友谊天长地久。然后，两天之后，不可救药的蝎子总是要蜇人，因为这是你的天性。太过天真的青蛙帮你过了河，你却过河拆桥，写出一篇文章再一次杀死了它。在罗曼·加里②的作品《兰黛夫人》中有几句优美的诗句：

　　　　当初我是否该爱上您

　　　　以至于死在了您的手里……

　　我是否该爱上你，又可能是你爱上我，以至于向《解放报》宣告说："啊！是的，那个人，我白白掐自己、揉眼睛了，说的那个人正是我啊，而我却从未当过真。"

　　　　啊！还未体会到的忧伤！

　　　　我承受的所有，我的不安，我的激情

　　　　我浓烈的热情，我厌恶的悔恨，

　　　　以及难以忍受的残忍拒绝的屈辱

　　　　都只不过是我所忍受的痛苦中的渺小一隅……

---

　　①　皮埃尔·拉扎莱夫（Pierre Lazareff, 1907—1972），法国记者、出版商和电视制片人。

　　②　罗曼·加里（Romain Gary, 1914—1980），法国著名作家。

泪水夺眶而出。我悲伤得快要窒息。这并不是因为我把自己看得太过重要。但我希望其他人不要再提我的悲惨故事。我察觉到了,可能我从未写过什么文章来取悦一些夫人以及取悦你,我亲爱的贝尔纳。你将我一脚踢开。你把我说得一文不值。我为你点燃了生日蛋糕的蜡烛,而你却无视我的存在。

　　而几天之前,关于我的新书,在这里我不能多讲,首先是因为我会不好意思,然后是因为仅仅在一个月之后就会出版了。但你却提前说出了书名、发行者、页数、书卖多少欧,多少法郎。啊!谢谢,谢谢,多亏了你,我已经感到集体发狂的情绪要喷涌而出了,你用甜言蜜语抚平我的伤口,抚慰我的心灵。来吧。我一点都不恨你。这也不是第一次了。

　　现在,关于这部你正在读的周三夏季专栏,你还说了什么?"夏天的苦差事我不再一个人干了。对于这个主意我真是再高兴不过了。但愿七月和八月的旅途中我能有个伴侣(……)。我只要读他周三的文章,那么到周四时我的文章就好似完成了一半。我由他支配,如同他由我支配一样!"

　　由我支配!我头晕了。我已经受你支配很久了!我几乎相信这世上发生的所有事都只是我们长久的通常是沉默的对话的借口。啊!我们或许可以以对仗互文的形式写作?你将是提底卢斯,"提底卢斯,你在榉树繁枝生成的华盖下斜卧……"——而我将是另外一个人(我忘记他叫什么了……是不是柯瑞登?又或许是梅里伯)。我们不厌其烦地互相回复,你来我往,我们是新的布法尔与白居谢①,新的福蒂与肖柯拉②。我们有时会互相谩骂,我们也会经常意见一致。我们各自富有价值的作品会在众人的目睹下发行量猛增。让·丹尼尔③会高兴的,还有整个《费加罗报》也是。而法国新闻界也会被赞美一番,因为在光怪陆离的世界看来,我们两个都是新闻界出色的代表。

拥抱你,我的老兄。

---

① 福楼拜死后出版的一部小说的名字,也是小说中的两个主要人物的名字。
② 肖柯拉,原名拉法埃尔·帕蒂拉,出生于古巴,是一个小丑,后来与福蒂组成一个滑稽演员组合。
③ 法国著名周刊《新观察家》的创刊人。

一抹巴黎味

　　我很不情愿加入巴黎的打木偶游戏①,也不愿与圣日耳曼-德-佩②红极一时又胆小怕事的女明星之间通常是炒作性质的小争小吵有什么瓜葛。就如人们所说,亲爱的贝尔纳·弗兰克在数周,数月,数年间,在《巴黎日报》的一个个栏目中,后来又到《巴黎晨报》中,到处兼收并蓄不分门类地寻找我的踪迹,为的是在将一切重新写入他的作品之前,保证万无一失,毫无遗漏。他并没有找到多少我的文章。如同人们猜想的那样,我最终骄傲地成为他教区传奇故事的主人公之一,不过是个哑巴。或许和贝尔纳不需要我相比,我更不需要贝尔纳?当以我为靶子而发起的一系列炮轰从《巴黎日报》上的连环轰炸开始时,它的经理:菲利普·戴松先生怀着看热闹的关切心情告诉了我这件事。第一篇,第二篇,第三篇文章相继发表:我总是扮演哑角儿,就像《三个火枪手》里面的达达尼昂一

---

　　① 玩者用球将木偶一一击倒的游戏。

　　② Saint-Germain-des-Prés,巴黎市第六区内的一个街区,拥有许多著名的咖啡馆,曾是存在主义运动的中心。

样。在第四篇中,唉!我已经不再出场了。真倒霉——或者更恰当地说是好极了:第四篇文章糟透了。看来我是贝尔纳·弗兰克的幸运星。我期待着,他总是接近背叛的友谊和他由于不断背信弃义而注定不受欢迎的天赋还能经常关注着我。如果我不怎么回应他,他也不会太跟我过不去。

我想起我年轻时是多么热情地关注萨特和莫里亚克还有莫里亚克和皮埃尔·埃尔韦之间的大论战。我有点怀疑弗兰克就是萨特,我或许是莫里亚克。也许,他和我,我们都是皮埃尔·埃尔韦的影子,这个人们已经忘记他有多大天赋的人的影子?恐怕,真正的天才不是在报纸的专栏中锻造出来的。一段时间内,还是只有书才比最抢手的报纸走得更远些。您会想起我以前经常引用的纪德的一句话:"我管报刊业叫做未来不如现在有意思的行当。"所以,与其在只持续几小时的事情上白费工夫,我们不如省点力气放在(可能)持续几个月的事情上。而且,像网球赛中一样,与比自身更强大的对手较量总是有好处的。沉默是金。

然而我应该稍微从这种沉默中走出来了,每个人都会在这沉默中看到谨慎,或是轻蔑,任其选择。有一次,我把自己当成是我世上最讨厌的,我认为永远都不会成为的:一种小神甫和启蒙者。非常好。我翻开《新文学》(其实已经越来越不新了)。我看到了什么?惊人的两个版面都是关于"新审判者"的。已经有了新小说,新烹饪①，新哲学家②，我却不属于这些重要流派中的任何之一。在我们这个充满变化的时代，什么都要出新，得是这世间所没有的。于是有了"新审判者"。而我居然在内，真是奇迹！

我排在一群令我倍感光荣的人中间。五张图片插在两个版面上。我认出了格鲁克斯曼③，让-玛利·伯努瓦④，苏菲⑤，贝尔纳·亨利·列维以及在下。就像热那亚的总督跑到了凡尔赛一样，让我再惊讶不过的便是我居然也身在其中。我会变得这么重要么？

文章没有插图精彩。如果我理解正确的话，人们应该是谴责我们五个人组成了神圣宗教裁判所的现代版的法庭。瞧吧，事情已经碰到障碍了。这是记者的一个有趣儿的主意——而且让·弗朗索瓦·卡恩⑥并没有忘记。但是，坦白讲，除此之外再没别的了。

首先，这个法庭因兼收并蓄而引人注目。能与格鲁克斯曼站到一起，我真是太开心了，我因种种原因对这个人倍加欣赏。但我并不完全肯定他是否接受我作为他道路上的旅伴。然后，也是尤

① 新烹饪(la nouvelle cuisine)是相对于法国经典的高级料理而言的新式烹饪方法，采用更轻便、精致的容器，更加注重菜肴的展示。

② 新哲学家(les nouveaux philosophes)指的是20世纪70年代初与马克思主义划清界限的一代法国哲学家，包括格鲁克斯曼、贝尔纳·亨利·列维等人。他们批判后结构主义者、萨特以及尼采和海德格尔哲学。

③ 安德烈·格鲁克斯曼(André Gluksmann,1937—)，法国哲学家，"新哲学家"成员。

④ 让-玛利·伯努瓦(Jean-Marie Benoist,1942—1990)，法国作家、哲学家，"新哲学家"成员。

⑤ 乔治·苏菲(Georges Suffert,1927—)，法国作家、编辑。

⑥ 法国著名记者、媒体人。

其重要的是,在我看来,宗教裁判所所特有的就是起诉、拷问、处死的权力。我们五个,可怜的我们,除了发表点意见,还有什么其他的权利呢?让·弗朗索瓦·卡恩严肃地写道:"我们是言论自由永远的拥护者。"然后,他又揭发我们是审问者。真是叫人发笑啊。

贝尔纳·弗兰克已经将《费加罗报》和《真理报》作了清楚的比较,他只是忘记了《真理报》这样一个反对派的报纸实在没有任何意义。如果人们想让我们承认自己属于反对派,好吧,当然可以。我们属于一个比较激进的反对派?又说对了。毕竟,多数派执政党对戴高乐、蓬皮杜或吉斯卡尔的政权是毫不客气的。我甚至自愿承认——也就是前任体制中密特朗先生和他的朋友们不大接受的部分——现在的多数派执政党有时候是善意的。它想扶助科研:好极了!它坚定地站在波兰和阿富汗抵抗运动这边:好极了!它……我得打住了:《新文学》早在几周之前通过分析我的文章就已经准确地发现我缺乏想象力。基本上,我们可以说,政府工作报告在我们看来是消极的。还需要调查吗?

控诉"新审判者"的主要罪状有哪些呢?我胡乱地随随便便选了几条。可能我们是公开地反对所有"理性主义传统"以及无视"笛卡尔主义分析",见鬼!关于我呢——其他人都很强,倒是可以自圆其说——,说我有能力评价这样一种如此高贵的语言,这事儿我还是头一次听说。亲爱的让·弗朗索瓦·卡恩,这就是人们说的鱼龙混杂。而您知道这并不好:这是审判者的一种方法。

人们还指责我们反对任何"顺从反军国主义和和平主义趋势"以及告发他们的拥护者"如同是极权势力的客观存在的帮凶"。好吧！我的上帝啊,事实上,这些削弱我们的言论——实际上——差点儿就让敌人占了便宜。那些在希特勒主义的祸害面前打击了法国军队的人——实际上——帮了希特勒的大忙。在我看来,可能有些天真,这些希望有个软弱民主的人和那些希望有个强大民主的人相比更应受到批判。实在叫人无法容忍的是,之前一篇文章,是一个自称是让·克里斯蒂昂·哈维的人写的——这人是谁? 不会还是让·弗朗索瓦·卡恩为了方便他自相矛盾而用的这个别名好隐藏起来的吧？ ——指责"新审判者"想要嘲笑"爱国主义者"这一美好的字眼。真是叫人搞不懂啊。

这一切变得可笑透顶的时候,是当人们声称"新审判者"禁止任何针对丹尼尔·吉伯特①、居伊·卢克思②以及……法兰西学院的批评的时候。不过,要是这样的话,他们这满腔批评要往何处倾泻？ 如果您想嘲笑法兰西学院,不用犹豫,尽管嘲笑吧,我向您发誓,绝对没人说您坏话的。我们在您之前就干过这事儿了,我还后悔当初没说得更滑稽点。您是在墙上绘出绿色的魔鬼还是什么来着？

至于以制宪议会和法兰西学院两者都不是出自普选为借口(!)——这就是您做的好事,亲爱的让·弗朗索瓦·卡恩——而将两者放在同等地位上相提并论,实在叫人怀疑您的诚意或是可靠性——也可能两者都有。是否应该提醒您,提醒您这个"爱国主义

---

① 法国女歌手、主持人。
② 法国著名综艺节目主持人、制作人。

者"，"民主主义者"，制宪议会是法官——国家最高等的法官——而法兰西学院根本就不是？还有，与法兰西学院不同的是，制宪议会是属于宪法体系里的。

最终——为了简单地交代一下——我们，我们"新审判者"禁止任何与共产主义的联系，不管是间接的还是微不足道的。记住了！我几乎不敢说——你们肯定记得那句话："我最好的朋友都是犹太人……"——我有一些共产党朋友。与其这样讲，恐怕还不如说是他们有点儿刻意与我保持距离。我甚至要说所有驱逐巫师的行为在我看来都是可耻的，还有从我们这方对一些只是做他们本职工作的高级官员，一些只是表达他们客观态度的电视台领导，一些在对立阵营但才华横溢的作家所实施的几次打击在我看来都是可耻的。当我们将来重新掌权时，我们不应该指责其他人说，就像我好几次在当今多数派的报纸上读到的那样，是"与敌人合作"。

不管怎么样，目前来说我们是在反对派阵营上。啊！不管是老的还是新的，给我们一些无权的审判者吧。不如担心一下参与其中的人所显示出的威胁吧：这些威胁直接针对的，看清楚并且听好了，是这种言论的自由，你们是如此强烈地——但又如此盲目地——与之紧密相联。

《费加罗杂志》，1982 年 2 月 13 日

加布里埃尔·马兹涅夫^①——一个艺术爱好者

　　我是否因机缘巧合而渐渐成为被加布里埃尔·马兹涅夫所吸引的传记作者,他的崇拜者,他的擦屁股小工? 几个月前,在一份重要的周刊上——其实是《焦点》,我这么说是为了不提及它的名字——我谈论了他新出的难以用语言形容的《私人日记》,书中他得意地展现了他对女性的征服。我那篇小文章竟然获得令人震惊的成功:人们肯定地对我说——我猜纯粹是出于礼貌——大家会纷纷退订《焦点》。我本人也收到不少信件,这还要谢谢你,亲爱的加布里埃尔,信中言辞激烈地指责我对一个多重人格变态狂的宽恕是有罪的。我希望读者在看完我写的关于这个嚣张的天使长加布里埃尔^②的最新散文:《大师与帮凶》的文章之后,不会纷纷退订《费加罗报》。他那篇文章中隐含的性意义已经明显减弱了。

---

　　① 俄裔法国作家。
　　② 宗教中天使有等级之分,archange 意为天使长,三大天使长中有一个叫加布里埃尔。

与他所做的,或是至少与他所讲述的不同的是——和塔蒂亚娜①,和弗朗塞斯卡②,和玛丽·伊丽莎白③,和凡妮莎④,和伊莲娜⑤,还有其他所有女人上过床——记忆有限——,他没有和佩特罗尼乌斯⑥、提布卢斯⑦、福楼拜、圣西朗⑧上过床:他只是谈论他们而已。而且,毫无疑问,他说得很好。你的书最大的优点在于,我亲爱的加布里埃尔,请不要因为我的观点比较直接而记恨于我,在于你经常让你的老师们说话。而他们说的话比我们今天所讲述的要好。随便挑一个,马提亚利斯⑨,除了马兹涅夫几乎没人读过他的作品。其中有一段我们已经不知其名,太不应该了。那段是这么说的:"你不断地对我说,是明天,是明天,波斯图穆斯⑩,你想活在明天。这个明天是多么遥远! 它在哪儿? 该去哪儿寻找它? 你

---

　　① 加布里埃尔·马兹涅夫的妻子。
　　② 加布里埃尔的情人之一。
　　③ 同上。
　　④ 同上。
　　⑤ 同上。
　　⑥ 佩特罗尼乌斯(拉丁文全名为 Caius Petronius Arbiter),生辰年月不详,卒于公元 66 年左右。古罗马作家。
　　⑦ 提布卢斯(拉丁文全名为 Albius Tibullus),生于公元前约 54 年,卒于公元前 19 年,古罗马诗人。
　　⑧ 波尔-罗雅尔修道院修士,詹森派运动初期的领导核心(詹森派运动是17、18 世纪法国天主教会内部的一场旨在净化教会的运动,以巴黎附近的波罗雅尔女隐修院为中心,以《奥古斯丁》一书的作者詹森命名的天主教会内部的改革运动,运动一开始以詹森的好友圣西朗为领导核心。
　　⑨ 马提亚利斯(拉丁文全名为 Marcus Valerius Martialis),生于公元约 38 年到 41 年,卒于公元约 102 年到 104 年,拉丁诗人。
　　⑩ 罗马帝国在三世纪发生危机,军官波斯图穆斯选择脱离罗马中央,成立高卢帝国,包含了原罗马帝国的高卢行省、不列颠行省、伊斯帕尼亚行省与贝迪卡行省。

28

将活在明天？波斯图穆斯，活在当下就已经很迟了。波斯图穆斯，哲人是从昨天就活起的。"嗯？说得精彩吧？在历史的另一端，是福楼拜在谈论一个法兰西学院院士候选人（或许是勒南①？）："既然是人，为何想要做物？"谢谢加布里埃尔！

在我看来，亲爱的加布里埃尔似乎并不缺少才华，他总能从他的那些顿时成为他同谋的大师那里发现一些材料以回应那些抨击他伤风败俗的言论（我的措辞比较谨慎）。这是叙利亚的圣伊萨克②正跑来救他："当你看到你的兄弟正在犯错时，给他披上你爱的大衣。"而这样的祈祷同时也是高尚的："我作为人而犯错，作为上帝请宽恕我。"

我不会说马兹涅夫作品中我喜欢的部分，我要说的是其他部分。不，我不会说的。（还有……）将人们欣赏和喜欢的部分合并为一卷这个独一无二的主意非常好：我曾有过这样的想法，但最终由马兹涅夫实现了。而且效果非常好。我们从普卢塔赫③和昆图斯·库尔克④一直跑到了叔本华⑤和埃尔热⑥——啊对了！他是丁丁之父——我们跑得格外开心。我们不会说马兹涅夫写的作品毫无可圈可点之处。瞧！当他对我们说："佩特罗尼乌斯应当为犯了

---

① 欧内斯特·勒南（Ernest Renan，1823—1892），19 世纪法国著名哲学家、历史学家和宗教学家。

② 叙利亚神学家、主教、隐修士。

③ 公元前 5 世纪左右的古希腊哲学家。

④ 公元 1 世纪左右的罗马历史学家。

⑤ 19 世纪德国著名哲学家。

⑥ 20 世纪比利时作家与漫画作家，著有《丁丁历险记》等作品。

唯美主义论和思想自由之罪而死。"的时候,他能想到谁呢? 而说到他亲爱的拜伦时,他有时会搞得过火了点:"傻瓜们抱怨着:马兹涅夫把自己看作是拜伦! 不然就是相反的说法才是真的:人们能够指责我的,将是把拜伦马兹涅夫化,按我的想法创作他。"因此——有了独家新闻——,不是马兹涅夫模仿拜伦,而是拜伦模仿马兹涅夫。

马兹涅夫的秘密之一,是严肃与轻浮交织,诙谐与悲情结合。"法兰西学院,"马兹涅夫带着他所特有的无耻的玩世不恭的口吻写道(我再次不婉转地用词),"是我唯一不对其说粗话的学院。"但是与此同时自杀的阴影却始终在这个追求享乐之人的头顶上徘徊。普卢塔赫笔下卡顿·犹迪克的自杀是马兹涅夫最膜拜的段落之一:"在卡顿重新入睡后不久,鸟儿已开始歌唱……""震撼人心,不是吗?"马兹涅夫写道,"'鸟儿已开始歌唱……'这是罗马异教的客西马尼园之夜①。"

在马兹涅夫身上我看了一种半犬儒主义,半神秘主义,半异教徒,半基督徒的煽动者的特质。他既恼人又诱人。他既自负又单纯。矛盾是他的上帝,享乐也是。他是个见风使舵的拉丁语学者,一个智慧过人的诱惑者,一个形而上学的营养学家。他经常引人发笑,他很少甘于平庸。不管怎样,他出色地支持了古典文学与法语语言的事业。碑文和纯文学学院应该给这个佩特罗尼乌斯和贺

---

① 据《圣经》记载,主耶稣在客西马尼园祷告,被犹大带领人捉拿后钉在十字架上,世界陷入前所未有的黑夜,称客西马尼园之夜。

拉斯①的爱好者颁发一个文凭或者是一块镀金或镀巧克力的奖牌。他就是十五岁以下青少年和所有法语区国家的领唱者。

《费加罗文学》,1994 年 9 月 23 日

---

① 贺拉斯(拉丁文全名为 Quintus Horatius Flaccus,前 65—前 8),古罗马诗人、批评家。

菲利普·索莱尔斯[①]——班级第一

　　人们宽恕索莱尔斯的一切,因为他热爱文学。并不只是读过签上菲利普·索莱尔斯大名的《请予刊登》才倾向于宽容的态度:"作者相继地,有时还是倒退地被看作是早熟的、经典的、现代主义的、毛泽东主义的、微不足道的、滑稽的、伪善的、精神分裂的、偏执狂的、幼稚的、无能的、放荡的、教皇主义者的、伏尔泰派的,还有的我就省略了,这与他打算让我们听到的东西没多大关系。"还好。这一长串貌似带着点讨好意思却每况愈下的形容词没有任何好意思。另外,正如他想让我们说的那样,既不是因为伦理道德的原因,也不是因为语法上的原因。索莱尔斯比任何人都清楚,应该对这些形容词持怀疑态度。它们总是不靠谱的,当人们将它们用到自己身上来的时候它们会变得更讨人厌。

　　带着些许怀疑——我们发现了这本长篇大著——639 页。然

---

　　① 菲利普·索莱尔斯(Philippe Sollers,1936—　),法国当代著名小说家和文学评论家,博学多才,勇于各种文学创新,言行颇为惊世骇俗。

后我们打开了它,凑近了看。我们被吸引住了。开始还有些担心,
之后便融入到书中。恼怒也被一种迷恋所取代。他这些短小精悍
的文章,大部分是写一个经典作家的,而且,就像人们说的,指定供
"一份晚报"之用——《世界报》,在这种情况下——索莱尔斯因此
而崭露头角,但作为一名一流的批评家,他早已为人熟知。

首先令人惊叹的是它的高度。在《欲望之战》[①]中,一切都达到
了很高的高度。在这部作品里,文学一上来就被摆到了它自己的
位置上:最高点。没有刻板生硬的人道主义者的矫揉造作装腔作
势,只有干脆利落的精确引用和随处可见的真实细节。在索莱尔
斯和他所谈论的人的笔下,文学变成了一个严苛残酷的女神。她
吞噬了那些甘愿牺牲自己的生命来换取对她的专属崇拜的人。

但索莱尔斯作品中更吸引人的地方,是文学女神在快乐中将
他们吞噬。没有什么比索莱尔斯对文学的想法更有意思的了,而
且人们像索莱尔斯本人一样——他的笑是出了名的——在读他很
深奥很严肃的学术作品时会不止一次笑出来。比方说,当他对着
教皇和妇女这种并不是很引人发笑的主题而自己问自己时,他会
把自己想象成一个女总主教——总主教夫人——一个女红衣主
教,以及,为什么不呢,一个女罗马教皇:新的女罗马教皇诞生!

索莱尔斯书中令人惊叹之处是他从他谈论的作家那里觅到出
人意料的文体表达方式时的喜悦,这种表达方式一语中的且短小

---

① 菲利普·索莱尔斯,《欲望之战》,伽里玛出版社。——原注

精悍。伏尔泰写给德尼夫人①的三言信："人们想要将我埋葬。但我躲开了。晚安。"萨德的父亲跟他讲话的措辞："我有时会看到忠贞不渝的情侣；他们悲伤，忧郁，令人害怕。如果我的儿子也这样，我会很生气。如果他是法兰西学院的，我会很高兴。"自由的思想就是这样形成的。又或者是克罗岱尔给莫朗②的信，信中克罗岱尔给《唯有大地》的作者风格作了一个最简要又最准确的定义："您像龙卷风一样朝着事物席卷而去。"为了再深入一点，应该对莫朗本人说："我是以海难而闻名的大海：激情，狂热，戏剧性，一切都在其中，但是一切都隐藏了起来。"

　　在每一页上，多亏了索莱尔斯，同时，也许是要特别感谢他介绍的那些人——但是，与今天太过经常发生的情况相反，批评家的所有天赋不就在于展示了他所研究的这些人的美妙之处吗？——我们感受到了一种对文学的羡慕和渴望。这是《湖上的朗斯罗》这部小说中的原版对话："我漂亮的亲爱的朋友，您想要什么啊？——我想要什么？我想要奇迹。"这是索莱尔斯绝对有理由想要翻新的一位作者表达爱情的方式。小克雷比荣③，《迷乱的心》和《论 M⋯⋯侯爵夫人致 R⋯⋯伯爵的信札与思想》的作者："我给您写信对您说我爱您，我等待着您为了向您表慕真心"抑或是从威尼

　　①　本名 Marie Louise Mignot，冠夫姓 Denis，是伏尔泰的侄女。她丈夫于 1744 年去世。德尼夫人与伏尔泰相爱但并未成婚。两人住在靠近瑞士日内瓦的一幢居所里一直到伏尔泰去世。
　　②　保罗·莫朗（Paul Morand，1888—1976），法国著名作家，法兰西学院院士。法国最重要的文学大奖之一：保罗·莫朗文学奖，就是以他名字命名。
　　③　18 世纪法国作家。

斯来到巴黎的卡萨诺瓦那句美妙的回答。蓬巴杜夫人:"从威尼斯来! 您真的是从那个地方来的吗?"卡萨诺瓦回答说:"威尼斯不在那个地方,夫人,在天上。"

有更严肃一点儿的。当海明威写信给多斯·帕索斯①说:"看在老天的份儿上,不要老是绞尽脑汁去想怎么搞得更好点,只要继续把事物按照他们原有的样子呈现出来就好了。如果你真的做到了,那么你就是搞得很好了。如果你试着去搞好,你会做得很差劲,不会比你不将好的事物呈现出来要好多少。"他一下子就把文学中的道德问题和参与介入的问题解决了。索莱尔斯说了一些关于赛维涅夫人②,热内③,纳博科夫④,圣西门,还有很多其他人的话,而且难得说得既出色又深奥还很准确。这些话分别诠释了他所谈论的每个作家,除此之外,还揭开了一点儿文学的神秘面纱。可能索莱尔斯文章中浓墨重彩的关于普鲁斯特的部分是最吸引人的。给莫朗的书《温柔储备》作的序中,普鲁斯特写道:"文学就是为了通过描写与一般现实相反的事物来揭示真实。"王尔德在某处提过非常相近的意见。"我很不走运",普鲁斯特还说道,"我以单词'我'来作为我书的开头,人们马上就认为我从个人角度以及厌

---

① 约翰·罗德里格斯·多斯·帕索斯(John Dos Passos,1896—1970),美国小说家、艺术家。

② 17 世纪法国书信作家。现存书信大部分是致女儿,风格生动风趣,反映了路易十四时代法国的社会风貌,被奉为法国文学的瑰宝。

③ 让·热内(Jean Genet,1910—1986),法国当代著名小说家、剧作家、诗人、评论家、社会活动家。

④ 弗拉基米尔·纳博科夫(Vladimir Nabokov,1899—1977),俄裔美国作家。被誉为"当代小说之王"。

恶单词的意义上作自我分析,而不是致力于探寻普遍规则。"结论是:马塞尔·普鲁斯特所用的并不是像人们所反复说的显微镜,而是一个"对准了时间的天文望远镜",既瞄准了时间,又瞄准了写作与灵魂的深度,"在这里,普遍规则支配特殊现象,无论是在过去还是在将来。"

索莱尔斯,一个与时尚如此紧密联系的人——不过人们了解他的辩护,与密特朗对维希政府的差不多:是为了开玩笑,为了嘲弄,为了玩弄两面手法以及作为时间的密探揭示出内部的事物——,对当今这个"人们几乎不知道关于任何事的任何信息以及文学的教育濒临被人遗忘的深渊"的世界并不留情。伏尔泰给法国人作了一个有些刺耳的定义:"一个无知、迷信、愚蠢、残忍、笑话的复合体",索莱尔斯关于他的评论是:"谁敢说我们从此以后不可以将这个定义套用在整个人类身上?"他在把当今时代与欲望之战不断取得胜利的 18 世纪作对比的时候更深入了一些:"因为我们处在,是的,处在一个沉闷、无知和悲惨的时代(这是宝贵的民粹主义的年代),一切都应该看起来真实可靠,煽动人心,然而在心灵的庇护下,一种赢利性的冷漠占了上风。一方面粗暴,另一方面又感伤,已代替了对欲望的敏感和讽刺。"索莱尔斯是一位经典的反抗者和闹剧演员,天生就是班级中最顶尖的那一位,而不是众多佼佼者之一,从政治角度上很少是正确的——并且是一个不能忍受无聊的人。

对他而言,正如对司汤达而言,"最重要的是避开这些傻子,让我们一直快乐下去"。在他与文学之间交织着快乐、智慧以及不墨守成规的各种纽带。他多走运啊！我们多走运啊！文学——好的文学——他热爱的以及他令人爱上的文学，为此他甚至与一个很高兴没有上他钩的学者拗上的文学，是多么走运啊。

《费加罗文学》，1994 年 11 月 4 日

帕特里克·贝松或流氓的荣耀

　　他是一个患精神分裂症的懒鬼，已经写过 50 多本书，其中大部分都不值一提，而有几本是非常好的。他是个酒鬼，是个粗野的人。我好几次寻思着（101 页："……不久我就会因为对这同一个伊莎贝尔的打击和伤害……而到大型诉讼法庭出庭"）他是否殴打过那些抱着与他共度一生的可笑幻想的女人们。他因《达拉》①一书被授予法兰西学院小说大奖。这是一本关于他母亲的书，她可能是克罗地亚人，我想应该是真的，而且她有点傻，这是他说的。我特别喜欢他的《慰藉的兄弟》②这本书，我是在乘船从希腊到土耳其的途中读的。他是个共产主义者，或者是类似这样的分子，而我们从他在书的背面所写的内容可以了解到他"在 2001 年秋天已经接替安德烈·布罕谷③在《费加罗报》撰写文学专栏"。见鬼！该相信谁？真是个奇怪的家伙。这就是帕特里克·贝松。

----

① 帕特里克·贝松，《达拉》，塞伊出版社。——原注
② 帕特里克·贝松，《慰藉的兄弟》，格拉塞出版社。——原注
③ 法国作家、编辑。

长时间以来,当少妇们在晚餐结束时实在无话可说的时候,你们给她们提的价值一千美金的问题:"年轻作家中哪个比较优秀?"我的回答是:贝松。他比其他人要更有天赋,甚至可能是比任何人都有才。一种保持既另类又君子的方法。一种直到自我仇恨的缺失。一种模棱两可朦胧迷糊中的极致精确。渐渐地,我将他看作是一个甚至没有萨特来填补他的沉默的贝尔纳·弗兰克,这绝不是微不足道的吹捧,一种近乎完美的空白中衍生出了非常了不起的事物。

　　大约一年以前——他应该是每年写两本书——,我还曾读过他的《阿里斯蒂德—布里昂大道28号》①。这是有关他童年的回忆录。但是是以贝松的方式写的。也就是说与现实是错位的,并且是真正意义上的迷人之作。这里有本书,他还在换发行人,他所有的书都这样:他跟它们不和么? 还是怎么回事? 书名叫《一种思想状态》②。你们知道这是什么吗? 同样的东西。更老一些而已。可能二十一年前的没有早个十年、十二年的作品新鲜。显然,这是一种龌龊的思想状态。但总是出奇得好。

　　他是做什么的? 什么都不做。他没有工作。勉勉强强生活。他瞧不起艺术和博物馆。他什么都不相信。即便是他自己。"在地球上没有任何事可以做,除了写作,吃饭,喝水,旅行和做爱,这些才是我做的事情。"他既唾弃他周遭的世界,又厌恶他自己。他

---

　　① 帕特里克·贝松,《阿里斯蒂德—布里昂大道28号》,巴蒂亚出版社。——原注
　　② 帕特里克·贝松,《一种思想状态》,法亚尔出版社。——原注

假装什么人都不是"因为,做人,也就是做自己,而我讨厌我自己"。他在作品中不断地重复着这种自我蔑视:"我的生活就像一个年轻的溺死者,我围着他转,却不知如何将他救醒。"或者更简要地说:"这样容易被人看穿的是我的秘密:而不是生活,也不是工作。"他对自身有一个高度定位,这点我们对其无从指责。他打心眼儿里不喜欢自己。有时候,或许在这个贝尔纳·弗兰克后面——写过一堆堆的书,而不是毫无成就,但却同样对生活与自我表示厌恶——穿梭而过的就如同,请原谅,就如同是弗朗索瓦·努里西耶瞬间即逝的影子一样。

在帕特里克·贝松身边围绕着很多的花环,包括作家、共产主义者,跟我认识的年纪差不多的青年人,他上过床的或者曾试图上床的女孩儿们,由于他无比精确的描述,我还认识了其中一大部分人。我找到了罗兰·勒鲁瓦①,他曾是我的朋友,一直都是——你好,罗兰!——,迷人的埃里克·纽霍夫带着他"没完没了的灿烂的傻笑"——你好,埃里克!——,我的同行让-路易·居尔蒂斯②,罗歇·维利尼③或者是让-埃登·阿利埃④。在贝松身上有"快乐傻

---

① 法国政治家。他在 1943 年加入法国共产党,并参加了抵抗运动。

② 让-路易·居尔蒂斯(Jean-Louis Curtis,1917—1995),法国著名小说家,曾获龚古尔奖。

③ 罗歇·维利尼(Roger Vrigny,1920—1997),法国作家。

④ 让-埃登·阿利埃(Jean-Edern Hallier,1936—1997),法国作家、编辑、评论家,反龚古尔奖创始人。

瓜"①的一面,其中里布丁格可能是共产主义者,克罗吉尼奥是学院成员,费罗夏则濒临自杀的边缘。

一个念头突然闪过我的脑海,我意识到帕特里克·贝松,这个我一直看作是一个正在朝着即将到来的他所唾弃的生活奔跑的年轻人,应该已经不再这样年轻了。我想,《一种思想状态》在接近70年代初时已经风光不再,作者也被收编进了北非骑兵第一军队。啊!当北非骑兵的贝松!服兵役是有好处的。他现在应该快五十岁了吧:已经不再是当年的小山鹬了。我记得莫里亚克在大约50年前谈论过一个年轻作家的衰老,当时这位作家的傲慢程度丝毫不逊今日的贝松。我不禁思忖,正步步逼近他的衰老,有一天会让我们这个年轻时就已经厌恶生活的坏小子变成什么样儿。

在《一种思想状态》一书中隐隐地有种迹象。卡西尼路②的晚宴上,在一群惯常的胸部叫人浮想联翩的无关紧要的贵妇们,还有喝得醉醺醺的作家们中间的,是卡洛琳公主③,而埃里克和帕特里克拒绝坐在这个"蠢女人"旁边。最终,弗朗索瓦·玛利④——你们看到这是谁了吗?——将会用无聊的话纠缠这位公主。不久,一边表达着对人们所轻视的事物的极度迷恋,埃里克和帕特里克后

---

① "快乐傻瓜"法语是 Les Pieds Nickelés,是法国 1908 年开始出的一部连环画,三个主人公分别叫里布丁格(Ribouldingue),克罗吉尼奥(Croquignol)以及费罗夏(Filochard)。

② 位于巴黎 14 区内的一条道路,路两旁聚集了不少艺术家名流下榻过的饭店。

③ 是汉诺威恩斯特·奥古斯特亲王的第二任妻子,现在是摩纳哥的女王储。

④ 法国小说家、剧作家、摄影师,与上流社会的许多名人关系亲密。

悔着没搞定这个他们不想要的角色。"这不正标志着我们二十年后的文学生活吗:恼恨其他人占据了我们曾经因担心得不到而拒绝要求的位置?"

这个流氓在年轻时天赋过人并且现在仍然很有才,他的衰老将会很有意思。

《费加罗文学》,2002 年 3 月 14 日

思想领导世界

这是一群我所钦佩欣赏的人。他们中的每个人我都可以娓娓道来。我还记得我第一次有幸读到坎托诺维茨①的《腓特烈二世》：一个伟大的历史学家对一个伟大的皇帝产生兴趣。我几乎不理解路易·德·布罗格利②的作品：只是让我们相信了当今时代的伟人没有被置于其应有的地位上。胡塞尔的学生，雷蒙·阿龙③的朋友，性格粗暴的让娜·赫什④是这章节中名气最小的人物。她是一流的哲学家，是一位了不起的女性。我对她既崇拜又喜爱。我们总是很难说服自己说一个如此亲密的朋友居然是位大思想家。对我来说，马克·福玛罗利⑤无疑就是这样一个具有两重身份的人。

---

① 恩斯特·坎托诺维茨(Ernst Kantorowicz, 1895—1963)，德国犹太人，中世纪政治和思想史学家。

② 路易·德·布罗格利(Louis de Broglie, 1892—1987)，法国物理学家，曾获诺贝尔物理学奖。

③ 雷蒙·阿龙(Raymond Aron, 1905—1983)，法国社会学家、哲学家、政治学家，以批判法国左派思想家萨特而闻名。

④ 让娜·赫什(Jeanne Hersch, 1910—2000)，波兰裔瑞士哲学家。

⑤ 马克·福玛罗利(Marc Fumaroli, 1932—   )，法国历史学家，法兰西学院院士。

坎托诺维茨——伟大的灵魂,伟大的实践

　　恩斯特·坎托诺维茨的两部著作:《皇帝腓特烈二世》[①]与《国王的两具尸体》[②]被重新收编进《第四》这部已收录出版了阿拉贡、夏多布里昂、普鲁斯特、安德烈·夏斯泰尔[③]、乔治·杜比[④]、乔治·杜梅泽尔以及雅克·勒戈夫这些作家作品的优秀丛书中,这确实是个不错的主意。

　　三十年光阴——纳粹主义抬头,第二次世界大战,纳粹对犹太人的大屠杀,德意志第三帝国瓦解——分隔了这两部作品。1927年第一部作品在德国慕尼黑出版。正好是马克·布洛克[⑤]的《魔术

[①]　恩斯特·坎托诺维茨,《皇帝腓特烈二世》,伽里玛出版社,丛书《第四》。——原注

[②]　恩斯特·坎托诺维茨,《国王的两具尸体》,伽里玛出版社,丛书《第四》。——原注

[③]　安德烈·夏斯泰尔(André Chastel,1912—1990),法国著名的艺术史学家。

[④]　乔治·杜比(George Duby,1919—1996),法国年鉴派历史学家。

[⑤]　马克·布洛克(Marc Bloch,1886—1944),法国历史学家,年鉴学派创始人之一。

师国王》出版后三年,此人在希特勒掌权的六年前曾经研究过王权的超自然性。第二部作品是 1957 年作者在普林斯顿大学教书时用英文发表的。在一段金玉良言的后记中,社会学高等研究学院历史研究中心主任阿兰·布罗清楚地揭示了人与作品之间的联系。有了恩斯特·坎托诺维茨,历史学家周围的世界从未像今天这样,支配着他对他所关心的世界形成的看法。

恩斯特·坎托诺维茨是德国的犹太人。他的名字与传统、民族主义者紧密相连。他的处女作是受一位至今在法国还没什么名气的人物的影响创作而成。阿兰·布罗强调了这个人的重要性:他就是斯蒂芬·乔治①。作为民主和大众文化的敌人,倾向日耳曼绝对崇拜的狂热分子,斯蒂芬·乔治在他那个时代的德国知识分子中产生了巨大的影响。他的好几个学生都归附了纳粹的旗下。但是组织策划了 1944 年刺杀希特勒行动的伯爵上校冯·斯陶芬伯格,也离开了他的阵营。坎托诺维茨的《腓特烈二世》一书中,民族主义符号随处可见,对尼采式伟人的崇拜被放在了第一位。在他那个年代,这本书在德国极右派阵营中获得巨大成功。一份鼓吹皇帝统治下的德意联盟的作品样稿被戈贝尔送到墨索里尼手中。

很久以后,当坎托诺维茨离开了希特勒化的德国,人们感觉这个人在民族主义与拒绝"向帝国与德国人民的元首,阿道夫·希特勒"宣誓之间被痛苦地撕裂了。而剧情的变化并未结束。这个既

---

① 史蒂芬·乔治(Stefan George,1868—1933),德国诗人、编辑、翻译。

保守又反叛,曾将神职人员的彻底独立放在很高位置,令人惊奇的大学教员,应该要第二次证明他否定任何专制独裁的立场了:在加州大学伯克利分校,在麦肯锡主义盛行与驱逐共产主义者的年代里,他再次拒绝当局要求的宣誓,他选择辞职。美国不是希特勒化的德国:普林斯顿大学热心地接纳了他。

他就是这样一个矛盾、执拗、搅局的人,他给我们留下了两部在历史长河中划时代的作品。《国王的两具尸体》展示了法国君主制的一种熟悉而始终不变的模式:"国王死了。国王万岁。"以英国伊丽莎白一世王朝的法学家所指出的君主已经衰弱、消亡的自然躯体与永远不死的政治团体与教会之间的区别为出发点,坎托诺维茨耗尽了所有人力物力,进行有关司法、历史、艺术、哲学方面的调查研究,最后终于研究出了现代国家的基础。他以沃伯格或是潘诺夫斯基的作品为依据,详细回顾了所有文章,仔细查看了雕塑、奖章、细密画,评论莎士比亚的《理查德二世》或是但丁的《神曲》,一直上升到神学以及基督的两种性质之间的区别这样的层次上。如果不是不断地在学问上精益求精,坎托诺维茨也不会形成这份令人惊愕的几近娴熟的自如,他是整个历史的奠基人。

这就是《皇帝腓特烈二世》在三十年前就诠释了的整段历史,是对以前陈旧的历史传记作的一次彻底的更新。作品的伟大之处来源于两位杰出人物的相遇:在极权统治的时代,一位细心又严格的历史学家将眼光放远到神话传说上以唤醒整个世界;13 世纪上半叶,在那个时代,天才的唯一典范就是亚历山大和恺撒这样的人物。一位天才的儿子,在当时就已经预言到了拿破仑,他还统治着从阿尔勒到耶路撒冷，从弗里西亚群岛到西西里岛的领土。

坎托诺维茨的《腓特烈二世》最出人意料之处在于它是一本读起来像小说的专深著作，叫人欲罢不能，爱不释手。作为腓特烈·巴伯鲁斯和罗歇二世两个人的孙子，西西里岛上最后一任诺曼底国王，这个未来要当皇帝的人一开始是个周围威胁重重的青年。而他却能够凭着惊人的运气天衣无缝地周旋于重重阻碍之间，从意大利北上德国名声大噪，摆脱他的敌人——布维涅会战会助他一臂之力——同时让德国亲王与整个意大利南部归顺于他，这简直就是一连串的奇迹不停地在上演。在他奉献了青春与欢乐的笑脸的皇帝面前，出现了中世纪剧作艺术中的另外一个伟大的演员：罗马教皇。

在一连串无名三世、霍诺留斯三世、格雷古瓦九世、无名四世的名号下，罗马教皇与皇帝共同统治世界与人民。教皇与皇帝两人代表了整个教权与俗权。他们相互勾结，沆瀣一气，互相支持。但他们同时又是死对头。斗争远远不止反抗其他王族以及镇压拒不服从奴役的，正如他们曾经反抗过巴伯鲁斯①的一样的伦巴第公社，腓特烈二世的整个历史都是他的斗争史，他最终败在了教皇的脚下。

腓特烈二世的宏伟计划——正是在此意义上他给新的一段故事定了一个新的主题——是建立一个不受教会约束的，并且宗教特点与罗马教廷毫无瓜葛的现代国家。他是耶稣，最后却混在了反基督徒的队伍中。他甚至剑未出鞘就重新占领了耶路撒冷，控制了伊斯兰教徒，比起他所憎恨的教皇，他与他所尊敬的伊斯兰教

---

① 腓特烈二世的祖父。

徒的首领的关系更好些。皇帝从被逐出教会到成为十字军首领，这个冲击了整个中世纪末期的精彩悖论，也就得到了解释。

为了反抗罗马教廷，为了将胜利一直扩展到精神层面，腓特烈二世不只利用现代官僚主义这张王牌，这也是未来极权制政体的典范，他还玩弄文化。他的文化水平相当高，能讲至少六种语言——拉丁语、希腊语、德语、意大利语、法语、阿拉伯语——，多亏了德国，尤其是西西里岛，他在多种文化的汇流处深受熏陶，周围尽是些得罪罗马教廷的伊斯兰教徒，东方的君主以及德国亲王抑或是西西里岛上的暴君，他对一切都很感兴趣，严酷起来令人反感，腓特烈二世，令世界为之惊呆的人①，他所在的时代和我们的当今时代都为之着迷。

他是尼采式的英雄，是日耳曼梦想的化身，1927 年幸运地被恩斯特·坎托诺维茨称颂为上帝派来的救世主，而历史却并不眷顾恩斯特。他是建立现代国家以及所有吞噬他神话的极权政体的先驱。他的倒台，以及他的子孙后代注定的命运——囚禁至死的安翠欧国王②，被热病折磨的康拉德③，被斩首的康拉丁④，还有战死

---

① stupor mundi＝la stupeur du monde，意为"令世界为之惊呆的人"，是当时的人给他起的外号。

② 腓特烈二世的私生子，意大利贵族，将军，撒丁岛国王。

③ 康拉德四世，腓特烈二世之子，霍亨斯陶芬王朝的德意志国王（1237年—1254年在位）和西西里国王（1250年—1254年在位），耶路撒冷国王（1228年—1254年），以及士瓦本公爵（1235年—1254年）。

④ 康拉德四世之子，腓特烈二世之孙，士瓦本公爵和耶路撒冷国王（1254年—1268年）。康拉丁继承了父亲与罗马教廷势力的斗争，直到被彻底击败。1268年在那不勒斯被斩首处死。

的曼弗雷德①——表明了他正是浪漫主义英雄的写照,命运转而攻击他,并最终将其压垮。

君主是过去的继承者和未来的缔造者,恩斯特·坎托诺维茨刻画这种普遍的君主的命运比任何人都要到位。在一段历史的内部,他无比强烈而又巧妙地再现了历史的各个方面。读坎托诺维茨的书,读者会感觉既了解了一段复杂的过去,又理解了一段黑暗的现在,这两者因渊博的学识与再创造的想象力而在眼中交相辉映。没有一本小说能像坎托诺维茨的作品那样教给我们如此多的关于我们所生存的世界的东西。也没有哪一部学术作品能像这样读起来,就算不是很浅显易懂,至少也是幸福与激情并存。坎托诺维茨既是历史学家又是魔术师。而他的天赋,就在于生活。无论是像上帝还是魔鬼,生活就存在于细节当中。

《费加罗文学》,2000 年 6 月 15 日

---

① 西西里国王,腓特烈的私生子。1254 年康拉德死后摄政。1258 年,因谣传康拉丁已死,曼弗雷德乘机加冕西西里国王,但在谣言被揭穿后,曼弗雷德拒绝退位,教皇由此宣布曼弗雷德加冕为非法,并将其绝罚。但曼弗雷德反而进攻教皇并自封托斯卡纳的保护者,教皇乌尔班四世惊恐之余,请求法国国王路易九世的弟弟安茹伯爵查理支援。并将西西里王位授予了查理,由此引来了法国安茹伯爵对西西里王位的争夺。1266 年,曼弗雷德被安茹伯爵击败,阵亡。

永恒的两个人

啊！是的，当然了，我们曾这样说过而且不止一次重复过，现在我们逐渐了解了，法兰西学院与我们的文学是泾渭分明的：学院同时有过之而又不及之。从圣西门、莫里哀——"他的荣耀中无可或缺，我们的荣耀却是缺失的"——到阿拉贡、阿努伊①，红衣主教教堂中缺少了很多人。当我们关注了首先是卢浮宫然后是法兰西学院中延续了三百五十年的几百人的名单后，我们神态枉然地开始朗诵《大鼻子情圣》中的讽刺诗句："所有这些名字都是不朽的，这是多么美妙的事儿啊！"

将一些主教、国会议员、大贵族，甚至还有年龄很小的人，迎入门下，法兰西学院历来都超越了文学的边线。在本世纪初，一位得胜军官，一位红衣主教，一个大律师，还有一个名医，都自然地在学院里找到了自己的一席之地。如果您愿意，我们可以说法兰西学院就是个文学俱乐部，它同时也是一个机构，是一处汇集了一个时

---

① 让·阿努伊(Jean Anouilh，1910—1987)，法国剧作家。

代的各种价值观的音乐学院——这些价值观通常是脆弱的,是短暂的。

在两次世界大战间和法国光复初期,法国文学经历了历史上最辉煌的一段时期。就算没有纪德和萨特,就算普鲁斯特去世了,孔蒂码头还有瓦莱里和克罗岱尔,于勒·罗曼①以及蒙泰朗②,弗朗索瓦·莫里亚克,还有——稍晚一点的——保罗·莫朗。今时今日,明智地说,法兰西学院只能眼睁睁看着科学的作用变得日渐重要,当然,这指的是精密科学。当然也有人文科学。小说、戏剧、诗歌似乎在努力寻找自己的出路,有时还面临危机的打击。而精密科学家与人文科学家则不断有发现,有成果。在外国,法国小说原地踏步,停滞不前,但我们丰富的历史学派是全世界数一数二的。一句话,不是吹的,费尔南·布罗岱尔就是法兰西学院中这方面的杰出代表。现在又轮到乔治·杜比③准备进驻学院成为其中一员。比较语言学和神话研究为孔蒂码头输送了当代最杰出的智者之一:乔治·杜梅泽尔④。对克洛德·列维·施特劳斯无需赘言:人人都知道他是今日全法国乃至全世界的人种学的领头人。

在法兰西学院里有着许许多多物理学、医学、生物学方面的出色代表。在我们今天生活的世界里,在这个生物学正接过物理学

---

① 于勒·罗曼(Jules Romains,1885—1972),法国作家、诗人,法兰西学院院士。

② 亨利·德·蒙泰朗(Henry de Montherlant,1895—1972),法国小说家、剧作家。

③ 乔治·杜比(Georges Duby,1919—1996),法国历史学家。

④ 乔治·杜梅泽尔(Georges Dumézil,1898—1986),法国比较语言学家。

的接力棒力图完成一项——非常厉害的——改变我们全世界面貌的任务的世界里，没有什么东西是合理的。两个不久前相继离开人世的人，在与科学截然不同的领域，为这次改变作出了比任何人都要大的贡献，他们就是：路易·德·布罗格利和让·德莱①。

路易·德·布罗格利出身名门，家族为法国输送了很多人才，有元帅、学者、部长，还有议会主席。与世间万物一样，这个家族也经历过兴衰起伏。他，是神圣罗马帝国时期，曾被君主授予公爵爵位，赐予题铭"为了未来"的亲王的后裔。其大名可能在某个星期五的知名节目中被贝尔纳·皮沃②向千千万万法国家庭诵读出来。对布罗格利致以的最崇高的敬意莫过于莱昂·布吕姆谈到的"这个家族的天赋一直世代相传到天才的出现。"这个天才，就是路易·德·布罗格利。

路易·德·布罗格利亲王年轻时对历史略有研究。他有个哥哥，叫莫里斯，是布罗格利公爵。莫里斯是一位伟大的物理学家。他关于 X 射线的研究使他被选入法兰西学院。有一天，莫里斯拉他弟弟路易去参加一个物理学大会。如同闪电一般，路易——在他哥哥莫里斯去世后的未来的布罗格利公爵，这个把从未看过普鲁斯特的书也不知道法国纹章图案总汇的新教徒们搞糊涂的人——竟投身理论物理学，并成为波动力学的创始人。

因为种种原因，首先是因为我的无知，我执意不想斗胆肤浅地

---

① 让·德莱(Jean Delay，1907—1987)，法国作家、心理医生和神经科医师。
② 法国知名的文学评论员和文化类电视节目主持人。

解释何为波动力学。

简要地说来,在光的传播上有两大对立的理论:第一种理论认为跟微粒有关;第二种则认为是跟波有关。而这两种理论都没能够,正如希腊人说的,"解决这些现象",也就是对我们从经验中得知的东西作出一个合理的解释。路易·德·布罗格利的解决方法非常聪明,他也因此获得了诺贝尔奖,那就是将这两种假说结合起来,在微粒与波的传播中将这两者相结合。

路易·德·布罗格利的发现可能不如爱因斯坦那样石破天惊。但这个发现足以使他跻身改变世界的巨人行列:普朗克,海森伯格,还有爱因斯坦。路易·德·布罗格利就是我们的爱因斯坦。他有着杰出的研究成果,去世时理应得到人们的尊敬与礼遇。他有吗?当然没有。这个伟大的人几乎是悄无声息地消失了。人们没有赞颂他,没有在学校里对着孩子们重复他的名字以及颂扬他的荣誉,而是任这位博学的法国天才几乎在静默中离开人世。媒体光顾着颂扬柯吕许①、勒吕龙②和达丽达③。至于政客们,疲于签署各种吊唁电报,无法面面俱到。

人们经常念叨——似乎也是理所当然——已经没有博学之士了。让·德莱则很靠近这个不可能实现的理想。他高大,帅气,极其优雅,有着难以名状的魅力。他是一位大学者,一个有创造力的医生,一个一流的作家和历史学家。他取得了医学资格证书,以论

---

① 法国幽默大师,1986 年去世。
② 法国电台主持人,擅长模仿、唱歌和戏剧,1986 年去世。
③ 法国歌坛巨星,1987 年自杀身亡。

文《分解的记忆》获得文学博士学位,在各个不同的领域同时从事多个行业,而且每个都足以给予他作为研究员、精神病科医生、小说家、专栏编辑的荣誉。在福柯还在描述精神错乱的故事和疯子的生活方式时,让·德莱,这个精神病医生,发现了安定药,使得化学疗法代替了关禁闭或是监视,并彻底颠覆了治疗精神病患的方式。

他同时还是神经心理病理学的发明者。他以一本小说向安德烈·纪德的《欣喜若狂》叫板,不久以后还为其撰写出一部优秀的心理传记作品:《安德烈·纪德的青年时代》。在出版了他朋友罗格·马丁·杜·卡德与纪德和科波的书信后,他以《忆前》为题,分四卷,完成了一部不可思议的作品:一部有关16世纪到19世纪间他的母亲祖辈的集体传记和社会传记。其中有音乐家、书商、舞蹈演员、轻佻女子、手工艺者、资本家,还有大革命时期失势的封建领主。我们从中可以观察到巴黎的变化。我们沿着历史长河顺流而下。多亏有了国家档案,轻点盘查,遗嘱,还有家庭信件的参考,历史的时空才被详尽真实地再现,徜徉在这其中,感受到的是一切时间的魅力。

在我们这个现代社会,让·德莱更像是个文艺复兴时期的人。他有着强烈的好奇心,多样的才能,百科全书般广博的知识,优雅的气度,还有混合着魅力的深度。透过世界,我们会有很多人都记得他如此挺直的剪影和他如此肯定的判断。我想到了他的夫人玛丽·玛德莱娜,还有克洛德①和弗洛伦萨②,在很多方面都继承了让·德莱的天赋。我和她们一样悲痛。拥抱她们。

《费加罗杂志》,1987 年 6 月 5 日

---

① 让·德莱的女儿,作家、精神分析学家。
② 让·德莱的女儿,作家、翻译、法兰西学院院士。

他掀起了巨幅面纱的一角

　　一个世纪前诞生了一位天才。1987年，他的葬礼在一百多位密友的见证下举行。当局政府和大学都没有作任何表示，没有任何官方的悼念活动，也没有任何吊唁仪式。报刊、电视、广播也很少提及这位故者。只有法兰西学院搞过一次庄严肃穆的大会。这比逝者在给一位刚出版了新书①的朋友的信中所预言的还要沉默，我在其中选取我所知道的一点内容摘抄如下："待我死去之时，人们会哀悼上几日，而后便不再谈及。名人去世的时候都是如此。"他是个名人——但默默无闻。对那些问他是毕业于巴黎高师还是巴黎综合工科学校的人，他总是回答说："啊！您要知道，哪个都不是。"这的确是真的，也极其不合常情：他的名字叫路易·德·布罗格利。

　　他出身显赫的移民家庭。传统观念，自由主张，崇尚荣耀与思想，淳朴与奢华，对政治与文学的兴趣，以及对元帅权杖和法兰西

---

　　①　乔治·洛夏克，《路易·德·布罗格利》，弗拉马里翁出版社。——原注

学院的一种钦慕,都交织在这个家族中。据说莱昂·布吕姆①曾这样评价布罗格利:"一个家族的天赋一直世代相传到天才的出现。"这个天才就是路易·德·布罗格利。

他本来从事的是科学与历史方面的研究,而几乎是在偶然的情况下他参加了1911年在布鲁塞尔举行的物理学大会,这就像一次"心灵政变",他随即放弃了历史研究,放弃了世界,退了婚,就像入教一样地投身了科学。

现代科学诞生于17世纪,以牛顿这个天才数学家、天文学家、物理学家为首。为了描述高速运动的物体,他给我们呈现了一个充满了运动着的物质微粒的真空世界。而他的论点构成了光的"微粒说",把光束等同作大量的微粒。

差不多是同一时期,另一位著名的学者惠更斯坚持与牛顿完全对立的光的概念,也就是"波动说"。他认为,光是由延展至太空的波组成的,并且自以太的弹性振动始向外传播。牛顿与惠更斯的两种说法相对立,看起来根本互不相容。以太一直延伸到整个太空,被看作是携带与传播光波的物质。根据一个著名的公式,他创立了"动词波动的主语"一说。两个世纪后,经过著名物理学家劳伦兹的研究,通过著名的米歇尔森—摩利实验证明了以太并不存在。这如同晴天霹雳:动词波动的主语也不存在了。然后,在以太之说废弃的基础上,产生了将会颠覆我们时代的两个革命性的

---

① 莱昂·布吕姆(Léon Blum,1872—1950),法国政治家、作家,知名的文学和戏剧评论家,法国社会党人的领袖。

理论：一个是由名叫爱因斯坦的 26 岁天才提出的相对论；另一个，是由马克思·普朗克提出的量子论。

普朗克认为物质通过大量的间断传输的量子来放射或吸收光线。爱因斯坦更深入一层，提出一种假设说在光波中应该是靠每个都传输量子的粒子来传导能量的。他把这些粒子叫做"光量子"。人们将其命名为光子。在某种程度上，我们是以全新的形式又回到了牛顿的微粒说上。

路易·德·布罗格利的天赋集中表现在其对波的研究上。并将其延伸到物质研究上。在他那个时代，没有一个人想到物质是波动的。所有人都认为从貌似物质粒子的原子起，物质都不是波动的。在 1923 年，他产生了发表一个关于物质和光的统一定律的原创思想。像爱因斯坦做过的那样，他断言存在与波相结合的光的粒子就已经很了不起了。之后将频率与每个物质粒子相结合的想法就更不用说了。作为相对论的后代，调和了牛顿与惠更斯的观点，一下子将提出这个理论的人提升到了与普朗克、爱因斯坦、波尔，海森伯格，薛定谔，波利，狄拉克等大科学家比肩的高度，波动力学就此诞生。

之后，路易·德·布罗格利可能卷入了艰难的辩论中——似乎与政治辩论一样尖锐而激烈——这是决定论的支持者与波尔和海森伯格的不确定论之间的辩论，其中"补充性概念"与"测不准原理"再次颠覆了物理界。路易·德·布罗格利的伟大之处就在于将其生命都贡献在对世界观，对世界形象的研究上。爱因斯坦写给朗之万①的一封著名的信上所说的："Er hat einen Zipfel des grossen Schleirs gelüftet——他掀起了巨幅面纱的一角。"这句话将永远留存于世。

《费加罗杂志》,1991 年 11 月 28 日

---

① 保罗·朗之万(Paul Langevin,1872—1946),法国物理学家,主要贡献有朗之万动力学及朗之万方程。

雷蒙·阿龙——一位严格的大师

　　在一段很长的生命中,我还是不止一次地认同夏多布里昂的这句惯用套话:"穷人那么多,所以还是省省你的轻蔑吧。"此外我还很欣赏罗伯特·加瑞克[①]、让娜·赫什,罗歇·凯伊瓦[②]、埃玛纽艾尔·贝尔[③]这些比其他人更好高骛远的男男女女。首当其冲的,是雷蒙·阿龙。

　　在成为一个知名记者,受全世界尊敬的知识分子,和享誉我们这个时代的回忆录作家之前,阿龙是一个哲学教师,他与我们的艺术家、学者、作家一同使法国在世界上享誉盛名。在第二次世界大战前,他的著作《当代德国社会学》,尤其是他的《历史哲学介绍》和《论客观历史的局限性》就已经让他声名在外。在战争爆发后不久,他的课,他的文章,还有他的作品最终使他坐上法国知识分子

---

　　① 　罗伯特·加瑞克(Robert Garric,1896—1967),法国文学家。
　　② 　罗歇·凯伊瓦(Roger Caillois,1913—1978),法国知识分子,研究涉及文学评论、社会学、哲学等等。
　　③ 　埃玛纽埃尔·贝尔(Emmanuel Berl,1892—1976),法国编辑、历史学家、随笔作家。

的头把交椅。他的政治思想不受法国元首:戴高乐将军的影响而发展。他有一个对手:让-保尔·萨特。他在他所研究的领域:"马克思的马克思主义"中是毫无争议的领头人。

在阿龙编著一部至关重要的哲学批评作品的同时,不管愿意与否,他进入了巴黎知识分子的游戏中。面对萨特这个在他那个时代完全是一枝独秀——加缪的待遇就低得多了,他应该知道的——并且尽其所能调和了自由主义的强硬派哲学和被视为"不可超越的边界"的马克思主义的人,阿龙他本人所表现出来的是思想的独立性和反对压倒性的、广为接受的学术霸权。萨特才华横溢:他写过哲学论文,写过剧本,他是个小说家,拍过电影,还是个国际巨星。阿龙唯一可以与之抗衡的只有与他对手旗鼓相当的才华与学识,以及更加过人的知识分子的正直。他能容忍传媒对这两种规模罕见的思想的报道宣传是失衡的吗? 所有人都知道一句挺有名也挺讶异的话,起初这句话还惹来无数争议,众说纷纭,引发了大量的报道与评论,这就是:"宁和萨特一起搞错,也不说阿龙有理。"

阿龙与戴高乐的关系不比萨特的平静多少。莫里斯·舒曼①讲过,他有一天晚上去戴高乐将军的书房送文件,在戴高乐签字的时候舒曼问他对阿龙当天早上在《费加罗报》上发表的可以说是针对他的行为进行批评的文章有何看法。将军没有回答,舒曼也就

---

① 莫里斯·舒曼(Maurice Schumann,1911—1998),法国政治家、作家,上世纪 60 到 70 年代曾任法国外交部长。

不好再问下去。但当他正要走出办公室时,他听到将军大声抱怨:"阿龙……阿龙……这个人就是法兰西学院的记者和《费加罗报》的教授吗?"

阿龙的性格,他知识分子的独立性,他的优越感,为他换来的只有朋友。在他生命的尽头,在各方人士不停的邀请之下,他对我坦承只要配得上大家的尊重,他可能会接受邀请加入法兰西学院。他请我研究一下形势。我回来告诉他劝他不要自荐参与:"您面前有五个不同的集团。排斥犹太人者,犹太人,反戴高乐主义者,戴高乐主义者这四个可能还好办;但是要有第五个就死定了:某一天,这些人会发现您比他们都要聪明。"

他才华出众,还很勇敢。他患血栓的时候,还以异乎常人的毅力坚持与病魔作艰苦的抗争。他的敌人们肯定不相信,他要比他们想象中的更有勇气。他是个会掩饰伤痛的极度敏感的人。他很骄傲。他清楚自己的价值,而他对自己的看法使他的性格达到了有些可悲的高度,经常不太宽容,这也惹恼了不少人。

在数年间,我有幸近距离接触到他。他比任何人都能体现出哲学思想的严苛。他就是位严格的大师。他欣赏天才马克思,他花了一大半时间研究他,此外他还补充说这"半个上帝",正如尼采与弗洛伊德一样,"曾经说过,也有可能乱说一气"。在雷蒙·阿龙的整个生命中和他的所有作品中,他都反对不知所谓的乱说一气。

存在的惊奇

不管是有意识地还是无意识地，哲学在我们每个人的生活中都无处不在。无论是兴盛还是衰落都在我们这个世纪占统治地位的马克思主义，还有尼采、萨特、福柯、精神分析法等等，不管有无道理，几乎每天都被提及，这些并不是偶然。也只有通过圣托马斯①和建立在亚里士多德和柏拉图基础上的中世纪哲学，天主教才能真正被理解和解释清楚。我们可以选择无视哲学。但我们也会因此选择无视我们的世界。只有通过哲学，我们才能理解在我们周围的到底是什么。

问题是，哲学及其历史是一片圣地，困难之处就在于融入不进参透不了。在我年轻的时候，有本很有名的书叫做《哲学的历史》，曾经多少代大学生之手翻阅：是艾米尔·布列赫②的书。这本书有

---

① 圣托马斯·阿奎那（Thomas Aquinas，约 1225—1274），中世纪经院哲学的哲学家和神学家。他是自然神学最早的提倡者之一，也是托马斯哲学学派的创立者。他所撰写的最知名著作是《神学大全》。

② 艾米尔·布列赫（Émile Bréhier，1876—1952），法国哲学家。

好几卷。现在有本袖珍版的书问世了，是一本既买得起又看得懂的小书。作者是位在日内瓦大学教了二十年书的教授，雷蒙·阿龙的朋友，卡尔·雅斯培①的亲近弟子，曾是当代的著名哲学家，名字就叫做让娜·赫什。

让娜·赫什②的书的特点在于涉及哲学及其在西方的发展，既不是从经典的范畴讲起也不是从学术主题讲起，而是从在对我们周围世界的各种思考的基础上所产生的感受：惊奇讲起的。最明显的就是有存在，有物质，有世界。惊奇是我们拥有的这种对明显的事实进行自我询问的能力——也就是妨碍我们看见和理解最直接的东西。几个世纪前，在希腊，哲学思索便因这种对现实的惊奇之感而产生。在柏拉图笔下，彩虹女神伊利斯是海神陶马斯之女：科学乃惊奇之女。

感到惊奇，便有了调查研究的需要。让娜·赫什用最简单的语言为我们进行探索。由于童年与青年时期是哲学问题产生的典型时期，所以我们常说让娜·赫什是写给孩子们看的：这是些《圣经》所讲述的孩子。没有无用的考究，没有自命不凡的研究。哲学体系中固有的困难从未被学究式的陈词滥调长篇大论所掩盖：而是被清楚详尽的阐释出来。这些困难似乎在严密审慎的分析下消失无踪了。

---

① 卡尔·雅斯培(Karl Jaspers，1883—1969)，德国存在主义哲学家、神学家、精神病学家。

② 让娜·赫什，《哲学惊奇》《哲学的历史》，伽里玛出版社出版，"弗里欧文集"丛书。——原注

在这里无法给出让娜·赫什哲学路线上的某一个观点,甚至一个局部的观点都不行。就说说先苏格拉底派,从柏拉图、亚里士多德,到胡塞尔,海德格尔和雅斯培,从这一体系到那一体系的极度惊讶就一波接一波地从未消停过。哲学的起源还有这些先苏格拉底派对这个领域的新人来说就是一个令人气馁的入门谜题。据说哲学有可能诞生在公元前 600 多年的小亚细亚。几何学家泰勒斯创立了米利都学派①,所有学生至少都知道他这个人的名字,就像他们知道毕达哥拉斯、欧几里德或阿基米德一样。新手学习到,泰勒斯认为世界本源为水,而对阿纳克西曼德②而言是无限,而在阿纳克西美尼③看来是气,而在另外一个人看来又是火,这时候事情开始变得复杂起来。这些深奥的话到底是什么意思? 这些东西有一点儿意义吗? 让娜·赫什不卖弄一点学究气,用寥寥数行文字就解释了这个问题其实就是"变化"中的"永恒"问题。在瞬息万变转瞬即逝的世界中,有没有什么事物,有没有一种物质是永恒不

---

① 希腊城市米利都是一座富饶的港口和商业中心,产生了三位重要的思想家:泰勒斯、阿纳克西曼德和阿纳克西美尼,创立了米利都学派,时间大约在公元前 6 世纪。它是前苏格拉底哲学的一个学派,被誉为是西方哲学的开创者。

② 阿纳克西曼德(Ἀναξίμανδρος,约前 610 年—前 546 年),古希腊哲学家、米利都学派的学者、泰勒斯的学生。泰勒斯认为水是万物之源,阿那克西曼德认为水的存在也需要被解释,而引入了一个新的概念"无限者"。他认为一切事物都有开端,而"无限"没有开端。世界从它产生,又复归于它。

③ 阿纳克西美尼(Ἀναξιμένης,约前 570 年—前 526 年),古希腊哲学家、米利都学派的第三位学者,是阿纳克西曼德的学生。他继承了前两位米利都学派哲学家的传统,也是该学派最后一位哲学家。阿那克西美尼认为,气体是万物之源,不同形式的物质是通过气体聚和散的过程产生的,并认为火是最精纯的空气。

变的？这个问题已导致帕门尼德①与赫拉克利特之间，以及斯宾诺莎与黑格尔之间观点的对立。这足以将整个哲学置于一个新的起跑线上。

我觉得，似乎对让娜·赫什来说，康德才是哲学的顶峰。人们无法一直陪伴她完成狂热的事业。但读过她这本小书后会感觉身临一场精彩奇妙的探索的中心。世世代代不断地重新调查研究，追寻探索，立志试图——当然总是徒劳无功——发现我们集体的和个人的偶然事件中的"意义"。

《费加罗杂志》，1993年5月22日

---

① 公元前5世纪的古希腊哲学家，最重要的"前苏格拉底"哲学家之一。

萨特的一个对手——米歇尔·福柯

　　迪迪埃·厄里本①的一部优秀作品②重现了一位哲学家的形象,此人曾是萨特的唯一对手,他的著作在三十多年间一直是法国学术生活的中心。他就是:米歇尔·福柯。他一下子就把我们带入一个知识的时代和一个时代的知识当中。部分是无心使然,他已然成了这个时代的象征与先知。

　　他拥有过人的智慧——用杜梅泽尔的话说就是"无限的"——又有渊博的学识,在被狂热、犯罪和性分割出的分界线与断口的汇合之处,福柯一下子站到了极佳的观察位置上。从那里,依靠语言学、法律、政治经济学、生物学、人种学还有精神分析学,他建立了一种体系。整个哲学就是成体系的。一个哲学家并不意味着要尽说些难以捉摸或者正儿八经的东西,而是要建立一个严密的学说大全。在这方面,福柯可谓是做足功夫:他不但建立了一种体系,

---

　　① 迪迪埃·厄里本(Didier Eribon,1953—　),法国作家、哲学家。
　　② 迪迪埃·厄里本,《米歇尔·福柯》,弗拉马里翁出版社。——原注

而且,这种体系通过知识考古和对构成如此多的连续的知识概念的轮廓与框架进行调整后,不仅颂扬了与存在、意义相对立的概念,而且颂扬了体系本身。这是以牺牲盛行已久的亦友好亦对抗的古典唯心主义与后来衍生的马克思主义的主题和历史为代价的。存在主义学派与萨特的哲学密不可分。列维·施特劳斯和福柯本人都持有不少保留意见的结构主义学派,将会与出现在《疯狂的历史》和作者因作品成功先喜后怒的《文字与事物》中的大胆建构相联系。

在二战法国光复后,我们的哲学正是在马克思主义、存在主义、结构主义这三位一体的中心繁荣、挣扎了三四十年。这只是些相遇与不和,友好与断交,联合与革逐。共产主义者很快看到福柯体系中历史的衰落对马克思主义来说是个威胁,而萨特很快也明白到福柯是他的首要对手,也可能是他的接班人。何况两人是在同样的人权与进步人文主义的领域互相排挤。

是福柯与生俱来的宽厚使他采取了一种行动,不一定是以某个体系为前提而引起的这样一个行动。在这个体系中,按照马克思和其他贤士附和的说法,萨德、尼采、色情、违抗,比历史要更有分量。

萨特曾经特意明确指出存在主义是一种人文主义。而福柯正相反,他在一句相当晦涩的话中说到"人类的灭亡",对"那些还想谈论他的主宰地位,他的解放的人"投以哲学的无声的嘲笑。

福柯发表在《新观察者》上的一篇文章,题目很有说服力:"事实的滔天怒火"。可能是因为他的行动与他的体系之间有些不一致,所以对他而言事实不总是那么温情。布律埃①的公证人,罗格·克诺贝尔斯皮斯②,阿亚图拉③科梅尼这些人很少说他好话。而就在他生命的尽头,一个已与他无关的故事跟他开了个不好的玩笑。他上的最后几节课的其中一节是以"事实的勇气"为主题的。他的朋友认为他做得很好,坚决否认他"羞愧地"死于艾滋病。

形而上学展现了人类的胜利,2500 年后,才华横溢的福柯,他的命运既有溢美之词又有诟病之声。在接连的伪装下,哲学的严密性变得有些分崩离析。福柯是在萨特之后,唯一出色的且仅存的莫西干人:好像在他们之后——这既是赞扬又是批评——哲学就丧失了教育的职能。那么还会有谁来行使这一职能呢?

《费加罗杂志》,1989 年 9 月 16 日

---

① 法国北部加莱海峡大区的一处地名。
② 曾是法国黑帮成员,后成为演员与作家。
③ 对伊朗等国伊斯兰教什叶派领袖的尊称。

托多洛夫①可憎可怖的恶，模棱两可的善

在《恶的回忆，善的诱惑》②中，茨维坦·托多洛夫对行将结束的这个世纪作了探讨。这个世纪有什么大事发生？他认为是极权制的诞生。世界上不少地方都被极权制统治着，被两个象征着恶的人物压迫着：斯大林和希特勒。

茨维坦·托多洛夫列出了我们目睹的极权制与民主制之间的对抗所带来的各种后果。首先是必须抛弃过去几个世纪里某些大思想家所信奉的人类持续发展的观点。极权制是比之前的制度更糟糕的新生事物。历史不一定是往最坏的方向发展，但也不会往最好的方向发展。

整个世界，首先是欧洲，未曾经历过极权制，但是却同时经历

---

① 茨维坦·托多洛夫(Tzvetan Todorov, 1939—　)，法籍保加利亚裔哲学家。

② 茨维坦·托多洛夫，《恶的回忆，善的诱惑》，罗贝尔·拉封出版社。——原注

过两个制度:共产主义与国家社会主义。在这两者与民主制之间,任何组合都是可能的。一开始,共产主义者竭力将自由民主主义和法西斯主义降格划归于同一阵营;在三十年代和二战之间这段时期,民主主义者与共产主义者组成了反法西斯同盟;最终,从二战结束起,国家社会主义与共产主义就像是两个非常相近的亚种,同属于一类:极权制。

在托多洛夫的整篇叙述中,他进行了一些分析和引用。他将极权制起源的责任归咎于列宁:"列宁写道,必须公开地提出恐怖在原则上和政治上都是可行的,恐怖的形成以及使其合法化的,在于它的必要性。"托多洛夫揭示了那些优秀的思想家是怎样受到极权制的毒害的。"西蒙娜·波伏娃在一本骇人听闻的文章中写道,真相只有一个,而错误却有千百。右派支持多元制并不是巧合。"托多洛夫曾多次对阿龙表示反对,他认为冷战的时代背景迫使阿龙过分重视了苏联的宣传。

托多洛夫的书是灰暗的,因为过去的这个世纪本身也是灰暗的。但作品中一些简洁的描写与一些理论性的章节相间,使得这部作品熠熠生辉。这些理论章节中有探讨恶的本性的或是对过去的老生常谈的,这些都是这位一直对记忆控制问题感兴趣的作者所钟爱的主题。而描写的对象主要是挽回了我们能够成为人类这一形象的一些人:瓦西里·格罗斯曼[①]或玛格丽特·布卜-纽曼[②],

---

① 前苏联作家、记者。二战时以《红星报》军事记者身份奔波前线。
② 曾为德国共产党的领导成员,二战时在苏联和纳粹德国的监禁中幸存下来,后撰写了监狱回忆录。

大卫·卢塞[1]或普里莫·列维[2]，罗曼·加里或日耳曼·蒂里翁[3]。对撰写各种压迫的作者来说，对萨特或乔伊·诺德曼[4]，还有对那些忍受并掩饰了痛楚的人来说，上述那些人就是他们笔下的对位主题。

感谢上帝，民主制战胜极权制而占上风。书中最浓墨重彩的几页，引发了无数讨论，继恶的回忆之后，开始讲述善的诱惑。

与爱情和同情不同，善是一种模糊的概念。格罗斯曼写过："善之黎明将现之处，老幼丧命，血流成河。"托多洛夫毫不犹豫地把在广岛和长崎投放原子弹称为战争罪行，谴责民主主义打着民主眼中的善的旗号采取手段对付所谓的恶。"极权制失败了，但对民主制来说，并没有消灭一切祸害。"

对这一议题的研究很自然就引发人们对"合乎道义"、干涉科索沃、"人道主义轰炸"、"战争引起的无辜平民死亡"、道德战争以及干涉权力的审视。托多洛夫对干涉行为作了总结。他认为这并不是什么光彩的事。"阿尔巴尼亚人的科索沃"这个词不见得比"塞尔维亚人的南斯拉夫"要民主多少。

这部作品的最后一部分内容可能会成为众矢之的遭到尖锐的批评。作者提出论点认为十字军东征，征服美洲，殖民主义也都是

---

① 法国作家，布亨瓦尔德集中营幸存者。

② 犹太裔意大利小说家，纳粹大屠杀的幸存者，曾被捕并关押至奥斯维辛集中营，后被苏联红军解放。

③ 法国人类学家，以上世纪 50 年代代表法国政府在阿尔及利亚的工作而闻名。

④ 法国共产党员，律师。

属于干涉的责任:在征服印度支那之后,保罗·伯特曾在河内公开呼吁人权。在刺刀尖儿上传播幸福与和平总归是冒险的。

研究胜利,而不是研究真相,这是托多洛夫所反对的。在当代关于善与恶的大论战中,茨维坦·托多洛夫的书带来了许多宝贵的信息,热烈讨论的主题,还有光明。

《费加罗文学》,2000 年 12 月 21 日

天哪！这是个手套！

让我们抛开乏味的政治和刚开始的萎靡不振,轻松一会儿,愿意吗? 让我们再回到生活中,回到真正的生活中——也就是书籍中。有了弗朗索瓦·香德那高①,贝尔纳·亨利·列维,帕特里克·贝松,埃里克·奥森那②,菲利普·拉布罗③,亚历山大·加尔丹④及其作品《斑马》,赛尔日·布朗利⑤及其作品《莱昂》,以及勒克莱齐奥⑥,还有其他一些作家,这次回归绝不平常:人人都能在其中找到心头所好。然而今天我要向你们介绍的是一本刚出版几个月,还没什么反响的书。因为在这本书的每页纸上,都隐约闪烁着生活的光辉。

奥利维·萨克斯出生于伦敦,是纽约的一名神经科医生。在

---

① 法国作家。
② 法国政客,小说家。
③ 法国作家,编辑、导演。
④ 法国作家,电影艺术家。
⑤ 出生于突尼斯的犹太家庭,法语作家,随笔作者。
⑥ 法国作家,2008 年诺贝尔文学奖获得者。

他的最新作品《男人把女人当作帽子》①中——在不少国家都是畅销书——，萨克斯以最简单的文风，非比寻常的才华，为我们讲述了几则故事。而这些故事正是来源于他那些为不幸和生活困难所迫的病人们一直以来向他们的医生所讲的事。他带领我们深入到一个内心世界，这是丧失了语言、记忆、身份、时间的人的内心世界，是饱受激动或幻想困扰的人的内心世界，是精神世界已紊乱的人的内心世界，是被其他人看作是思想简单，狂热分子，或是疯子的人的内心世界。在某种意义上和不同程度上，这说的就是我们大家。结论是这本书很引人入胜，非常有趣，既诙谐又有点可怕，您要是读了肯定会时哭时笑。

萨克斯医生将我们领入一个既不呆板也不抽象的荒诞世界；这个世界由一些简短的小故事组成，共同点很简单：某样东西停止了。但到底是什么呢？ P 博士是位优秀的音乐家，富有魅力，学识渊博，谈吐自然风趣。很简单，他试着把他妻子的头放在他的头上：他把他妻子当成是一顶帽子。当萨克斯医生给他看一朵玫瑰花时，他将此物描述成是"与一段共计 15 厘米长的条状物相连的红色状物"。这会不会是朵花呢？他俯身闻了闻这个东西。啊！多香啊！当然了，这是朵玫瑰！萨克斯医生给他递上一只手套。

——这是什么？医生问他。

——这个人回答说，是一个事物的表面，与它自身折拢在一起。有五个突起的部分。是一种容器。可能是个零钱包？

---

① 奥利维·萨克斯，《男人把女人当作帽子》，塞伊出版社。——原注

突然,P博士无意间把手伸进了这个物体里。

"天哪!"他大叫,"这是只手套!"

在萨克斯医生的书中,呈现在我们眼前的是整个被抛弃者、精神错乱者、困惑者、迷茫者的世界,是整个失去了灵魂的世界:一个敏捷又有天分的水手,他的时间停在了1945年,因患遗忘症,他总是被禁锢在现时和某个唯一的时刻里;一个女子再也感觉不到她的身体;一个男人不停地从他床上掉下来,因为他像排斥外人那样总是推开他自己的腿;对一个女人来说,所有发生在左边的事都消失了,她永远生活在右边——所有这些人都失去了自我,而他们却不能够了解这个自我,因为已经没有人来了解了。

与他们的机能缺失和他们的不足相补充相对应的是他们的过剩:精力过剩,记忆过剩,可能有些极其不合常理的感觉"好毙了"的人是健康过剩。还有所有那些引人发笑或是悲伤的精神失常,就像一个杀了他女朋友的年轻人在忘记凶杀和挥之不去的记忆之间动摇。最终这是个险恶的世界,充满了蠢人、呆子、头脑简单者,这些人同时在特殊的领域里——音乐、诗歌、绘画、象棋、数学——,是不可思议的天才,是一些傻瓜天才。奥利维·萨克斯这本令人心碎而又活生生的书教给我们的是,被我们称作正常生活的东西,它的平衡是如此脆弱而容易被打破。

《费加罗杂志》,1988年10月1日

福玛罗利　快乐的思想

　　在已风靡欧洲与世界二三百年,最近却突然开始质疑其语言及其本身的法兰西智慧中,马克·福玛罗利在其中单独占有一席之地。

　　福玛罗利首先是位研究人员。他是大学里培养出的纯粹的人才,如今我们的大学正被诸多风波搞得不得安宁。他展现了一条康庄大道,之后根据传统跟随了好几代的教授和大批评家。从他取得法兰西学院文学教师资格以及进入法兰西学士院成为院士,他不断、有趣、自信、异常平静地成功经历了我们晋升体系的每个阶段。不同于利用媒体大肆炒作,走通向名誉的必经之路,他是以他的研究和他的著作而声名大噪位居一流。

　　一开始,他是个 17 世纪人士。更确切地说是一位修辞专家,他比其他任何人都要了解修辞法和相关著作。我甚至长久以来一直有点固执己见地认为,像某个博尔赫斯迷失在巴别塔图书馆的法语区中一样,他行云流水富有魔力的笔下诞生的虚伪的人是否并不是由他创作的。不是的! 我一定是太兴奋要发狂了。福玛罗利并不是什么都没创作，他只是什么都知道罢了。

不久后，与他联系紧密的 17 世纪对他而言变得有些狭隘了。他滑向了 18 世纪，那里有华托、布歇、弗拉戈纳尔①和乔芙兰夫人的沙龙或是贝内德塔·克拉维里②跟我们讲过的在他看来很有才华的杜·德芳夫人的沙龙。18 世纪的两个高峰——"先生们，我认为 18 世纪是个伟大的世纪"——对福玛罗利的鼓舞尤其大：首先是在那个世纪，经过普鲁士国王腓特烈二世、俄国女皇凯萨琳大帝和利涅亲王③的推广，法语在柏林、维也纳、圣彼得堡、意大利取得了辉煌的成就；然后是，18 世纪末和 19 世纪初，夏多布里昂的不朽巨著，《两岸的游泳者》。

《当欧洲讲法语》和关于夏多布里昂的著作——《诗歌与恐惧》——这两本书④中，不仅研究了所受到的《墓畔回忆录》作者⑤的影响，还有他给普鲁斯特、阿拉贡、康拉德带来的影响，最终使福玛罗利超越了他最初涉足领域的边界。与一些杰出的业余爱好者匆匆浏览作品和时代不同，这位修辞专家与文学界专业人士处处都保持着严谨治学的态度，咬文嚼字，字斟句酌，这使他很快成为研究 18 世纪与浪漫主义初期的专家。

---

①　华托、布歇、弗拉戈纳尔都是 18 世纪法国洛可可风格的代表画家。

②　意大利图西亚大学的法国文学教授，著有《交谈的年代》、《杜·德芳夫人与她的世界》，等等。

③　利涅亲王(prince de Ligne)是比利时最负盛名的贵族头衔之一。这里指的是 18 世纪的神圣罗马帝国利涅亲王查理·约瑟夫。

④　这两本书的作者都是马克·福玛罗利。

⑤　即夏多布里昂。

他以《阅读的练习》再次扩大他王国的疆土——从拉伯雷到瓦莱里。在《精神外交》一书中，他已经对蒙田和拉封丹很有兴趣，他也对他们作了不少研究。18世纪引导他去参考龚古尔兄弟，他们在第二帝国时期发表了一系列关于路易十五的情妇或摄政时期①出现的"洛可可"式艺术的研究。一大堆序言——有时和它们介绍的文章一样长甚至更详尽——使他一直以一种精确的方式，科学地探讨各种各样的问题。在一个注定分工劳动的时代里，普遍的好奇心是一个面对不断扩大的视野的学者所要必备的素质，有了好奇的精神，这一切都会顺利地进行。

我们的百科全书编写者没有放过当代的问题。1992年，一部介于抨击文章和档案材料之间的作品——《文化国家，一种现代宗教》——引起的强烈反响一直蔓延到当局。这位作者的名字也因此家喻户晓。伏尔泰说过有关匹克·德拉·米兰多拉②探讨"所有可知的事物以及其他事物"的很有名的词儿如今也适用于马克·福玛罗利了。

在他的闲暇时间里——哪个闲暇时间？人们思考着这个问题——，他对绘画、雕刻、摄影都感兴趣。他撰写了一些有关普森、安格尔、昆丁·德·拉图尔③以及一些当代艺术家的文章。当他拍摄树干时，当他探索海底资源时，人们会自觉地将这个古怪的人看

---

① 1715到1723年法国奥尔良公爵摄政时期。

② 15世纪意大利文艺复兴时期的哲学家。其著作《论人的尊严》被誉为"文艺复兴时代的宣言"。

③ 普森、安格尔、昆丁·德·拉图尔均为法国著名画家。

作专业人士。

稍微对他有所了解的人都知道他不只是一个研究员和博学之士。可能用那些他经常研究的 18 世纪的人物或是我们这个时代的以赛亚·柏林①的说法,他也是个少有的"有口才的人"。罕见的是,他的同行尊敬他的同时,家里的情人争夺他,朋友们欣赏他、奉承他,国际机构还授予他荣誉。在博尔赫斯②、斯塔罗宾斯基③、艾田蒲④、让·勒克朗⑤、伊夫·博纳孚瓦⑥或保罗·利科⑦相继获得巴尔赞奖后,他也于 2001 年获此殊荣。

我经常感到惊讶的是,他这个很有天分,对一切都很好奇的著名的大学研究人员,居然不受小说、戏剧,或者,为什么不呢,电影的诱惑。他不止一次地亲口承认过,他曾冒过极端分歧,甚至是分裂的危险。然而在他所操心的多种多样的事情背后流动着一条红线。

是什么红线? 马克·福玛罗利从未自己确定过,或是以德里

---

① 公元前七、八世纪的希伯来大预言家。
② 阿根廷著名作家。
③ 瑞士文学评论家。
④ 法国著名汉学家。
⑤ 法国著名东方学家和研究古埃及的考古学家,对法老时代的历史与文化颇有研究。
⑥ 法国著名诗人,评论家。
⑦ 法国当代哲学家。

达①的方式解构,抑或是以巴特②、萨特、布朗肖③的方式建构过一种文学理论,或是文学批评方法。教条主义、文化社会学及他自愿探讨的歇斯底里的介入,甚至是抽象的鲜有要求的人文主义概念,都不对他的口味。他反对一切忧郁的迷恋,他站在快乐这边——一直到伤感——站在法国伦理学家反对阴郁不振的现代说教者这边。他所钟爱的一些经典作家在交谈中将某种东西称为"快乐的思想",而与之相关联的文学方面的学问,才是他的兴趣所在。远不同于闲来无事、无聊懒散以及一切形式的文化恐怖的"忙里偷闲"的空余时间里,他也不忘始终身体力行地反对这种"忧郁",而与这种"忧郁"相近的至今都经常提到的"功绩"这一说法,在他看来都是粗鲁和阴暗的。马克·福玛罗利是与文化一脉相承的文学大师,在他不断为我们呈现的光彩夺目的文学王国中,他是勤奋快乐的第一人。

《费加罗文学》,2006 年 3 月 16 日

---

① 雅克·德里达,法国著名哲学家,解构主义的代表人物。
② 罗兰·巴特,法国文学批评家,社会学家,结构主义与符号学的代表人物。
③ 莫里斯·布朗肖,法国著名作家,哲学家,文学理论家。他的研究对后来的后结构主义者,如雅克·德里达等,有很大影响。

社会中坚

鼓声隆隆,典礼开始:这里是整本书的核心,这里有一些作家。

当然,他们的名单是随意排列的。有很多大名鼎鼎的作家并没有出现在这个章节里。我的很多非常要好的朋友也不在名单之列。出现在名单上的所有作家都令我为之心动,并且,我从中得到了许多欢乐。

夏多布里昂,一个天才型的"好小子",是一个信奉天主教的享乐主义者。儒贝尔,终其一生著作甚少。巴尔扎克,现实主义诗人。圣勃夫,"追求女人"。图莱,一个在荣耀中死去的无名氏。莫里亚克的汤水闻起来有股马钱子碱的味道。贝尔,犹太人,贝当阵营的左派人士。而散人,傻瓜一个,在一片讥笑声中,摘得过诺贝尔奖。

阿拉贡、尤瑟纳尔、博尔赫斯、齐奥朗,还有其他的人,我们从他们身上学到了什么?用佩索阿①惯用的优美的语句来说,是"生活并不足够",还有,文学是用来将我们提升到高于自己的位置上的。

---

① 葡萄牙著名诗人与作家。

再读《达尔杜弗》

　　大部分的书读后很快就被人遗忘了。剩下的一小部分书,则在人们的记忆中永远鲜活着。这是因为它们超越了时尚、短暂与偶然性,因为它们触动了某些持久而永恒的东西,它们世纪相传,每代人中都有新的忠实读者。这就是所谓的经典作品。在佩吉①和普鲁斯特所喜爱的——没有前言,没有注释,也没有类似的评论的——那些简朴的老版作品中,我最近读了一本,书名是《达尔杜弗》,或翻译成《伪君子》。

　　《达尔杜弗》是一出抨击伪善者,伪君子,招摇撞骗之人的戏剧。当然,这部剧因此也遭遇了不少挫折。莫里哀曾写信给国王说:"我想过,即使我写出一部喜剧,来刻画那些伪善之人,并将这些表面上好得有些过分的人的所有矫揉造作的嘴脸都揭露出来,我也不能为您的王国里所有善良老实的人们帮上一点忙",莫里哀这番话可谓白费工夫,《达尔杜弗》直到五年后才得以公演。因为

_____

　　①　夏尔·佩吉,法国著名诗人,评论家。

骗子和伪君子"很擅长为他们的行为披上漂亮的外衣,并且绝不能容忍在众人面前露出狐狸尾巴"。《达尔杜弗》是出喜剧。但是在这部剧中,悲剧的成分却始终与喜剧形影不离。缪赛就曾注意到莫里哀的戏中"人们刚刚笑罢,却又有流泪的冲动"。

跟唐璜、阿尔瑟斯特,还有阿巴贡①一样,达尔杜弗也几近悲剧。这出戏极好地回应了小仲马给好的小说下的定义:"当人们阅读时感觉有趣,当人们读完后觉得悲伤的才是好的小说。"埃米尔·法盖②在他的《文学研究》上写得很清楚,不仅是主人公的性格,还有,"特别是故事情节,剧本结构的处理,都非常重要,以至于人们会预感到一个坏的结局,并且'事实上果真是个坏结局'"。(是法盖强调这句话的。)我们待会儿再来考虑该采纳哪个结论。

在这出阴暗喜剧的故事情节的处理和架构上,首先令人惊讶的地方便是达尔杜弗上场的时间。实际上,从没有过一出喜剧或是悲剧的主人公上场像他这么晚的。古典戏剧的主人公——《愤世嫉俗》中的阿尔瑟斯特,高乃依笔下的西德,拉辛笔下的阿达莉,等等,——大多数都是在第一幕就上场的,而且通常是第一幕的第一场。而达尔杜弗,他一直等到最后一刻:第三幕第二场才上场。大概是因为担心露出真面目,他尽可能地缩短在场时间:31 场戏他只出现 10 场,1962 句台词他只有 290 句。他不愿意一直呆在幕后,等到他出场时,他尽量避免说大段大段的独白,怕因此会露出

---

① 唐璜、阿尔瑟斯特、阿巴贡都是莫里哀的几出喜剧当中的人物。
② 法国作家,文学评论家。

马脚。他喜欢简洁的辩驳,连珠炮似的短句。

　　达尔杜弗不在场的时间里,他却与在场无异。前两幕戏没有他的戏份,他的拥护者就已经说尽好话对他赞不绝口,为他出场做了铺垫。白尔奈耳太太把他捧上了天,而奥尔贡对他更是顶礼膜拜:

> 他爱抚她,拥抱他,对于一个情人来说,
>
> 我想,也不会再有比这更多的温存了。
>
> 最终,他为之疯狂;这是他的全部,他的英雄;
>
> 他一心一意崇拜着他,一开口滔滔不绝谈的都是他;
>
> 他的一举一动,他都为之神魂颠倒。
>
> 他所说的话在他看来就如圣言一般。

　　当然,分清是非的人——克莱昂特,特别是说话粗鲁又直白的陶丽娜——,知道达尔杜弗这张面具背后隐藏着什么野心。但奥尔贡的痴迷一发不可收拾,他甚至无论如何都要把自己的女儿嫁给这个伪君子。他女儿的名字叫做玛利亚娜。

　　第三幕第二场,故事已经充分展开,达尔杜弗,还有一个死心塌地跟着他的小跟班,一个并不重要的角色,名叫劳朗,终于千呼万唤始出来,出现在舞台的前方,他的第一段台词——非常有名——突出了他灵魂的高贵,且对他人有所启示:

> 洛朗,把我修行的苦衣和教鞭收好了

祷告上帝,神光永远照亮你的心地

有人来看我,就说我把募来的钱分给囚犯好了。

　　伪君子的故事性与社会性的深度使得众人眼前一亮。我们知道,缪赛与法盖曾经思考达尔杜弗归根到底是不是一个喜剧人物。即便是在莫里哀的那个时代,拉布吕耶尔①也曾提过同样的问题。我想圣勃夫对人物行为与性格的意义的理解是最到位的,他像往常一样,又一次语不惊人死不休,只用寥寥数语便将这种意义概括出来:"人们等待达尔杜弗;他还没有出场;前两幕戏已经演完;到目前为止到处都充斥着他;一切都与他有关;但人们连他的人影都还没看到。第三幕开演;他终于千呼万唤始出来,人们听到他说:洛朗……拉布吕耶尔讲出他所想要表达的所有内容:这句'洛朗,把我修行的粗毛衣收好……'是人们所能想到的最精彩的戏剧性与喜剧性的开头。"

　　接下来的故事在精心安排下向前延展。等到善良的奥尔贡发现这个觉悟甚高的布道者原来是个坏蛋和惯犯的时候已经太迟了:由于他的粗心大意,他已被这个伪君子的魔爪所掌控。奥尔贡最终在事实面前醒悟了过来,他要将达尔杜弗扫地出门;而这位伪君子此时已经无所畏惧,本性暴露无遗,身边还跟随着鲁瓦亚尔先生,此人人如其名②,纯粹就是一个狗腿子,达尔杜弗冷冷地对仍以

---

　　① 17世纪法国评论家,法兰西学院院士。
　　② 鲁瓦亚尔法文是 Loyal,意为忠诚的。这里意为鲁瓦亚尔先生忠诚地跟在达尔杜弗身边。

88

为自己是房子主人的奥尔贡说：

> 你说起话来，倒像主人。不过，应该离开的，是你。
>
> 房子是我的，回头就叫你知道。

如果不是结局的大逆转阻止了达尔杜弗继续害人，他的机灵、狡猾，还有对手的天真，都会让他胜券在握。

莫里哀生活的那个时代坚持认为当时权势庞大的宗教人士遭了这出戏的殃。但是《达尔杜弗》作者的大胆与智慧所针对的与其说是那些宗教人士，不如说是一直存在的伪善者与伪君子们。因为莫里哀是整个时代的天才，如果时间放到现在，要想象一下，达尔杜弗当然不用躲藏于传统观念的背后，但却要藏于当今视为神圣事物的背后：虔诚的蛊惑人心的宣传，伪善的平均主义，装模作样地热衷人权。巴黎总主教哈杜安·德·佩雷菲克斯，修道院院长、后来成为奥顿主教的罗盖特，以及这个所谓的圣体会——上述都是地位显赫，德高望重之人——承袭了他们表面上的假仁假义的人都是莫里哀嘲讽的对象与敌人。

《费加罗杂志》，1988 年 2 月 20 日

约瑟夫·儒贝尔:著述欠缺

　　夏特奈夫人,在斯达尔夫人与雷卡米埃夫人之后影响了 18 到 19 世纪的一位睿智女子,她这样写道,儒贝尔是"一个偶然间与肉体相遇的灵魂,却又奋力从肉体中出离"。这是一个充满魅力的灵魂,而且有点古怪。据说约瑟夫·儒贝尔习惯在约纳河畔新城①的住所旁的林荫小道上散步,一边散步,一边把他读的书上不满意的地方撕掉。他的图书馆里满是书壳,里面却不剩几张纸了。灵魂刚刚勉强依附上来的这个肉体,又高,又瘦,又单薄孱弱。他畏寒,谢顶——很快他就得戴假发了——,喜欢意淫,又有点神经质,他严格规定自己的饮食,以控制自己激动不安的情绪。他对一切都很敏感。他活在他一直试图逃避的永恒的困扰中。他喜欢躲起来一个人思考。

　　儒贝尔每天都在写作。但他从不发表。不仅仅是他的作品总是完不成——"我绚烂夺目之时,也只是昙花一现"——,甚至是连

---

　　① 　法国中北部勃艮第大区约纳省的一个市镇。

一篇作品都没有。只有一些散乱的思想,还有一些涂满想法的草稿。这些残篇断简居然涂满了两万多页的本子,六十沓纸,纸上工整而精确地抄写的字,密密麻麻地把纸都给映黑了。在他生命中的六十六年里(1754—1824),他有五十年都在记录。他所记录的不是那些震惊世界的大事件,而是他阅读后的收获,脑海中闪现的想法,面对世界,以及面对自身境况的心态。

他所生活的时代是历史上最为动荡的时代之一。整个时代只是远远地在他平常所记录的文字中反映出来。对他来说,重要的是邂逅。邂逅荷马,邂逅柏拉图、维吉尔、卢梭、狄德罗。还有那些后来成为他最亲密朋友的人:冯塔纳①和夏多布里昂。他在法国西南部完成了学业,后来离开了那里,北上巴黎。伏尔泰与卢梭逝世,法国大革命还在紧锣密鼓的酝酿过程中,那个时候他二十岁。他那时认识的冯塔纳还不是我们后来所熟知的庄重严肃、一本正经、披着议员和大学校长的外衣的冯塔纳,——跟莫雷一样,后来变得非常讨厌——而是一个优雅、忧郁而聪颖的年轻人。那时的巴黎被一派万事俱备只欠东风的大革命气氛所笼罩着,他们两个人和勒蒂夫·德·拉布雷东②一起散步,这是一位思想荒诞的智者,对一切都充满好奇,放荡不羁。抑或是和《巴黎景象》③的作者塞巴斯蒂安·梅西埃一起散步。在恐怖时代④末期,儒贝尔遇见了

---

① 冯塔纳侯爵(1757—1821),法国诗人及政治家。
② 法国作家,生于 1734 年,卒于 1806 年。
③ 路易·塞巴斯蒂安·梅西埃,《巴黎景象》,法兰西信使报。——原注
④ 法国大革命时 1793 年 5 月到 1794 年 7 月这一阶段。

波利娜·德·波蒙,她是蒙莫兰的女儿,蒙莫兰当时是路易十六的外交部长,全家都被送上了断头台。差不多是冯塔纳与逃亡到伦敦的夏多布里昂结缘的同时,儒贝尔与波利娜也成为了朋友。夏多布里昂怀揣一张普鲁士执照,化名为纳沙泰尔①的公民让·大卫·德·拉萨涅,被解救了出来,于1800年春天回到了法国。冯塔纳把夏多布里昂介绍给儒贝尔。儒贝尔又把夏多布里昂介绍给波蒙夫人。夏多布里昂发表了《阿达拉》,大获成功。波利娜爱上了夏多布里昂。她把他带到奥尔日河畔萨维尼②,他完成了《基督教真谛》一书。1801年五月的一天,儒贝尔简单地在纸上记下:"四十七年……愿父旨意成就在地!"③这样写已经很低调了。

儒贝尔批判夏多布里昂抛弃波利娜甚于从他身边抢走她。比起夏多布里昂和冯塔纳——就像讨厌莫雷一样,夏多布里昂对冯塔纳归顺第一帝国憎恨不已——,儒贝尔与夏多布里昂则始终坚定地站在同一阵线。儒贝尔去世十五年后的1838年,是夏多布里昂仔细跟进儒贝尔的《思想》——已残缺不全——第一版的发行。直到整整一百年以后,夏多布里昂周围"小圈子"中的一位大知识分子安德烈·波尼埃,才最终出版了儒贝尔那些天马行空想法的完整版的定本作品。1938年发行的版本由伽里玛出版社分两卷再版,让-保尔·考赛迪、安德烈·波尼埃夫人以及安德烈·贝乐索④

---

① 瑞士某城市名。
② 法国巴黎南部郊区的一个市镇。
③ 新约圣经马太福音6章9到13节,是基督教的主祷文。
④ 安德烈·波尼埃、让-保尔·考赛迪以及安德烈·贝乐索均为法国著名作家。

都为此书撰文。

圣勃夫已确定了儒贝尔永恒的地位与重要性:简单说,没有任何一本书,能像儒贝尔的这部作品一样,如此好地褒扬了这一系列法国式的作品,从拉罗什福科的《箴言录》开始,经巴斯卡尔、拉布吕耶尔①、沃夫纳格②等人之手,最后百转千回汇聚到蒙田的笔下。

但身为"无作品的作者,不写作的作家",儒贝尔可能被莫里斯·布朗肖③更加确切地定性为:"儒贝尔既不是尚弗④,也不是沃夫纳格,更不是拉罗什福科。他写的并不是包含简短思想的俏皮话。"事实上,儒贝尔呈现给我们的既不是箴言,不是谚语,也不是辛辣讽刺的用语。更加不是为即将出版的书作的序。不如说这是一部断断续续的忧伤的长篇感想集——他的"一线曙光"——以思想录为形式,大部分文笔都很晦涩,有时几乎是神秘的,构成了一种私人日记的形式,玄奥而严谨。

对博大与微小的向往,还有铺展与收拢,是儒贝尔的思想中相互矛盾的两大重点。这里便显出他的高尚之处:"要降格为我们自身,必须首先将自身提升。"

但是后来,对简明扼要的追求很快弥补了对高度的奋力追求:"绞尽脑汁一直在想,到底怎样才能把一整本书浓缩进一页纸,一

---

① 让·德·拉布吕耶尔(Jean de La Bruyère,1645—1696),法国随笔作家、道德家。

② 沃夫纳格侯爵(marquis de Vauvenargues,1715—1747),法国作家。

③ 莫里斯·布朗肖(Maurice Blanchot,1907—2003),法国作家、哲学家、文学理论家。他的理论对后结构主义哲学家如雅克·德里达有深远影响。

④ 尼古拉·尚弗(Nicolas Chamfort,1741—1794),法国作家。

页纸浓缩进一句话,一句话浓缩进一个字。这就是我。"让-保尔·考赛迪在他的前言中明确指出儒贝尔介于柏拉图学派与牛顿宇宙志之间的处境:"一滴露珠映出整个太阳。"

置身于涌现了一拨浪漫派作家的,却完全古典的漩涡的中心——"新书最大的缺点就是使我们不再阅读旧书"——,有时并不太了解情况——他以为阿蒂拉已经进了罗马城呢——,儒贝尔,竟然闪电般变得如此新潮:"符号使得表征的事物被遗忘"或"荣誉勋章,颁给了名不副实的人"或"渴望荣耀比拥有荣耀好"又或"在文学上,不应装模作样"。

无论在何处,简短甚至抽象的小故事清楚地展现了已经开始的新时代以及称为"可怕的同情转移"的东西:"小姐们,你们从哪儿过来的? ——妈妈,我们刚刚去看断头台处决人犯了;啊!我的天哪,那个可怜的刽子手该有多痛苦啊。"悲观、严苛、极度考究、与人相处相当愉快,儒贝尔写出了不成作品的作品,却比其他许多的作品要好上千倍,应该好好将其保管在他的书桌上,以便自由自在地随心翻阅。

《费加罗文学》,1994 年 9 月 2 日

夏多布里昂在威尼斯

夏多布里昂到过的地方都留下了他不可磨灭的足迹。他曾在美国逗留过。在伦敦，他潦倒却不失强势；在西班牙，有位年轻女子在等待着他，这个人我们稍后再说；在瑞士，他是斯达尔夫人的挚友；在布拉格，他向塔列朗①借用老四轮双座篷盖马车与一位落魄的国王相会；在希腊和巴勒斯坦，他为《殉道者》收集素材，向耶稣空墓堂鞠躬致意。但只有意大利这个地方才使他能够扮演其最钟爱的角色，即第一的角色。

在罗马，因为与波利娜·德·波蒙之间的爱情以及她的离世，他从一位卑微的小秘书一夜之间转变成一个传奇人物，他以罗马教廷大使的身份，闪电般归国。他的作品《墓畔回忆录》里一部分最为优美的篇章就是汲取罗马的灵感创作而成。米兰被他让给了司汤达。可能只有在威尼斯，他那些令人惊讶的矛盾才得以微妙

① 夏尔·莫里斯·德·塔列朗·佩里戈尔，法国资产阶级革命时期著名外交家。

95

地展开。

　　夏多布里昂去过两次威尼斯,最近一次是在他去世之前。第一次的时候,他和他的妻子塞莱斯特于 1806 年 7 月 13 日离开巴黎。这位已经因《阿达拉》和《基督教真谛》而闻名的著名作家是要去哪呢? 他去了希腊和耶路撒冷。他去了他魂牵梦绕许久的圣地,以天主教作家的身份去了耶稣空墓堂。他自诩为皮德尔①的门生,索里姆②的十字军骑士。事实却与此有点出入。他出发去威尼斯,在那儿他将乘船前往神秘的东方,更确切地说是大言不惭的渎圣的朝圣者。这趟文学与宗教的海上之旅其实是一次爱情之旅。

　　夏多布里昂第一次从罗马回来时,在翁吉安公爵被处决以后,他的生命中又出现了一位新人物:诺瓦耶伯爵夫人娜塔莉·德·拉波德,她之后成了穆希公爵夫人。她有着洁白的脖颈,环形鬈发围绕的迷人的脸庞,孩子般忧郁而任性的大眼睛,穿着相当有品位,优雅无人能及,打扮非常入时。与其说娜塔莉是个旁人无法媲美的尤物,不如说她是迷人的,确切来说是令人无法抗拒的魅惑者。她父亲是拉波德侯爵,是宫廷中的一位银行家,还是个大农场主。她在十五岁那年就嫁给了夏尔·德·诺瓦耶伯爵。她所深爱的这个丈夫却为了德加勒王子以前的情妇费茨·赫伯特夫人而抛弃了她。伤心欲绝的娜塔莉于是转投《基督教真谛》作者的怀抱。托上天的福,夏多布里昂总算自由了:他的情妇波利娜·德·波蒙

---

　　① 古希腊文学中讲到此人是献给阿波罗和缪斯女神的人。
　　② 圣经中对耶路撒冷的称呼。

在罗马时已在他的怀抱中离开人世,而他又刚刚摆脱了另外一个,德尔菲娜·德·古斯蒂娜。当然还有他的妻子塞莱斯特,但她并不算是很重要。

那时是奥斯特利兹①的时代,随后是耶拿②的时代。娜塔莉·德·诺瓦耶去了西班牙,勒内想着在他去圣地朝圣后回来在格拉纳达③和她重逢。首要的问题就是阻止塞莱斯特陪他一起去东方。为了更能使她打消这个念头,夏多布里昂乔装打扮成冒险家的样子,带着手枪、短枪、喇叭口短铳枪,甚至还有一桶火药。塞莱斯特很快就乖乖听话,只陪她丈夫到威尼斯,然后就由他一人享受海上好运了。

7月13日礼拜天,从巴黎出发,乘坐最大最豪华的被称作"轿式马车"的一种车,勒内和妻子塞莱斯特于7月23日礼拜三抵达威尼斯。他们入住了金狮酒店。

威尼斯令人失望。夏多布里昂在写给他的朋友路易·伯坦的信中说道:"如果我没搞错,你们会跟我一样对威尼斯不满的。这是个反自然的城市。要是没船就寸步难行。要么就是不得不在窄得要命的过道上掉头,这些道与其说是路,倒不如说更像是狭长的走廊。只有圣马可广场还算可以,从总体来看,而不是只从建筑物的美观来看,真的非常出色,名副其实。威尼斯的建筑几乎清一色

---

① 前捷克斯洛伐克的城市,1805年12月2日,拿破仑在此打败了奥地利和俄罗斯的皇帝。

② 德国地名,1806年爆发的普法耶拿和奥尔施塔特之战,历史上一般通称为"耶拿之战"。

③ 西班牙某地名。

都是帕拉迪奥①风格的，多种多样，千变万化。几乎都是两个，甚至三个宫殿层峦叠嶂建在一起。还有一些名画，有保罗·委罗内塞的，他兄弟的，丁托雷的，巴桑的，还有提香的。"

信中所说的内容一经知晓——消息传得很快，夏多布里昂信件中节选的部分内容通常会被刊登在《法兰西信使报》上——立即引起了一片抗议声。

还是在这封信中，夏多布里昂通过对贡多拉船的描述而将他遇到的情况描绘得更加严重。为了抵制过度奢侈，当时的威尼斯共和国下达法令，强制贡多拉的颜色一律为黑色："著名的贡多拉全身漆黑，像是一艘载着棺材的船只。我看到的第一艘贡多拉，在我眼中，就像是被人们带到地面上的一位死者。"

1806 年的时候，勒内哪儿来那么大脾气？当然了，因为他很不耐烦。他会急的直跺脚，一点儿都不夸张。他的脑海中只有一个念头：尽快摆脱塞莱斯特，尽早出发，以便尽早回西班牙和他的娜塔莉那儿去。

他第二次来总督城②却跟上一次迥然不同。二十七年后，夏末的一天，夏多布里昂收到了当费尔大街寄来的贝莉公爵夫人的一封信，信中邀请他翻越阿尔卑斯山来威尼斯一聚。他当时已经六十五岁了。他有点犹豫，但随后便作了决定，乘着塔列朗先生的车

---

① 意大利文艺复兴时期的建筑大师，其建筑风格被称为帕拉迪奥新古典主义建筑风格。

② 即威尼斯。

再次上路:"不过,此刻当我再次坐着本尼凡托亲王①的敞篷马车长途跋涉时,他还在伦敦靠着他的第五个主人生活,指望出一场事故可以让他与圣人、国王、智者一起长眠于威斯敏斯特:这里正是与其宗教信仰及其忠诚与美德相符合的理想墓地。"

他途径朋塔雷、洛桑、锡永、布里克和辛普朗,还有维罗纳。在晨风的吹拂下,沐浴在时隐时现的太阳光下,他在多莫多索拉登陆。这让我们的旅行者格外开心。在大湖旁边,一位"盲人帕格尼尼"拉着小提琴。从1833年9月3日出发之日算起,他从巴黎到威尼斯整整用了一个星期的时间,这几乎创造了一个记录。身为秘密的无任所大使,他正为合法身份即将失效而困扰。

到了威尼斯连贝莉公爵夫人的半点消息都没有。身处威尼斯,亲王夫人没了踪影,勒内仿佛年轻了二十岁,他住进了欧洲酒店,就在威尼斯大运河的入口处,对面是海关、安康圣母教堂、珠玳卡岛和圣·乔治·马焦雷教堂。他在那儿待了八天,繁忙、狂热、辉煌的八天。

第二次来威尼斯最困扰他的就是对他那些浪漫主义对手们的回忆,首当其冲的就是卢梭和拜伦。卢梭那时爱上了一个年轻美艳的威尼斯姑娘,二十岁,名字叫茱丽叶塔。很不幸,让-雅克·卢梭在情场上没法跟唐璜或是卡萨诺瓦比。茱丽叶塔以一句著名的忠告拒绝了卢梭:"Lascia le donne et studia la matematica! ——放弃女人,好好学数学去吧!"

---

① 即塔列朗。

"拜伦大人，"勒内叹息道，"他的生命也给了花钱买的美女。"他的茱丽叶塔其实是一家面包店店主的妻子。她褐发、高个儿、有着迷人的眼睛，才二十二岁。她叫玛格丽塔·格尼。因为她丈夫职业的关系，人们管她叫"la Fornarina"（面包店的老板娘）。当拜伦冒着暴风雨去往丽都岛散步的时候，她在大运河边等着他，黑色的眸子泪光点点，乌黑的长发被雨淋湿。她大老远看见他时就朝他喊道："Ah! Can della Madonna! dunque sta il tempo per andare al Lido? ——哎！妈妈咪呀，难道这是去丽都岛的天气吗？"

如今，拜伦大人已经不在人世。每天早晨，夏多布里昂都会顺着他的足迹，去丽都岛散步。他沿着这片恰尔德·哈洛尔德①曾飞奔过的荒芜而昏暗的沙滩信步走过。夏多布里昂询问那些正为出海捕鱼准备渔网的渔夫们："马拉莫考②的渔夫，你听说过拜伦大人吗？"渔夫耸了耸肩膀，望向大海，像海一样默不作声。勒内很高兴：对手的辉煌这么快就烟消云散了。

于是，心境归于平静的夏多布里昂去拜访了威尼斯的两位名媛，她们曾经接待过跛脚的天才：奥布里奇伯爵夫人与本佐尼伯爵夫人。她们这回热情地欢迎了他。他肯定地说他厌恶社交活动："如果人们了解我在沙龙里忍受的痛苦，那么那些好心人一定不会再邀请我做这做那的了。"还有："在奥布里奇夫人家度过了一晚后，我难逃本佐尼伯爵夫人家的另外一晚。10点钟时，我从我的贡

---

① 拜伦的一部作品《恰尔德·哈洛尔德游记》的主人公。
② 马拉莫考水湾，位于丽都岛的南部边缘。

多拉上下来,就像一个被人带到圣·克里斯多夫的死人一样。"他恢复得挺快。本佐尼夫人是个出了名的大美人。她是卡诺瓦的模特,就像波利娜·博尔盖泽和朱丽叶·雷卡米埃一样。而且她还是当时一部著名的威尼斯坎佐涅塔①的女主角,题目有点傻:小凤尾船上的金发女郎。奥布里奇夫人就是威尼斯的斯达尔夫人。本佐尼夫人则是红人,明星,芭蕾舞女主角。

勒内受尽温柔的折磨。特别是一天晚上,他绝不会后悔比往常晚睡:奥布里奇夫人不仅跟他长篇大论谈了很久的拜伦,还给他介绍了一个非常年轻漂亮的威尼斯姑娘,此人从未好奇想要走出家门去到那不勒斯,甚至是罗马。"但是,您知道的,"她腼腆地笑着,像是请求原谅一样地,对他说道,"我们其他威尼斯人,我们就待在我们所在的地方。""我也是,夫人,"勒内看着她的眼睛回答说,"我会待在你们的地方,哪儿也不去。"

早上黎明时分,前一晚睡得太晚的勒内回到了丽都岛。晨曦微露,旭日东升。一群海鸥在沙滩上栖息,留下了湿漉漉的爪印。还有一些,笨拙地从海浪上空飞过。他像往常一样,开始幻想历史,幻想自己。在他眼中,威尼斯就酷似自己的生活。"威尼斯!我们的命运多么相似! 随着你宫殿的倒塌,我的梦想也烟消云散。"

这位已变得老态龙钟的诗人,在海边的沙滩上停下了脚步。他欠下身子,双手伸入海中,捧了一点海水放到嘴边。他望着眼前

---

① Canzonetta,起源于意大利的一种世俗音乐,属于节奏明快的小调。

波涛起伏的大海,想起他在布列塔尼的时候,是如此地喜爱这些海浪。他幻想着。如潮水般袭来的温柔将他吞没。每个人总有一天都会问的一个问题,如箭一般,穿过了他的身体:我一生都做了什么? 我给后人留下了什么印象? 于是,他侧卧在地,用一只有点颤抖的手指,也可能是他手杖的一端,在沙滩上划了一些东西。

"我现在在亚得里亚海上做什么呢? 一些乳臭未干的疯子:一波海浪刚从沙滩上退去,留下了一堆网状的泡沫,我就在旁边写下了其中一个名字;一阵一阵的海浪袭来,慢慢地冲刷着这个安慰人心的名字;一直到海浪第十六次卷上沙滩,海浪才不大情愿地将这个名字的最后一个字母冲刷殆尽:我感觉到,我的生命也被海浪卷走了。"

这个由十六个字母组成,一个字母一个字母地被海浪冲刷掉的名字到底是什么? 如果我们猜到了,也就不难理解夏多布里昂子爵在威尼斯经历了那么多悲惨而动人的故事之后,他的那颗备受煎熬的心和风风雨雨的一生。这名字既不是塞莱斯特·布伊松·德·拉维尼,也不是贝莉公爵夫人,显然也不是拿破仑·波拿巴;既不是波利娜·德·波蒙,也不是德尔菲娜·德·古斯蒂娜,也不是娜塔莉·德·诺瓦耶:感谢上帝,对怀疑论可能否决了永存之说的历史学家而言,每个名字都多出了一个字母;这名字不是奥尔唐斯·阿拉尔,因为差了两个字母;也不是科迪莉亚·德·卡斯特拉娜;不是夏洛特·伊芙;不是克莱尔·德·杜拉斯;不是波尔多公爵,不是夏尔十世,不是拜伦大人,不是圣父①,不是霍菲尔德的背筐的小姑娘,夏多布里昂《墓畔回忆录》中最使人无法抗拒的优美篇章之一就是为此人而写;也不是他亲爱的妹妹,孔布尔镇上的窈窕淑女露西。

在威尼斯等待着贝莉公爵夫人的吩咐,幻想着拜伦,六十五岁的夏多布里昂,在亚得里亚海滩上可能写下的唯一的十六个字母的名字是:朱丽叶·雷卡米埃。

《费加罗特刊》,2003 年 12 月

---

① 指罗马教堂。

天才的坟墓

法国大革命推翻了七月王朝不久,巴黎仍处于动荡不安之中。1848 年 7 月 4 日,差不多在巴比伦大街拐角处的巴克街,之前猜测说大革命"不会触及根源"的夏多布里昂,在他爱了、欺骗了三十多年的女人:朱丽叶·雷卡米埃的怀中离开了人世。朱丽叶一年后也随他而去了。当时失明的她,摸索着从她灰白的头发上剪下一缕发丝,将一束马鞭草放在这个他深爱的男人的胸口,而他的心脏已停止了跳动。

第二天,身为报刊业代表人物及大文豪的雨果在《见闻录》上写道:"夏多布里昂刚刚离开人世。本世纪的一颗光彩夺目的星辰陨落了。"在他去世一百五十年后,这位《基督教真谛》、《巴黎到耶路撒冷游记》、《朗塞的一生》、《墓畔回忆录》的作者却比任何时候都要鲜活。在圣马洛,在巴黎,在整个布列塔尼,在整个法国,在整个欧洲乃至全世界,到处都在筹备着他的纪念仪式。关于他作品及生平的书也相继问世。在出版了莫鲁瓦、佩因特或是迪斯巴赫①鸿篇巨制的传记之后，经过卡巴尼斯②、勒瓦扬③、克莱拉克④、塔皮艾⑤、里贝尔特⑥还有很多其他人的卓越努力，终于诞生了让-保尔·克莱芒的这部道德与知识的传记⑦。人们目睹《墓畔回忆录》和夏多布里昂写给雷卡米埃夫人的信被一版再版。这是为什么呢？

答案很简单。因为，用夏多布里昂自己的话说，他的作品属于"辉煌的巨人，天才的起源"的家族：荷马，爱斯奇勒斯，欧里庇得斯，维吉尔或贺拉斯。他是我们的莎士比亚，我们的但丁，我们的歌德。他可与拉伯雷、蒙田、拉封丹、莫里哀及雨果比肩。用他自己的话说，像这些人一样，他打开了"一片疆域，从中迸射出一束束光芒"，而他的"作品是取之不尽用之不竭的宝藏，或者说是触及了人类思想的深处"。他在我们文学上的地位就相当于拿破仑在历史上的地位。

圣勃夫曾这样写道："夏多布里昂是我们之中最早开创幻想诗的人，只有他的名字才不会在奥斯特利兹的闪电前失去光辉。在他的幻想中有索福克勒斯和波舒哀，他同时也是一个纯真的天才

---

① 莫鲁瓦、佩因特、迪斯巴赫均为欧洲闻名的作家或艺术家。
② 18 世纪法国生理学家，唯物主义哲学家。
③ 18 到 19 世纪法国作家，探险家，博物学家。
④ 18 到 19 世纪法国画家，考古学者。
⑤ 20 世纪法国著名艺术评论家，音乐家，画家，雕刻家。
⑥ 20 世纪法国作家。
⑦ 法国作家让-保尔·克莱芒于 1998 年由弗拉马里翁出版社出版的《夏多布里昂：道德与知识的传记》。

人物。"他说，我们把他看作是"这样一种作家，他使用的语言总能使我们为之感动，并且使这种语言总能保持着青春与活力。他基本上可以说是整个现代流派的鼻祖。"

毫无疑问，讲到夏多布里昂这个"两个海岸间的游泳者"时，首先要说的便是：他跨越了两个世纪，两种政体，两个世界。他生于1768年，而不是1769年，他为了与私下里既厌恶又尊敬的拿破仑一世形成更鲜明的对比，所以试图让人们相信他是生于1769年。他是"封建习俗的最后见证人"。他信奉天主教，拥护君主政体，在某种程度上他可以说是一个反动分子，是日后浪漫主义革命运动的开端人物。好比卢梭的儿子，雨果的父亲的他，在自己的作业本上写下："要么就做夏多布里昂，要么就什么都不是"，对那些所有希望成为他的接班人的人而言，这其中不乏自认为与他最没干系的思想家们，他就是典范，是大师。人们在波德莱尔或是洛特雷阿蒙①笔下找寻他的印记，而他的子孙后裔正好在我们这个被很多对立的影响冲击的时代重出江湖。右派的巴莱士和左派的阿拉贡就像是夏多布里昂的孩子。

作品，这是自然的，作品第一。打开《墓畔回忆录》这本书，无论翻到哪页，我们显然都会陶醉于我们文学中最具感染力、最动人的文笔之中不能自拔。作品点亮了我们的历史，紧紧抱住了我们身边的世界，轻而易举就上升到人类命运这一永恒的话题上来。

① 洛特雷阿蒙(Lautréamont，1846—1870)，出生在乌拉圭的法国诗人，其作品对超现实主义有着深远影响。

文笔的张力与文字的魅力完美融合。正如《神曲》、《堂吉诃德》、《人间喜剧》、《追忆似水年华》这些作品一样,这部《墓畔回忆录》也是一本令我们受用一生回味无穷的作品。

在其他一些不算鸿篇巨制的作品中,比如《朗塞的一生》,书中的每一页都流动着优美的语言。老顽童圣勃夫在一篇匿名的文章中写道,"坦白说,这本人们认为极其简单古板的书,因其不够严谨,不修边幅,已经成为不折不扣的破烂;作者将一切抛弃,将一切搞乱,清空了他所有的衣橱。"这种说法随便了点。还是让我们来听听《魔法师》的辞藻中令人心碎的旋律吧。关于激情:"不忠、短暂、有罪的,是爱情。"关于面对他情妇的死,朗塞表现出的悲痛:"他乞求黑夜,乞求明月。他忍受着等待的煎熬与心跳:蒙巴颂夫人已经永远地陷入不忠的泥潭。"关于被岁月消磨掉的情书:一开始,信都写得很长,很生动,源源不绝;总嫌一天不够长:日落时人们在写;借着月光还要写。黎明时人们稍微停一会儿;伺机等待第一道曙光的到来,以便写下人们以为在欢乐的时光里忘记说的东西。(……)有一天早晨,某种几乎察觉不到的东西钻进了这种热情的美妙之中,就像第一道皱纹爬上了深爱女人的额头一样。信的内容渐渐缩短了,数量也少了,充斥其中的都是一些消息,一些描写,一些奇怪的东西。(……)文字还是同样的文字,但却已经没了生命力;其中缺失了灵魂:"我爱您"沦落为一句习惯用语,所有情书中的"我很荣幸成为……"也变成一种必需的礼仪。

所以说,作品,是具有如此强烈的感染力,如此生动,如此新颖。而作者本人也是一样。他的生平与历程跨越了大革命的时代与帝国的荣耀,他拥有视金钱如粪土视名誉如浮云的天主教徒和正人君子的伟大情操,当然还有他的种种缺点,因为所谓被视为粪土与浮云的钱财与名誉,其实他的一生都在追求,还有他了不起的矛盾之说,一句话,他再怎么掩饰也是徒劳,最终他的天赋和才华使他在矛盾学说上产生了决定性的影响。因为上述的种种,夏多布里昂成为我们文学史上最受欢迎的人物之一。

他身边有不少对手和敌人——比方说,莫雷,他曾这样写道:"夏多布里昂身上总能让我惊叹的地方在于他那种使人动情而确有真实感触的能力"——他们最终也不得不敬重和钦佩夏多布里昂。他身边还有一些曾被其侮辱、欺骗、抛弃过的女人——夏洛特、波利娜、德尔菲娜、娜塔莉、克莱尔或奥尔唐斯,当然,还有高尚的、无与伦比的朱丽叶,因为她几乎从不写作,讲话也挺少,所以被尼米埃①说成是"哑巴女明星"——而她们,自始至终都爱着他,从未停止。

就我们从时代的见证者那儿所了解的,夏多布里昂时而欢乐,时而忧愁,有时还说谎,粗野没教养,从不卖弄学问,也不叫人生厌,他一直都很矫健,魅力不减。野心、骄傲和热情,有时会使他失去理智。

人们会在他的生平和他的作品中发现无数失去理智的例子。而优雅、魅力、想象、天赋,又不断地弥补了这些失去的理智。这位诗人有力地且清醒地探索着过去、现在与将来,在这一点上既不输那些历史学家,也不输哲学家,更别提其他一些类似的思想家们

---

① 罗歇·尼米埃(1925—1962),法国著名小说家。

了。他使人回想起波舒哀和卢梭。他先于托克维尔①、马科斯·韦伯②，还有，因为一块著名的小点心玛德莱娜蛋糕而顿时思如泉涌的马塞尔·普鲁斯特。我想，夏多布里昂的伟大之处在于，这个保守的道德家和天才的革命者拥有超乎寻常的智慧。

今时今日，我们来纪念这个人，是因为他将巴斯卡尔与高乃依的语言发挥到完美的境界，因为他和其他人一样了解他所处的动荡的时代，因为他懂得非常巧妙地将自己个人的经历与时代的遭遇结合在一起，因为，就像那些最著名的大家一样，他以一种特定的风格将艺术与道德的统一加诸历史与个人的矛盾之上。

他曾光荣地为他可以反对的君主制度辩护，而他支持了自由。他是天主教徒，而他喜爱女人。他不沽名钓誉，而他是大使、部长、法兰西学院院士、法国贵族。

他是生长在旧制度③下的人，他是浪漫主义运动的主要创始人，我们至今都能感受到这场运动的影响。他那动荡不安、颠沛流离的生活，诞生了一部著作，只要存在理解它、喜爱它、阅读它的人，这部作品就会永不磨灭。因为这部作品为不同的分散的历史与生命注入了统一的信仰、美丽与智慧。

《费加罗报》，1998 年 4 月 16 日

---

① 埃里克西斯·德·托克维尔(1805—1859)，法国政治思想家、历史学家。
② 马克斯·韦伯(1864—1920)，德国政治经济学家和社会学家，被公认为现代社会学和公共行政学最重要的创始人之一。
③ 指法国 1789 年前的王朝。

追求女人的圣勃夫

您是不是希望，我们将悲观的预言、不会兑现的承诺、失业、通货膨胀通通抛诸脑后，哪怕一次都好？几个月前，我从我们外省的一个优秀的出版商那里收到了一卷传统的绿皮面的书，主流媒体基本上都未对其作过评论：这就是圣勃夫的《书信集》的最后一卷①。

圣勃夫的《书信集》没有赛维涅夫人②书信的魅力，没有夏多布里昂书信的文采，没有福楼拜书信的粗鲁。我不太确定这个人物是不是很讨喜。人们可以原谅夏多布里昂数不清的艳遇，却无比怨恨圣勃夫让雨果戴了绿帽子。这《月曜日丛谈》和《波尔—罗雅尔修道院史》的作者身上有种嫉妒的、敌意的——雨果说过他是圣八夫③——以及冷静的东西，与夏多布里昂的伟大、雨果的天赋、大

---

① 圣勃夫，《书信集》，让和阿兰·博纳罗推介，19 世纪，普里瓦出版社。
② 赛维涅侯爵夫人（Marquise de Sévigné，1626—1696），法国著名书简作家，即擅长以书信体裁写作的作家。
③ 雨果把圣勃夫的名字 Sainte-Beuve 写成 Sainte-Bave，Bave 意为"恶毒的言语"。

仲马的宽容形成鲜明对照。但他非常聪明,而且会用寥寥数语就讲出一部作品或是一位作者的精髓。当他讲到夏多布里昂时:"这是一个充满想象力的天主教享乐主义者"或是说到雷卡米埃夫人:"她一到四月就总想把一切都停下来",这里就无需再赘述了。

这部《书信集》中的信件一直写到圣勃夫逝世的 1869 年 10 月份,在最后一卷中,以及在完结了整部书信集的补篇中,出现了无数著名的名字:雨果、拉马丁、乔治·桑、柏辽兹、福楼拜、左拉、龚古尔兄弟、维奥莱·勒·迪克,卡斯特里夫人,玛丽·达古尔特,费加罗报……法兰西学院的选举扮演了其惯常的角色("泰奥菲·戈蒂埃先生本应至少有 16 票,结果只有 12 票[……]。我们被骗了。在最近这次经历以前,我大概会羞于质疑如此坚定坚决的话语")而政治远远地也介入到文学之中了。

一封 1832 年的有些晦涩难懂的信最吸引我。这封信是寄给某个叫杜韦里埃的人的,对于此人,我只知道他是个圣西门主义者,除此之外一概不知。不过这封信提到了我的一个老朋友,对此人我还有点负罪感:年轻的奥尔唐斯·阿拉尔,夏多布里昂子爵的最后一任情人。夏多布里昂在罗马与她邂逅,当时他是大使,与这个年轻美丽而又大胆的女才子一见钟情。在她住的前一个修道院里,地处四河喷泉大道,在那里,她立马投入了夏多布里昂的怀抱。夏多布里昂给她写了无数令人惊叹的信,一直到他去世:"请让我,就在梦里,请让我的生命与你的生命紧紧依靠在一起……"这是一段短暂的艳遇,不会将这段恢宏的记忆抹去,这段情感也不会持续多久,却将这位天主教与正统派①作家的上一任情妇,同时还是共和派诗人贝朗日的朋友,与圣勃夫结合在一起数日。以下便是圣勃夫奉献给那位年轻女子的几行令人相当意外的文字:

"我认识的一位夫人写信请我跟她讲讲某位圣西门主义者,以便在我们的思想观点上给予她启发,于是我向您转达了她的意愿。她是阿拉尔夫人,您应该听说过(……)。她很漂亮,长时间以来并不重视自己的性别。她是个男人,并且是个极其忠诚的男人。她一定不怎么信奉基督教(……)。作为贝朗日密友的她,曾是夏多布里昂的情妇。这就是她的一部分头衔。她住在蓝色大街 19 号,每天晚上都呆在家里。她身为圣西门主义者,人们会发现与她交谈甚为惬意。您看,我亲爱的朋友,要是您或者是您的朋友想要追到女人,如果你们能想到这样的休闲一刻,那么你们在这方面就过关了。"

尽管体格相貌并不出众,圣勃夫以他奇怪的方式有时还是会获得女人的芳心的。

在 1829 年初的那段时间,十八岁的阿尔弗雷德·德·缪赛还是个鲜有作品发表的默默无闻之辈,但他那时已经喜欢混迹于女人堆,纵情娱乐。圣勃夫在另一封信中写道:三天前的星期日,我去诺迪埃家过了一晚,同去的还有他的一个朋友,也是我的朋友,阿尔弗雷德·德·缪赛,他是个年轻的帅小伙儿,是个才华横溢的诗人。他非常年轻,对美女很有兴趣,跟我谈他择女的品位谈了很

_____

① 特指法国历史上波旁王朝长系的拥护者。

久。他说他喜欢西班牙黑头发黄皮肤的女人,说这种吻法比那种吻法好,而我也立即谦虚地说起我在这方面的品味碰碰运气。这场对话围绕着这个谈不完道不尽的有趣的话题一直持续到我们上马车;而这时阿尔弗雷德冷不丁对我说了一句:

"我们应该一起去找乐子。"

"好的。"我冷淡地回答说。

"要不就明天?"他又说。

"呃,好啊!"就明天。

"七点半来接我,我们一起去维尔多大街。"

第二天,按照约定好的那样,圣勃夫真的去接了阿尔弗雷德·德·缪赛。他们一起来到维尔多大街上的一幢房屋前。别看阿尔弗雷德·德·缪赛年纪轻轻,他已经是这里的常客了。在这里,我们可以从圣勃夫的文字背后想象一下当时评论家与年轻诗人进到这所小姐沙龙里的情景。有些尴尬的圣勃夫——他是第一次来这种地方——问阿尔弗雷德该怎么办。缪赛笑着说出一长串的名字,给他自己选了奥古斯蒂娜,向圣勃夫推荐了艾玛。于是艾玛和奥古斯蒂娜两人进来了。奥古斯蒂娜迷人、淘气,有点疯疯癫癫的,她是两人中最漂亮的。她跟着阿尔弗雷德走了。而艾玛这个女孩儿无精打采,脸色苍白,头发还算美。她一点儿都不对圣勃夫的胃口。但我们这个伟大的男人已掉进了陷阱,情况棘手,他不敢打发她走。

房间里很冷。艾玛尽其所能,说"与我那个傻瓜朋友那种男人相比,她更喜欢像我这样睿智、理智的年轻人"。唉!再怎么奉承,再怎么献殷勤也无济于事。在平庸乏味、满怀诚意的艾玛面前,圣勃夫表现得太过睿智,太过理智了。奥维德的那段拉丁文,还是不翻译为好,非常含蓄地再现了当时的情景。

Hanc etiam mea non est dedignata puella
Molliter admota sollicitare manu.

年轻的疯子阿尔弗雷德跳下了床,开心地敲着门。必须给他开门然后好好解释下。阿尔弗雷德简直不敢相信自己的耳朵。他怀疑地转向年轻的艾玛,她低垂着眼皮,有点气恼,被迫证实了圣勃夫的叙述和她那微不足道的魅力。于是,在维尔多大街上一个供暖不足的房间里,在赶来的奥古斯蒂娜和沮丧的艾玛,还有尴尬窘迫到不行,满脑子都在搜索关于希腊罗马那些古老诗人的例子的圣勃夫面前,阿尔弗雷德·德·缪赛无法抑制地狂笑起来。

可能,最精彩的部分是在这封信的最后几行中:"要是维克多·雨果知道有这么一出,他肯定也会笑得直不起腰来。这是必然的,因为缪赛不可能忍住不告诉他的,这实在是太搞笑了!"

《费加罗杂志》,1984 年 1 月 28 日

巴尔扎克，写实的诗人

　　人们所说的"巴尔扎克式的小说"到底是什么意思？巴尔扎克式的小说首先是一部规模浩大的鸿篇巨制，需要付出十分艰苦的努力。那些十几页的小作品，简练的自传体文章，轻佻尖锐或是咄咄逼人的速写，都不属于这种巴尔扎克式的风格。巴尔扎克，他首先是一个疯狂劳作的苦工，是一个巨大的里程碑——二十年间创作了八十部作品——以"一种令人惊叹的思想"为标志：人物在不同作品中的重复再现。

　　巴尔扎克的工作节奏十分特殊。他经常在晚上 6 点就上床睡觉，"嘴里还有晚餐没来得及咽下去"。而到午夜 12 点他再起来，穿着睡袍，喝点咖啡，一直工作到中午 12 点，有时甚至超过 12 点。他在写给洛尔·苏尔维尔①的信中说："夜晚的 12 小时比白天的 12 小时更有效率，而这种生活方式持续一个月下来到月底的时候

　　────────────

　　① 洛尔·苏尔维尔(Laure Surville，1800—1871)，法国女作家，巴尔扎克的妹妹。

会有好多事儿要做。"这种令人筋疲力尽的工作并没有随着手稿的完成而结束。巴尔扎克修改校样也是出了名的严格,令今时今日我们这些出版人汗颜。

巴尔扎克式的小说同时也是现实主义的小说。巴尔扎克描绘的世界就是现实世界。很显然,巴尔扎克是一位非常善于观察的人。他写给汉斯卡夫人①的信中提到:"我拥有强大的观察能力,因为我曾经非自愿地在各种各样的行业工作过。"就像后来的普鲁斯特不停地向朋友打听消息到了朋友都不耐烦的地步一样,哪怕是极其细微的细节,巴尔扎克都会坚持不懈地打听询问一定要搞清楚。他给祖玛·卡洛②写的信中说:"我想知道您经由哪条街到达黑莓广场,这条街叫什么名字,您的马口铁器具商在哪儿;还有沿着黑莓广场旁的道路叫什么名字(……);朝向教堂的那扇门又是什么名字。"

不过,仅仅将巴尔扎克称为一个客观的现实主义小说家则是犯了天大的错误。他自己就曾这样说过自己:"您怎么会指望我有闲工夫观察的呢? 我可是连写作的时间都没有。"非常精彩的批评,波德莱尔没有搞错:巴尔扎克首先是位诗人。他是个有预见能力的幻想家。克洛德·罗伊③曾这样写过:"所有幻想家都是从仔细观察开始的。"巴尔扎克观察得非常仔细。但是巴尔扎克的精髓

① 俄国贵族夫人,巴尔扎克的恋人。
② 祖玛·卡洛(Zulma Carraud, 1796—1889),法国女作家,巴尔扎克的朋友。
③ 克洛德·罗伊(Claude Roy, 1915—1997),法国作家。

之处不在于观察，而在于想象。

人们都知道，巴尔扎克投身了最最疯狂的一些生意：去西西里岛开采古罗马人废弃在那里的宝藏，在达夫雷城①种植凤梨，从波兰进口六万棵橡木供应给法国的铁路作铁轨的枕木。对生意的热情，而且这些生意通常都很糟糕，是来自一种近乎病态的畸形的想象。泰奥菲尔·戈蒂埃②说过："对巴尔扎克而言，未来并不存在，一切都是现在（……），他的想法是这样的鲜活生动以至于在某种程度上变成了现实；他要讲述一顿晚餐，他就会边吃边讲。"同样是想象力，搞砸了他的生意，却使他在文学上称雄："让我们回到现实中来吧：我们来谈谈欧也妮·葛朗台。"还有，在他生命的弥留之际："来人呐，快去叫比昂尚！"这是《人间喜剧》中一个医生的名字。

如文学史课本所说的将浪漫主义过渡到现实主义的巴尔扎克，首先是一位伟大的诗人。他是一位现实世界的诗人。就像人们一再重复说的那样，他不仅仅是一个"向身份挑战"之人。同时，他还是"上帝的模仿者"。他是一位创造者，在将他创造的东西投于现实世界中之前，他总是予以幻想一番。

任何一位伟大的小说家可能都会同时属于现实派和诗歌派，同时喜欢观察和想象。在将浪漫主义过渡到现实主义的巴尔扎克逝世将近半个世纪之后，另一位小说家又将现实主义过渡到了自然主义。他就是左拉。他本身也是一位优秀的评论家，他曾这样

---

① 位于法国巴黎上塞纳省的一个市镇。

② 皮埃尔·儒勒·泰奥菲·戈蒂埃（Pierre Jules Théophile Gautier，1811—1872），法国 19 世纪重要的诗人，小说家，戏剧家和文艺批评家。

说过自己:"我不是考古学者,我只是一个艺术工作者。我注视并观察是为了创作,而非模仿。"

托马斯·曼①这样写过左拉:"爱好探究神秘,这将他的世界提升到了超自然的高度。"他其实也可以对巴尔扎克说同样的话,而且,说法或许还要更有力一些。

《费加罗文学》,1999 年 4 月 8 日

---

① 托马斯·曼(Thomas Mann,1875—1955)德国小说家和评论家,20 世纪最著名的现实主义作家和人道主义者,1929 年度的诺贝尔文学奖获得者。

普特布斯男爵夫人的女仆

我曾有很长一段时间都为了普特布斯男爵夫人①的女仆而魂牵梦萦。所有了解马塞尔·普鲁斯特的人,这些人变得越来越多,没有一个不知晓这个"高个子的金发女孩""极其'乔尔乔内'"②的形象的。罗贝尔·德·圣路③有一天无意中跟那个激动的叙述者说漏了嘴,曝光了这个女孩简单的生活习惯。我们一直都不清楚普特布斯男爵夫人的女仆到底姓甚名谁,她身上令人钦慕的地方不仅仅是这个有点含糊的称呼,其中,像普鲁斯特的所有作品一样,兼具了诗歌性、神秘性与喜剧性;更重要的是,如同比才的阿莱城姑娘一样④,在《追忆似水年华》中,普特布斯男爵夫人的女仆她本人一次都没有出现过。在这部小说的内部,她代表的是一个二

---

① 普鲁斯特的小说《追忆似水年华》中的人物之一。

② 乔尔乔内是 16 世纪威尼斯一位伟大的画家,本名巴巴雷里,大家看他个子高就以大个儿 Giorgione 呼之,久而久之这个诨名乔尔乔内倒成了他的真名。

③ 《追忆似水年华》中的人物。

④ 《阿莱城姑娘》是法国作曲家乔治·比才为都德的同名话剧所配的乐,后被改编为两套管弦乐组曲而广泛流传下来。

级的空想的人物，还有就是假想中的一个梯级：她只存在于叙述者的爱情幻想中。带着既迷恋又不安的情绪，叙述者反复体味着他可以从他的秽行中得到的那种疯狂的快乐。这段关于想象以及一些归根到底表示"追寻"的符号的长时间的思索中，普特布斯男爵夫人的女仆俨然是爱情的梦幻与幻想的一个象征。

普鲁斯特获得了辉煌的荣誉——最近由朱利安·卡安[1]先生组织的在雅克芒·安德烈博物馆举办的那次优秀的作品展览会就是证明——这为他带来了可能比任何一位作家都要多的来自评论家与学者的热切关注。在雅克·德·拉克雷泰尔，莱昂·皮埃尔·坎，安德烈·莫鲁瓦，乔治·卡多依，乔治·佩因特，贝尔纳·德·法鲁瓦的努力，以及路易·马丁·肖弗埃，让·弗朗索瓦·勒韦尔，加埃唐·皮孔，吉尔·德鲁兹[2]，还有其他一些人的研究过后，一波研究人员的新浪潮出现了，他们总是不断地让我们了解到关于这部伟大作品的成熟和接连的后续编辑方面的信息。辨读数不清的手稿导致了一种《追忆似水年华》考古学的诞生，还有对几近侦探风格的发现，后者推翻了一些普鲁斯特主义者们的观点。这些发现中的其中一种，要上溯到几十年前，但菲利普·科尔博[3]和莫里斯·巴尔德谢[4]关于这个发现的研究作品为当下提供了一种全新的看法，为普特布斯男爵夫人的女仆这个人物重新作了精

---

① 法国的一名高级官员。
② 上述都是法国或英国的文人政客，有作家、哲学家、文学评论家等等。他们对普鲁斯特都有所研究。
③ 美国专门研究普鲁斯特的教授。
④ 法国文学家，文艺批评家。

确的解读,最终为我们揭开了谜底。在审核作品定稿时被放在一边的一些草稿中,还并不存在著名的阿尔贝蒂娜①这个人物,而叙述者则最终与普特布斯男爵夫人的女仆重逢。她扮演了一个相当重要的角色,她让叙述者为了她离开了他的祖母,而她在威尼斯和帕多瓦又将他抛弃,给他留下无尽的悔恨,还有新的发现、新的失望。她实际上是这部作品从未见天日的初稿中非常重要的组成部分。而今天我们所看到的作品中,阿尔贝蒂娜这个人物过分发展,以至于掩盖了其他一些女性角色的光彩,这使我们想起大部分都隐藏在海面下的巨大冰山。

这些研究成果总能让我们更好地了解我们所喜爱的作品以及作品背后的故事,谁不为此感到高兴呢? 这种了解着实是件幸福之事,但其中又夹杂着几分伤感:那个"极其'乔尔乔内'"的"高个子的金发女孩",似乎当她只是转瞬即逝的回想中的一个虚无缥缈的影子时,才更能令我浮想联翩。从此以后,关于这个美丽女孩的种种我们几乎了解得清清楚楚,在被废弃的初稿中,她应该是最终在帕多瓦的一家酒店里向叙述者投怀送抱。我们现在已经了解得相当清楚了。好极了。真可惜。我会继续想念这个普特布斯男爵夫人的女仆,正如想念梦幻中的梦幻一样——在马塞尔·普鲁斯特的伟大梦想中的一个未被实现的梦想。

《费加罗报》,1971 年 10 月 7 日

---

① 《追忆似水年华》中的人物之一。

保尔-让·图莱

保尔-让·图莱属于那种有点神秘的作家。他的作品得以传播以及所获得的各种荣誉,与其说是靠文学教科书,不如说是有小众的狂热的粉丝团的帮忙。几十年前,在班级课堂上或是在阶梯教室里还很少能听到有人满怀敬意地念出他配得上这份尊崇的名字。更确切地说,他的名字是在一些私下的交谈中经口传而家喻户晓,这种私下的交谈乃是人生一大幸福之事。每天晚上,在小咖啡馆里,或是年轻人互相陪送回家,送完这个又送那个,从这家到那家,而沉浸在的漫长的散步途中,《反韵集》①中的几句诗就自然而然地诞生了。所有人都知道图莱的这首最有名的诗,甚至能把它背得滚瓜烂熟。这首诗不断被重新提起,但它几乎只出现在引文辞典和文选中:

> 在阿尔勒,阿利斯康大墓地,

---

① 图莱最著名的诗集。

玫瑰花下，阴影殷红

阳光明丽，

小心万物的魅力无穷……

很久以来我一直把图莱看成是中世纪转折点的罕有的二流诗人，而在五十年代初，一个朋友跟我谈论她的一个朋友曾跟她说过的一部短篇小说——当然，她的这个朋友后来很快变成了我的朋友。这本书叫做《我的朋友娜娜》。

我一发现《我的朋友娜娜》这本书就一心想要将这个偶然被我看到的宝贝与人分享。图莱属于那种没有一官半职的作家，但人们成功地接纳了他，并在大众间狂热地传播他的作品。

今时今日，图莱已经与阿波利奈尔①、德斯诺斯②一道成为本世纪初的伟大诗人。让·米斯特勒③曾在法兰西学院谈论过此人。丹尼尔·阿朗若④的一篇荣获法兰西学院大奖的论文就是为他而写。米歇尔·布尔多⑤摘选了一部分文章编成一个小集子——其中收录了不少作家的文章，从让·杜杜尔到米歇尔·代翁，从于贝尔·朱安到热纳维埃夫·道尔曼，从让·玛利·杜阿尔、莫里斯·

---

　　① 纪尧姆·阿波利奈尔(Guillaume Apollinaire,1880—1918)，被视为 20 世纪上半期法国最杰出的诗人。超现实主义的先驱之一。
　　② 罗伯特·德斯诺斯(Robert Desnos,1900—1945)，法国超现实主义诗人。
　　③ 法国作家，法兰西学院院士。
　　④ 曾经写过关于保尔·让·图莱的传记作品:《保尔·让·图莱(1867—1920)》,卷一《生平与作品》,卷二《美学》。
　　⑤ 法国作家，电影艺术家。

兰斯到奥利维·吉夏尔①——这些文章解释了它们的作者喜爱与敬仰保尔·让·图莱的原因。一切都很好。可能有些过好了：人们希望图莱能被所有人爱戴，而与此同时，又希望将他占为己有。我把图莱看作是那些自私的业余爱好者们的诗人。

为什么要读图莱的作品？我认为再也没有比引用图莱的一首无音乐伴奏的抒情短诗更能回答好这个问题了。如果您不喜欢，那么我们的关系就到此为止吧。如果您觉得诗里有种难以用言语形容的朴实自然的魅力，那么恭喜您，您可以进入下一关了。

> 您是否记得，那个小旅馆
>
> 是否记得，我有几度风流？
>
> 当时的您，身着白色的凸纹布衫：
>
> 人们说，这是圣母玛利亚。
>
>
> 一个从纳瓦拉来的流浪人
>
> 我们弹奏着吉他。
>
> 啊！我多么喜爱纳瓦拉
>
> 还有爱情，和那清凉的酒饮。
>
>
> 朗德省的那个小旅馆
>
> 是我魂牵梦绕的地方啊——我还想再去看一看

---

① 上述均为法国知名的文人政客，有小说家、评论家、专栏编辑等等。

> 裹着深色头巾的旅馆老板娘
>
> 还有那些紫藤编织的花环。

他的主要特点是什么？清澈，微妙，讽刺，不外露的温柔。请原谅我的陈词滥调，我已为此脸红：图莱在 1867 年出生在法国波城，在毛里求斯吃喝玩乐。他很有法国范儿。是——出现在一份与众不同的花名册上——拉封丹、儒勒·勒纳尔和吉罗杜的那种方式的法国范儿。而远不同于——非常不同——被社会诅咒的诗人和官方诗人的是，这个如此巴黎化的外省人的艺术是非常简朴的。但这种简朴又非常具有博学的气质。由于图莱的语言非常透明直白，他有时候会因采用一些很少出现的生僻词和过分讲究的结构形式而变成一个作品晦涩难懂的作家。我就曾经在图莱的这篇那篇乍看起来很简单的诗上花了与读马拉美的十四行诗差不多的时间。图莱完全不是一个专注理论、主题浮夸沉重、野心勃勃的作家。他关注的是极其微小却照亮了我们生命的细节之处。他只讲述爱情，有深度却又不失灵动，还带有一丝含蓄的讽刺。这是一位肤浅的作家，但他却能一瞬间到达心理学家与社会学家都无法企及的深度。他是风趣的，会叫人忍俊不禁——有时太过风趣以至于您会笑得眼泪都出来。读《我的朋友娜娜》时，读者会不止一次地感觉身临女主角的场景，看到她从公共马车上摔下来："她一屁股跌倒在地，站都站不起来。她很痛，哭不出声，却泪如雨下：就像一个老先生与失散了几十年的女儿重逢一样。"

另外，我还思忖着谈谈作者一部作品中的一些要点是否合适：

> 如果活着是一个任务，那么当我草草完成它时，
>
> 我的裹尸布至少可以当作我的秘密。
>
> 得知道死亡啊，福斯汀，然后保持缄默。
>
> 像吉尔伯特①一样，吞下他的钥匙死去。

在他的诗歌中:爱情、时间的颜色、逝去的生命,以及日常生活中的喜与忧,都被最简单最微妙的魔法美化了。在他的小说中:一整个系列的人物,介于时代的轮廓——这种轮廓有时可能是由费多②,吉普③,或是一张流行唱片而勾勒出来的——与月光下的皮耶罗④,或是梦中偶像之间。所有这些人物之中,最吸引人的,最无法抗拒的,毋庸置疑,是"我的朋友娜娜"。

"我的朋友娜娜"是一位交际花。我不确定她是否美艳动人。或许,她有种特殊的魅力,能够使人想起泰奥菲·戈蒂埃笔下的那个令人难忘的西班牙人:

> 女人们都说她丑。
>
> 但男人们却为之疯狂
>
> 就连托莱多的大主教

---

① 十八世纪的一位诗人,被钥匙卡住喉咙窒息而死。——原注
② 乔治·费多,法国著名的戏剧家。
③ 是一位法国作家马泰尔伯爵夫人的笔名。
④ 阿诺德·勋伯格的音乐剧形式的一部音乐作品《月光下的皮耶罗》。

也拜倒在她膝下唱经弥撒。

又或许，恰恰相反，远离东方的迷雾，有着栗色或褐色头发，打扮得像是巴黎的轻佻女子，只有轻浮放荡时才显出她的残酷，令人想到了阿波利奈尔笔下的女主角：

> 从前，在巴卡拉，有一个金发的巫婆
> 她让所有男人一个一个地在爱情中丧命
> 在审判她的法庭上，主教命令她一一交代。
> 而他却因他的美貌，提前将她宽恕。

娜娜的智力有点叫人不敢相信，一些片面的思想很有可能连平均水平都明显达不到。"你没什么脑子，[他的一个最狂热的崇拜者跟他这么说：他把自己与作品的作者完全混淆了]，人们认为你的脑袋像是一团泡沫，又单纯又老实，跟一只猫的肉粉色的舌头上沾着的攒奶油一样。"无论是美还是丑，是机敏还是愚蠢，不管怎样，可以肯定的是，娜娜是令人无法抗拒的。她周围有她的一些朋友，像诺克底律斯，还有普利玛维里尔·德·威尔，都是些怪癖的人。还有她的姐姐，看起来很老实，不讨人喜欢。男人们也争先恐后接近她，就像夜蛾围在油灯旁扑闪。在他们中，有比利时人，有瑞典人，有巴黎人，还有某位侯爵夫人的儿子，名叫雅克·迪斯康。

娜娜被巴勒斯巴包养了很久，他是个"穿着极为难看"的高级面包师傅。她爱的可不是他的外貌。她最终嫁给了比利时人迪约多内·德·马里高,她对他的感情也没有热烈多少。还有公共马车的车夫,阿尔及尔码头上偷偷摸摸的影子,一个名叫菲尔曼的仆人——"要是我是侯爵夫人的话就好了"菲尔曼回答说(而这个假设貌似应该被排除了)……——还有娜娜的理发师拉里沃斯特先生,他在她和迪约多内·德·马里高的婚礼上送了她一个结婚礼物:

"他给我带了,猜猜是什么:一块巨大的海绵,亲爱的,大得能跟于布王①的啤酒肚有的一拼。

——我问他,您是出于什么目的要送我一个如此硕大的海生植物呢?

我想他一定是喝醉了。他回答说:

——因为我想看夫人用它的样子。

于是我把他赶出了门;但海绵我留着了。它到底还值个25法郎呢。而且,就像迪约多内说的,节俭这个词只有在那些一无所有或是穷得可怜的人身上,才显得可笑。"

图莱的那个时代一点都不吸引我。那时一切都被金钱、空谈、阿谀奉承主导着。不过,看到那个时代经图莱这些诗人而改头换面变了模样,还是颇令我感到高兴的。

---

① 于布王是法国作家阿尔弗雷德·杰瑞所写同名剧本中的人物,身材臃肿,残忍、胆怯得可笑。

我希望他日后会教会我一种双重的基本原则:不要自以为了不起,认真对待人们做的事情。

　　我为图莱获得的荣誉而感到高兴,同时也感到沮丧。就在昨天,图莱还几乎默默无闻。而现如今,人们都问我要读图莱的书应该看哪个版本,就像打听这个夏季的流行色一样。图莱从一个默默无闻之辈(灾难与狂热)一跃成为舞台上的焦点(又是灾难,又是狂热)。我是在伽里玛出版社的"诗歌"版上读的《反韵集》。我知道,《我的朋友娜娜》——也可能是图莱的所有作品——很快会被一版再版,收编进非常优秀的10/18①丛书中。克里斯蒂安·布尔热瓦②曾在这里出版过很多部名著。我差点儿就选了惹人大笑的P.G.沃德豪斯③作为待发现的作家,而不是图莱。P.G.沃德豪斯笔下有个主人公是个叫吉夫斯的男管家,此人乃奇人也。克里斯蒂安·布尔热瓦向我说起10/18中的吉夫斯与他的主人波特拉姆·胡斯特,此人无法用语言形容,他居然吃烟熏鲱鱼作早餐。我令法兰西学院的好几位成员与法兰西公开学术院的好几位教授都转而赞同吉夫斯这个角色——其中就有法国最聪明女人之一的雅克琳娜·德·罗米丽④。又或许,恰恰相反,是她令我改变看法的?我也不清楚了。没关系。现在她是轮着读沃德豪斯和修昔底德的书,而吉夫斯和他的鲱鱼让她从荷马风格的那种人物上脱离出来,

---

　　①　又名 UGF,是法国一家从属于 Editis 集团的著名的出版社。

　　②　法国作家,是同名出版社的创始人。

　　③　英国小说家和喜剧作家,以塑造"绅士中的绅士"男仆吉夫斯这一形象而闻名。

　　④　法国语史学家,法兰西学院院士,法兰西公开学术院的首位女教授。

有了少许的改变。这都要感谢克里斯蒂安·布尔热瓦。我最终因为爱国主义而选择了图莱。怀抱已向他敞开。

《每日巴黎》,1985 年 8 月 20 日

他从未错过一次宽恕

马尔罗说,除了回忆录,还有什么书值得花工夫去写呢? 珍贵的丛书"时光重现①"已经出版了将近50本市面上很难或是不可能再找到的回忆录作品。由雅克·勃勒纳或是克里斯蒂安·梅尔基奥尔·博内,马克·福玛罗利或多米尼克·费尔南德,让·路易·柯蒂斯或让·夏龙②等人作序,人们在这部丛书中发现了一些使人欲罢不能的文章:布瓦涅伯爵夫人无与伦比的《回忆录》,欧伯克尔西男爵夫人与拉图尔·杜·潘侯爵夫人的《回忆录》,以及由让·玛利·卢奥作序的红衣主教贝尔尼斯的回忆录,由皮埃尔·加斯卡尔作序的巴拉蒂娜公主的回忆录,由让·杜杜尔作序的马尔博将军的回忆录,还有很多文学爱好者非常开心看到的其他一些人的作品。现在,在这同一部丛书里,出版了米尼耶教士③的《日记》。

---

① 法国信使报。——原注
② 上述均为法国著名作家。
③ 亚瑟·米尼耶(1853—1944),天主教教士,因其经常参与上流社会和巴黎文学界的社交活动而闻名。

我从没见过天主教教士米尼耶,他91岁在最后一场战争末期就已经去世了。但在我小时候,他的文字风靡整个巴黎,我的整个童年时期深受其耳濡目染。多少次,在家庭午餐或晚餐时间,我的父母,我的祖父母,还有我的叔叔弗拉基米尔,自豪地重复着著名的教士最近一次巧妙的回答,给我们献上上流社会的教士与他的大侄女罗斯塔·德·卡斯特里,或是与他的二侄女比贝斯柯公主的精彩对话! 在我眼中,就像在其他很多人眼中,教士最终成为了一种传奇人物,而我很懊悔从未与这个鲜活的传说一样的人物促膝长谈过,他比任何人都能体现声名远扬的巴黎和法兰西的睿智思想,早在我们先的前几代人不久前就刚谈论过这些。现在,他在他的《日记》中为我们而复活了。

吉兰·德·迪士巴赫①在他的序言中明确指出了教士表现出的其外表与其教皇绝对权力主义者的行为之间的对比:"他穿着大头方皮鞋,磨破的长袍,戴着奇怪的三角帽和配套的领圈,使人联想到了18世纪,他穿得如此蹩脚,叫人同情。"但是,从这个外表破破烂烂的乡下教士嘴里,却道出了关于社会、艺术、文学、爱情以及人与人之间关系的短小精悍的金玉良言,迷倒了上流社会的妇女,小说家,以及美好时期②和疯狂年代③的诗人们。他的母亲是个平凡的洛林人,年纪轻轻就开始守寡,而她的儿子在数年间便成为轰

---

① 吉兰·德·迪士巴赫·德·贝尔罗什(1931—),1960年开始投身文学界,法国著名作家与传记作者。
② 指的是20世纪最初数年。
③ 约指1919年到1929年。

动整个巴黎的红人。他先是被软禁在圣叙尔比斯大修院,后来在德尚圣母院的小修院做了教师,随后又在中央市场区的圣尼古拉德尚教堂做代理主教,在成为梅尚大街上的修女们的指导神甫之前,他相继在圣托马斯—阿奎那教堂和圣克罗蒂尔德教堂呆过,最终,教士与诺阿耶和拉罗什福柯一家,还有于伊斯芒斯、科克托、瓦莱里一家成了熟人。他后来还成了公爵夫人们的告解神甫,与一些大作家成了知己。他是为了文学与社交而存在。

从局外角度客观来看,米尼耶教士有些附庸风雅。但还没到说:他本人就是一个冒充高雅之人的程度。他的母亲在世纪初逝世时,他不停地大声说道:"本区与其他地区的贵族在我这儿举止庄重毕恭毕敬。当年从洛林来到巴黎的苦命孩子啊!现在她的葬礼上来了多少公爵和亲王。"但他对这种附庸风雅的行为心知肚明,他对此是以诙谐的方式笑谈之:"没有一个教士在城里吃得比我多。我在大快朵颐中让自己的灵魂得以消遣。"抑或是:"啊!我这是什么生活!充斥着汽车与轮胎的生活。充斥着午餐与晚餐的生活。"然而,在这种散乱的说法背后,教士从未分过心,他的格言层出不穷,一句比一句精彩:"我是主持迦拿婚宴①的神甫。我可不是沙漠斋戒上的教士。"或是"我生活在最最相互矛盾的人群与思想观点中间。我的形态不应该是单一的,应该要不停地变换。这个假想角色诞生于灵活性中,角色本身又被赋予了灵活性,不过,

---

① 迦拿是巴勒斯坦北部一村庄。《约翰福音》中记载,耶稣和他的门徒一起参加了在迦拿举行的一场犹太婚礼。当主人的酒用尽时,耶稣将水变成了酒。这是耶稣所行的第一个神迹。

要怎么保证统一性呢？我是复数的教士。"吉兰·德·迪士巴赫讲道，一个上流社会的绅士很惊讶地发现教士每天都在城里吃午餐和晚餐，于是对他说："把您埋在桌布里吧！"，教士回答说："好的，跟您的面包屑一起！"我还是更中意这个故事的另外一个版本，是我母亲当年讲给我听的，我觉得这个版本更温馨更美丽一点："啊！教士先生，把您埋在桌布里好了……""行，但必须得是祭台上的桌布。"

很显然，得从宗教信仰与上流社会的关系中来发现米尼耶教士的内心活动的意义。教士对他常见面的大人物们不抱多少幻想。他对自身生活的环境也多次持最严肃的保留意见："一个贵族出身的人永远不会拥有真正的独特的写作才能。他太过体面了。在他与现实之间有太多仆人挡道了（……）。他与事物相处并不友善。他们之间毫无共通之处。有才能的人称呼才亲密。"而与此同时，正如普鲁斯特一样，他被幻想所吸引："在这个世界上，我喜欢的是背景、身份、漂亮的住宅、睿智的思想齐聚一堂，与名人相往来……"在他生命的尽头，他兼备了对穷人的爱心与对权贵的迷恋："我对社会名流的崇拜和对地位卑微的人的同情是平起平坐的。（……）我爱社会名流与华丽的酒店，是爱它们能够唤起我对历史的怀念。过去的种种在我的眼中闪烁着别样的光彩。"所有这些低贱平庸的解释都不足够。对于教士对上流社会不可否认的迷恋的最好、最有智慧、最能让人理解的解释，是比贝斯柯公主说的："米尼耶教士拥有上流社会，这和身为上流社会人士是两码事；而且他对此表示同情。"

同情、慈悲、宽恕，是米尼耶教士的关键词。正是在这个意义上他才是一个基督教徒。正因为如此,他才是一个教士。有时,他会怀疑自己。有时,就算不是质疑他简单且坚定的信仰,他至少也会质疑他的天职:"唉!我是多么厌烦我的职责啊!就像我在心底暗暗对这些妇女、年轻姑娘,以及我们所有的主顾们说的:快走吧,快走吧!够了,倾听罪孽,清空圣体盒,赐予降福仪式,冗长的讲道、祷告,还有神修指导,够了,还有什么我也不知道了!"又或者是这个,婚礼上约定俗成的演说,那是相当的过分:"只要是神圣的东西,都不是自由的。"与上流社会的一些大人物来往密切的米尼耶教士,在他的《日记》中揭示了他对各种宗教仪式的厌烦,以及沉溺在与对天地万物的接受混同起来的爱心与仁慈中不可自拔。在狭义的世界之外,是广义的对世界的爱。"我的所有指责就是授圣体、数念珠的祷告、为圣体赐福。这些事情无论哪个教士都可以做到。只有自然的渺小一隅,天文台那里的长满苔藓的大树,才让我感觉离上帝更近一些。"正是这种对生命的热爱,使得他变得宽容、仁厚,懂得饶恕。在主持完于伊斯芒斯的皈宗仪式后,他陪伴着弥留的诺阿耶伯爵夫人,她是一个自私自利、耽于肉欲的异教徒,他聆听她的忏悔:"她跟我说了很多非常美好的事……不知道您会怎样,反正我是差点儿就宽恕她了!"动辄对好事抱以怀疑态度的米尼耶教士,在对吕西安·德卡夫的颂词上可没有半点虚假:"您从未错过一次宽恕。"

与布施一样,文学之于米尼耶教士,乃是一桩大事。他的激情在于阅读。而最让他最痛苦的事莫过于失明。《日记》中穿插了他恳求上帝帮助这个忠仆恢复光明的内容。在他去世的十几年前,他大呼:"我的生命在于读书。我已经死了。"此时他可能是最优秀的文学爱好者。正如他的社交生活一样,他的文学生涯也是相当分散。他以惯常的清晰的笔触,带着讽刺的痛苦与骄傲的谦逊,证明了这一点:"与其说我为自己而活,倒不如说我为别人而活。我生来就是寄生虫。但是,更确切地说,我不正是因为对自己的怀疑,还有受到别人的影响而变成一条寄生于别人身上的寄生虫吗?然而,我也能够发展我的小我。"他通过其他人来发展他的小我,通过于伊斯芒斯,通过布罗伊——"布罗伊向我诉说过他的悲惨经历,可能说得太多了。他意识到自己有天赋,可能太有天赋了"——,通过瓦莱里,通过莫里亚克——"作为一个异教徒他可不够健康。"——,通过克罗岱尔——"我写过《缎子鞋》,很搞笑,我与上帝交谈,就像跟一个老同学一样"——,通过科克托,他告诉米尼耶一个像往常一样辉煌的预兆:"文学的未来,就是被先前的各种各样错综复杂所充实的清澈透明",而且尤其是通过夏多布里昂,他是米尼耶极其崇拜的一位。1944 年 3 月,来访者前来凭吊教士,对着他的遗体深深鞠躬,而他的老女仆则对他们低声说了一句惊人的话:"唉!议事司铎①先生应该很满足了:他终于要见到子爵先生②了。"

《费加罗杂志》,1985 年 5 月 24 日

---

① 这里指的是米尼耶教士。
② 这里指的是夏多布里昂子爵,是米尼耶教士最崇拜的人。

对美的迷恋

我们在几周前就曾在这里谈到过米尼耶教士的《日记》。在这部作品中，有一位作家，他今时今日已被人们遗忘，他应该获得更多人的注意，而不是耽于默默无闻。他的名字叫安德烈·舒亚莱。命运总是嘲弄人，教士《日记》的目录中，至少是在拼写上，将安德烈·舒亚莱与乔治·苏阿雷斯混淆了，前者是一位高傲的作家，爱好艺术，喜欢沉溺在孤独与清高之中，而后者恰恰相反，是一个超爱与人合作的记者。我想，这个夏天会把许多读者吸引到意大利去。就在夏天到来之际，在国家文学中心的协助下，由格兰尼特出版社再版了安德烈·舒亚莱的著作，终于让这个被无情忽视的重要作家有机会走出阴霾。这本书名叫《冒险家之旅》。全书由三个部分组成：《向着威尼斯》,《佛罗伦萨》以及《亲爱的锡耶纳》。对一个想要了解意大利，了解它的艺术、灵魂，了解除了最肤浅最表面的外观以外的任何方面的旅行者来说，《冒险家之旅》都是最好的选择。

在他骄傲、孤独的内心深处，安德烈·舒亚莱与很多人保持着通信联系:和保尔·克罗岱尔,罗曼·罗兰,乔治·鲁奥,安托万·布代尔,夏尔·佩吉,还有安德烈·纪德。等于说他一下子就跃上了最知名大作家的行列。安德烈·纪德很欣赏他,同时也揭露了他身上那种他所谓的"傲气"——"我给他起的这个名字,是再适合不过的了"。他还明确地描述了舒亚莱给他的感觉:"他无论是叫人激情澎湃还是叫人心灰意冷都是那么自然。"从1893年的《厄玛乌①的朝圣者》——他当时才二十五岁——一直到他1948年去世,这五十几年间,安德烈·舒亚莱撰写了一百多部作品,都是一部比一部受冷落。其中最独特,最重要,最最优秀的一部作品就是《冒险家之旅》。这是一部耗尽整个生命的作品,从27岁一直写到61岁才完成,书中充满了对伟大,对艺术,特别是对意大利的毫不含蓄热情如火的思索。

他忧郁、粗暴、可以比作"黑钻石",肯定也不谙待人接物之道,穿着一件肥肥大大的宽袖长外套,戴着一顶叫不上什么形状的帽子。安德烈·舒亚莱去过五次意大利。1895年,二十七岁的他,步行好几个月,到达了西西里岛。在一战前夕,当时的雅克·杜塞是女装店老板、收藏家,为文学艺术事业提供过资助,去年弗朗索瓦·夏蓬还曾经为他创作了一篇优美的传记,由拉戴斯出版社出版。雅克带着安德烈踏上了第四次去意大利的旅途。1928年他第五次,也是最后一次从那里回来。几年之后,《冒险家之旅》的最后

---

① 厄玛乌(Emmaüs)是距离耶路撒冷大约11公里的一个小村庄,圣经记载这里是耶稣复活后显现给两位圣徒的地方。

两卷出版——《佛罗伦萨》和《亲爱的锡耶纳》——《冒险家之旅》这本书的其中一部分内容已经在《贸易》上发表过了。第一卷——《向着威尼斯》——到 1910 年出版。

《冒险家之旅》为读者呈现了一个虚构的人物：让·菲利克斯·卡埃尔达尔，他显然是与作者极为相像的一个复制品。书中，此人乃是现代社会的一位流浪骑士，"脸色苍白，黄褐色皮肤，有着凯尔特人①一样的乌黑而光滑的头发"，他离开了家乡布列塔尼，去征服意大利，"因为，从此以后，在一个充斥着平民的拥挤嘈杂的世界里，最高层次的征服是艺术创作。"

关于骑士卡埃尔达尔我们知道的并不多。他所关心的就是美。美是与高贵相联系的。在这位旅行者的灵魂与他凝视的艺术之美之间有着一些辩论的联系："在一段旅程中最重要的还是旅行者（……），而国家只是国家而已。它们因不同的人经过它们而各有不同（……）。人是为了感觉和生活而旅行。在他看到一个国家的同时，其实更值得看的是他自己。他每天都比他发现的一切更加充实。"还有这句话，可能是作品中最有名的一句："人们旅行只是为了征服或被征服。冒险家梦想着在征服的过程中被征服。"有些更强烈的灵魂会不满足于富有当地特色的肤浅的娱乐活动，对他们这种人而言这可以说是一个很棒的旅行计划。

---

① 凯尔特人是公元前 2000 年活动在中欧的一些有着共同的文化和语言特质的有亲缘关系的民族的统称。今天凯尔特主要指不列颠群岛、法国布列塔尼地区语言和文化上与古代凯尔特人存在共同点的族群。

从巴塞尔①、米兰到威尼斯、佛罗伦萨、锡耶纳,从北部穿越了意大利的所有小城,无数的著作、回忆与色彩,舒亚莱带领我们在街道、广场、博物馆间穿行,他以一种扑面而来得有点叫人招架不住的幸福感描绘着这一切,思想的深度、作品的光彩和文笔的细腻相互交融。这就是威尼斯:"这里根本不是空间来决定建筑物的外观,而是窗户(……),林林总总的小宫殿只有带着它们的花边,在它们虚与实变幻的美妙韵律中才格外讨人喜欢(……),哦,一个不见寸土的疯狂的城市。十万个木桩支撑着一座教堂,就像手技演员表演的幻象一样。"

至于古比奥②,"一个石头做的暴君,戴着他的头盔和鸡冠状的盔顶饰,坐拥一座宫殿和一座城楼,是整个意大利中最高傲最吹毛求疵的。古比奥的大街小巷比山路还要崎岖。路两边的房子挨得很近,就像两排快要咬到的牙齿。人们可以从窗户跳到另外一家那边去。在古比奥月黑风高的夜晚,情人把少妇诱拐进他家一定是个绝妙的主意"。而"乌尔比诺③这个坐落在高高山岗上的温暖巢穴(……),是意大利的魅力所在,令眼睛欢愉,让心灵平静:这里可能是意大利境内最具意大利风情的地方了"。至于圣吉米纳诺④:"从渥尔特拉⑤回来的路上凝望着圣吉米纳诺被夕阳晕染得美不胜收,简直就是魔术中的奇迹一样。一艘圆形大船上十五到

————————

① 瑞士第三大城市,仅次于苏黎世和日内瓦,坐落于瑞士西北的三国交角。
② 意大利东北部一个小城。
③ 意大利东部边境地区的一个市镇。
④ 意大利托斯卡纳大区锡耶纳省的城市。
⑤ 意大利托斯卡纳大区匹茨省的城市。

十六根红色桅杆在天与地间摇曳,这是什么船? 他把所有的帆都绞好了,而他的缆绳和桅桁仍披着紫红色的外衣。而后,当黄昏延长的时候,圣吉米纳诺束紧了铁锚链轮,托斯卡纳之神将其放置在一处山丘上,介于锡耶纳、渥尔特拉与埃尔萨谷口村①之间。"

这趟寻找圣杯之旅、启蒙之旅、追美之旅的目的地,是"最迷人的,我所知道的最接近人间天堂的城市",锡耶纳,"回荡着圣母赞歌的城市"和它残壁断垣却经久不衰的教堂,还有意大利画家平托利齐奥堪称"埃皮纳勒②的史诗"的精美壁画,和它的梦想之地,"阿弗洛狄忒式的号角,圣母玛利亚的圣水缸",还有或许是意大利最有名的天主教画家:西蒙·马尔蒂尼。"威尼斯更花哨一点,随意一点,秀丽的风景更让人迷恋一点;而佛罗伦萨更协调一点,没那么多激情,也没那么多活跃的天才人物。""秀丽别致,乃是空间的一大风尚(……)。锡耶纳的灵魂将其从秀丽的风光中拯救出来:这才是它的过人之处,即便在威尼斯也发现不到。"

沉浸于这些城市和描写它们的文字中不能自制的我,还没讲到舒亚莱一路上描绘的画家、雕塑家和作家的作品:"像作家修昔底德与拉罗什福柯那样绘画"的皮耶罗·德拉·佛朗塞斯卡;或司汤达,"一个像蒙田一样无时无刻都是最自由的人(……),对他来说,没有激情的人,或者说是没有精力沉浸于激情之中的人,根本

---

① 埃尔萨谷口村(Colle di Val d'Elsa)是意大利中部托斯卡纳锡耶纳省的一个市镇。
② 埃皮纳勒是法国洛林大区孚日省的省会,是法国树木覆盖率最高的城市。

一无是处”。

讲到所有的一切，无论是艺术家还是城市，舒亚莱的言辞都很激烈，有时甚至有些不公，文字毫无平淡乏味之感，毫无雷同之处。冒险家这样说过："因为像他们一样，我对美，有着一种迷恋。"

《费加罗杂志》，1985 年 7 月 13 日

一根爱幻想的黄瓜

　　我这周正巧看到一本小书,它的曝光程度介于足够与不足之间,它确确实实是属于文学范畴的作品。而且,依我看,还是最优秀的作品之一。不管怎样,都是最生动、最活泼的作品之一。它的作者,正如本应该的那样,几乎无人知晓。他是个小说家,没有摘得过任何重要的奖项,书也没有卖的很好。他翻译作品,为作品写序,还为一些杂志的小专栏作编辑工作,比如《海运通讯》和《火与烟》,还有克莱蒙·费朗的《大山》,连《嘉人》上也有。以及《两世界杂志》、《世界奇观》、《新法兰西评论》。他的名字叫亚历山大·维亚拉特①。他已经去世了。

　　我很愿意像亚历山大·维亚拉特一样写作。雅克·洛朗②在介绍他时,正确地指出他不过就是个二流作家,而不是什么文学上

---

　　①　亚历山大·维亚拉特,《人类的最新消息》,茱莉亚出版社。——原注

　　②　雅克·洛朗(Jacques Laurent,1919—2000),法国著名小说家、评论家、法兰西学院院士。

的赫拉克勒斯①。这个文笔优美的作家身体里有一个小丑。他翻译卡夫卡的作品，对其幽默的天赋夸赞不已。他既不是心理学家，也不是社会学家，更不是玄学家。他既不缺乏勇气，也不缺乏信仰，有时更不缺乏深度。但他真正的法宝，是描绘世界上的滑稽可笑之事时用上的诙谐风趣的字眼。唉！上帝啊，您时不时可以稍微改变一下，给我们多送点小丑，而不是思想家！

我在最近一期的《费加罗杂志》上读到杜杜尔和巴斯卡尔给天才下的定义：有想象力，眼光有一定高度，表达强劲有力，文体中有和谐的乐感。好吧！维亚拉特不是天才。但他的确很有才华。

您瞧，这里有一段关于令人难忘的雷蒙·凯诺②的描写，他是形象监督官，是我们众多出版社中最有钱最有地位的一家的修辞大师："他在伽里玛出版社负责丛书的管理，行使着读者的职责。在塞巴斯蒂安·波坦大道5号，他在一个半层楼上（伽里玛出版社没有楼层），靠近楼梯边上的位置占了数千个格子间里的一间。这里数千个立方体就像蜂箱里密密麻麻的蜂房一样，是伽里玛先生用来安顿他的那些专家、文字化学家、动词物理学家，简单说就是：他的炼金师们的。凯诺是这些实验室里其中一个头儿：在那儿，人们才有更多机会发现他不在场。"

说完凯诺，来说拿破仑："一听到有人叫拿破仑，脑子里就只会想到这个人一定是个了不起的人物。这个想法让他注定要么沦为

---

① 古希腊神话中的英雄，以非凡的力气与勇武的功绩著称。

② 雷蒙·凯诺(Raymond Queneau，1903—1976)，法国著名诗人、小说家。

笑柄要么荣誉满身。曾经的那个拿破仑确实是个很荣耀的人物（……）。没有拿破仑的历史会是什么样子呢？就像一个穷寡妇。还算优雅。脖子上挂了个狐狸围脖。不过被虫蛀了点儿（……）。像一个专制的老人。全身披着黑纱；拿着一把双筒望远镜；胫骨活像裁纸刀。傲慢的声音。瘦削的手（……）。而有了拿破仑，历史是如此提心吊胆：是他说了算（……）。历史终于找到了她真正的丈夫。她在他的晚年欺骗了他，因为她是女人。但是，他们在这么多年间，什么生活不曾有过！"

可能，这就是要写关于过去和当下的专栏文章的原因。当一些严酷的爱幻想的年轻人在众多其他人的作品中发现了密特朗、维亚拉特和我的专栏文章时，我敢打赌，一定是维亚拉特的最有分量。人们会从他的文章中发现一幅反映了我们整个时代的画卷，在这幅画中作者描绘整个社会如同描绘每个个体人物那样刚劲有力，画中的地区和人物一样，自己出现了："奥弗涅①盛产部长、奶酪和火山。没有比一座火山更秃的东西了。"或者是："在向往海边悬崖顶的普罗旺斯，商人们又加上了蓝色海岸。还有海滩、酒店、赌场、老虎机。沿着海岸一带形成了一条商业大道，一个风景开发银行。普罗旺斯提供月光，蓝色海岸则为其收费。"

对思想并不算刻板的维亚拉特来说，他特别重视的事情——非常少有——有语言、语法和拼写。他为此辩护的理由在我看来

---

① 奥弗涅是位于法国中央高原地带的一个大区，是欧洲人口最稀少的地区之一，有很多死火山，首府是克莱蒙费朗。

是无可厚非："文明在灰暗的天空下逐渐风化了。据说，人们有朝一日会废除语法。真是太可惜了。除了骑马和园艺，语法大概是人类最惬意的运动之一了。它的晚年总要保留点缺点。我同意奥迪贝尔迪[1]的看法，觉得拼写总是过于简单。将其规则复杂化应该会很有意思。喜欢玩台球，玩赛船，玩袋鼠跳的人总是不断将比赛规则改得更加复杂。人们喜欢语言时，也会喜欢它的难点。"

亚历山大·维亚拉特对他的境况和声望都不抱任何幻想。难怪到现在还有人保有对他的记忆。他曾给女人下过这样的定义，与当时各种公认的看法背道而驰，独树一帜："女人可以追溯到很久很久以前的古希腊罗马文化时期。她梳着高高的发髻。是她接待邮递员，缝补短袜，给孩子们上教理课。"哎！但是读我们作品的女人们并没有想不开。至于男人，总的来说，也没好到哪里去："人是有思想的芦苇。确切地说是沉思的芦苇……又或是个好幻想的芦苇……不如说成是冥想的波罗门参（……）。我们真诚一点吧：人是爱胡思乱想的蘑菇；做白日梦的黄瓜；被固执的念头困扰着的波罗门参。"

爱幻想的黄瓜，有着固执念头的波罗门参：这个给人下的定义在我看来非常出色。维亚拉特还有一个说法是我永远都不会忘记的，有些惹人厌烦的人总是绞尽脑汁喋喋不休地问法兰西学院到底有什么用，这句话可以用来堵住他们的嘴："多余的东西才是我们所需要的。"

---

① 雅克·奥迪贝尔迪(1899—1965)，法国作家、诗人、编剧。

读着维亚拉特的作品,我觉得他本身就是对广播与电视无动于衷的作家的典型。他对大众传媒过敏大概就是他默默无闻的原因吧。他并不是唯一一个生活在基本上反对电视屏幕的世界中的人。我想起,图莱、佩吉、普鲁斯特、儒勒·勒纳尔、吉罗杜,在某种程度上纪德也算一个,到了今天他们都会是同样的情况。为什么?因为他们从一开始就是以这种方式生活的。

说电视抢了文学的饭碗还并不够。应该说电视把文学从内部掏空了。无论是广播还是电视,首先需要有故事可谈。需要有一些人们可以讲述的,然后可以讨论的东西。无论是图莱、佩吉,还是维亚拉特,他们都没什么东西可讲,而且几乎没有可讨论之处。要么拿起,要么放下。人们可以讲述司汤达和巴尔扎克,马丁·杜·加尔①和儒勒·罗曼②。人们可以讨论讨论瓦莱里。可以讲述和讨论纪德的一部分作品。但是,对于《人间食粮》③,图莱的《反韵集》,吉罗杜的《外省人》,儒勒·勒纳尔的《日记》,夏尔·佩吉的《夏娃》或《维克多-玛利,雨果伯爵》,人们则既无法讲述也无法讨论。只要喜爱它们,还有——看以上内容——引用它们,就足够了。而如果人们连喜欢都谈不上,那么什么都不需要操心了。这就是我们对待维亚拉特的态度。据我所知,维亚拉特从来都只写散文,但他欣赏拉封丹,或许他首先是个诗人?不过诗歌之旅并不

---

① 罗歇·马丁·杜·加尔(Roger Martin du Gard, 1881—1958),法国著名作家,1937 年获诺贝尔文学奖。

② 儒勒·罗曼(Jules Romain, 1885—1972),法国著名作家、诗人、法兰西学院院士。

③ 安德烈·纪德的作品。

顺利。至少人们不再把它们放在口头哼唱了。在大众心里，文学正在歌曲面前退却。不久以前，我们拥有四个 M：莫里亚克①，莫鲁瓦②，马尔罗③，蒙泰朗④。而今天，我们有四个 B：比高德⑤，巴桑⑥，贝阿⑦，布雷尔⑧。曾经雨果葬礼的送殡队列中的每一个人所体会到的那种激动的情感，皮亚芙⑨、布雷尔、埃尔维斯·普雷斯利⑩、莫里斯·谢瓦利埃⑪，他们今后都会了解。从未曾有一个人歌颂过维亚拉特。对他真是个遗憾。对我们也是。

在读维亚拉特的作品时又产生了另外一个想法，即文学可能有这么一种好处，它一直都是一件快乐的事情。无论是忧郁的快乐还是活泼的快乐，无论是管风琴的快乐还是笛子的快乐，是缩影的快乐还是启示的快乐，是好奇的快乐还是惊骇的快乐：都不重

---

① 弗朗索瓦·莫里亚克（François Mauriac，1885—1970），法国著名作家，法兰西学院院士。
② 安德烈·莫鲁瓦（André Maurois，1885—1967），法国著名作家。
③ 安德烈·马尔罗（André Malraux，1901—1976），法国著名作家。
④ 亨利·德·蒙泰朗（Henry de Montherlant，1895—1972），法国著名小说家、评论家。
⑤ 吉尔伯特·比高德（Gilbert Bécaud，1927—2001），法国著名音乐家。
⑥ 乔治·巴桑（Georges Brassens，1921—1981），法国著名诗人及歌手。
⑦ 居伊·贝阿（Guy Béart，1930— ），法国著名歌手兼制作人。
⑧ 雅克·罗曼·乔治·布雷尔（Jacques Romain Georges Brel，1929—1978），比利时国宝级音乐人。
⑨ 艾迪特·皮亚芙（Edith Piaf，1915—1963），法国最著名的国宝级女歌手。最著名的歌曲是《玫瑰人生》。
⑩ 埃尔维斯·普雷斯利（Elvis Presley，1935—1977），昵称"猫王"，美国知名摇滚歌手与演员。
⑪ 莫里斯·谢瓦里埃（Maurice Chevalier，1888—1972），法国著名演员、歌手。

要。只要是快乐就好。似乎,在到处都是暴行与贫穷的环境中读维亚拉特的书,是一种亦小亦大的快乐。

《费加罗杂志》,1978 年 10 月 21 日

弗朗索瓦·莫里亚克
——一位基督徒的痛苦与伟大

他有着一副美妙的嗓子,沙哑得如同撕裂了一般。苦恼和嘲讽同时闪过他那张苦行僧似的脸庞。他就是弗朗索瓦·莫里亚克。他在小说、评论、戏剧、报刊各个方面都是一位无与伦比的人物。半个多世纪间,和另外五六个人一起,他比任何人都更能代表法国文学与法国思想。1885年10月,在他各部作品中都提到过无数次、赞美过无数次的西南部地区的中心,他庆祝了他的90周岁生日。多年来他在《费加罗报》地位崇高,《费加罗报》也为能向这位元老人物表达敬意而感到非常高兴,非常自豪。

"我生来就不是失败的料。"与很多诗人和作家不同,弗朗索瓦·莫里亚克在各方面都很成功。他是法兰西学院院士,诺贝尔奖获得者,"荣誉勋位"一级勋章获得者,他一生中收获了所有的成功与荣誉。但是,因为他是基督教徒,所以他一直都会扪心自问,并且质疑这些成功和荣誉。因此出现了两大重点:莫里亚克是基督教徒,他的心中有痛苦。他的伟大,可能都是来自这个热情的理想人物和这诸多矛盾的结合。

所有那些认识弗朗索瓦·莫里亚克的人和或多或少摘录过他那些震撼人心的文字的人，都会想起这种嘲讽与自责的双重念头在他身上相克，不断流露出讽刺挖苦话语的乐趣与一丝不苟的天主教徒的苦痛折磨。这个在日常生活中相当明显的双重念头，只是一种对基本状况的表述：弗朗索瓦·莫里亚克是一个迷恋于激情与罪恶的天主教徒；他是巴雷斯①的弟子，钟情于波德莱尔与陀思妥耶夫斯基；他是一个被左派或极左派人士监视的右派或极右派作家；他是一个有条有理的人，却一直对一切混乱的灵魂抱以热情的关注。

阳光洒满了松树林间，奇遇就从西南部荒原上的年轻心灵的斗争开始。儒勒·罗曼在东方放出明亮的光芒；乔治·杜阿梅尔②，在远西展现了巨大的机器；阿拉贡或马丁·杜·加尔，展现了流血的罢工与阶级斗争。莫里亚克与此截然不同。不。只是，波尔多资产阶级的翻滚的液体闻起来有点马钱子碱③的味道。

与巴尔扎克或是普鲁斯特作品的宏大规模以及马尔罗作品中的骚乱动荡不同，莫里亚克的小说随意而简洁。背景很少变化。人物也总是在限定范围内活动。作者可以说同时是巴斯卡尔与拉辛的后代。说他是萨冈的父亲也不是完全没有可能——不过，这

---

① 莫里斯·巴雷斯（Maurice Barrès，1862—1963），法国小说家、社会学家、政客。

② 乔治·杜阿梅尔（Georges Duhamel，1884—1966），法国作家。他原先是一位医生，后弃医从文。

③ 一种有毒易燃的化学物质。

个父亲是有才华的。一种玄奥的信仰支持着外省资产阶级的画卷的描绘,夏季暴风雨来临前令人窒息的沉闷,关系或疏远或极度密切的家庭中的仇恨或恐惧:这种信仰,就是基督教。

在莫里亚克的基督教世界里,恶扮演了主要的角色。毕竟,上帝他自己不也是让夏娃降世才有了后来圣母玛利亚的诞生么,他不是杀了自己的儿子以拯救罪人么,他不是需要犹大①来让世间的灵魂得救么? 对莫里亚克也一样,罪恶与命运混淆起来,必须得先越过恶才能向往善。莫里亚克的世界是一个充满了万物间的罪恶关系的世界。而他的上帝往往隐藏在劣质咖啡与洋地黄②中。这就是布拉西拉齐③滑稽地称作圣卢库斯特福音书的东西。人们就这样逐渐形成一个概念,即一种灵魂的秘密社会的概念,这个社会中同样也存在罪恶,但它只是基督教堂的别称。

一种顺势蔓延至天际的罪恶。一种抽象错位的圣人的教派。最高级的某位教会圣师是否没有以非常简洁并且很有基督教风格的语言说过同样一件事:罪孽也……?

莫里亚克的小说与戏剧创作为我们展现了许多关于这些矛盾、痛苦、高度的敏感性以及深深扎根于基督教的例子,我们在他的政治方面的作品中也能找寻到这些例子。1927 年,《法国行动报》授予了巴雷斯的接班人莫里亚克一份满意的证书:"是的,的

---

① 《圣经》中出卖耶稣的信徒。
② 是一种强心剂。
③ 罗伯特·布拉西拉齐(Robert Brasillach,1909—1945),法国作家、编辑,法西斯分子。

确,弗朗索瓦·莫里亚克的作品、生活,以及他本人,很好地给我们上了一堂有条理的课。"在一篇关于苔蕾丝·德斯盖鲁^①的著名的文章中("这个苔蕾丝是一个不被赏识的女人,她下毒害死了自己的丈夫。包法利夫人自己吞下砒霜自杀。有进步"),保尔·苏岱^②写道:"弗朗索瓦先生是个天主教徒和君主主义者(如果说这两个独断的言论还能相协调的话)",他把弗朗索瓦看成是"一位极右派作家"。但他已经怀疑弗朗索瓦正在"转向坏的一方":"我想知道莫里亚克会是什么下场。"这个答案应该只能由西班牙内战以及二战后发表于《费加罗报》,以及著名的《便条簿》、《快报》、《费加罗文学》上的文章给出了。

文学报刊从未有过如此高的地位。刊登的那些文学与政治论战,时而针对左派,时而针对右派,时而针对萨特与皮埃尔·埃尔韦^③,时而针对尼米埃与雅克·洛朗。在这些唇枪舌战中,还有荒原上骄阳似火的天空下热情奔放的印记:同样对影响力的狂热迷恋,在心灵的障碍与思想的奥秘前的同样如火的热情。每次,讽刺、抒情、愤慨,还有刚刚出手就已经心生内疚的感觉,这些,都令对手都觉得非常有才。这只是感情的流露,黑色的眼睛,贪婪的表情,卖弄学识与情感爆发。

这些平常创作的作品必须内容协调且准确。相对而言,基督教在莫里亚克的文学作品中的地位就相当于一位举世无双的历史

---

① 是莫里亚克最著名的小说之一,后被改编为电影。
② 保尔·苏岱(Paul Souday,1869—1929),法国著名作家。
③ 皮埃尔·埃尔韦(Pierre Hervé,1913—1993),法国政治家、教授。

人物在他的政治作品中的地位一样：戴高乐将军。迟早有一天会写关于戴高乐的文学故事。现在在世的马尔罗与已经不在人世的蒙特朗都会在其中占有重要的地位。就如同庞大的旗舰侧面的检阅小船一样，弗朗索瓦·莫里亚克这方，会带着他的热情与痛苦，如痴如醉地陪伴着戴高乐，就像昔日的夏多布里昂带着报复性的迷恋陪伴着拿破仑一样。

　　莫里亚克是文坛上非同寻常的一位鲜活的名人。其他人同样无法企及的是，他还是自由思想的代表。无论是在戴高乐执政前还是在戴高乐执政期间，他与被压迫者、罢工者、反法西斯主义者、被袭击的埃塞俄比亚人、西班牙共和主义者、法国抵抗运动、受辱的伊斯兰教徒，可能还有民族解放阵线①，都站在同一阵线。他把全部力量都放在热情与思想上。在如同是他虚构小说中似的现实的集体生活中，他让年轻人追寻他们永恒的命运。莫里亚克可能留下的热情的形象，乃是一位老人为自己的胜利而感到焦虑，正苦恼地绞扭着手，并惊叹于对伟大灵魂的支配，他们的呼吸，以及他们描写青少年脆弱心灵的炽热的文字。

　　对莫里亚克来说，最珍贵的一个小说场景当属昂古莱姆大街上的一次电光火石般的邂逅，一个是被巴黎深深吸引的青年吕西安·德·吕邦波莱②，另一个是教士卡洛斯·埃雷拉③，又名瓦特

---

　　①　Front de Libération National，缩写为 FLN，是阿尔及利亚为了争取阿尔及利亚独立而成立的一个政治组织。

　　②　巴尔扎克的《人间喜剧》中的一个角色，是一个立志在巴黎出人头地的年轻人。

　　③　同样是《人间喜剧》中的角色，他和吕西安有个约定，会不惜一切代价帮助他跻身巴黎上流社会，条件是必须按照他的要求去做。

林,绰号不死之人,他是一个不折不扣的尚恶者的化身,对他而言,这个年轻的猎物对效仿命运这样的乐事很感兴趣。恶,罪孽,命运,邂逅,还有热情,事实上,这些正是莫里亚克世界里的几个关键词。不过,对弗朗索瓦·莫里亚克本人来说,罪与恶只是支撑热情与命运的基础。一道光照进了罪恶中。邂逅构成了他作品和人生的情节,通过所有的这些邂逅,他一直跟随着这一道光,并以基督徒的方式追寻伟大与和平。他遇到过阴险狠毒之人、畜生、讨厌的人、伪善者,还有黑天使①。他也曾遇到过真实、公平,被压迫者的希望,还有坚定不移的信仰。并不能说弗朗索瓦·莫里亚克是个基督教小说家:他是一个写小说的基督徒。而他也可以这样写道:"我的天职在严格范围内是宗教的,也是政治的。"

谁要是想寻找他的热情、痛苦、伟大——还有他的矛盾——的源头与意义的话,那么可能答案只有一个:他是一个基督教徒。可能还要补充一点,在这个基督教徒身上,体现了一位既古典又现代的思想家的所有才华,以及倾向完美的语言天赋。正是这次罕有的邂逅,赋予了作家兼报刊编辑的弗朗索瓦·莫里亚克所有永恒的机会。

《费加罗报》,1975 年 10 月 16 日

---

① 莫利亚克于 1936 年经格拉塞出版社出版的同名小说。

罪恶与宽恕间的莫里亚克

1985 年首先是个雨果年。但这一年同时也提供了机会以纪念安德烈·莫鲁瓦,他是一位随笔作者,小说家,同时也是无与伦比的传记作者。或者是儒勒·罗曼,一位令人难忘的作家,著有《敲门》、《伙伴》以及里程碑式的系列作品《好心人》,他还以他的方式,见证了维克多·雨果的葬礼,因为他的母亲当时怀着他,与成千上万的巴黎人一样,是那次葬礼的庞大送行队伍中的一员。1985 年可能还会勾起人们更久远的回忆,忆起我们最伟大的诗人之一,还有我们最伟大的政治家之一:龙沙与黎塞留。四百年前,一个去世的时候,另一个刚刚出生。行将结束的这一年正好是弗朗索瓦·莫里亚克的一百周年诞辰。试问,长久以来因为他而享有盛誉的报纸,又怎能不为他表达特别的敬意呢?

弗朗索瓦·莫里亚克身上首先令世人惊叹的地方是他的多样性。也就是说在许多领域都非常优秀。二十多部小说,部部出名;近五十篇随笔,几乎每篇都写得很出色;好几台戏剧,即便不叫座也引起了轰动效应;诗歌作品则令人们,特别是作家们,长期以来都认为他首先应是位诗人;回忆录规模宏大,受人瞩目;最终,一部报刊作品——数年间,在《费加罗报》、《快报》或是《费加罗文学》上每周都撰写三到四个专栏——令他坐上这份既具偶然性然而又是极其重要的职业的头把交椅。我们的命运会是怎样还不好说,但对他而言,可能这份职业会最佳地保证他在文学上永垂不朽。

弗朗索瓦·莫里亚克还有一个令人惊叹之处便是统一性。哪种统一性?这种统一性当然是来源于宗教信仰,这是他所有作品的基础。他是诗人,是小说家,是随笔作者,是报刊文人,是波尔多人,是戴高乐主义者。他首先是个基督教徒。这并不等于说他是个天主教小说家。其实他是一个写小说的天主教徒。

这个真诚且虔诚的天主教徒乃是荣誉满身。熟识诸多大人物,有权有势之人,经常出席官方接待活动,他处在——同阿拉贡或马尔罗一样——法国政治与文学的汇合处滋生起的享有特权的环境之一之中。入选法兰西学院院士,获得荣誉勋位勋章,并最终获得 1952 年的诺贝尔奖,为他的职业生涯轮番增光添彩。然而对此,众人褒贬不一。除了世界范围的赞赏有加,也免不了有来自四面八方的长达近半个世纪的口诛笔伐。

在他去世后十五年的今时今日,很少出现像莫里亚克这样洪亮而动听的声音,中气十足,如雷贯耳,但有点沙哑,如同撕裂了一般,一只手捂着嘴憋住笑,声音从手挡住的后面的那张脸上传来,热情与嘲讽从这张苦行僧似的脸上滑过,这张脸似乎一直都准备好了要接受以笔为剑的激烈讨伐与内心自责忏悔的双重诱惑,并且,从那张脸上,接连地或是同时地流露出了尖刻讽刺的快意与基督教徒踌躇不安的痛苦。

　　恶的问题是莫里亚克作品中的核心。在谈论拉辛时没人能讲得如此得当,因为没人如此有才竟发现原来拉式悲剧是处在基督教的宽恕与恶的诱惑的汇合点上。在莫里亚克之前,就有一位前辈有过这样令人震惊的发现:他就是夏多布里昂。他清楚地认识到拉辛笔下的人物其实是基督徒的灵魂乔装成古代神话或历史故事中的人物。在莫里亚克笔下,恶在西南部的松树林间游荡,在波尔多资产阶级的亲英派阶层中游荡,在荒原上炙热的大太阳下游荡。两次大战之间的时期末,我们的小说文学基本上都把矛头对准了垂死抵抗现代社会的资产阶级。东方明亮的光芒照亮了忧郁中的儒勒·罗曼,洪水猛兽般可怕的机器吓坏了杜阿梅尔,流血冲突的罢工运动让马丁·杜·加尔操碎了心,马尔罗笔下则是冲锋枪噼里啪啦响。而莫里亚克笔下既没有惨绝人寰的屠杀,又没有世界末日的威胁。没有。一点都没有。读莫里亚克的那些资产阶级的小说巨著,人们只有这样一种感觉,那就是白菜浓汤闻起来有股马钱子碱的味道。

　　有这样一个莫里亚克的世界:这种沉闷的资产阶级的氛围,总是与其他所有著作中的氛围有些类似。黑天使常常在这里与白天使来往。通过精心设计的方式,莫里亚克不断令我们感受到恶总是随时会来临,在家庭中游荡。《苔蕾丝·德斯盖鲁》或是《盘缠在一起的毒蛇》都呼应了这同一个方案。我们再读那本优秀的小说《爱情的荒漠》:一个老年人爱上了一个年轻女子;但这个年轻女子却钟情于一个叫雷蒙的人;这个雷蒙,就是那个老头的儿子。好了。就这么多。从这种表面上的老生常谈中衍生出了势不可挡的激情与宽恕的力量。

恶与恕……我们污浊卑劣的世界是另一个世界的倒影。是它的倒影和它的反面。空论的宽恕,乃为恶。得先有罪人,然后才会有谅解、慈悲与宽恕。必须得经过恶,方能憧憬善。在关于恶的陈词滥调之下,莫里亚克令我们一直期待着另外的一些东西:待发现的秘密,待停靠的港口,以及等待我们的宽恕的港湾。很多小说都是一些历险记。而莫里亚克的小说首先是关于罪人觉悟的福音书。

爱情因其多样的、对立的形式,自然而然成为争论的中心。"爱很可怕",莫里亚克写道,"而不再爱了也很可怕。"莫里亚克通常会提到吕西安·德·吕邦波莱与卡洛斯·埃雷拉教士——后者更为人知的是在巴尔扎克笔下的世界里,名为瓦特林——这两人在昂古莱姆大街上的那次深沉而突如其来的邂逅。因为莫里亚克的世界里充满了人与人之间的相遇和命运的交错。在他笔下有一种顺势蔓延于天际的罪恶,身为耶稣教堂的别称的一种灵魂与罪孽的秘密社会,一种玄奥倒置的圣人教派。它令罗伯特·布拉希拉齐——不为人所知的爱情,它那深沉而颠倒的关系应该会在不久的将来在某种戏剧性的场景下将此与莫里亚克紧紧相连——能够比较准确地谈论圣卢库斯特福音,并且能够风趣地肯定说有一到两个罪过是人们怎么都无法确定能够拯救其灵魂的。

莫里亚克一开始是个右派作家,甚至是极右派作家,但最终他成了一个相对左倾的作家。他强烈拥护戴高乐主义。在半个多世纪间他扮演了重要的角色。他一直都信仰基督教。他同时为罪恶与宽恕烦扰不已。

我对于莫里亚克浩瀚的著作与其强大的人格魅力只能说是一知半解。我未讲过马拉加①、西班牙、摩洛哥，没讲过《内心回忆录》、"便条簿"，没讲过戏剧，也没讲过政治、报刊、文学之间的关系，至于在他生命中占据重要地位的戴高乐，关于他的许多幽默而尖锐的惊人之语也是几乎只字未提。但人们可能说过莫里亚克的精髓，就是当人们回想起有句话是这么说的，他首先是并且尤其是一个恶的小说家。而再者，便是个基督徒。

《费加罗杂志》，1985 年 10 月 14 日

---

① 西班牙南部地中海沿岸的度假胜地。

皇宫里的隐居者

　　埃马纽埃尔·贝尔勒的优点一箩筐,不过也有很严重的缺点。缺点是:无法为其归类。小说家,历史学家,抨击文章作者,报刊编辑,回忆录作者,艺术或政治作品的作者,他一个都不是,他不属于任何一种。法国人就喜欢给人贴上各种各样的标签。他通通拒绝。而他为此也付出了相当大的代价。优点是:他聪明得不得了。

　　今年初他的两本书令我们又记起了他。第一本是法卢瓦出版社出版的一部随笔集①;第二本是由伽里玛出版社再版的作品《第三共和国末期》②。关于这部作品的故事挺有意思。皮埃尔·诺拉③在一次卷首的编者按语中明确指出他曾在1968年5月发表过这个作品,收录在丛书《成就法国的三十天》里。贝尔勒的研究对

---

　　①　埃马纽埃尔·贝尔勒,《随笔集》,由贝尔纳·德·法卢瓦作序,法卢瓦出版社出版。——原注
　　②　埃马纽埃尔·贝尔勒,《第三共和国末期》,由贝尔纳·德·法卢瓦作题为"贝尔勒,奇怪的见证者"的序言,伽里玛出版社出版。——原注
　　③　皮埃尔·诺拉(Pierre Nora,1931—　),法国历史学家,法兰西学院院士。

象是个什么日子呢？是 1940 年 7 月 10 日。那天发生了什么事？569 票赞成 80 票反对 17 票弃权，集聚了参议员与众议员的国民议会通过了宪法法律修正案。自从路易十六政权垮台后，第三共和国就是长久以来法国持续时间最长的政体，而那时已经是第三共和国的末期。第二天，也就是 7 月 11 日，贝当元帅废除了 1876 年宪法，无限期推迟议会，确定了"法国国家元首"的权力。

要将 1940 年 7 月 10 日列入"成就法国的三十天"中本身就有个矛盾。在这一天法国可以说是已经溃不成军。还好，贝尔勒的这本书又再度经同一个出版社——伽里玛出版社——收录入丛书《见证者》中出版问世。这套丛书 1968 年还未问世，但绝对构成了它最合适的背景。

1940 年 7 月 10 日这一天确实是一个历史性的时刻。在一篇题为"贝尔勒，奇怪的见证者"的精彩序言中，在贝尔勒回忆录中占据较多笔墨的贝尔纳·法卢瓦回忆道，那一天，国会自己废除了自己，第三共和国自己给自己判了死刑。在这种极端的矛盾中：议会自行休止。因此已远远不是 1936 年 4 月刚选举出来的那同一个议会了。这是人民阵线的议会。

埃马纽埃尔·贝尔勒在他的书中非常出色地描绘出 1940 年夏初的波尔多乌烟瘴气的氛围。他勾勒出一幅惊人的时局图：两百万人坐牢，六百万到七百万人无家可归。他提到了休战派与投降派之间那场令人心碎的论战。他描绘了那个时期的几位关键人物:雷诺①、芒代尔②、魏刚③、贝当④、拉瓦勒⑤。他讲述了马西利亚号事件⑥与凯比尔港悲剧⑦。但这本书的核心之处,奥秘之处,令人哗然之处,是在别处。

我很喜欢贝尔勒。我非常欣赏他。曾有一段时间,我每周都去拜访了他,或是每周去好几次。我还记得有天早晨,我怀着很傻很天真的激动不安的心情来到他家门前。他的妻子米雷耶——就是那个"小音乐学院"⑧的掌管人,是唱《睡在干草中》的歌手……——,像往常一样给我开了门。我急于见贝尔勒,他像往常一样,穿着一套睡衣,或是只穿一件,抽着小雪茄,接待了我。我对他大声说道:"那些人说的都是废话! 现在大家都说,是您,一个犹太人、社会主义者、左派人士,是您写的元帅的演说词!"贝尔勒以极其冷静的口吻回答道:"那确实。"

《第三共和国末期》中最有趣之处在于埃马纽埃尔·贝尔勒为

① 保罗·雷诺(Paul Reynaud,1878—1966),法国政治家,1940 年任法国总理,他主张法国抵抗纳粹德国。德国侵入后,他宁愿辞职而不愿休战而被捕并一直遭拘禁。

② 乔治·芒代尔(Georges Mandel,1885—1944),法国政治家,法国抵抗运动的领袖。

③ 马克西姆·魏刚(Maxime Weygand,1867—1965),法国将军,1940 年任法国维希政府国防部长。

④ 菲利普·贝当(Philippe Pétain,1856—1951),法国陆军将领、政治家,也是法国维希政府的元首、总理。

⑤ 皮埃尔·拉瓦勒(Pierre Laval,1883—1945),法国政治家,主张对德休战,两次出任维系政府总理。

⑥ 二战时期一些法国人士乘坐"马西利亚"号邮轮去北非,想要到那里去继续抗战。

⑦ 二战时期在北非阿尔及利亚的港口发生的英法船舰互轰事件。

⑧ 法国 60 年代传奇性的一所音乐学校。

此作出的解释。是的,是他写出了那些脍炙人口美妙绝伦的句子:
"我憎恨那些令你们痛苦万分的谎言……"以及"大地,她不会撒谎
……"人们兴奋地读着他在书中讲述的这些历史片段。这里,只要
记住几行特别的文字,体现了贝尔勒的思维的延展过程:"我似乎
只是觉得,戴高乐,正如他行动的那样,成功地号召了大家行动起
来,而我自己则按照人们要求我的那样致力于撰写元帅的讲话稿。
在此我没有发现任何矛盾之处,但我寻思着,今时今日是否会有一
位读者,他会不相信我愚蠢的言行,他,是否会怀疑我的真诚。"

　　贝尔勒非常真诚。而且,他一点儿也不愚蠢。他是马尔罗(他
曾对贝尔勒说过:"您不具备敌人的意识")和德里约的朋友,他坚
决反对希特勒,反对法西斯主义,反对军国主义与狂热的慕尼黑分
子,皇帝派的反对教皇派,教皇派的反对皇帝派,这位思想家非常
独立,以至于无时无刻不会游弋于精妙的却处在矛盾边缘的,有时
还会差点引起公愤的文笔,弗朗索瓦·密特朗却非常欣赏。

　　这部由法卢瓦出版社出版的随笔集,同样是贝尔纳·德·法
卢瓦执笔又作了一篇序,读者在作品里面会发现很多地方都体现
了这种文笔、这种智慧以及这种独立的思想。

　　关于历史,关于戴高乐或加缪,关于他钟爱的欧洲,关于普鲁
斯特或柏格森,关于犹太教神秘哲学或精神分析法,关于他比其他
人都要评论得好的马尔考姆·洛瑞①的《火山之下》,关于右派人士

---

　　① 马尔考姆·洛瑞(Malcolm Lowry,1909—1957),英国著名诗人、小说家,
代表作是小说《火山之下》。

与左派人士——"太阳下没有什么新事物":右派用语;"应该写人们从未写过的东西":左派用语。"是要还是不要":右派用语;"有什么比事实更加愚蠢的呢?":左派用语——,这真是才气横溢啊。

埃马纽埃尔·贝尔勒有过对逝者的回忆,对友谊的信仰——他在谈到萨特与加缪的论战时提到:"我为那些因绝交而发笑的人们感到惋惜"——,对战争的恐惧,对痛苦的排斥,对真实的钟爱。他勇敢地揭露各种各样的欺骗行为。他是一位一流的作家。所有反对仇恨,喜欢正义、光明、思想自由,喜欢他运用得得心应手的我们的语言,所有的这些人,都应该将他铭记于心底,不把他遗忘,这是我们不可推卸的责任。

《费加罗报》,2007 年 2 月 15 日

人性的长河

　　因为我卧病在床,到后来感觉有点无聊,于是从那一堆我每天都会收到却来不及看的书里顺手拿起了一本。这本书是伊萨克·辛格写的《羽毛冠》①。从未有人——多叫人高兴!——向我推荐过这本书,甚至从没有人向我提过它。我对这本书的书名毫无印象。事实上,对作者也是一样。请原谅我的无知。我认为《羽毛冠》是一部著作,伊萨克·辛格是一位重要的作家。

　　《羽毛冠》是一部短篇小说集,故事要么是发生在波兰,要么就是美国。作品或是被翻译成意第绪语②,或是被翻译成英语。恐怕作者在美国已经很有名气了,因为在那儿他被授予了国家图书大奖,他还是——我也是刚刚才知道——纽约一所犹太学校的教师。我还很高兴地得知亨利·米勒③或是埃德蒙·威尔逊④将其列为

---

　　① 伊萨克·巴什维斯·辛格,《羽毛冠及其他短篇小说》,斯多克出版社出版,收录进丛书《世界馆》。——原注

　　② 犹太人使用的国际语言。

　　③ 亨利·米勒(Henri Miller,1891—1980),美国著名小说家、画家。

　　④ 埃德蒙·威尔逊(Edmund Wilson,1895—1972),美国作家、文学评论家。

最著名的大作家之一。

伊萨克·辛格所讲述的故事都像圣经故事那样简单朴实。故事中描绘的通常是流亡国外的穷人,有点邋遢的犹太讲演者,大学生,艺术家,情人,犹太教主教宗教仪式的会众领袖,以及一些捣蛋鬼或是智多星。新小说,精神分析法,巴洛克风格,还有其他一些构成我们美好生活的恩赐,似乎都没有在辛格的世界里留下一丝痕迹。既不是现实主义,也不是自然主义,更不是悲惨主义。伊萨克·辛格所描述的是平常的生活,因博览圣书而从内而外被点亮的生活。我觉得,关于伟大的加布里埃尔·加西亚·马尔克斯①,罗歇·凯伊瓦②谈的是——令人赞赏——幻觉现实主义。而在辛格笔下,有的除了真实,还是真实。在他的书中没有惊心动魄的篇章,却承载着可贵的人性。一种朴实无华却频频出现的真实在《羽毛冠》一书中跃然纸上,从中我们可窥见莫泊桑与陀思妥耶夫斯基,特别是犹太教法典与犹太教神秘哲学的影子。

没有一点赘述。没有一句无用的描写。没有一句话是多余的。一种对天地万物的无边无际的爱,一种令人气不起来的幽默,一种对真实的极端复杂性的敏锐洞察力,还有,最首要的,便是一种极端的朴实,在我看来是令人震惊的朴实,用几个字形容便是《羽毛冠》。我读辛格的作品读得兴趣盎然。我那外省气的幼稚可

---

① 加布里埃尔·加西亚·马尔克斯(Gabriel García Márquez,1928—),享誉拉丁美洲的著名作家,被视为20世纪最重要的作家之一。

② 罗歇·凯伊瓦(Roger Caillois,1913—1978),法国著名学者,在将拉丁美洲作家引入法国方面起了非常重要的作用。

能会让那些很久以前就对这位作家的气质了如指掌的人们笑话了。但是,发现这条人性与朴实的长河是多么快乐的一件事啊!读辛格的作品吧!读《羽毛冠》吧!您不会后悔的。

《费加罗文学》,1976 年 12 月 11 日

现在,来说说诺贝尔奖!

　　瑞典皇家学院刚刚将诺贝尔奖授予了一个用意第绪语写故事的人,而法国大众几乎没人认识他。不过,法国人错了,瑞典人才是对的:伊萨克·巴什维斯·辛格是一位充满人性的大作家。

　　出生于波兰的一个犹太会众领袖家庭,后移居美国,伊萨克·辛格以一种类似圣经故事般的朴实来讲述故事。这些故事中有穷人,聪明却有点潦倒的犹太人,大学生,艺术家,情人,犹太会众领袖,这些人中会突然间涌现出一些智多星与捣蛋鬼来。这远不是我们巴黎式的考究,实验室的研究,以及我们这样那样的玩意儿还有我们的时尚。更不可能是讨论现实主义或是自然主义,悲惨主义就更不可能了:浸淫了辛格的灵感的书页间流淌过的,是对人类泛滥的同情心以及美妙的生活气息。

　　我对辛格这个人根本不了解——对他的名字也是——大概两年前,我偶然间翻到一本短篇小说集:《羽毛冠》。我爱不释手,一口气读完了。我模仿拉封丹和他的《您读过巴鲁克的作品么?》然后写了篇文章,尽情表达了我有些幼稚的激动心情。

事实上,伊萨克·辛格在美国已经相当出名了,他是纽约一所犹太学校的一位老师,还曾被授予国家图书大奖。很久以前,亨利·米勒或是埃德蒙·威尔逊就将其列为最著名的大作家之一。只有法国人,陶醉于他们愈来愈乡气的文化中忘乎所以,只知道一个土耳其人,一个哥伦比亚人,几个巴西人和阿根廷人——却不知道伊萨克·巴什维斯·辛格——都是有着世界影响力的大作家。

外国文学向来会有惊心动魄狂风暴雨般的描写。而伊萨克·巴什维斯·辛格则相对稳重很多。他所感兴趣的是平常的生活,是几乎微不足道的事物,但在他思想的魔法下从内而外骤然被点亮。可以说是点石成金。犹太人的圣书,犹太教法典,犹太教神秘哲学,从不是遥不可及的东西。它们以耀眼的光辉照亮了看似最最微不足道的事物。某种神圣的东西使得伊萨克·巴什维斯·辛格的再平常不过的真实跃然纸上:这就是人性。

这一切都是这么朴实而伟大,经常几近一种骤然间从极端复杂中恢复过来的真实,这一切向来是风趣诙谐的,并一直都是这么震撼人心,这一切只有一个意义:对万物的无边无际的爱。

我加倍后悔我这样说,首先因为奉承那些机构不是什么好事儿,然后就因为通过其他人来给自己找理由也不好:但事实上,将奖授予这位移居纽约的波兰犹太人,瑞典皇家学院这个选择是相当明智的。以聚集在教皇选举会场的红衣主教们的极端方式,忽略那些最有希望胜出的人以及他们各自的评价,皇家学院万里挑一,选中了一部作品,充盈着两种不一定会相互混淆的源头:一种极端狭义的特定的文化传统与道德传统——以及对总是悲惨的且高尚的人类状况所投入的无边无际令人赞叹的大爱。

《费加罗报》,1978 年 10 月 6 日

布宜诺斯艾利斯的荷马

我第一次见到豪尔赫·路易斯·博尔赫斯是在联合国教科文组织，当时他就在凯伊瓦旁边。罗歇·凯伊瓦，最近一些关于他的出版物和展览都在名正言顺地颂扬他的回忆录及其他作品，他就是第一个把博尔赫斯的作品推介进法国的人。由伽里玛出版社出版的他的丛书"南十字座"中，他就收录了好几个拉丁美洲主要作家的作品，世界文学领域涌现出众多拉丁美洲作家是本世纪学术史上的一大显著特色。

在所有作家中间，即便是非常优秀的作家中，博尔赫斯都是最年轻、最罕见、最神秘的一个。大家只是泛泛地知道他住在布宜诺斯艾利斯，在那里的国立图书馆任职，他不是左派人士，更不可能是极左派，他不喜欢当时与艾薇塔①在一起的贝隆执政阿根廷，他写了一些短文，文笔简单得有些粗鲁，充满了伪装与抨击，包含的意思或清楚或晦涩。这位形而上学的叙述者在干巴巴的文体中融

---

① 著名的"贝隆夫人"。

合了巴洛克式的奔放与平民大众的诙谐,对所有灰暗的名誉他都敬而远之。他身边有一些人,跟他一样不靠谱,我们经常会忽略他们是杜撰出来的还是确有其人:比奥伊·卡萨莱斯①,堂·帕罗迪②,马赛多尼奥·费尔南德兹③。《虚构集》、《阿莱夫》、《迷宫》都曾是一小众内行人手中流传的珍贵作品。

当然,是凯伊瓦将我领入博尔赫斯的天地中。凯伊瓦-博尔赫斯这一对——前一个人人熟悉得不得了,后一个则陌生得有点神秘——在我看来是不可分割的。这么多年来,凯伊瓦,天天都出现在我的视线中,他将他的曝光率分了一点给优秀的博尔赫斯。而博尔赫斯最终在凯伊瓦的平易近人前褪去了神秘的面纱,凯伊瓦扬着眉毛,有点结结巴巴,给我读他刚刚翻译的博尔赫斯的诗作。而博尔赫斯的"老虎"或是"小径分岔的花园"都深深地吸引了我,程度堪比安德烈·布勒东的跳豆④或是西哈诺咖啡馆里超现实主义者的聚会。用罗歇嘲讽的说法,这些超现实主义者们行为举止如同幽灵一般,既叫人发笑又有点叫人不安。

于是博尔赫斯到了巴黎,在此之前他在巴黎就已经有了名气,这名气既可以说小,也可以说大。小呢,是因为他的受众群比较

---

① 比奥伊·卡萨莱斯(Bioy Casares,1914—1999),阿根廷小说家。

② 博尔赫斯的作品《唐·帕罗迪的六桩奇案》中的人物。

③ 马赛多尼奥·费尔南德兹(Macedonio Fernandez,1874—1952),阿根廷小说家、哲学家。

④ 墨西哥跳豆,盛产在中美洲一带的矮灌木的种子。豆子本身不会弹跳,都是里头飞蛾的蛹在作怪。这个小玩意儿也是安德烈·布勒东和罗歇·凯伊瓦之间争论的导火线。人们给安德烈看这个豆子时他觉得很惊奇,而罗歇是个非常理性的人,他坚持要打开种子看看里面是否有他猜想的虫子。

少。大呢,是因为这么"一小撮快乐的人"个个都很狂热,崇拜他崇拜得五体投地。对于一个作家来说,就算是有一大群人读他的书,但如果只是心不在焉地读,那么作家也无法活下去。他靠的是那些全身心喜欢他的那些人组成的坚强核心,即便这个核心很小,但他会因此而活下去。博尔赫斯就是这种作家,他并没有引起无用又嘈杂的狂热崇拜,而是赢得了一种内心的景仰。

博尔赫斯朝着讲台走去,他将在那儿宣讲他带有浓烈阿根廷色彩的世界主义,混合着探戈,加乌乔牧人①,在潘帕斯草原上的奔跑,还有布宜诺斯艾利斯的行话。他会用西班牙语、法语、英语来回答听众的问题。他失明了。他要靠一个棕发的年轻女子搀扶着走。是她后来将这双再也看不见或者说只能看到内心的双眼合上,她名叫玛利亚。他的双鬓斑白,尽管穿着灰色的西服套装,他俨然是一幅我们描绘出的荷马的形象。一种几乎令人窒息的安静笼罩着大厅,也压在在场为其着迷的听众的心上。博尔赫斯登上讲台,坐了下来。

他讲话谦逊又不失骄傲,这种骄傲也只是一种朴实的形式。他讲的内容清清楚楚,明白易懂——很精彩。听众们都因从这位盲人身上散发出的一种内在的力量而折服。当他结束演讲,回答完问题后,我走近了他。他不知道我是谁。他也看不见我。他耐心、善意地与我对话。我问他,哪些作家对他来说最重要。他犹豫

---

① 南美潘帕斯草原上的居民。

了片刻。然后他对我说是魏尔伦①、史蒂文森②和鲁德亚德·吉卜林③。吉卜林的思想是启蒙博尔赫斯的主要思想之一。而他最爱的作品《金银岛》则使我陷入极度困惑之中。他一点都没察觉到我的惊讶，一个人念叨起北欧史诗有多么多么打动他，又用古撒克逊语给我朗诵祷文《圣父》中的篇章。

之后，我经常见到这个总是笑着说自己的主要职责就是诺贝尔奖永远的提名者，从来都不是获奖者。我去巴黎美术大街上的宾馆看望他，我穿越了大西洋，去到他在布宜诺斯艾利斯玛伊布大街的狭小公寓里与其交谈，他跟我说一些示威者在十字路口跳舞，并大声唱"贝隆，反对！博尔赫斯，赞成！"他突然间获得了一种全世界范围的荣誉。但在我的记忆中，他永远都是那个两鬓斑白的失明诗人，被一位很像安提戈涅④的年轻貌美的女子搀扶着，在一片安静中从人群间走过。

《费加罗报》，1991 年 7 月 8 日

---

① 保罗·魏尔伦(Paul Verlaine，1844—1896)，法国诗人。
② 罗伯特·路易·史蒂文森(Robert Louis Stevenson，1850—1894)，苏格兰小说家、诗人。
③ 鲁德亚德·吉卜林(Rudyard Kipling，1865—1936)，英国作家、诗人。
④ 俄狄浦斯的长女。

人无完人

　　在泰戈尔、沙卡洛夫①、阿努伊②、盖埃诺③、康拉德·劳伦兹④、刘易斯·芒福德⑤以及其他许许多多当今在文学界与科学界享有盛誉的名人之后，豪尔赫·路易斯·博尔赫斯刚刚获得了1980年的德尔杜卡世界大奖。他来到巴黎接受这项荣誉。罗马教皇走了，博尔赫斯到了，罗兰·加洛斯球场⑥的看台快被挤塌了，有些人，可能是习惯原因，而且不想变得生疏，被攻击、绑架甚至杀害，天气转好，西班牙与葡萄牙替撒切尔夫人受罪，眼睁睁看着自己被它们的介绍人拒之于欧盟门外，他以黑衫队⑦的名义在大街上

---

　　① 安德烈·德米特里耶维奇·沙卡洛夫（Андре́й Дми́триевич Са́харов，1921—1989），前苏联物理学家。
　　② 让·阿努伊（Jean Anouilh，1910—1987），法国剧作家。
　　③ 让·盖埃诺（Jean Guéhenno，1890—1978），法国作家，文学评论家。
　　④ 康拉德·劳伦兹（Konrad Lorenz，1903—1989），奥地利动物行为学家，1937年获诺贝尔奖。
　　⑤ 刘易斯·芒福德（Lewis Mumford，1895—1990），美国历史学家。
　　⑥ 即法国网球公开赛球场。
　　⑦ 纳粹德国党卫队。

搞了几次罢工,吉斯卡尔·德斯坦总统从芬兰回国致信总理,报纸谈论的都是伊诺①,足球,佩雷菲特②改革方案,卡特与里根,阿富汗和伊朗渐渐被人遗忘:这有些像 1980 年六月初巴黎发生的那样。失明,却有着至高无上的地位,是现代版的荷马,是复活的俄狄浦斯,博尔赫斯如同幽灵般穿越了所有的这些混乱。

时事要求某档"每日新闻"栏目,把夏布·巴克提亚尔,伊朗沙赫③的前任——也是最后一任——总理,与豪尔赫·路易斯·博尔赫斯一同请来齐聚一堂。我并不完全确定这两人中的任何一人会否对对方的看法持远远不止一个相当含糊的观点:博尔赫斯对伊朗的认识仅限于古老的波斯诗歌,特别是国际象棋,这是——带着面具、刀子、镜子、无边无际的回忆、特别是迷宫——他所能描绘出来的所有印象了;夏布·巴克提亚尔先生眼下有比抽象诗歌与拉美文学更直接的事儿要操心。

"您知道吗",在夏布·巴克提亚尔讲到霍梅尼④时,博尔赫斯悄悄对我说,"'将军'这个词来自'沙赫',而'将死'⑤这个词意为'死亡'。'将!将死了!'意思就是:国王死了。"

在这段时间里,夏布·巴克提亚尔先生一直在为自由、进步的民族主义面临的困境辩护。作为沙赫的最后一任首相,他被毛拉⑥

---

① 环法自行车赛五届冠军得主。
② 法国第五共和国历史上任期最长的部长。
③ 伊朗国王的称号。
④ 伊朗伊斯兰什叶派领袖,伊朗伊斯兰共和国最高领袖。
⑤ 弈棋对局中的术语。
⑥ 某些地区穆斯林对伊斯兰教学者的尊称。

所质疑;不过,因为他没有利用职权释放被沙赫囚禁的荷维达①,后来此人被霍梅尼处决,因此,他经常被一些人抨击,这些人就是因犯嘲弄司法的罪名而被处决的前任总理的朋友。他回答说,他并不后悔既想拯救又想改变伊朗的旧制度;他肯定地说,一场目前仍在暗中筹备的抵抗运动正要浮出水面;他宣布了他下次要回到伊朗的土地上。

博尔赫斯几乎什么都没听进去。虽然表面上很礼貌地在听,但其实他早已神游于因失明而变得愈加强烈的内心的幻想中了——他只能斜着眼看,来猜测变得昏暗模糊的世界里的事物,而黄色是他完全失明前看到的最后一抹色彩——,他对政治没兴趣。最起码我们可以说他不是左派人士。他强烈反对贝隆的专制独裁,可以说是以一种右派的方式抨击他。他的这种态度或多或少断了他的诺贝尔奖之路,这么说也不是完全不可能。他自己常念叨着,无视豪尔赫·路易斯·博尔赫斯是瑞典的一个悠久传统。而他又补充说他可能到死都是最有希望获得下一届诺贝尔奖的人。如果非要给他自己下定义的话,他表示自己既是保守派,又是无政府主义者:保守,是因为过去的时光是最宝贵的财富,要好好保存;无政府主义,我想是因为他不想被我们打扰。与贝隆、卡斯特罗、勃列日涅夫相比,他是倾向于赫拉克利特与巴门尼德②、史蒂文森与吉卜林。我觉得,他讨厌国家,讨厌民族,甚至还可能——

---

① 1965 年至 1977 年任伊朗总理。
② 赫拉克利特与巴门尼德两位都是古希腊哲学家。

小点儿声——甚至可能讨厌人民。反正就是大众，就是他将其与精英人物混为一谈的大众。他是世界主义者。他是阿根廷作家。加乌齐牧人、潘帕斯草原、布宜诺斯艾利斯郊区的民俗探戈舞，都在他的作品中有所体现。但蒙田与塞万提斯，以及斯堪的纳维亚的北欧传说①，还有瑞士，都是他的故乡。他无处不在。

夏布·巴克提亚尔先生试图让他承认国家与政治需求是真实存在的。博尔赫斯回答说：是的，是的，当然——但每个人都感觉到他什么都没想就脱口而出。人们谈论了一些关于柏拉图、哈菲兹②、图莱的内容。突然间，人们懂得了这其中一边是社会，另一边是个人；一边是政治，另一边是诗歌；一边是国家，另一边是无政府主义与多面性的知识能力的一种混合。这是两个互不了解的世界。

节目继续。聊完政治后，话题转到体育上来。博尔赫斯被问到对体育感不感兴趣。啊不，一点兴趣都没有。他更喜欢莱昂·布罗伊③，还有卡莱尔④讲述的历史：我们阅读并书写着的历史——其实是历史在写我们。人可能什么都不是，只是上帝笔下的文字。

---

① 13世纪前后冰岛和挪威人用文字记载的古代居民的口头创作，主要叙述斯堪的纳维亚英雄人物的战斗生活经历。

② 原名沙姆斯·奥丁·穆罕默德（波斯语：شمس الدین محمد حافظ شیرازی，1315—1390），波斯最著名的诗人，哈菲兹是他的笔名。

③ 莱昂·布罗伊（Léon Bloy，1846—1917），法国著名小说家、随笔作家。

④ 托马斯·卡莱尔（Thomas Carlyle，1795—1881），苏格兰作家、历史学家、哲学家。

博尔赫斯对我耳语道:"是英国发明了体育运动。"

我担心令正在讲足球与自行车的节目主持人感到尴尬,于是我只是抱以一种抱歉和劝慰的叹息。

"哎!"博尔赫斯几乎是高声地说道,"这个观点将会反历史地保留下来。"

"还有希腊!"我担心公正问题,说得有气无力。"古希腊也钟爱锻炼身体。它的摔跤,它的游戏,体育运动……"

于是,博尔赫斯找到了一部著名电影中杰克·莱蒙的回答:

"人无完人。"博尔赫斯说。

《费加罗杂志》,1980 年 6 月 14 日

博尔赫斯的神秘与光辉

　　长期以来,豪尔赫·路易斯·博尔赫斯都是一个巴洛克风格的,晦涩又隐约中透着一股神秘的阿根廷作家。人们对他的了解并不是很多。他有个老母亲,都快一百岁了,眼睛还炯炯有神;他曾在布宜诺斯艾利斯的国立图书馆工作;他的视力渐渐退化;他与贝隆、艾薇塔关系不好;他写过一些短诗还有一些言简意赅的文章,都有点晦涩难懂。

　　渐渐地,有一些旅行者,好奇之士,还有一些崇拜者趁着来拉丁美洲的机会,去到布宜诺斯艾利斯的中心,一直来到圣马丁广场,有条玛伊布路就经过那里。在玛伊布路上一幢简单普通的大楼里的七楼,在博尔赫斯姐姐诺拉的画作与他母亲的房间之间,住着《虚构集》、《老虎的金黄》、《沙之书》的作者。博尔赫斯渐渐不再是一个游离在现实边缘的不大可能的神话,而成为了他自己:当代最伟大的作家之一。而且一定是最创新、最独特的作家。

　　博尔赫斯的整个生命都离不开书。这不仅仅是因为他在国立图书馆工作过,而是因为从头到尾他的生命就是属于文学的。

1899 年出生于布宜诺斯艾利斯，他有半个多世纪的时间——中途还经常到处去旅行，不过基本上是集中在欧洲——都是在玛伊布路上的公寓里度过的。这个阿根廷人很安静，这个没什么故事的博学者是个万国公民：他深受魏尔伦与雨果，德国文学，还有斯堪的纳维亚的老作家的影响，而他尤其喜欢的则是史蒂文森与吉卜林的冒险小说大作。

没有什么比玛伊布大街上的博尔赫斯与他分布在世界各地的读者之间渐渐形成的关系更感人的了。一些才华横溢的翻译家将这位阿根廷作家译介到法国、德国、英国，他真要好好感谢这三个地方。在他身上围了一个魅力四射的圈子。啊！可不是说博尔赫斯的诗歌或是故事立马吸引了一大群人。他的作品中有某种奇怪的、神奇的、非常形而上学的东西令读者有点灰心。但是，还好有人喜欢附庸风雅，一小群狂热的崇拜者最终吸引了大批人，壮大了这个群体。夜幕降临时，新俄狄浦斯靠着他年轻的安提戈涅的肩膀，她的名字叫玛利亚，他庄严、神秘地走过联合国教科文组织、乔治·蓬皮杜国家艺术文化中心①或是法兰西学院的一排排座椅，快被读者或是可能仅仅是一些好奇的人挤爆了，每个人都隐约感觉到自己来看的是一场充满了伟大与美的气息的演出。

这种伟大与美源自一些简短的作品，形式各有不同，有时还令人困惑摸不着头脑，内容一直都致力于表达对一种足以诠释与概括整个世界的唯一形式的追求。博尔赫斯不断致力于用文字来勾

① 当地人简称"博堡"（Beaubourg）。

勒这个世界的轮廓,并开辟一条通向生命中心的道路。他喜欢面具、国际象棋、迷宫、侦探超验的推理调查:所有这些都需要兜兜转转拐弯抹角才能更好地得出谜团的答案。他巴洛克风格的幻想故事正像他的诗一样,致力于找到一把可以开所有锁的万能钥匙。据说他故意误导作者只是为了让他们突然发现深藏不露的事实从而大吃一惊。在此意义上——不过这种意义非常与众不同——他是与卡夫卡一类的人。令他感兴趣的不是辩护的原因,不是对环境的描述,不是热情的活力,不是纯粹喜欢某种风格的音乐:而是许许多多数也数不清的因和果,人们管它叫做命运。

为了能使读者在看到显露出的世界时有一种突如其来的喜出望外的感觉,博尔赫斯经常采用冷峻的哲学寓言,充满了睿智的旁征博引,还有一种恰到好处的幽默。我经常引用它最有名的一篇短篇小说:"巴比伦彩票"。为了帮助王国摆脱风雨飘摇的财政困境,一位机智的大臣创立了一种永久的、强制性的、匿名的彩票,可以让人赢得或失去这份最没可能中的奖。一个成了部长,另一个发了财,一个看见他的敌人死掉,一个看见自家房子被烧。好几个世纪过后,学者们仍津津有味地讨论巴比伦的彩票,其中最洞察入微的学者懂得其实这个彩票根本就不存在。我们所有人都置身于一种规模庞大且相当神秘的赌博中,我们都忘了规则,但我们还是热情不减,争先恐后地参与到这场赌博中——这就是人生。

博尔赫斯利用矛盾与精妙的笔触,赤裸裸地揭露了命运与时间的残酷机制。他将回忆的亲近与生命及梦想的奇特相交融。他误导我们走进一个与我们周围的现实完全不同的奇怪的世界里。

然后，突然间，他让我们面对自己，面对隶属于一个大阴谋这样一个简单的事实里那些令人目瞪口呆和荒唐至极的东西，这个滔天大阴谋名叫时间、世界和生命。

就在几周前，博尔赫斯的忠实读者们听到了两个关于他的消息：他和安提戈涅——就是玛利亚——喜结连理，然后他定居在了位于日内瓦和洛桑之间的一个地方。几天前，又传来第三个消息：他去世了。博尔赫斯的所有作品都力求勾勒和诠释生命的奥义。他的一生开始有点像他的作品——一样美丽、一样简单、一样神秘。

《费加罗杂志》，1986 年 6 月 21 日

一位神秘玄奥的故事家

感谢上帝,文学之路是无法预见的。在这个充满了群众、暴力、纳粹主义与马克思主义、综合的蛊惑人心的庞大极权机器的世纪,很少会有哪位当今伟大作家的形象与豪尔赫·路易斯·博尔赫斯的相混淆,此人写过巴洛克风格的诗歌,以及非常精英主义的短小精悍的小说。

思想与命运齐心合谋,注定了博尔赫斯的生活可能就只是他的一篇短篇小说,然而,在一片大范围的热情崇拜中混杂了一点惊愕与少许创造性的不可理解,事情就是如此发生,又如此结束。

正如科塔萨尔①、比安西奥蒂②艾内士多·萨巴多③,还有奥坎

---

① 胡利奥·科塔萨尔(Julio Cortázar,1914—1984),阿根廷作家。
② 埃克托·比安西奥蒂(Héctor Bianciotti,1930—),阿根廷作家。
③ 艾内士多·萨巴多(Ernesto Sábato,1911—),阿根廷现代文学先驱,20世纪首要作家之一。

波两姐妹西尔维娜①与维多利亚②,她们人都很优秀,为语言和法国文学作出了突出贡献,博尔赫斯和他们一样,都是阿根廷人。

通过一种神秘的符号——对博尔赫斯来说一切都是符号——,他出生在他后来因其矛盾说一鸣惊人的前一个世纪的最后一年。他为他的故乡献上了一部诗集:《布宜诺斯艾利斯的虔诚》。而"潘帕斯草原"、"加乌乔牧人"、"夜晚的刀子"、"郊外的探戈"在他这部作品中占据了重要地位。同时,这个阿根廷人首先是个世界主义者。盎格鲁-撒克逊文学、德国文学、古老的斯堪的纳维亚文学、法国文学,都是他以及他笔下诞生的文字的源泉。莎士比亚、吉卜林、史蒂文森、叔本华、魏尔伦这些人对他来说和塞万提斯的《堂吉诃德》一样熟悉。他们所有人教会了他崇拜纯粹思想和共相。这种对共相的热情,有着简洁、讲究,通常还是秘密的形式,是这位形而上学的故事家的神秘作品中的一大关键。

博尔赫斯从未写过那种感伤的,或者沉重的,可以获得诺贝尔奖的歌剧。第一届诺贝尔文学奖得主是苏利·普吕多姆③。带着他的面具、镜子、迷宫、国际象棋,博尔赫斯远离苏利·普吕多姆,同样远离萨特、加缪、罗曼·罗兰、索尔仁尼琴④、克洛德·西蒙。

---

① 西尔维娜·奥坎波(Sylvina Ocampo,1903—1993),阿根廷诗人、短篇小说家。

② 维多利亚·奥坎波(Victoria Ocampo,1890—1979),阿根廷作家,《南方》杂志的主编。

③ 苏利·普吕多姆(Sully Prudhomme,1839—1907),法国诗人、作家,曾获1901年的诺贝尔文学奖。

④ 亚历山大·伊萨耶维奇·索尔仁尼琴(俄语:Александр Исаевич Солженицын,1918—2008),前苏联俄罗斯著名作家。

他远离一切,远离所有人。他远离现实主义、自然主义、民众主义、马克思主义、精神分析法、各种形式的心理学、超现实主义、民族主义、国际主义、天主教、工会或政党活动分子的战斗精神,远离他那个时代和我们这个时代的一切主流。

混杂的罗列,突然的中断,整个生命的减退,有时是人类历史的减退,通过这一系列的错综复杂,用两到三个瞬间闪现的镜头,他就这样简单地将我们带入了宇宙和共相的滚烫的中心。

博尔赫斯有好几个武器用来反抗幻想与现实,过去与现在,空间与时间。他写诗,写故事,写随笔,作品中流露出了求知欲、巴洛克式的奔放,还有平民大众的玩笑。他没有看不起侦探小说,而是把它写出了一种哲学的意味——也没有瞧不起哲学讨论,他赋予其一种侦探题材的形式。

他和阿道夫·比奥伊·卡萨雷斯①合著了《唐·帕罗迪的六桩奇案》。但这六个谜还都是关于生命的:这些谜不断出现、重复、不知疲倦地印证于《虚构集》、《阿莱夫》、《老虎的金黄》、《沙之书》如此薄又如此深刻的书页之上。无论是散文还是诗歌,博尔赫斯的整部作品其实就是对世界和我们的生存问题的一种不懈的探求。如此神秘,如此深不可测,在某种程度上,博尔赫斯一直都是在写同样的事。他在探求一种可以概括整个宇宙的唯一的方式。这就是赋予他声音以统一性与存在感的东西。

---

① 阿道夫·比奥伊·卡萨雷斯(Adolfo Bioy Casares,1914—1999),阿根廷小说家。

"巴比伦彩票"是博尔赫斯最有名的短篇小说之一。为了增加王国可怜的国库收入，发明了这种彩票，最后演变成一种永久性的、强制性的、匿名的彩票，授出了或正面或负面的奖：您或赢得——或没有赢得——一枚勋章，一个部长职位，疏远一个你爱的人，消化紊乱，或是癌症。就在巴比伦灭亡后，考古学者与历史学家开始研究这个彩票。最钻牛角尖的指出这种彩票根本就不曾存在过。《沙之书》中的一则故事："大会"说的也是同样的主题，只不过形式大不相同。一些男人和女人是一个巨大密谋的一部分。他们耗尽毕生精力去搞懂"我们曾不止一次笑过的我们的计划，其实真实地、秘密地存在着，这就是整个宇宙和我们自己"。

　　远离教堂、学校、时尚、各种广告，长时间被大众冷落，由一小群自由思想家和以罗歇·凯伊瓦为首的一批才华横溢的翻译者引进法国，博尔赫斯的作品就这样一点一点地蔓延渗透到它所试图勾勒出的那片天地。

　　"我既不是为那一小群精英分子而写，我对他们毫无兴趣，也不是为人们戏称为群众的只会奉承夸夸其谈的这种实体而写。我不相信这两种抽象的概念，可能它们对煽动人心的政客来说很有价值。我只为我自己而写，为我的朋友而写，为减慢时间的流逝而写。"

　　流逝的时间在博尔赫斯的短暂的肉体形象前停下脚步。他一心追求着他的作品，而他的朋友，在几年间，变得越来越多。

《费加罗报》，1986 年 6 月 16 日

想象与条理之间的罗歇·凯伊瓦

他是神话学家,社会学家,喜欢面具和螳螂,是个梦想家,喜欢捉蝴蝶和收集各种各样的石头;那么,是什么驱使罗歇·凯伊瓦奔跑和写作的呢? 柏格森认为,所有作品都可以浓缩成一种基本的直觉和一个中心点。罗歇·凯伊瓦的世界的基础,不如说是一条横截线,贯穿交叉了很多乍看并无任何联系的领域。而他最后一部作品的名字正好是:《斜线》①。

人们在《斜线》中又再次发现大部分的主题,从《诗歌的欺骗》到《棋盘格子》,从《梦的力量》到《不对称》,勾勒出了这位理性的、从头到尾都追求准确度与相似度的超现实主义作家的表面上多变而实际上却非常严密的路线。《幻象,幻象……》中充分展现了神奇、幻想、梦想、推测,还有凯伊瓦非常准确地称作"认可的诱惑"的东西,在此之前,《斜线》就接连讨论了关于时间、地狱、科学幻想、月球上的岩石、符号世界等方面的问题:一种由边缘的和横跨的理

---

① 罗歇·凯伊瓦,《斜线》,斯多克出版社。——原注

性主义不断支配着的快乐在闪光——说是边缘，是以为他宁可在神话、面具、梦想、想象、自然的空想的边缘地带产生影响；说是横跨，是因为他力求用衔接或是切割的技巧来跨越式地承担起科学或美学，动物学到社会学，人种学到诗学的这些最最多样化的不同的领域。超现实主义、门捷列夫的元素周期表、迷宫或棋盘的主题，都接连在凯伊瓦的风景画上留下了它们的痕迹，一直将这幅画转变成一张巨大的手绘思想地图，上面划着等量直线和教育曲线——梦想的等压线，情感或表达的等温线——赋予了《斜线》这个书名的全部意义。

在这些梅花形和这个巨大的棋盘内部，凯伊瓦精妙而严密的分析从未出过错：愚蠢不是他的长处。他分析对梦的不同形式的诠释、东方人对时间的理解或是有关拉辛的神话，总是用同一种方法，奇特而富有魅力，一开始是形形色色多种多样，一旦任意的隔阂被打破，便会化为一种紧密的结构，就算不成体系，至少也总是精确而严密的。在膨胀的超现实主义与苛求的条理之间，凯伊瓦通过对应与分类进行他的秘密的逻辑推理。

看到他将博尔赫斯引介入法国，对科学幻想或是景观石感兴趣，反对解析梦以及它的现代变种：无处不在，无时不有，幻想令他着迷，严密使其约束。没有什么比这些更令人惊讶了。这是一张倒影、幻境与回音的网。这是被所有严密和统计的要求所修正的，重新忆起的想象。这是被门捷列夫征服的安德烈·布勒东。

要一直玩这些梦想与科学的游戏可不是一件容易的事情。不过，对喜欢它们的人来说，这可能会给他们带来无限的快乐，叫人招架不住。从古老的中国到儒勒·凡尔纳,再到威尔斯①,人们清楚地看到是什么诱惑和吸引住了罗歇·凯伊瓦:显然是所有关于梦的乱七八糟的事儿,所有时间与空间的陷阱,所有历史和想象出的客观事物的矛盾。一百个短篇小说主题贯穿了《斜线》这部作品:那些西藏喇嘛的故事。他们买了台电脑,以便更快地清点出天神的九十亿个名字。天神组成了整个宇宙,突然间,天神看见天边的第一拨星星的光芒已经渐渐黯淡下去。抑或是这群美国学者的故事。时光倒流,他们为了除掉苏联,回到过去。他们成功拦截了载着列宁回俄国的铅皮火车②。十月革命没有发生。沙皇俄国继续统治。但这时特遣队突然出现在我们这个时代,占领了华盛顿,纳粹的卐字旗在白宫上飘扬。因为,红军和斯大林格勒也都不存在了。

这是否足以表示我们读《斜线》这本书时激动得起了一身鸡皮疙瘩?有好奇,有神圣,有某种程度上的担忧,有睿智,还有愉悦,它们同时诞生于诱惑的眩晕中和对清晰与准确的迷恋中。

《费加罗文学》,1975 年 2 月 1 日

---

① 威尔斯(Wells,1869—1942),美国政坛人物及作家。

② 1917 年德国人认为列宁会使俄国更加不稳定,这个国家就会更容易束手就擒,于是安排了列宁及其家人为首的第一批革命党人从瑞士返回俄国的旅程,把他们秘密藏在一辆火车里,保护这辆火车穿过欧洲战场。

阿拉贡 世纪明镜

要说阿拉贡,他首先是位了不起的大作家。有着千余年历史的法国文学,经历了三个奇迹般的时期:古典主义时期,从高乃依到伏尔泰,诞生了六七个天才,还有一群才华横溢的人物;浪漫主义时期,从卢梭和夏多布里昂一直到波德莱尔和维利耶·德·利尔-阿当①;还有 20 世纪初,从佩吉和阿波利奈尔一直到朱利安·格拉克②和玛格丽特·尤瑟纳尔,期间还有纪德、普鲁斯特、克罗岱尔、瓦莱里和圣琼·佩斯③,这个黄金时代,在我们眼皮子底下画上了句号。阿拉贡在这群伟人中也占有一席之地。

因其特有的风格,他一下子从这群文学巨匠中脱颖而出。还因其在思想、文化及学术风尚等各条战线上都有介入,赋予了风尚这个词以最高明的且最经得起时间考验的意义。最后,还因为他

---

① 维利耶·德·利尔-亚当(Villiers de l'Isle-Adam,1838—1889),法国象征主义派作家。

② 朱利安·格拉克(Julien Gracq,1910—2007),法国作家。

③ 圣琼·佩斯(Saint-John Perse,1887—1975),法国诗人、外交官,1960 年获诺贝尔奖。

本人,因为他的气度,因为他将自己的形象搬上舞台的才华。或许,在本世纪,也只有马尔罗可与之比肩了。

无论在文学中,还是在生活中,阿拉贡都是无所不能。他是个天生的模仿者,他最大的才能可能就是模仿他自己了。他是夏多布里昂与罗莎·卢森堡①,的私生子,洛特雷阿蒙和埃德蒙·罗斯丹②是他的教父。他曾是超现实主义者、共产主义者、抵抗运动成员,是国家与民众的伟大诗人,他死后被公认为伟大的作家和文学之父,这个梦想在安德烈·纪德身上已经实现,而让-保尔·萨特却没能实现它。

他是个参与一切反抗与决裂活动的人。他说他自己是最不信任自己的人。背叛的主题在他的作品和生活中都隐约有所体现。但这位天才接连的背叛,竟然奇迹般地成为了忠诚的一部分。他曾是超现实主义者,民族主义者,色情作家,学院院士。他曾是,并且现在一直都是一位共产主义者。他厌恶文化与文学。但当时那个时代没人比他更能代表整个法国文学。他没有错过任何一个机会。他从未改变过立场。他比任何人都能代表我们这个充满纷乱、欺骗、颠覆的世纪。

他是后来当了大使的巴黎警察局长的私生子。他名字的首名叫路易,也是跟他爸爸的一样。直到他勇敢光荣地参加了第一次

---

① 罗莎·卢森堡(Rosa Luxembourg,1870—1919),出生于波兰犹太裔家庭,德国马克思主义政治家,社会主义哲学家及革命家,德国共产党的奠基人之一。

② 埃德蒙·罗斯丹(Edmond Rostand,1868—1918),法国剧作家。

世界大战，直到他获得荣誉勋位勋章——勋章！居然已经授勋了……——之前，他都相信，因为人们令他相信，他是他母亲的小弟弟①。从那时开始，他与这个世纪相遇了。

他第一个遇见的，是安德烈·布勒东。他们两个人都是学医的，这可不是巧合，因为根本就不存在巧合。和布勒东、苏波、艾吕雅以及其他一些人一样，他是超现实主义的先驱，这是一场不仅深刻影响了我们整个文学，而且影响了绘画、道德、风尚与思想各个方面的运动。他写过像"百叶窗"之类的一些诗，就是属于超现实主义的风格。不过，他已在激烈反抗，想竭力挣脱。他是这样的人，他认为，也说过，如果你因为无意识的写作而写出了一些愚蠢的东西，那么没有任何借口：你写的就是愚蠢的东西。他写了一部著作，书中没有人物，没有情节，没有道德说教，什么都没有，是一部紧绷着文体唯一的张力的作品。这部作品名叫：《巴黎的乡人》。

他与布勒东和超现实主义划清界限，因为共产主义需要他。这是第二次相遇，而第三次，与前两次不可分割：一个名叫斯大林的格鲁吉亚修道院院士，和一位名叫艾尔莎·特里奥莱的年轻浪漫的姑娘。共产主义是他的至爱，他的爱人是共产主义者。

超现实主义崇尚狂热的爱情，但不允许虚构故事。阿拉贡毫不犹豫。《奥列里安》、《神圣的一周》，他写了好几部爱情小说和历史小说，毫无疑问，他已跻身我们这个时代以及所有时期的伟大小说家的行列。

---

① 母亲生他时父亲已有妻室，故而在名义上把阿拉贡作为小弟弟抚养。

他后来成了报刊编辑,拥有《今晚报》、《法兰西文学》两种刊物。他还成了一位著名的评论家。尤其是在那个分崩离析的年代①,他是我们最著名的,并且几乎是唯一的一位国民诗人。这位前超现实主义者与共产主义者成功爬上了属于一种桂冠诗人与官方作家的荣誉的位置,而这种荣誉在一些超现实主义者看来是可耻的。法国所有的孩子都会背《艾尔莎的眼睛》和《有人相信天命,有人不相信》。与斯大林式共产主义二位一体的艾尔莎,在他的笔下,将与这个不幸的国家也相融合在一起。

很多年轻人都认识他。从战斗性的诗《欢呼乌拉尔》,到神秘且充满安达卢西亚②风情的诗《狂人艾尔莎》,阿拉贡完成了一项几乎不可能完成的任务,他成功地让我们这个魅力不再的世界重返笑容。我们对此是无能为力,这将是一个共产主义者和超现实主义者的挑战。

他曾是超现实主义者,他不再是了,他之前一直都是。他是共产主义者,而他将来一直都会是。但文体的光彩已将他提升到宗派和意识形态以上的高度,以至于令他重返古典主义传统的悠长派系,他一直都对此相当抵制,而到后来他本身却是此派系的代表。在艾尔莎死后,他寻找过其他爱情,但在他心中,艾尔莎始终都是他的情人,他永远都为她而疯狂。他懂得一门最高等的艺术,

---

① 这里指第二次世界大战时期。
② 西班牙南部地区,位于欧洲最南部,他的最南端与非洲仅相隔 17 海里。它是非洲和欧洲的桥梁,也是大西洋和地中海的交汇点。它特殊的地理位置使它在漫长的历史长河中,吸收到了各种不同的文化。

那就是将他的决裂列入一种忠诚之中。

他曾是反抗者,后来成了名人。法国就是这样一个国家,反抗必定导致成名。阿拉贡,受兰波启蒙,很可能死后会葬入先贤祠:有一次历史的变故和一次政体的更迭就够了。

不管是不是葬在先贤祠,在我们所了解的所有作家中,阿拉贡是确实死后仍有重大影响的一位。为什么?因为他是共产主义者?根本就不是。因为他是超现实主义者?并没有。因为他是龚古尔奖评委会一员?更不是。因为他代表了我们这个时代。那为什么说他代表了我们这个时代呢?因为他曾是超现实主义者和共产主义者,因为他曾是抵抗运动成员,因为他是继雨果之后,最最著名的深受民众喜爱的诗人。

但这一切并不算什么。阿拉贡之所以活在我们的记忆和思想中,是因为我们牢牢记得他的诗句,是因为我们快乐地一遍一遍读着他的《巴黎的乡人》。因为奥列里安离我们很近,就像加夫洛什①或弗雷德里克·莫罗②或法布利斯·戴尔·东果③离我们很近一样。在我们这个世界里,阿拉贡已经逝去。但是,他造就出了另外一个世界。当没有人再知道阿拉贡与布勒东、斯大林、艾尔莎·特里奥莱的关系时,一些狂热的年轻人还能找出"歌剧院大道"或"玫瑰和木樨草",在工作和生活中停顿片刻,在阿拉贡的文字中徜徉、陶醉:

---

① 雨果的作品《悲惨世界》里的流浪儿。
② 福楼拜的作品《情感教育》里的主人公。
③ 司汤达的作品《巴马修道院》的主人公。

爱情让我平静。

或：

　　隐修院的院子里已经人去楼空 朗塞已经不在

　　对我们来说 他留给我们的印记 就只有在这唯一的

一瞬间

　　他将唯一的目光

　　满载着忧伤的目光

　　投向他的情人

　　天空中流动的晚霞 就这样永永久久地燃烧下去

或：

　　噢 我的花园 流水清澈 树影斑驳

　　我生命的舞蹈，我忧郁的心

　　我的天空布满了数不清的星星

　　我在远处 慢悠悠地划着我的小船

　　　　　　　　　《费加罗文学》,1997 年 5 月 2 日

尤瑟纳尔或高度

对于玛格丽特·尤瑟纳尔享誉全世界有两个解释。第一个解释带点趣味性和偶然性：她是入选法兰西学院院士的第一位女性。这是个极难加入的团体，而且在她之前，入选的全部都是男性。第二个则要更严肃和更高级些：她是我们顶尖的一线小说家中的一员，这个圈子的门槛更高。在她眼睁睁看着死亡如排山倒海般来袭之时①我感觉，她非常得体，不失身份，做好自己的事，扮演着和萨特、阿拉贡一个类型的角色。或许，一直以来我们诞生出的一连串光彩夺目的具有世界影响力的小说家，到她这里从此画上了句号。

她远离我们巴黎小圈子里乡里人的争吵，她高高在上，远离文学生活中低级的文字游戏。她一马平川地从默默无闻走上了传奇人物的星光大道。而远在美国的缅因州，在那里，她正努力完成这

① 尤瑟纳尔的亲密伙伴格蕾丝是她作品的主要英译者，两人相伴 50 年。当尤瑟纳尔稳步走向荣誉的巅峰时，格蕾丝的病情却无可挽回地每况愈下。1979年 11 月，格蕾丝经过 21 年与病魔的顽强搏斗后去世。

部具有至高无上写作风格的优秀作品,将女性文学中所谓的瞎掰胡扯与矫揉造作一股脑儿全都抛进了史前史。她为数众多的作品中最具有代表性的有两部:《哈德里安回忆录》和《苦炼》。

在这两部作品中,历史的地位最为重要。这不是一段充塞着帷幔与突变剧情,写成小说题材的历史,而是集体历险中的一种在内部慢慢发生的经历。她书中的主人公身上有着作者的影子:他们趋向于某种远远超越了她并未刻意维系的幸福的东西。当人们谈到尤瑟纳尔时,首先想到的,是她的广度与高度。玛格丽特·尤瑟纳尔,或,高度。

荣誉、勋章、媒体炒作,她都不感兴趣。她感兴趣的,是人类的命运,是他们的使命,是他们的希望。在《一弹解千愁》和《亚历克西斯,或一个徒劳挣扎的故事》中,我们看到的是心灵与躯体在生活的痛苦中挣扎搏斗。在绝妙的作品《东方奇观》中,艺术占据了首要地位。说她对黑人圣歌感兴趣,是因为其中表达出了民众的灵魂。对她来说,历史,在某种程度上,是一种神秘的礼节的载体。

她像所有作家一样,喜欢离群索居。她像所有人一样,与世界有着千丝万缕的联系。她的好奇,她的宽厚,她的睿智,在表达时都形成了一种无视时间的完美无缺的艺术形式。

《费加罗杂志》,1987 年 12 月 19 日

学院式的流浪汉文学

夏季行将结束,即将离开几周时间,在这前夕,专栏编辑扪心自问。这么多年来,他与读者建立了一种具有唯一意义的对话联系。他面临着很多危险,是祸躲不过:蠢话、错误、矛盾——特别是重复。失业,移民,战争与和平,人身安全与财产安全,专制与自由,虚伪,言行不一,敲诈勒索,正在发生的历史……他想象着,精疲力竭或是怒火冲天的读者们,现在甚至连看都不看一眼就把他全新的并总是相似的文章扔进了废纸篓。今时今日,就像预先尝尝假期的滋味一样,我特别想跟您讲讲一部作品,是由著名的里瓦日出版社出版,您一定觉得很高兴,《玫瑰之名》与《福柯的摆钟》的作者安伯托·埃柯①为这部作品作序,序言中说这是"一本极富喜剧效果的书(……),是本世纪出版的最有趣、最好玩的书籍之一"。作者是位英国人,原先是一位大学教员,名叫大卫·洛奇②。这本

---

① 安伯托·埃柯(Umberto Eco,1932—),意大利学者、作家。
② 大卫·洛奇(David Lodge,1935—),英国作家。

书,名叫《小世界》①。

《小世界》是一部集现实性与戏剧性于一体的现代史诗,将我们领入一个全新的文学种类,安伯托·埃柯称之为"学院式的流浪汉文学"。以一种事实为起点:世界不仅变成了一个由媒体筑就的地球村,而且变成了一个广阔的大学校园,校园里接连不断的开大会、学术讨论会,还有专家委员会。多亏了喷气式飞机与媒体,地球校园的时代来临,终结了陈旧的老师授课与图书馆之间的分离。"整个教育界",洛奇写道,"好像是夏季进山放牧一样。此时,飞越大西洋的航班上有一半乘客都是大学教授。"

在洛奇看来,这些教授头脑里只有两个概念:学术交流,还有性。菲利普·斯瓦罗、了不起的莫里斯·扎普、还有一个年轻天真的爱尔兰诗人,名字很好听,叫伯斯·莫克加里格尔,三人周围还有许许多多数不清的德国、澳大利亚、日本的男男女女的大学教员,透过他们这三人的惊天动地的奇遇,徐徐展现在我们眼前的,是神话史诗或是恢弘的骑士小说的学术版本与新潮版本。这是一次寻找圣杯的过程,以令人困惑的大学教员和性感的年轻女郎的形式,"性"接替了"信"。

何以见得联合国教科文组织不在这些艳情与学术经历的中心呢? 在教科文组织看来,一个流动的抽象的文学批评的讲台,在古希腊罗马文化时期、中世纪或文艺复兴时期的那些恢弘史诗中扮

---

① 大卫·洛奇,《小世界》,由安伯托·埃柯作序,里瓦日出版社出版。——原注

演着欲望对象这么一个传统的角色。被美元酬劳填满的,被接连不停的艳事所围绕的这样一种欲望对象。

因为职业的原因,我对这些国际性的大学环境,现代语言协会的大会,在耶路撒冷、维也纳、墨西哥的研讨会,都或多或少有所了解。性,是否真的像它被大卫·洛奇所定义的那样,在其中占据了半壁江山,我并不确定。但我可以肯定地对作者说,联合国教科文组织的"一流餐厅"不像他说的那样,在芳德诺广场①的一幢大厦的七楼,其实是在八楼。读者同样也醉心于构思非常巧妙的情节安排,剧情设计你来我往丝丝入扣,出于一种讽刺想象的狂热,以一种非常严肃的治学态度,见证了古典文学的价值。

不管您是否属于今时今日的大学里的小小世界,您都会喜欢那些巧妙的地方,还有那些搞笑的,甚至有些荒唐的,职业与爱情交织的情节。您可以了解到我们著名的知识分子的文化兼收并蓄的世界,就跟泡在最完整的报告与最令人厌烦的论文中一样。而您还能更自娱自乐一些。

《费加罗报》,1991 年 7 月 13—14 日

---

① 位于巴黎市中心,距埃菲尔铁塔不远处。也是联合国教科文组织总部所在地。

克莱伯·海登的荣耀

我亲爱的克莱伯：

十年前，你跟我们开了个玩笑，这么久以来你是唯一一次作弄我们：你撇下我们让我们自己搞定，你却一走了之。你已经离开巴黎，去到靠近图卢兹的一个叫做拉布代特的地方，定居在那里的一幢房子里。后来，这里变成了放荡不羁的文学的一大圣地和友谊的指挥所。现在你离开了拉布代特，再也没在任何地方定居下来。

我们经常来拉布代特，为文学与友谊干杯，恬不知耻、毫不保留地称赞卡洛琳娜的烹调手艺。你在巴黎来的飞机上，手持一杯香槟，等待我们的到来。我们在机场喝，在车里喝，到了你的家门口我们还要再干一杯。午餐和晚餐并不引人发笑。酒酣耳热。我们畅谈戏剧、橄榄球、歌剧，一直谈到凌晨两点、三点、四点。而第二天，你很早就起来了，神清气爽，精神抖擞，脸色红润，面带微笑，为了不失面子又不至于手生，你用一点香槟将我们从睡梦中唤醒。

我们为了卡洛琳娜又一次来到这里。她已经为我们做好了巨人烩什锦和塔塔尔族人甜点，并且照看好了你。拉布代特很空荡，而你,你令这里变得很有看头。我们启程奔赴巴黎,后悔将你一个人留在那儿。你写出了《再见》这部作品。

之后,十年前,我们为了你再次回来。为了你,克莱伯。你再也没有手持香槟在飞机里等我们。你不再是那个模样像个孩子的大人物,能够在我们很多人中间唤醒一种如此强烈的感觉,这种感觉叫做友情。安托万·布隆丹①,热爱橄榄球的皮斯特教士,他讲话时"r"的发音小舌颤得很有特色:"le rrrubi..., le rrrubi...",马雷夏尔——你一个很亲近的邻居,名字原叫佩利西耶,但你却给他永久地安了个马雷夏尔的绰号,在尼米埃的《恋爱中的达达尼昂》一书中以佩利西耶·德·佩里萨尔的形象出现过——还有很多其他的朋友,都从四面八方赶来。"我们嚎啕大哭",福楼拜曾在一封给马克西姆·迪康的信中谈到乔治·桑在诺昂的葬礼时如是写道。我们也一样,在图卢兹的乡村,我们嚎啕大哭。

因为一篇关于我初期一部作品的文章,你走进了我的生活。当然,我看过你的《别了,肯塔基》,是一本相当有文采的小说,而你的《法国文学史》,则一直置于我的案头,无与伦比的自由奔放与桀骜不驯涤荡在每张书页的字里行间。我初期的作品一个接一个地失败,这时,我在《周日新闻》上无意中看到你的一篇评论。文章说的就是我不久前以《再见,谢谢》为题发表的一些回忆录文章,应该是标志着我与文学之间这种糟糕关系的终结。我目瞪口呆,揉了揉眼,简直不敢相信。因为激动,我不禁涨红了脸:这篇评论满是

---

① 安托万·布隆丹(Antoine Blondin,1922—1991),法国作家。

溢美之词和同情之语。

我没敢给你写信。你是个疯狂之人。不过我们到底还是见面了。你来舍下赴晚宴,批评了我几句:我真不敢相信我居然没有好好谢谢你。之后,冲动之下,你又一如既往地说了老实话:晚餐很难吃;而加倍不幸的是,正相反,浓汤是冷的,香槟却是热的。我亲爱的克莱伯,正是这种交错配列的修辞手法让我俩成了好朋友。

我在拉布代特这一站下了车。你到巴黎来领法国同盟文学奖或是去都柏林看一场橄榄球赛。你下榻在位于香榭丽舍大街上的克莱里奇酒店,这个酒店现在已经不存在了。我远远望见你高大强壮的外形,好似一位绅士的农场主,又或是某个传说中的西部地区的饲马员。要是有个导演想要给你拍部电影,那么一定得让加宾①来扮演你。相反的,加宾演过的所有的角色你都可以演。你能够从罗马军团中逃脱,深夜时分在某个港口岸边徘徊,在迎风飘扬的旗帜下死去,既是一个家庭里的父亲,同时也是黑帮大佬。你也可以化身为一个拳击手,或是一个热心肠的爱尔兰人,像本来就应该那样,把他的爱一半分给他的马匹,一半给威士忌。你还是更愿意喜欢文学,并像一个普通人那样去谈之论之。

你谈论文学时语言简单淳朴,没有丝毫做作与夸大,一直都是客观公正的口吻。你工作努力、很有效率,当你专心创作小说时,你首先是讲述这个故事,不会太过拘泥于流派,也不过分追求复杂的结构。你有你的喜好、你所支持的人、你偏爱的人,但你从不诋

---

① 让·加宾,法国著名演员。

毁那些令人厌烦或是令你痛心的人。对你来说,文学既不是使命,也不是战争,更不是研究:文学,首先是快乐。

你是尼米埃与布隆丹的朋友,是乐于写作和以写作为乐之人的朋友。你是一个很棒的朋友。在你去世的几个星期前,我们每个人都有个计划。我的计划是设法让你赶上或者先于很多朋友进入法兰西学院。你的计划是写一本书,要有个好听的题目:《朋友之书》。我们没有时间来完成我们的计划了。我想象着,你现在身处一群非物质的、享天福的朋友中间。你跟他们讲故事,他们听得格外高兴,而且,史上唯一一次,他们为你,只为你一个人,斟上了上帝的顶级葡萄园里酿出的香槟酒。

《费加罗杂志》,1986 年 6 月 14 日

若热·亚马多,一个无法挽回的损失

若热·亚马多是一位非常伟大的作家,于不久前离开了人世。和加布里埃尔·加西亚·马尔克斯,此人与其关系较亲近,和博尔赫斯,此人与他关系较疏远,还有和阿莱霍·卡彭铁尔①,科塔萨尔,巴尔加斯·略萨②以及其他很多人一样,若热·亚马多也是拉丁文学中的一员。拉丁文学的繁荣可谓是上个世纪的一种主要的文化现象。

他是瑟道地区的农业无产阶级的小说家。瑟道③这个地区相当贫困,位于巴西的东北部。正如伊萨克·巴什维斯·辛格与卢布林④的犹太人,正如普鲁斯特与圣日耳曼市郊的一小帮附庸风雅之人,若热·亚马多扎根于个体,进而影响至全体。他的声名毫无

---

① 阿莱霍·卡彭铁尔(Alejo Carpentier,1904—1980),古巴小说家、随笔作者。
② 巴尔加斯·略萨(Valgas Llosa,1936—   ),秘鲁作家、政治家。
③ 指的是巴西内陆地区长着灌木丛林的平原。
④ 波兰东南部历史名城,卢布林省首府。

疑问响彻了巴伊亚①,并且一直覆盖到了全世界。

他是一位现实主义的通俗小说家,曾著有《可可》、《饥饿之路》、《暴力之地》,以及《加布里埃尔,康乃馨与桂皮》,这是一部人文社科的作品,包含了丰富的民俗内容,而其中也不乏史诗般的气息。他的好多部作品都获得了巨大的成功。《沙漠里的船长》或是《所有圣人的巴伊亚》在文学中融会贯通了世界各地的特色。他是左派人士,很久以前就加入了巴西共产党。或许我们可以将他的作品与世界另外一头的另一位左派人士的相比较:雅萨尔·凯马尔②。尽管他们有很多不同之处,但同样具有的史诗般的恢宏气势令土耳其托罗斯山脉的农民和巴西瑟道地区的迁徙动物都神往不已。

在若热·亚马多的作品中贯穿着一种喜剧的脉络。所有快乐的色彩都伴随着社会戏剧的暴力。在一部讽刺性的小作品《小提亚侬宫之战》中,他微笑着对巴西科学院大放冷箭。

他是一个慷慨宽厚之人,还是一个难得的好朋友。他和妻子经常来巴黎,在他们靠近塞纳河畔的住所热情招待他们的朋友。对所有爱他、欣赏他的人来说,他的离世令人悲痛欲绝,是个无法挽回的损失。

《费加罗文学》,2001 年 8 月 9 日

---

① 巴西的一个州。
② 雅萨尔·凯马尔(Yachar Kemal,1923—),土耳其著名小说家,多次被提名诺贝尔文学奖。

一个对灾难有兴趣的人

齐奥朗的绝望是种很开心的绝望:他既阴森恐怖,又富有魅力。他是特兰西瓦尼亚①的一位东正教神甫的儿子,出生在一个伐木工人和牧师群居的村庄,据说,他小时候就把一个掘墓人朋友给他的骷髅头当足球踢,所有认识他的人都知道,这位《分解概论》与《痛苦的三段论》的作者是个何等活泼又和气的玩伴。他厌恶世界,厌恶人生,厌恶整个人类,但他和他的朋友依旧嬉笑打闹玩成一片。附带地说,这个快活的自杀者,这个在万丈深渊上玩走钢丝的杂技演员,其实是一位著名的大作家。

埃米尔·齐奥朗索,也就是齐奥朗,在他之前有特里斯坦·查拉②,同期还有两个罗马尼亚人,为我们辉煌的文学作出了卓越的

---

① 罗马尼亚北部地区名。

② 特里斯坦·查拉(Tristan Tzara,1896—1963),罗马尼亚及法国先锋诗人、随笔作者、艺术家。

贡献:米尔恰·伊利亚德①和欧仁·尤内斯库②。他们都是从东欧来的移民,选择用法语写作——"法语就像束缚疯子用的紧身衣,让我平静下来"——他们将法语给予了他们的东西百倍地还给了他们选择的这门语言。谈到齐奥朗自己的作品时,他说他的风格是"一种外国佬想比本地人做得更好的风格"。

他确实做得更好。和离他如此遥远的玛格丽特·尤瑟纳尔,和朱利安·格林③,和另外两三个人一起,他以他的忧郁和他的悖论迷倒了我们成千上万的同一辈人,使之变成了忠实读者与狂热的崇拜者。玛格丽特·尤瑟纳尔生于比利时,后来加入了美国籍。朱利安·格林是美国人。齐奥朗是罗马尼亚人。法国文学没有民族主义这一说。

只要是或多或少涉及机构、演讲、游行、寓意、激情和感觉很好之类的东西,齐奥朗都统统厌恶之。以齐奥朗离世为借口来颂扬他,简直就跟把研究人类死亡的理论家及厌恶主题的米歇尔·福柯列入伟人之列一样荒唐,跟安德烈·布勒东墓前的盛大隆重的官方演讲一样荒唐。齐奥朗不明白为什么"就算有拥有一个传记作家的可能,也从未让人们打消生活的念头"。而如今人们将一切荣誉抛向他的骨灰。可是这叫什么啊! 我们今天都知道,所有斗

---

① 米尔恰·伊利亚德(Mircea Eliade,1907—1986),罗马尼亚宗教历史学家、小说家、哲学家。

② 欧仁·尤内斯库(Eugène Ionesco,1909—1994),罗马尼亚及法国剧作家,荒诞派戏剧最著名的代表之一。

③ 朱利安·格林(Julien Green,1900—1998),美国作家,出生于法国,大部分作品都是用法语撰写。

争的结果就是庆祝。而齐奥朗这个对灾难有兴趣的人也是，并且可能首先是，一个悖论者。

在某种意义上，他是尚福尔①、沃夫纳格②、狄德罗的《拉摩的侄儿》的继承者。但他同时也是基尔凯郭尔③、舍斯托夫④、尼采，以及陀思妥耶夫斯基的继承者。他身处当代法国伦理主义与冷漠的悲观主义的交合处。他将放纵的18世纪那附庸风雅的乏味重新描黑。他是反叛分子中讲话最简洁最没人道主义色彩的一位。

他厌恶人文主义，厌恶媒体，厌恶所有充斥着傻瓜和好意的东西，厌恶各类文学奖项，他还厌恶文学本身，尽管他在这方面成绩斐然。法兰西学院授予他莫朗文学奖。而他却坚决礼貌地予以拒绝。他这个人将所有装模作样虚情假意都扼杀了。

这个凶手一路走来并不是那么一帆风顺。荣誉自动找上门。财富在等着他。一些狂热的年轻人将他对所有成功和希望的憎恶过分当真——"我了解各种形式的衰落，其中就包括成功"……——给他写信告诉他，在认真读完它的作品后他们选择自杀：真够闹心的！必须得给他们写信向他们解释清楚，尽管这是一出既惨兮兮又毫无价值的戏，但毕竟得一直忍到落幕。他继续写作。

---

① 尼古拉·尚福尔（Nicolas Chamfort，1741—1794），法国作家，因其创作的警句格言而闻名。
② 沃夫纳格侯爵（Marquis de Vauvenargues，1715—1747），法国伦理学家、随笔作者，是位全才型的作家。
③ 索伦·奥贝·基尔凯郭尔（Søren Aabye Kierkegaard，1813—1855），丹麦存在主义哲学家。
④ 列夫·舍斯托夫（Lev Chestov，1866—1938），俄罗斯著名思想家，其毕生的学术创作都集中于猛烈抨击传统形而上学和追寻圣经中全能的上帝。

写世界就是一场败局,写失败中的失败:"我们都是一群闹剧演员:人死了,问题还没解决。"

对扬·盖菲雷克①来说,齐奥朗是"打破幻想之人,愤青,自杀教师,斋戒的骑士",对让-保尔·安托文②来说,他是"禅宗的文体家,空虚的花花公子",对阿兰·博斯凯③来说,他是"活泼的悲观主义者和巴洛克风格的反对者",齐奥朗给一小群为痛苦所迷惑的他的忠实支持者们带去了一种毫无杂质、类似毒品的一种快感。很多齐奥朗的读者因为顺势吞服了《蹩脚的造物主》或是《坠入时间》中绝望的糖衣药丸而免于生命中的灾难。这是因为,不带有任何手法或是无用的形容词,齐奥朗以一种流畅而魅力十足的风格表达出了他对造物主和天地万物的憎恶:"每个人都竭尽全力紧紧抓住他不好的运气"或是:"只要我们没有承受过这种痛苦,我们就只会活在虚假当中。但是,当我们开始承受痛苦时,我们便步入了真实,却只为懊悔原先的虚假"抑或:"两千年来,耶稣都在为其没能死在一张长沙发上而向我们报仇。"

绝望从来都不会如此轻松地表达出来。齐奥朗的写作水平跟伏尔泰不相上下,但与伏尔泰相反,他讨厌系统,因此他不是个哲学家。不过,他比任何哲学家都更能触及憧憬一种不可能的绝对的痛处,更能揭示世界意义的缺失。事实上,齐奥朗是个神秘主义

---

① 扬·盖菲雷克(Yann Queffelec,1949—),法国著名作家,1985 年以《野蛮的婚礼》一书获龚古尔奖。

② 让-保尔·安托文(Jean Paul Enthoven,1949—),法国著名出版商。

③ 阿兰·博斯凯(Alain Bosquet,1919—1998),俄罗斯裔法国作家。

者。不过,是个颠倒的、反常的、达到世界虚无境界的神秘主义者——他停下脚步,裹足不前:"要破坏,首先得造物。"还有更偏激的:"没有了上帝,一切皆是虚无;而上帝本身呢? 就是虚无的最高境界。"

在齐奥朗二十岁左右的时候,他患上了失眠,后来就一直没好过。他承受着失眠的巨大痛苦,这个永远都休息不了的失眠症患者辛苦地与失眠作斗争,他就过着这样一种生活。他对生活有一句很精到的定义:"媚俗的物质"。尽管他有着天真的一面,他本可以偏爱神秘主义者、圣人、睿智的佛教徒。但他很快发现了招架的方法:"他们很高兴。我指责他们这样。"玛格丽特·尤瑟纳尔让玛丽·玛德莱娜嘴里说出这样空前绝后的感谢耶稣的话语:"他使我摆脱了幸福。"我为寻找论文主题的年轻人推荐一个很好的题目:"席琳、尤瑟纳尔和齐奥朗他们三人对幸福的理解"。

"只要还有一个上帝存在着,那么人类的任务就仍未完成。"齐奥朗强烈反对各种宗教,加布里埃尔·马塞尔[1]或莫里亚克应该会在其中看到上帝雕琢的痕迹。另外还有一些事——是因为弱? 因为不小心? ——构成了一种对一团糟的造物的神圣侵犯:这就是音乐,特别是巴赫的音乐。当我写这几行字的时候,天体乐声圆舞曲[2]是否抚慰了齐奥朗的灵魂呢?

---

[1] 加布里埃尔·马塞尔(Gabriel Marcel,1889—1973),法国哲学家,基督教存在主义学说领头人。
[2] 作曲家约瑟夫·施特劳斯创作的名曲。

普鲁斯特在某个精彩篇章里谈到贝戈特的猝死,他在维美尔①的一幅名叫《德尔夫特小景》的画中一小块黄色的墙面前死去②。在谈到这些时,他低声咕哝:"永远地死去? 谁能这么说?"齐奥朗对马塞尔·普鲁斯特并无怀疑。他同样也致力于推翻天地万物和它的造物主。

　　如果,出于最后一次反常和非常奇怪的意外——但是这个意外果真会比生活中的意外更奇怪么? ——他终于享受到了之前从未享受到的唯一一次熟睡,他从梦中醒来的那个早晨,最终还是面对了天地万物的创造者上帝,他应该正在用他特有的激烈与优雅相交织的言辞,指责着它造出的万物有多可怕,还有生命中的种种丑行。我想象着,上帝跟我们所有人一样,被如此多的夹杂着狂怒的喜悦迷倒了。

《费加罗报》,1995 年 6 月 21 日

---

　　① 约翰尼斯·维美尔(Johannes Vermeer,1632—1675),巴洛克时期的荷兰画家。

　　② 1921 年,普鲁斯特根据自己在"网球场博物馆"的经历,描述了一位作家有点儿离奇的死:他死在了维美尔的一幅画里。情形大约是这样的,贝戈特(那名作家)略感不适,"但是一位批评家在文章里谈到维美尔的《德尔夫特小景》(从海牙美术馆借来举办一次荷兰画展的画)中一小块黄色的墙面(贝戈特不记得了)画得如此美妙,单独把它抽出来看,就好像是一件珍贵的中国艺术作品,具有一种自身的美,贝戈特十分欣赏并且自以为非常熟悉这幅画,因此他吃了几只土豆,离开家门去参观画展"。不消一会儿,他将感到"在天国的天平上一端的托盘盛着他自己的一生,另一端则装着被如此优美地画成黄色的一小块墙面"(《追忆似水年华》,第五卷)。

弗朗索瓦·努里斯耶　头脑异常清醒

在这座脆弱的活人先贤祠中，即我们的文学机构中，弗朗索瓦·努里斯耶的地位令人向往，且与众不同。三十五年来，他写了将近二十部作品。他曾因《一段法国历史》而荣获法兰西学院小说大奖，因《死亡》获费米那文学奖。他虽未获得过龚古尔奖，但他曾入选这个奖的评审委员会——就像他可以入选"法国小姐"的评审一样。他是一位评论家和小说家。他的精力全都投入了文学事业。他不是招人谩骂的作者，不是墨守成规之人，不是什么先锋，更不是什么校长，他不隶属于任何一个文学团体，但他以特有的方式，享誉整个法国文坛。夏尔多纳①和阿拉贡在他们那个时代经常说他的好话。现在，他在那些建立和毁灭文学声誉的人中间可是个佼佼者。上了年纪后，他的形象更类似一个智慧的老人，而不是一个冒险家。从他身上似乎可以感受到一种权威。从东部洛林来的他，在一种不可抗拒的愉悦中透出一种极端的复杂，他是个很有

---

① 雅克·夏尔多纳(Jacques Chardonne，1884—1968)，法国作家。

法国特色的继承者,上承很多作家、小说家与文学大师。

最近他给我们带来了一部最新力作,文笔简练,堪称完美:《父亲节》①。我一口气就读完了。还有很多其他作品,比如《一家之主》、《德国人》、《人类博物馆》、《云之帝国》,都广受好评。不得不承认:在我看来,《父亲节》是继努里斯耶那部充满了尖刻的分析与不满的著作《一个小资产者》之后,最优秀、最具感染力与说服力的作品。

《一个小资产者》为我们展现了一个年轻人的形象,虽然他还是个未涉足文坛的小辈,但已经崭露锋芒。他的才情,在自我不满、嘲讽、和一道生机勃勃又阴郁昏暗的光之中,鲜明地表现了出来。这和《父亲节》里出现的那个人物是一模一样的。但时光荏苒,那个对自己,对自己的鼻子和下巴,还有自己不受欢迎的性格不满的小资产阶级者,已经变成了一个伟大的作家,同时也成了一位父亲。《父亲节》这部作品就处在父亲的身份与文学之间的交叉点上。作品教给我们的,与其说是与众多艰涩的汇编文章作品及主题小说名气不相上下的文学危机,更多的是那条明显的代沟。

故事很简单:N先生(他就是我们的主人公),与萨比娜离了婚。他们有个孩子,名叫卢卡斯。他很想好好爱他——但这却很困难。至少在父亲眼里,小的时候非常可爱的卢卡斯,现在已经变得有点懦弱、自闭,对周围的一切都非常有敌意。我也思忖着这个父亲做得是不是就很好呢。听着,N先生,我希望少点努力多点成

① 弗朗索瓦·努里斯耶,《父亲节》,格拉斯出版社。——原注

果,少点虚情假意多点被抛弃的温柔。您知道的,孩子们都是些严格的法官。而就算是名人也不会有丝毫改变。我们的大作家和卢卡斯发了一顿脾气,可惜,只是一肚子不满默默地生闷气,而不是大吵大闹拳打脚踢。发完脾气后,我们的大作家将乘着火车赶往 B 地,在那里,等待着他的是我们这个小小的现代社会和我们的爆笑喜剧中的一个传说:一场辩论会。

　　小说的关键情节在此出现。不仅辩论会在不知不觉中从文学慢慢偏向家庭和父子关系,而且,在委员会和当地名人要士陪同下参加的推不掉的晚宴,令 N 先生与一段已消逝的过去面对面:妮可,曾经的一个情妇,还有她的女儿贝瑞尼斯。还是这个贝瑞尼斯……而这个神圣的 N 老先生,安非他命①吃多了,自相矛盾,可能是前一部分用来搞定后一部分! ……一种无法抑制的冲动令他一下子回到了青少年时代,之前卢卡斯身上令他发火的东西现在开始令他着迷了。妮可之后会不会是这个贝瑞尼斯呢? ……N 先生无缘无故开始苦思冥想,我的天哪! 这是不是有点太荒唐:贝瑞尼斯可能是我的女儿……而如果她真的是我的女儿该怎么办?

　　我有点后悔自己一直停留在这个无情地描绘出的喜剧故事上,有时真叫人受不了。我也尽量避免跟你们多说。但必须得把这本书定位在它的自然境况里:也就是文学之痛苦与父子关系之痛苦的邂逅。读努里斯耶的作品,我们站在了与拉封丹、吉罗杜、代翁极端不同的世界里:我们远离了生命的幸福与快乐。正如在

---

　　① 又叫苯丙胺,是一种中枢兴奋药。

莫里亚克笔下,不过是以一种非常不同的方式,硫磺味与霉味让我们憋得喘不过气来。莫里亚克认为,戏剧,在痛苦与罪恶中诞生。努里斯耶觉得,苦恼,是源自不满足。N先生认为,天赋,是一种可怕的补偿,是一份令人惊叹的薪水,拿到的人难以消受。

在他再版的第一部小说《脏水》——刚刚发行——的序言中,弗朗索瓦·努里斯耶对"他领地的四周"有着非常好的理解:婚姻、两人在一起的烦恼、猜疑、冷漠,还有没完没了的窥探,这就是夫妻生活。如果我们再加上住房品味、动物喜好、父母与孩子间难以处理的关系,那么我们就已经得出努里斯耶大致的一个世界观了。但所有这些各不相同而又互相关联的主题只是一个总体意义上的不快乐家庭的缩影:N先生不喜欢。《小资产者》的每张书页的字里行间都流露出了这个事实,它还在《父亲节》的每句话中熠熠生辉。他随意将自己摧毁,将自己撕碎,不留一丝痕迹。

关于房子,N先生低声说:"人们以为我喜欢房子,因为我经常变更住所,大家以为我喜新厌旧。但我的房子一般都很丑,我没办法把它们弄得漂亮。"而讲到他和他儿子的关系,N先生以"停滞的关爱"很好地概括了这种关系。他承认"他的父爱有点神经质"。人们不禁寻思,年轻的贝瑞尼斯是不是没理由抛出这样的问题给这个名作家:"您是不是有点夸大困难,小题大做了?"而后,再多的揭他疮疤的企图最终都化为感动。在他的不安下,有一颗炽热跳动的心。

这种隐藏着满腔热情的极其清醒的头脑——这有时会令人联

想到儒勒·勒纳尔①非要跟自己疯狂地过不去——以一种恰到好处的形式和风格体现出来。故事情节与分析带有一种内在的复杂性，就跟一出戏剧一样，严格分布于极少的人物和非常有限的十个场景中，相互渗透，相互充实。我们从书中抽离出来时，几乎分辨不出谁是作者，谁是主人公，既令人毛骨悚然，又叫人心醉神往。

在阅读这些关于文学与父爱的文字时，我想到一个一直让我印象深刻的拉丁谚语：Aut liberi aut libri。抑或孩子，抑或书籍。要两者兼顾是多么困难的一件事啊！努里斯耶主动深入问题的中心，置身于飓风的风眼，致力于剖析自己。他严酷地将自己描述为一个一生都在睡梦中的人，醒来就是为了要承受痛苦。N 先生写这本书，是为了萨比娜、妮可、贝瑞尼斯和卢卡斯——妻子、情人，还有孩子，不管是没有确实的法律依据而被推定为合法的孩子还是证明属实是自己的孩子——接受这些痛苦与伤害。他撕心裂肺拼命想要感动他们。同时也感动我们。学习这种风格也就是学习这种勇气。人们说，在努里斯耶笔下，这两者是不可分割的。

《费加罗杂志》，1986 年 1 月 18 日

---

① 儒勒·勒纳尔(Jules Renard,1864—1910)，法国剧作家。

赔了项链又身败名裂的王后

二十年来,皮埃尔·孔贝斯科将无数大奖收归囊中——梅第西奖,龚古尔奖,摩纳哥王子文学奖——而且获奖作品种类并不单一:一方面,是小说,比如《沙丁鱼的葬礼》《受难地的女人》,或是去年的《德国佣兵》;另一方面,是灵感迸发的传记作品:《巴伐利亚的路易二世》或《小马萨林派》,都是非常成功的作品。有一则故事,被斯蒂芬·茨威格①称为"史上最无耻、最生动、最有趣的一场闹剧":王后的项链事件。

每个人从上学时候开始就听过这则令人难以置信的诈骗故事。它提供了谣言的谈资,是数千年神权君主制度的崩溃瓦解的源头。一个冒险家,瓦卢瓦家族的后代,德拉·莫特夫人,劝说当时政权内最高等的显贵之一,红衣主教罗昂,为玛丽·安托瓦内特王后呈献一串奢华的项链。这个阴谋家跟教士说得天花乱坠,对其密切关注,呵护备至,既兴奋又细心,令教士犯了这个荒唐的错

---

① 斯蒂芬·茨威格(Stefan Zweig,1881—1942),犹太裔澳大利亚作家。

误,竟然天真地相信王后正默默等待着他呈上这个奉承的证据。但事实上王后毫不知情。

当然,项链在半路就被让娜·德拉·莫特和她的同伙截走了。这是个天大的丑闻,想要不轰动都难,因为被德拉·莫特夫人骗得团团转的主教答应了珠宝商波梅尔和巴桑热开出的一比天文数字的大价钱,现在他们等得不耐烦了,迫不及待地想要把钱拿到手。这个大丑闻成了后来法国大革命的导火线。

在这个任何历史侦探小说作者都不敢杜撰的悲喜剧中,我们看到了可以吸引孔贝斯科的东西。首先,是处于某种环境中的一出戏剧,作为圣西门的忠实读者,他比任何人都了解这种环境。马萨林①侄女的复杂家谱过后一个世纪,他又以一种令人兴奋且永远无懈可击的技巧沉溺于波旁家族、瓦卢瓦家族、奥尔良家族、旁提耶夫家族和夏特尔家族,罗汉家族和苏斯比家族,朗巴尔家族和百利来家族,哈布斯堡-洛林家族和萨瓦伊家族。

就在未来的路易十六与奥地利公主安托尼娅,即后来的法国王太子妃玛丽·安托瓦内特大婚之后不久,因为这个法国王太子对他年轻的妻子似乎没什么热情,于是当时在凡尔赛宫流言风生水起:路易十五这个老色鬼爱上了他傻儿子的年轻貌美的奥地利妻子。孔贝斯科放荡的历史想象力也插上了翅膀。假如,路易十五代替了他的小儿子,跟玛丽·安托瓦内特生了个儿子,那么我们

---

① 儒勒·马萨林(Jules Mazarin,1602—1661),法国外交家、政治家,法国国王路易十四统治时期的宰相及枢机主教。

可能会看到,在路易十六去世的时候,您可以拿支笔,然后好好想想,一位国王的儿子继承了他侄子的王位。

德拉·莫特夫人,一个不择手段的诈骗犯,主教罗昂,一个野心勃勃的被一种疯狂的接近愚蠢的爱冲昏头脑的贵族佬,皮埃尔·孔贝斯科一直追着这两个人不放,尤其吸引他的是,有个地方,在皇家的一个可疑的龌龊之地,并排走着一些母鸡、鸽子、山鸡和老鹞,吸引孔贝斯科的正是对这个地方的描写。金玉其外败絮其中,还夹杂着家禽饲养棚的臭味,宫廷内的这种状况,他并不讨厌。

这些大是大非逐渐烟消云散,就像贝特罗尼乌斯①的《萨蒂利孔》里写的那样,就像圣西门的《回忆录》中路易十四死的时候,就像大革命前夕的法国封建君主政权,于是露出了一片狩猎场,这正是《巴伐利亚的路易二世》和《厄运之钻》②的 作者所钟爱的地方。在行动家和歇斯底里者,失去理智的疯子和放荡之人中间,是法国宫廷里的费里尼③。

整本书从头读到尾,我们学会了很多东西,也玩得十分尽兴。在孔贝斯科看来,渊博的学识只有在荤段子前才处于下风,而且两者互相扶持,就会一下子战胜骗子和王子,战胜不大可能的卡格里

---

① 贝特罗尼乌斯(拉丁语:Petronius),生活在古罗马暴君尼禄统治时期的拉丁语作家,著有讽刺小说《萨蒂利孔》。
② 皮埃尔·孔贝斯科,《厄运之钻》,罗贝尔·拉封出版社出版。——原注
③ 费德里克·费里尼(Federico Fellini, 1920—1993),意大利著名电影导演。

奥斯特罗①和各种各样的无赖。谁能在淤泥中的露天赈济游艺会中全身而退？也许，是位高权重的部长舒瓦瑟尔，是对装潢、物件、家具的品味精致考究的魅力不减的迪巴里伯爵夫人，还有成了那场恶毒阴谋中无辜受害者的皇后陛下，她也就只有轻浮的爱好可被诟病，而且，不久以后在危难之中她的英雄主义会很快将这些轻浮的爱好抛诸脑后②。

轻浮，博学，五味杂陈，引人入胜，这本书就是一堂历史课。那些大动乱不只是因为具备了一定的经济与社会条件，或是因为麦子价格、人口统计学才产生。动乱的出现也有一定偶然性，会因一些不寻常的联系和历史事件而产生。孔贝斯科的书相当明快活泼，就像满满一大把金粉撒向我们的眼睛，我们被彻底迷惑住了。他的书中有种思考，是被带入通往地狱的列车的思考，是对轶事和偶然性在重大灾难性事件中的作用的一种思考。

《费加罗文学》，2003 年 9 月 11 日

---

① 亚历山大·卡格里奥斯特罗（Alessandro Cagliostro，1743—1795），意大利冒险家，神秘主义学者。

② 安托瓦内特从进入法国宫廷之后，在政治上毫无建树。每天只是热衷于舞会、时装、玩乐和庆宴。而在法国大革命开始后，她身上却意外地体现出一位王后的骄傲与尊严，表现得比路易十六更有主见。

米歇尔·莫尔 大海的小说家

　　只要瞥见他一眼就认出来了：他的高个子，蓝眼睛，他的英式风度和蓄着的同样英式的小胡子，这个布列塔尼的天主教徒是个好伙伴。根据时代风俗，我们在对他的这种定义里既看不到侮辱，也没有保留。所有认识他的人都知道米歇尔·莫尔是个可爱的人。性格粗鲁，有时还敏感多疑，不喜欢奉承或是妥协，非常耿直，他是最忠诚的朋友，最快乐的伙伴，他是为数不多的几个人中能让我们从他那里感受到亲密与信任的人。

　　大家往往会把他看作是阿尔塞斯特①，不过是一个非常亲切的阿尔塞斯特。我们幻想着他正在逃跑，想要远离那些骗子和两面派，逃到海浪拍击的海岸上，逃进荒漠中的一处偏僻之地隐居起来，在那里可以做一个自由自在无拘无束的被人尊敬的人，我们都知道这是何种感觉。这个心地善良的离群索居者，他避开了一切荣誉，而所有荣誉也如浮云般消逝，他是法国机构中的核心人物。

---

　　①　莫里哀的戏剧《愤世者》中的人物。

米歇尔·莫尔既没穿上布列塔尼水手的油布雨衣,也没穿着顽固的抗议者的那些可笑的奇装异服。他穿着绿色的衣服——就像是身上套了只手套。

盎格鲁撒克逊方面的内容,还有大海,是米歇尔·莫尔作品的两大灵感来源。《边缘手段》和《宽容的态度》这两部作品就是很有说服力的证明。这阵风同时吹向了小说和散文。一方面,是海风,另一方面呢,是一阵外国文学,尤其是美国文学的风,如此创新,如此强烈。

米歇尔·莫尔是将美国文学介绍入法国并加以推广的最努力最有才能的一位。他将斯泰伦①的作品翻译成法语,他与盎格鲁撒克逊的作家们建立了密切的联系,不亚于和法国的蒙特朗之间的关系。米歇尔·莫尔为盎格鲁撒克逊文学作出的努力,举个例子说吧,就跟凯伊瓦为拉美文学一样。

除了大海和盎格鲁撒克逊的世界,米歇尔·莫尔钟爱的第三个主题就是传统。《父亲的房子》正是在往昔岁月的宝库中诞生的。但莫尔与传统之间的关系却是复杂的,痛苦的。有时,他会思考,是不是连传统都背叛了他。《我的骑士王国》或是《意大利乡村》中充斥着他的痛苦,夹杂着忠诚与对幸福的渴望。

要说莫尔的代表作还数《海上监狱》,将大海、布列塔尼、过去这三种意象融合于一处。这是一部关于青春、自由、反抗世界的强烈愿望的优美著作。

---

① 威廉·克拉克·斯泰伦(William Clark Styron,1925—2006),美国作家。

我既没有讲《阿迪伦达克山脉上的熊》这部作品有多么了不得，通篇都是对话，也没有讲《两个印度人在巴黎》写得多么富有魅力，更没有讲《大冒险》中出现的本杰明·康斯坦的模棱两可的人物形象。至于《忠实的仆人》，名字一听就很吸引人，我也没有提及。但是，我可能已经说得够多了，人人都知道了我们这位性格迥异的最最亲爱的朋友，这位一流的作家，不久前当选了法兰西学院院士。

《费加罗报》,1985 年 4 月 19 日

心中的激情

　　朱丽叶·雷卡米埃和夏多布里昂,本杰明·康斯坦和斯达尔夫人,还有雷德斯戴尔勋爵的六个女儿,在他们身上发生着大大小小的故事,有悲剧,有喜剧,有美好的一面,也有阴暗的一面。在情人与情妇间,在惺惺相惜,各自却选择了截然不同的人生道路的六姐妹间,历史的宏大戏剧与心中的激情在皇帝、王子、元帅和世间的权贵之人的庇护下,建立了某些让人欢喜让人忧的关系。费多从未远离过卡尔·马克思和神圣的上帝。在您的眼泪快要夺眶而出的时候,您已然破涕为笑。

美中之美

从前,有一位模范生小姑娘,一位朝气蓬勃的少女,一位既美丽又娴静的妙龄女子,每个男人都为之疯狂。她被世界推搡,被厄运压垮,被一个主人迫害得不得安宁。但无论是霉运当头还是福星高照,她都一直是那样的简单、纯洁。有一位伟大的夫人这样说她:"首先,她是个好人。然后,她很风趣。再来,她很漂亮。"她未写过一本书,没唱过歌也没跳过舞,没变成女才子也没堕落成交际花,她就凭着她的美貌和魅力,逐渐变成了名人,红透欧洲乃至整个世界。一位旅行诗人说过,在俄罗斯的勘查加半岛,北太平洋白令海的海岸边,他看到一些当地人端详着一幅以"非常细腻的笔触"绘在玻璃上的她的肖像。王子、银行家、元帅、诗人,个个都争先恐后前仆后继想要赢得她的芳心。她不拒绝任何人,也不接受任何人。她在诱惑和调情方面很有一套。她就是一千零一夜中的那个苏丹后妃。用一句名言来说,她想要让这一切在四月通通结束。但她用这般的温柔与娇媚,抚慰、治愈了所有为她而伤透的心。在赢得如此多的掌声和令人眼花缭乱的成功过后,这个完美的梦想会否只是昙花一现,随即就会枯萎凋零,沦落到形单影只的孤独中呢？当然不会。为了使这个命运在爱情的成功中走到尽头,一个骑士出现了,他满载着功绩,像她被许多男人奉承一样,他身边也围绕着很多女人。激情将他们吞噬,令他们欲罢不能,将他们拯救。这是一种来自双方的强烈的激情。这种激情渐渐变成了一种眷恋,难以割舍。这个荣誉满身的诱惑者,在已经变样的风情万种的女人的怀抱中,平静地死去了。因为她已与他融为一体,自己好像也想迫不及待地离开这个世界。他们,与安东尼和克莱奥巴特①,罗密欧与朱丽叶,雨果和朱丽叶·德鲁埃一起,载入了激情传说的史册。他,是夏多布里昂。而她,就是朱丽叶·雷卡米埃。弗朗索瓦兹·瓦格纳在一本惊世骇俗的作品中为我们讲述了她的故事,重现了当时的世界②。

爱德华·赫里欧③曾经投入了大把精力专心研究《雷卡米埃夫人和她的朋友》。沿着他的足迹,弗朗索瓦兹·瓦格纳更新了主题,将一些仍存有争议的或是含糊不清的内容搞清楚了,为我们展现了一部引人入胜的作品,非常全面,以我看简直太精确了,很有可能具有决定性的意义。

在争议最多的某个主题上,我完全赞同弗朗索瓦兹·瓦格纳的解释:这自然就是关于一些障碍的问题——生理上的或是心理上的——这些障碍令雷卡米埃夫人无法充分施展她的女人味。整

---

① 即罗马统帅与埃及艳后。
② 弗朗索瓦兹·瓦格纳,《雷卡米埃夫人》,拉戴斯出版社出版。——原注
③ 爱德华·赫里欧(douard Herriot,1872—1957),法国政治家和作家。

个故事源自梅里美和马克西姆·迪康在谈及朱丽叶·雷卡米埃的
贞节——混合着风情——问题时梅里美的一句辩驳。梅里美振臂
高呼："这可是不可抗力因素啊!"就是从这儿诞生了关于雷卡米埃
夫人生理障碍的故事——或者说是传说,或是流言蜚语——的大
致内容。在王朝复辟时期①巴黎流行的一首四行诗就曾反映过这
个主题,这首诗同时讽刺了夏多布里昂和雷卡米埃夫人两人:

朱丽叶和勒内爱得如胶似漆感天动地

上帝都不会惩罚他们,而是可以将其宽恕。

他不曾想,一个拼命给予

　　另一个却无福消受。

在弗朗索瓦兹·瓦格纳同时为朱丽叶和勒内所作的辩护中,
我倾向于认为她高估了她所说的夏多布里昂的"情爱活力"。与天
生神勇的雨果相反,夏多布里昂则是调情的功力高过床上功夫。
尽管如此:四行诗显然有些不公正。不可能把夏多布里昂说成是
一个阳痿者。我们有太多截然相反的证据,首当其冲的就是花心
子爵的最后一任情人,这个妖艳的狐狸精奥坦斯·阿拉尔,在这点
上她是非常明确、清楚的证明。如果这个四行诗关于勒内的部分
是假的,那关于朱丽叶的部分就不会是假的吗?弗朗索瓦兹·瓦
格纳收集的不是不可能的证据,而是一堆趋于同一结果的可能性,

---

① 1814 年到 1830 年这段时期。

在我看来会得到大家赞同。总之一句话,朱丽叶的障碍根本不是生理障碍。只能是心理障碍:朱丽叶·雷卡米埃曾嫁给他的父亲。不管怎样,是她母亲的情人。

在朱丽叶的身体——如此诱人——还有心灵——如此纯洁——的周围,在她的魅力与她的不幸的周围,在夏多布里昂与她之间的炽热爱情的周围,来来回回着几百号格外讨人喜欢的人物。从法兰西第一帝国元帅到普鲁士王子奥古斯特,从蒙莫朗西小集团到斯达尔夫人,从本杰明·康斯坦到波涅伯爵夫人,从好人巴朗士到年轻的安培,再到其他很多人,他们有可笑之处,也有伟大之处,一个比一个叫人难以抗拒,这就是一个不可思议的肖像画廊,在我们面前获得了生命。这是个怎样的时代! 或许是因为康庞夫人①,她是整个小圈子和那个时代的教育的教官,或许是因为她,所有人都写的一手好文,所有人都谈吐得体。这些经受过诸多考验的人,还有他们表达的感情,上面附着着一种我们再也看不到的光彩、忧伤和优雅的深度。

所有这些优美的文字,卓越的思想,深刻的感受,必然是夏多布里昂才有这个天分来拿捏,并且是他出色地将其提升到更高的表达高度:"我只有一种感受,只有一种快乐:那就是在您的陪伴下走完我的人生之路……我在您的注视、您的话语、您的爱恋的保护下离开人世,是多么迷人的一件事。还有上帝、天空,以及生命那

---

① 让娜·路易斯·昂里埃特·康庞(Jeanne-Louise-Henriette Campan,1752—1822),1768 年被任命为法国国王路易十五的女儿们的读书教师,后被擢升为玛丽·安托瓦内特王后的专用侍女。

头的您……"勒内的这番真情流露只是回应了朱丽叶的一往情深——我们对此的了解还要多亏了曾阻拦过他的警察密探:"无论是我自己,还是您,还是任何一个人,都不能阻止我爱您;我的爱人,我的生命,我的心,一切都是为了您。"

弗朗索瓦兹·瓦格纳为这些发现了这些文字,感受到这种激情的男男女女——因为旁观者其实也是当局者——献上了这部优美的作品,是正确的选择。

《费加罗杂志》,1986 年 11 月 8 日

一股强烈的文学激情
本杰明·康斯坦与热尔梅娜·德·斯达尔

斯达尔夫人是一位很宽容,很友善,很有才情,很有思想的讨厌鬼。她的穿着草率,标新立异,裹着怪里怪气的头巾,戴着插花的帽子,她逢人就口若悬河地表达自己风趣睿智的好意如滔滔江水绵绵不绝,令对方目瞪口呆。她的一个对手,年少时被称作贝尔·范路易伦①的夏里埃夫人,就轻蔑地说她是个"话篓子"。有天晚上,一个冒失鬼——是本杰明·康斯坦么?——,正好坐在了热尔梅娜·德·斯达尔和朱丽叶·雷卡米埃的中间。后者是一个缄默的大明星,貌如天仙更不用说了。这个冒失鬼有点讨好似的嘟哝道:"哎呀! 我坐在了智慧与美貌中间。"这时,斯达尔夫人马上就以与她的话不相符的语气激烈反驳道:"先生,我还是第一次听到有人说我美呢。"对于她的最后一任爱人——她曾有过很多个——,一个名叫罗卡的瑞士人,她打趣地说道:"他的言语不等于

---

① 范路易伦家族是荷兰历史悠久的名门望族。

234

他的语言。"

1974 年 9 月 19 日,当时本杰明·康斯坦已经与他的第一任妻子,可怜的米娜·德·克拉姆分了手,二十七岁的他骑马从洛桑来到科佩,也就是那个话篓子住的地方。斯达尔夫人刚好离开了她在科佩的城堡,去往靠近尼翁的一个地方会会一些流放中的法国朋友,其中就有一个叫马蒂约·德·蒙莫朗西的人,是专业的宗教笃信者,以前在美国曾坚决站在支持拉斐特①的阵营,后来他成了朱丽叶·雷卡米埃的精神恋爱男友,他与她在一起,他就表现得像是拉菲叶夫人②的小说中的内穆尔公爵与克莱芙王妃一样。本杰明在路上遇到了斯达尔夫人。本杰明在写给夏里埃夫人的信中讲到:"我上了她的车,在尼翁一路上同行,一起吃夜宵,吃午餐,吃晚餐,再吃夜宵,然后再吃午餐,因而我对她有了清晰的认识。我觉得您对她的看法有点过分了……"在风雨和泪水中延续了十四年的激情就从这里萌发了。

斯达尔夫人并不像朱丽叶·雷卡米埃那样是个标准的美人胚子。在她的小说《德尔菲娜》出版之时,当时沙龙里最时兴的活动就是探求书中的人物线索。塔列朗言辞苛刻地抱怨说:"貌似斯达尔夫人在她的小说中只给我们展现了两个人,她,还有我,都扮成女人的样子。"本杰明·康斯坦正在一步步地陷入这个比他大一岁

---

① 拉斐特(La Fayette,1757—1834),法国将军、政治家。美国独立战争时,他曾率领法军援助乔治·华盛顿麾下的美军。

② 拉菲叶夫人(Madame de La Fayette,1634—1693),婚前名叫玛丽·玛德莱娜,法国女作家,其作品《克莱芙王妃》开创了心理小说的先河。

的,衣着夸张,令人难以抗拒之人的温柔陷阱里。

他的自传体小说《塞西尔》,透明度堪比《阿道夫》,他在这本书中提到了这份萌发的爱情。"她的思想令我着迷,她的快乐令我欣喜,她的甜言蜜语令我神魂颠倒。一个小时后,她把一个女人的影响力发挥到了极致,就这样将我俘虏。我一开始住在她家旁边,后来我们就同居了。一整个冬天,我都在和她谈论我们的爱情。"作家最把持不住的,就是从他们爱上的女人嘴里说出来的甜言蜜语。在这个精妙的艺术方面,斯达尔夫人可是比任何人都要在行。

爱情之路刚走没多久,情侣便轮番不停地跳起了爱情芭蕾中的一个规定动作:自杀。或者更确切地说是以自杀相要挟。1794年到1795年的第一个冬天,一阵阵痛苦的呻吟声就打破了科佩城堡深夜的宁静。无情的旁观者马蒂约·德·蒙莫朗西闻声而来,只见本杰明·康斯坦嗝了两声,枕边放着一小瓶已经开启服用过的鸦片。这时赶来的斯达尔夫人见状,惊慌失措。这个垂死之人并没有立刻服下他事先早就准备好的解毒剂,而是一把拉过那位女小说家的手拼命亲吻。热尔梅娜的心立刻就软了,于是两位作家激动地发下山盟海誓,山无棱天地合才敢与君绝。这时本杰明寻死的脸色立马消失了。蒙莫朗西没有被本杰明骗到,回房睡觉前大声叫道:"把他从窗户扔出去好了!"这类假惺惺的场景中的大多数主人公都会一个接一个装出要服毒自杀的样子,毒舌圣勃夫应该是将这种毒药称为"科佩的毒药"。

热尔梅娜与本杰明的爱情长跑的特点,可能就在于这对情侣既无法忍受对方也无法离开对方。夏多布里昂与朱丽叶·雷卡米埃——本杰明后来也爱上了朱丽叶——则是共同走过了风风雨雨而一直不离不弃地深爱着对方,缪赛和乔治·桑在威尼斯的悲剧①发生前一起度过了无数个缠绵的夜晚。康斯坦和斯达尔夫人不一会儿就互相厌恶,至少快得跟他们当初为彼此着迷一样。他们浪漫的爱情最终以漫长的分手告终。从一开始,这段电光火石的感情就注定是无疾而终。

爱情的失败,显然两人都有责任。但首先要怪本杰明·康斯坦。因为,夏多布里昂太喜欢痛苦,正如阿伦贝尔公主的一句名言说的那样,他"不适合爱"。而本杰明·康斯坦,因为天生飘忽不定的性格,所以无论是谁,他都绝对没有资格去爱。无论是爱别人还是他自己。

很快,双方就有了新欢,就算不是婚外情,至少也算是劈腿了。风趣又温柔的朱莉·塔尔玛,与一位相当著名的演员离婚后,转投本杰明的怀抱。"您给我写信吧。您肯定知道,我不能先写给您。我极其渴望着给您回信。您的信应该会很可笑,我对此并不怀疑。在想着给您的回信中写的所有俏皮话时,我就先笑起来了。我什

---

① 热恋中的缪赛和乔治·桑去威尼斯旅行,体弱的缪赛不幸病倒,乔治·桑与他的医生发生了暧昧关系,于是开始了一连串的争吵、分手、和解,最后两人于1835年彻底分道扬镳。

么都不说了。我等着。"处在世纪之交的督政府①及执政府②时期的这些女人，真是不可思议啊。不久之后，朱莉什么都知道了，她在本杰明耳边悄声说了下面这句要人命的话："要是您只是好像存在过一样就好了……"

就在朱莉·塔尔玛的家里，跑呀跑，那里跑来了一只雪貂③，花心大少本杰明遇见了才华横溢的安娜·琳赛。那么这个女人，这个几乎能猜透一切的女人，给他写了些什么呢?

"您是如此娇艳动人，我都不敢冒昧问您我今天是否会看到您。(……)正如您所见，我是个货真价实的女人，对于我喜欢的人，再多我也不满足。"这次艳遇自然在泪水中结束了。安娜大声说道："我无法再敬重您。您让人爱上您的艺术太高深了!……"

而热尔梅娜这厢，身边也从不缺男人。本杰明说："我知道，她对我的感情并不是专一的。想到我会离开她，她没有一点儿痛苦的感觉。"先有纳博纳，她和他有个儿子，叫奥古斯特——为了给这个循环画上一个完美地句号，他和本杰明一样，和所有遭遇"家庭的不幸"的蒙莫朗西一样，和所有人一样，爱上了朱丽叶·雷卡米埃——，之后是普罗斯佩·德·巴朗特，然后是莫里斯·奥多内

---

① 指的是 1795 到 1799 年这段时期。1795 年热月党人解散国民公会，成立新的政府机构督政府。1799 年拿破仑·波拿巴发动雾月政变，结束了督政府的统治。

② 指的是 1799 到 1804 年这段时期。1799 年督政府被推翻，拿破仑成立临时执政府，自任执政官，1804 年宣布法国为法兰西帝国，拿破仑为帝国皇帝，称为拿破仑一世。这就是历史上的法兰西第一帝国。

③ 是一只非常有名的法国童谣，名字叫做"雪貂跑跑"。

尔,是个年轻的维也纳情人。双方这些零散的恋爱没能阻止1796年小阿尔贝蒂娜来到人间。她跟本杰明·康斯坦简直就是一个模子刻出来的,无形之中父女关系昭然若揭。二十几年以后,阿尔贝蒂娜已成为了布罗格利公爵夫人,在她妈妈因生命垂危而缺席之时——热尔梅娜·德·斯达尔绝不会以临终为借口而取消宴会——,正是她主持了1817年5月28日这场著名的晚宴,地点在新马杜罕大街,就是后来朱丽叶·雷卡米埃与夏多布里昂一见钟情的地方。

让我们稍微缓口气。我们的痛苦还没到底。故事还在继续。本杰明·康斯坦已经不再爱热尔梅娜了,他有了结婚的念头。"要是我闪婚了,我就会重新获得热尔梅娜的友谊,就再也没有什么爱情或是束缚的问题了(……)就是这样。我必须结婚。"有了本杰明·康斯坦,就绝不会少了搞笑的笔记。"结婚,不过,和谁结呢?"就在这会儿,一个人物出现了。本杰明早在十几年前,甚至在认识斯达尔夫人之前,就见过这个人:夏洛特·德·海登伯格。她与第一任丈夫离了婚,后来嫁给了一个法国移民,子爵亚历山大·杜·戴特将军。本杰明想要娶的人就是她。

一旦他作出了一个决定,他就会长时间犹豫不决。我曾听我尊敬的大师,哲学家让·瓦尔说过这样一句名言:"是……,也就等于不是。"本杰明简直可以把这句话当作是自己说的。有好几次,读者惊讶地发现他记过这样的笔记:"我明天走了……我走了……我没走。我留了下来。"

那时,他被一种疯狂的爱冲昏了头脑,为了进展得更快些,他模仿司汤达的方法,使用一种神秘的代码语言,他把代码所表示的含义记在了他的私人日记里。有 1 到 17 这么多个符号。1. 代表做爱;2. 代表他决定与热尔梅娜分手;3. 他在犹豫要不要分;4. 他的工作;8. 他准备结婚的计划;11. 他在犹豫要不要娶夏洛特;12. 他对夏洛特的爱;13. 他对一切都犹豫不决。艳遇导致了这种类型的结果。"与戴特夫人吃点心。1。再一次,2。4,有一点点。"而第二天:"亲爱的来信了。3。啊! 该怎么办?"亲爱的,当然就是热尔梅娜·德·斯达尔了,不过我们在想到这个亲爱的人的奇怪的样子时还是有点吃惊。她指责《阿道夫》的作者给一个"多愁善感"的人"当老公",而且这个"日耳曼人的呆板气"令《科琳》的作者①很不爽。

需不需要再讲讲在科佩上演的《安德罗玛克》②呢,除了有朱丽叶和普鲁士亲王奥古斯特,还有热尔梅娜扮演的爱弥奥娜,而本杰明扮演的是,皮罗斯·本杰明—皮罗斯,身上仍穿着戏服,再一次

---

① 即斯达尔夫人。

② 17 世纪法国著名诗人拉辛创作的悲剧。作者在这里用这部悲剧中的人物关系来比喻斯达尔夫人和本杰明等人之间的复杂关系。特洛伊将领赫克托尔在与爱比尔国王皮罗斯交战中惨遭失败,爱妻安德罗玛克与娇儿阿斯提阿那克斯沦为皮罗斯的俘虏。皮罗斯对安德罗玛克一见钟情,准备娶她为妻,而对与他有婚约的希腊公主爱弥奥娜视而不见;所以她非常嫉妒和憎恨安德罗玛克。迷恋爱弥奥娜的希腊使臣奥雷斯为了追求她,更为了斩草除根,于是向皮罗斯索取赫克托尔之子,而皮罗斯以此威胁安德罗玛克,企图迫使她就范。在两难之际,她假意答应皮罗斯的要求,暗中却决定在婚礼上自杀。爱弥奥娜见皮罗斯终不能回心转意,嫉恨交加,敦促奥雷斯去杀掉皮罗斯以解心头之恨。当爱弥奥娜得知皮罗斯惨死的消息后,痛不欲生,遂以短剑自刎殉情。而奥雷斯虽然杀死了皮罗斯,却仍然不能赢得爱弥奥娜的欢心。最后,他因心灵过度刺激而精神失常。

试图以和解的方式结束这种既到不了头也继续不下去更不会自动消失的关系。在舞台上的悲剧内部上演着一出真实的悲剧,在这样一种可怕的场景中,热尔梅娜—爱弥奥娜,穿着那个时代的宽大的女式长裙,就快要抓狂了,竭力地控制着自己。在这段时间里,朱丽叶考虑着离婚,然后毫不犹豫地想将第二次婚姻献给普鲁士亲王奥古斯特,这是什么时代!爱弥奥娜的情人会爱她爱得发狂的时代要来临了。

需不需要再讲讲 1809 年 5 月,在靠近日内瓦的一个小旅馆里,可怜的夏洛克·德·海登伯格被介绍给热尔梅娜·德·斯达尔的那个空前少有的场景呢,充满了外交谈判的色彩和又一次悲喜交加的感伤的剧情突变。那次介绍标志着我们文学史上两位大名人间汹涌澎湃的激情正式宣告结束。

在 1817 年热尔梅娜去世之前,她嫁给了她的罗卡。本杰明与朱丽叶·雷卡米埃经历了一段惊世骇俗而又悲剧收场的感情,米歇尔·莫尔在他的《大冒险》中有所描述。在此之后,本杰明于 1830 年离开人世。不是所有人都能够成为维克多·雨果和朱丽叶·德鲁埃或是夏多布里昂和朱丽叶·雷卡米埃。降一级,学识过人的本杰明·康斯坦,就算不是在政治上,至少在爱情方面是一个犹豫不决、优柔寡断、懦弱的人。他与热尔梅娜·德·斯达尔的艳史似乎提前凸显了普鲁斯特的一句精彩的话:"我在此将爱情称作一种相互的折磨。"

《费加罗文学》,2002 年 7 月 25 日

米特福德六姐妹的悲欢传奇

毋庸置疑,简·黛丽①的书和今时今日发生的事一样令人难以置信:在三十年代的英国,法西斯主义也曾非常活跃。代表人物有当时一个激进的贵族异端分子:奥斯维德·莫斯利爵士;还有一个声名显赫的家族:米特福德家族中的几位非凡的成员。

米家有六个女儿,还有一个儿子:汤姆。这六姐妹中,只有两个,即二女儿帕梅拉和小女儿黛博拉,过得还算是"正常"的生活。帕梅拉是六姐妹中最冷静的一个,她就像很多英国女孩一样,热爱自然。她与著名的物理学家:德里克·杰克逊曾有过一段十五年的婚姻。黛博拉,也就是今天的德文郡公爵夫人,住在卡瑟胡斯②的大宅中,她写了不少关于城堡、花园和家庭故事的书。另外四个姐妹的经历则因种种不同的原因,令米特福德这个古老家族扬名全世界。他们的父亲雷德斯戴尔勋爵说过:"每天早上,我都要看

---

① 英国《金融时报》女编辑。
② 一座建于 18 世纪的宫殿式古堡。

看报纸,看我的女儿们又做了什么蠢事。"这些蠢事往往都很大条,不过这却恰恰反映了她们超凡的集体智慧。

契诃夫、伍迪·艾伦还有其他很多作家,他们都曾感叹过,凡是姐妹花家庭都有种奇特的吸引力。且不说马奇博士家的四姐妹①,约瑟·玛莉亚·德·埃雷迪亚的三个女儿的放荡胡闹就与米特福德姐妹的有的一拼,多米尼克·博纳②还曾以她们三姐妹的故事为蓝本写过一部很有意思的作品③:最漂亮、最有名的玛丽,嫁给了亨利·德·雷尼埃,但她却与《比利蒂斯之歌》的作者皮埃尔·路易有过轰轰烈烈的私情,做了他的情妇,而皮埃尔却娶了她的妹妹路易斯为妻。她们在诗坛上占据了半壁江山。而在世界的另一头,中国一位银行家的女儿,宋氏三姐妹,则在政坛上呼风唤雨:一个嫁给了孙中山,一个嫁给了蒋介石。而米特福德六姐妹,则是将文学与政治融合到了新的高度。大姐南希是一位作家,写过很多叫人爱不释手的作品——《追求爱情》《寒冷气候下的爱情》《不要对大使说话》——其中展现了许多反映那个时代的缩影,特别是以下这些人,如夏尔·爱德华·德·瓦吕贝尔和法布里斯·德·索弗泰尔,加斯东·帕留斯基,此人还是戴高乐将军的近亲,骨子里就有着诱惑女人的基因。排行老五的杰西卡被米特福德家的一个堂兄弟艾斯蒙德·罗米利灌输了先进的思想,转而信仰共产主

---

① 美国作家路易莎·梅·奥尔柯特 1868 年出版的小说《小妇人》中的人物。

② 多米尼克·博纳(Dominique Bona,1953—),法国女作家。

③ 多米尼克·博纳,《黑色的眼睛》,拉戴斯出版社出版。——原注

义。她还前往西班牙,参与打击佛朗哥分子的战斗。另外两个,黛安娜和尤尼蒂,在她们心中,狂热的爱情经常压倒政治,她们有过曲折离奇的经历,后来都投身法西斯主义。

从孩童时期开始,在六姐妹躲藏的大衣橱中,她们就开始尽情地发挥起她们的天赋与想象力。每个人都有好几个绰号,有些绰号,只有其中一两个人可以叫,或者被叫。所有人都管尤尼蒂叫波波——而唯一一个从不这样叫她的是希特勒——所有人都管杰西卡叫德卡。南希和杰西卡都互相取名为苏珊。而黛博拉和杰西卡呢,她们都叫对方汉德森。尤尼蒂和杰西卡管对方都叫布德。

爸爸的名字则成了法尔夫,或 TPOM,指的是"可怜的老男人"。妈妈的名字成了姆夫,或 TPOF,——"可怜的老妇人"。不久之后,当奥斯维德·莫斯利出现在她们眼前时,姐妹们管他叫TPOL——"可怜的老领导"或 TPOF——"可怜的老元首"。

这些外号变得非常复杂,最后竟形成了一套密码。六姐妹,特别是年纪小的那几个,另外还会讲两种秘密的语言:boudledidge 语①和 honnish 语②。比如说,boudledidge 语中,"法西斯分子"就写成"veedjist",这样就使这个单词变得有趣一点,善意一点,亲切一点,同时也昭示了将来历史会朝着闹剧的方向发展。

当这些孩子们长大成人,出落成美丽迷人的少女时,她们生活的环境里都是一些聪明优雅、玩世不恭的富家子弟,报纸上将他们

---

① 米特福德六姐妹发明的一种语言游戏,改变了语言固有的音韵和语法结构。

② 一种混合了英格兰北部地区和美国地区的口音的语言。

称作"聪明年轻的一代"。人们看到一些古老家族的整日沉湎于无所事事的子孙以及一些著名的作家或艺术家,基本上都在这六姐妹中找到了自己的心头好:伊夫林·沃①,塞西尔·比顿②,哈罗德·尼柯尔森③,威廉和哈罗德·阿克顿④,还有里顿·斯特拉奇⑤,深爱着他的多拉·卡林顿⑥一直陪伴在他身边形影不离。斯特拉奇是布鲁姆斯伯里团体⑦的领头人物,他将最最幽默的犬儒气质发挥到了极致。他肯定地说:"我的整个家庭都受到乱伦的威胁。至于我,我的妹妹因她的性别,我的弟弟因他的怪相而受到保护,免受其害。"

命运为南希选择了书籍,为杰西卡选择了马列主义的道路,而为迪亚娜选择了英国法西斯主义的头目,奥斯维德·莫斯利爵士,为尤尼蒂选择了恐怖伪装下的希特勒。

迪亚娜很年轻的时候就嫁给了布莱恩·吉内斯,他是个身材修长容貌帅气的单身汉,跳舞跳得很棒,家庭出身很好,家境也很富裕。几年之后,迪亚娜在一个舞会上邂逅了奥斯维德·莫斯利。

---

① 伊夫林·沃(Evelyn Waugh,1903—1966),英国作家。

② 塞西尔·比顿(Cecil Beaton,1904—1980),英国摄影大师。

③ 哈罗德·尼柯尔森(Harold Nicolson,1886—1968),英国外交官、作家、政治家。

④ 哈罗德·阿克顿(Harold Acton,1904—1994),出生于意大利的英国艺术史家、作家、诗人。

⑤ 里顿·斯特拉奇(Lytton Strachey,1880—1932),英国著名传记作家。

⑥ 多拉·卡林顿(Dora Carrington,1893—1932),英国女画家。

⑦ 英国20世纪初号称"无限灵感,无限激情,无限才华"的知识分子的小团体,团体中有画家,有美学家,也有作家、政治学家、经济学家。徐志摩与友人创立的"新月社"就是以此为模板。

此人是人尽皆知的现代版唐璜。他曾有个年轻的妻子,人人都叫她西米。有一天,莫斯利跟他的一个朋友坦白说,他把他自打结婚以来上过床的所有女人都告诉了西米。"所有的女人你都说了?"他朋友震惊地问。莫斯利回答说:"呃,是啊,所有女人,除了她继母和她妹妹。"

迪亚娜和她丈夫分了手,成了莫斯利的情妇,和西米还有西米的名叫芭芭的妹妹共同拥有这个男人。西米死后,莫斯利就同时和芭芭与迪亚娜生活在一起。正如简·黛丽在她书中客气地写道,他想要黄油,黄油卖的钱,另外还有乳品店女老板的屁股。他还抽出时间创建了英国的法西斯联盟,成员们敬礼时都会伸出一只手臂,高呼:"你好,法西斯者!"。

在这段时间,南希在和男友稀里糊涂地订婚四年后,终于步入婚姻的殿堂,在当代文坛闯出了名气。她的丈夫是个苗条的年轻人,以前是牛津大学的学生,在伊顿学院时和她弟弟汤姆有过往来。年纪更小的杰西卡正前进在大马士革①共产主义的道路上。而尤尼蒂,狂热地爱上了阿道夫·希特勒这个她从未见过并且永远不可能发生肉体之欢的人,她徘徊在慕尼黑的各个餐厅和茶舍里,眼巴巴地期待着有一天能见到她的偶像。1935 年 2 月的一天,她的梦想实现了:在她快当成家的慕尼黑巴伐利亚饭店,她终于见到了她心中的伟人。他们很快就成了朋友。尤尼蒂和迪亚娜陪伴

---

① 叙利亚首都。

着希特勒去欣赏施佩尔①设计的纽伦堡的"光明的教堂"或是去听瓦格纳②的歌剧。尤尼蒂经常和元首③一起乘火车踏上去往拜罗伊特或贝西特斯加登④的长长的旅途。她也因此有了个绰号叫Fräulein Mitfahrt("旅伴小姐")。姐妹们的命运就在这铁轨上驶向了不可避免的终点。一个成了乡下人,一个成了公爵夫人。杰西卡去往西班牙,那里正酝酿着一场内战,之后,她去了美国定居。南希出了名,非常亲法。在德国向英国宣战时,尤尼蒂在慕尼黑的英国公园⑤的长椅上,朝自己的太阳穴开了一枪。迪亚娜最终在柏林的戈贝尔沙龙与莫斯利结了婚。1940 年 6 月,继她丈夫被捕入狱几周后,她也被丘吉尔下令逮捕入狱。她是世界上同时与丘吉尔、希特勒有关系的少数几人之一。

英国人非常与众不同。他们生来就跟我们不一样。P. G. 沃德豪斯⑥,他写过一个系列的喜剧小说,是关于一个名叫波特拉姆·伍斯特的人,他一点儿也不优雅,但他是个善良的好人,身边还跟着一个万能男仆名叫吉福斯。沃德豪斯在战争期间曾在德国电台发表过讲话。在战争结束几年后,在他去世的六周前,他被授予了

---

① 艾伯特·施佩尔(Albert Speer,1905—1981),德国著名建筑师,与希特勒关系密切。

② 理查德·瓦格纳(Richard Wagner,1813—1883),德国作曲家。

③ 即希特勒。

④ 拜罗伊特和贝西特斯加登都是德国地名。

⑤ 英国公园位于慕尼黑伊萨尔河畔,连绵数里,占地达 350 公顷,是慕尼黑最大的公园,园林营造上效仿英国,草地开阔,素有"森林里的阳光海岸"之称。

⑥ P. G. 沃德豪斯(Pelham Grenville Wodehouse,1881—1975),英国小说家。

大英帝国骑士勋章。奥斯维德·莫斯利虽然遭到一种来自上流社会的排斥，但他并没有终日郁郁寡欢，也没有特别担心。他于1980年，八十四岁高龄时去世了。而如此漂亮、热情、不幸、快乐的迪亚娜·莫斯利，就定居在了巴黎近郊。

《费加罗文学》,2001 年 1 月 11 日

起源的光辉

　　只有过去才能解释清楚现在。只有参透了起因的学识，才是真正的学识。地球科学与生命科学，以及历史、哲学、文化：无论是哪个领域，都离不开对起源的追溯。以下篇章写的正是当代几位大思想家，他们为起源的研究奉献了毕生心血，付出了巨大努力。所有人对杜梅泽尔，雅克琳·德·罗米丽，夏斯泰尔，布罗代尔都有所耳闻，他们在比较神话学、希腊研究、文艺复兴研究以及与地理学密不可分的人类通史这些领域都大有造诣。法国人对罗纳德·塞姆勋爵的名字就没那么熟悉了。他是一位大学者，最有魅力的思想家，还是个很难得的朋友。他在意大利时，曾陪我一起不分方向地徜徉在那些古罗马的道路上。今天，他离开了人世。但他的作品将会永存。

纪念杜梅泽尔君

　　西蒙娜与西诺·德尔杜卡基金会的大奖相继颁给了各种各样的,有的甚至是互相对立的思想家。比如让·盖埃诺和恩尼斯·荣格尔①,豪尔赫·路易斯·博尔赫斯和雅萨尔·凯马尔,康拉德·劳伦兹和莱奥波德·赛达·桑戈尔②,让·阿努伊和安德烈·沙卡洛夫,在此之后,1984 年的西蒙娜与西诺·德尔杜卡基金会世界大奖授予了乔治·杜梅泽尔③。他的名字可能大家还不是很熟悉。然而,他是当代最杰出最独特的学者之一。

　　人们常听到说现如今的法国文学不如以前了。但必须承认,现在的门槛要比以前高。19 世纪的法国文坛上天才人物数不胜数,多得都有点叫人厌烦了,涌现了司汤达、巴尔扎克、福楼拜、左拉、大仲马、雨果等一批知名作家。法国文学在 19 世纪成就了空

---

　　① 恩尼斯·荣格尔(Ernst Jünger,1895—1998),德国作家。

　　② 莱奥波德·赛达·桑戈尔(Léopold Sedar Senghor,1906—2001),塞内加尔诗人、政治家。

　　③ 乔治·杜梅泽尔(George Dumézil,1898—1986),法国著名的语言学家,比较神话学研究者。

前绝后的辉煌。神奇的是,在两次大战期间,我们的文学又重振雄风。马塞尔·普鲁斯特开启了轰动世界的一个时期,也许在未来的历史学家眼中,这段时期和拉伯雷与蒙田的时代、路易十四的时代以及启蒙运动时代一样重要,一样丰富。我们有莫里亚克、莫朗、阿拉贡、马丁·杜·加尔、纪德、瓦莱里、保罗·克罗岱尔、吉罗杜、莫鲁瓦、蒙特朗、儒勒·罗曼,还有马尔罗,这在众多天才人物中仅是沧海一粟,随随便便挑了这么几个就证明了法国文学在世界上仍然顽强地保持着领先的位置。

今时今日发生了什么?几乎无法对当代的人作出评价。如果说玛格丽特·尤瑟纳尔或阿尔贝·科恩①还不至于被人遗忘,那么其他很多人的命运就可以说是岌岌可危。出现了各种不同的情况。首先是各种新文学如雨后春笋破土而出,地位越来越重要:三岛由纪夫或是川端康成领衔的日本作家,以豪尔赫·路易斯·博尔赫斯、若热·亚马多、加布里埃尔·加西亚·马尔克斯、阿莱霍·卡彭铁尔、胡利奥·科塔萨尔为代表的拉丁美洲作家,雅萨尔·凯马尔为代表的土耳其作家,卡赞扎基斯②为代表的希腊作家,自然还有横空出世的北美作家,海明威与福克纳的继承人斯泰

---

① 阿尔贝·科恩(Albert Cohen,1895—1981),瑞士作家。
② 尼古斯·卡赞扎基斯(Nicos Kazantzakis,1883—1957),希腊作家、哲学家。

伦①或是梅勒②。不管他们有多优秀，法国人不得不承认，法国文学一统天下的格局已被打破。世界变成了一个地球村，法国只不过是其中的一个区而已。

而且，无论有没有辛格或索尔仁尼琴，小说面对人文科学的入侵而节节后退也不是没有可能。19世纪和20世纪初居文学体裁之首的小说，现如今在文化和文学上不再是一枝独秀。哲学、历史、人类学和人种学，甚至精密科学与自然科学，都起着越来越关键的作用。萨特、福柯、某种程度上加缪也算一个，他们都是深受哲学影响的新型文学的见证者与创造者。在人文科学这个方面，法国依旧起着先锋带头的作用。法国有马克·布洛克、吕西安·费弗尔③、布罗代尔、杜比、肖努④、勒华·拉杜里⑤，法国在历史方面的教育还是首屈一指的。所有人都知道，雷蒙·阿龙、埃米尔·邦弗尼斯特⑥或是安德烈·马蒂内⑦，雅克·贝尔克⑧、罗歇·凯伊

---

① 威廉·斯泰伦(William Styron,1925—2006)，美国小说家，著有《苏菲的选择》。

② 诺曼·梅勒(Norman Mailer,1923—2007)，美国作家，美国文学艺术研究院院士，两届普利策奖奖主。

③ 吕西安·费弗尔(Lucien Febvre,1878—1956)，他与马克·布洛克同为年鉴学派的创始人物。

④ 皮埃尔·肖努(Pierre Chaunu,1923—2009)，法国历史学家。

⑤ 埃玛纽埃尔·勒华·拉杜里(Emmanuel Le Roy Ladurie,1929—   )，法国历史学家。

⑥ 埃米尔·邦弗尼斯特(Émile Benveniste,1902—1976)，法国结构主义语言学家。

⑦ 安德烈·马蒂内(André Martinet,1908—1999)，法国主要的布拉格学派结构主义语言学的代表。

⑧ 雅克·贝尔克(Jacques Berque,1910—1995)，法国研究伊斯兰教的学者，社会学家。

瓦、安德烈·夏斯泰尔、勒内·于戈①,他们的地位堪比那些19世纪及20世纪初的伟大的小说家们。克洛德·列维·施特劳斯就是当今最重要的作家之一。这一系列凸显个人特有风格的研究者中,就有乔治·杜梅泽尔。

杜梅泽尔研究的领域,我们以前称作比较神话学。他接连发表了一些评论性作品,形式多为研究领域的方法和假设性的综合概括——其中最重要的作品可能算是三卷里程碑式的巨著构成的《神话与史诗》②——他在印欧语系人民的宗教比较研究中作出了最多、最优秀的贡献。他最知名的成果是发现了在所有印欧语系种群的后代中存在的分等级的三大职能,这符合了古老社会的三个基本要求,并且也同样存在于从希腊、意大利到印度、爱尔兰,从斯堪的纳维亚到高加索这些地区。这三大职能为:神秘与法律的最高权力、体能、繁殖力。在罗马,这三大职能悄悄地进入到卡皮托利山丘前神灵三人组③的印欧语系的环境中:朱庇特(主神)、玛斯(战神)、奎里纳斯(战神)。不过,这可以追溯到远古时代的三部分组成的遗产,它的足迹将无处不在,在宗教、文学、社会中继续存在下去。

为了得出这里粗略总结出的结论,乔治·杜梅泽尔,这个哲学家、历史学家、神话学家、语史学家、语言学家——他掌握了十二种

---

① 勒内·于戈(René Huyghe,1906—1997),法国作家,法兰西学院院士,作品涉及历史、心理学、艺术史。
② 乔治·杜梅泽尔,《神话与史诗》,伽里玛出版社出版。——原注
③ 卡皮托利山丘上原来供奉的三神是朱庇特、玛斯、奎里纳斯,在伊特鲁利亚时期过后,这三神被朱庇特、朱诺、密涅瓦所取代。

语言——在三四十年间,尤其是在法兰西学院那段时间,研究了古罗马的宗教、印度的梵文长篇史诗《摩诃婆罗多》、高加索地区的奥谢金语,以及爱尔兰、伊朗、斯堪的纳维亚的英雄人物。他好像对我们人类的共同遗产中的一切都不陌生。时不时地,乔治·杜梅泽尔为了休息一下会去徒步旅行游山玩水,对他而言就是去消遣放松一下,而其他人则把这也看作是一项了不起的工作。在今年年初,他给我们带来了一部最新力作,名字比较神秘——《瓦雷纳城里身着灰衫的修道士》①——,他自己将其称为一个"诺斯特拉达姆士式的滑稽剧"——,是对诺斯特拉达姆士②的《百诗集》第九部的第二十首四行诗的评论。同时钟意空想与逻辑的爱好者们非常喜欢对这四句高深莫测的诗的哲学与历史学研究。从这四个诗句中,有人可以看出路易十六出逃至瓦雷纳然后在那里被捕的先兆:

夜晚,将会有两队人马从女王森林那里过来,

他们兜兜转转绕了一大圈,女王,白色的石头,

在瓦雷纳城,修道士身着灰衫,

卡佩被推举上位,引起一片骚乱,火灾,流血,刀光掠

过,卡嚓。

---

① 乔治·杜梅泽尔,《瓦雷纳城里身着灰衫的修道士》,伽里玛出版社。——原注

② 诺斯特拉达姆士(拉丁语:Nostradamus,1503—1566),法国籍犹太裔预言家,精通希伯来文和希腊文。

最后一句话的最后一个词中若隐若现的,是否就是断头台的铡刀突然落下的响声呢?

就在最近发表于《新观察家》的一篇优秀文章中——"密特朗夫人?法比亚夫人?"——乔治·杜梅泽尔投入到了由伊韦特·鲁迪夫人①发起的合法地反对性别歧视但并不符合语法规则的计划中来。再也找不到更好的证据证明这个从不自鸣得意、文章晦涩难懂的研究者,会是个厉害的论战者,如果他想的话。但他志不在此。他最大的目标就是通过对不同地区的而又相似的文化中经岁月变迁遗留下来的伟大的文化遗产进行严密的研究,以重新理清楚人类思想的结构机制。他在这方面的成就有目共睹。

《费加罗杂志》,1984 年 10 月 13 日

---

① 伊韦特·鲁迪(Yvette Roudy,1929—),法国女政治家,社会党成员。

一个说谎者的真话

今时今日,所有人都知道——或者说是应该知道——乔治·杜梅泽尔在人文科学的进步中,特别是在揭示我们起源的这种比较神话学的发展方面,有着何等地位和影响。在这里,他同时为我们带来两部有着神秘书名的作品,晦涩艰深却又引人入胜,人们谈及这两部作品可能不如瓦季姆[①]的回忆录或是米欧·米欧[②]的最新影片那么多,但它们绝对比其他任何东西都值得多一份努力与关注:《波利尔上校眼中的摩诃婆罗多与薄伽梵》[③]和《洛基》[④],是在一部四十多年前由巴黎新屋出版社出版的旧作的基础上进行大量的修改、补充之后再版发行。

---

① 瓦季姆·巴卡京(Vadim Bakatin,1937—),前苏联内政部长。

② 米欧·米欧(Miou-Miou,1950—),法国著名女演员,与很多国际大导演都有过合作。

③ 乔治·杜梅泽尔,《波利尔上校眼中的摩诃婆罗多与薄伽梵》,伽里玛出版社。——原注

④ 乔治·杜梅泽尔,《洛基》,弗拉马里翁出版社,丛书《新科学图书馆》。——原注

洛基是斯堪的纳维亚的一个古老的神,他在很多方面都令人困惑。日耳曼语族专家、音乐发烧友还有填字游戏爱好者都很熟悉奥丁——这是斯堪的纳维亚语,就相当于日耳曼语里的胡顿——,他是斯堪的纳维亚爱瑟神族的众神之王。被众神——博尔,密弥尔,奥德利尔……——簇拥下的奥丁掌管着英灵殿①——德国人称其"瓦尔哈拉"。他和他的同事们都有着或多或少比较明确的职责,他们也为无数人崇拜和信仰。而洛基呢,这个很受欢迎的重要的神,曾在大量的故事中出现过,他却正相反,是个没人崇拜也没有确切职责的神。他是爱瑟神族的朋友与助手,同时也是他们最厉害的敌人,是个机敏的知己,且很爱开玩笑。洛基很机灵,爱吹牛,能迅速变身为女人、蛇、鲑鱼。在一群巨人中间他只是个小不点,有着难以满足的好奇心,这种好奇心完全是不道德的,他虽然和爱瑟神族生活在一起,但他并不完全属于他们这个圈子。他是个边缘人物,大话精,大恶人,足智多谋,比其他所有的神都要聪明。

　　杜梅泽尔打趣地写道,一些学者、民间传说研究者及宗教历史学家认为,可以把他看作是"斯堪的纳维亚的边界上总是住满了妖精与精灵,他就是这群天才部队中的一名走运的士官"。其他人则认为,这些不停跟上帝和人类开玩笑的骗子神更接近于美洲印第安人中出了名的恶作剧精灵。还有另外一些人最终在他身上发现

---

　　① 北欧神话中的天堂,主神奥丁命令女武神"华尔基丽"将阵亡的英灵战士带来此处服侍,享受永恒的幸福。

258

了赫尔墨斯①或是路西法②的一些特质,并且把小魔鬼变成了撒旦魔王的一种复制品。杜梅泽尔得出的一些与众不同的结论,对我们的历史而言,涉及的范围更宽广,更具有决定性的意义。

洛基的形象出现在了 12 到 13 世纪的一位冰岛诗人的作品中。此人生平喜爱冒险,后来被他女婿所杀害。他女婿原先是挪威的哈康国王的朋友,后来两人成了敌人。这位冰岛诗人的名字就叫做史诺里·史特卢森③。他与另一位非常著名的作家,丹麦人萨克索·格拉玛提库斯④,是同一时代的人。史特卢森著有《世界之轮》,是一部关于挪威国王的北欧传说,还著有一部斯堪的纳维亚神话汇编,名叫《散文埃达》或《史诺里埃达》⑤。长期以来,《史诺里埃达》的权威性无可争议,读者们也承认这本书的作者是神话世界最内行的见证者和忠实拥护者,他虽然已经逝世,但他仍然活在人们的记忆中。之后,我们迎来了批评、吹毛求疵、故事科学、神话与宗教的历史的年代。在 19 世纪末期,一些学者,通常是些德国人,投身于著名的格林兄弟⑥早在数年前就涉及的领域中进行研究,得出了一些结论,彻彻底底刷新了人们现有的关于神话故事的

---

① 希腊奥林匹斯十二主神之一,代表八大行星中的水星。

② 《圣经》中的炽天使,后堕落成撒旦。

③ 史诺里·史特卢森(Snorri Sturluson,1179—1241),冰岛历史学家、诗人。

④ 萨克索·格拉玛提库斯(Saxo Grammaticus,1150—1220),丹麦历史学家。

⑤ 冰岛诗人史诺里·史特卢森于十三世纪写定的无韵体散文神话故事和英雄传奇。

⑥ 童话大师,著有《格林童话》。

起源的观点。为了简明扼要地概括，像史诺里这样的一位作家不再表现为一个有价值的"见证者"。他被提升到——或是又降到——"创造者"的位置上。而同时，他的整部作品也不再有科学利用价值。

从某种程度上说杜梅泽尔的很多工作是由调查研究或是复核鉴定组成的。后者与故事科学相反，它令史诺里重获新生，成为一个真实可靠的见证者。借助文本科学、语史学、语言学、民间创作批评以及宗教历史的这些所有方法，可以在史诺里的作品中重建洛基的形象，令他重新回到人们的记忆中和爱瑟神族周围。完成了这个任务，在我们眼前就会展现出——远在天边，而又好像近在眼前的，斯堪的纳维亚那片广阔的冰天雪地的新前景。

在高加索的中心住着一小众有趣的民族：奥谢金人。他们是著名的斯基泰人①，关于斯基泰人我们大家知道他们所有的宝藏，萨尔马他人，阿兰人，罗克索兰人的最后一批后裔，他们本身就是伊朗人的一个分支。今天的奥谢金人主要信奉基督教和伊斯兰教，他们在某种程度上可谓是欧洲的伊朗人。正如希腊人、罗马人、爱尔兰人——还有斯堪的纳维亚人——他们都属于印欧语系的大家族。

---

① 斯基泰人是公元前8世纪到公元前3世纪南俄草原上印欧语系东伊朗语族之游牧民族，发源于东欧大草原，黑海以北。斯基泰人属于伊朗族的塞人，虽然在种族上属同一语族，但在不同地区各有不同的名称。史家一般把西方的塞人称为斯基泰人，黑海西北的称为萨尔马他人（Sarmatia），里海东北的称为奄蔡人（Aorsi,后称阿兰，Alani），再往东南，自咸海以南东至伊犁河下游的称为塞人和马萨革他人。

奥谢金人——在他们影响之下,邻近地区的鞑靼人、柴尔凯斯人、车臣人——保留了一整套了不起的传统,这些传统与一个已消失很久的显赫家族有关:纳尔特人。然而,在纳尔特人中,出现了一个有点边缘化的,机灵、放荡、爱开玩笑、爱撒谎、很聪明、害人的这样一个人物,名字叫做赛尔顿。通过乔治·杜梅泽尔在一大堆乱七八糟的文件中收集整合出来无数的冒险经历,奥谢金人赛尔顿与斯堪的纳维亚人洛基之间的亲族关系也就一目了然了。

斯堪的纳维亚神话与奥谢金神话之间有无同源性似乎离题了。其已存在的问题是这个:这到底是一种文化仿效另一种文化,还是对更久远的文化的承袭? 这时,我们之前提到的第二部作品出现了:《波利尔上校眼中的摩诃婆罗多与薄伽梵》。

波利尔上校是18世纪下半叶的一位杰出人物,他本身就值得对其单独进行长期的研究。在被靠近阿维尼翁地区的督政府所暗杀之前,他曾在印度待了三十年,在那里,他完成了对印度三大著名诗歌的一个概要性说明:《罗摩衍那》、《摩诃婆罗多》(最近被彼得·布鲁克成功搬上了戏剧舞台)和《薄伽梵往世书》。波利尔上校的作品长期受众学者的鄙视,却在乔治·杜梅泽尔手下枯木逢春,乔治还为其作品写序。

正是在《摩诃婆罗多》中,杜梅泽尔提出建议,探究奥谢金与斯堪的纳维亚的传奇故事的共同起源,尤其是洛基这个人物和与他相关联的斯堪的纳维亚及日耳曼人的“众神的黄昏”的共同起源。在这里肯定无法深入乔治·杜梅泽尔的——通常是艰难的,但总是有着巨大的吸引力的——推论的细节。最重要的是,从杜梅泽尔的大量的比较、讨论过的文件中得出了我们所属的印欧语系民族的统一性的形象。而在其他科学领域,在更加遥远的年代,那时候,在分化为不同的分支、不同文化、不同语言之前,则更加确信发源于非洲的人类的共同起源和统一性。

《费加罗杂志》,1986 年 4 月 26 日

一个被遗忘的元音

　　乔治·杜梅泽尔是个有趣的人,是个忠实可靠的朋友,孜孜不倦的学术团体通讯会员,忘我的工作狂。他更是个学富五车的大学者。他与克洛德·列维·施特劳斯等人一样,都是一流的语言学家、人类学家、宗教历史学家、神话学家,颠覆了人文科学,改变了我们对人类的看法。

　　他将最精确的渊博学识与一种全体性的很现代的意义糅合在一起。像马克思、弗洛伊德、爱因斯坦一样,他的名字也与一种综合性理论紧紧联在一起。这个理论获得的成功有时会令他不爽,他不想自己一直禁锢在这个理论中间出不来,而这个理论确实在整个世界都是个了不起的学术成就,在思想史上也是空前少有。通过无数次耐心的研究,他在印欧语系种群中终于发现了一些恒久不变的结构,这些结构在这个种群扩张到的所有地盘都有存在。在印度、希腊、罗马,在斯堪的纳维亚人或是奥谢金人中间,他追踪到了有关日后成为三大职能之首的这一职能的记载。人类的活动分布于三大阶段,分别由国王与教士、军人、农民作为三大阶段的代表人物:神圣的权威、武力、繁殖力。这个开启社会关系的金钥匙适用于,且只适用于所有印欧语系的人民。这是开启他们秘密的特定的一把金钥匙。只要是有印欧语系的人民居住的地方,就有这种三重职能在运行。而当这三重职能无处不在时,也就证明了印欧语系人民的存在。

　　几乎在他所有的作品中——从《密特拉—瓦卢娜①,日耳曼人的神与神话》到《神话与史诗》,从《古罗马宗教》到《印欧语系人民的三方意识形态》到他的最新力作《洛基》,——三大职能的规则都是处在次要地位。为了完成这个简练的概念化和浓缩了成百上千年的人类历史的理论,他付出了多大的努力,进行了多少研究,多少考证啊!得出一个如此权威性的综括,需要好多年的分析、比较、查证。杜梅泽尔研究工作的特点就是深入探究所有意义,然后一下子建立出一种可信的经得起时间考验的严密的结构。他研究印度、爱尔兰、挪威、高加索,研究古希腊人和古罗马人。他在研究过程中不仅会参考神话学和宗教历史,而且也借助语言学、比较法学,以及语史学。

　　由于研究方面的事而迫不得已,这个比较语言学研究者俨然成了一本百科全书。他会讲多少种语言? 二十种肯定有,可能还不止,估计得有三十多种。带着他特有的幽默到刚刚好的口吻,他说道:"只有前十种或前十二种语言掌握起来有些难度。但之后就自然而然变简单了,来一种学一种,学一种会一种,都差不多。"乔

――――――――――――

　　① 是古印度经文梨俱吠陀中经常提及的两个神。

治·杜梅泽尔的学业非常出色。取得法国大学教师资格,进入刚刚举办过百年院庆的著名的高等研究实践学院第五部门①,被选入法兰西公开学术院②,进入碑文与美文科学院,最终被簇拥在一片尊敬与喜爱中间,成为法兰西学术院一线学者中的佼佼者,在所有这些之前,他就曾以第一名的成绩被于勒姆大街上的师范学校③录取。一直到他长久而美丽的人生之路的尽头,他都从未停止过忘我的工作,工作表面上看起来有些混乱,但他控制得很好。在回答贝尔纳·皮沃最近对他学术风格的称赞时,他抱怨自己的记忆退化了:土耳其语里有个元音他有点想不起来了。

而在他生命的最后几年,这个谦逊低调的学者却突然成了聚光灯下的焦点。大型日报或周刊,广播、电视,一夜之间发现了他。他以极其谦逊的态度,乐意配合他们所钟爱的这样那样的严苛要求。渐渐地,这个学者心中隐藏的一个厉害的论战者被唤醒了。人们不会这么快忘记那篇文章,是关于上层所希望的,一些指代第

---

① 高等研究实践学院(EPHE)是法国的一所创立于1868年的大学,创立起初有四个部门,即第一部门数学,第二部门物理学、化学,第三部门自然科学、生物学,第四部门历史学、文献学,后来于1886年成立了第五部门宗教学,1947年成立第六部门经济与社会科学,后来第六部门于1975年独立为社会科学高等研究院(EHESS)。高等研究实践学院里的教授都是法国顶尖的学者,乔治·杜梅泽尔就任职于第五部门宗教学的教授。作者写这篇文章时是1986年,正好是EPHE第五部门成立100周年。

② 也称"法兰西公学院"(Le Collège de France),是法国历史最悠久的学术机构,于1530年由法国国王弗朗索瓦一世创立,比法兰西学术院(L'Académie française)早105年,比法兰西学院(L'Institut de France)早265年。

③ 巴黎高等师范学校,简称巴黎高师,坐落于巴黎的于勒姆街,是法国历史最悠久的师范学校,入学考试难度居全国各大学校之首。

二性别者的单词女性化这一问题——比如说,一个女作家直接写成 uneécrivaine,une auteuse,或是 une autrice①。文章的题目很不错:"密特朗夫人,法比亚夫人"。

乔治·杜梅泽尔并不反对出人意料、略施诡计,甚至是把人惹火。大约两年前,他就曾给我们带来一部作品,书名很令人意外——《瓦雷纳城里身着灰衫的修道士》——是一部大胆的作品(另外,带有浓厚自传色彩的符号无处不在),内容是关于诺斯特拉达姆士以及路易十六的命运。他很快又回到了他最钟爱的研究对象上——印度人、斯堪的纳维亚人、高加索人——几个月前,他接连发表了《波利尔上校眼中的摩诃婆罗多与薄伽梵》和经修改、补充后的新版《洛基》。洛基是斯堪的纳维亚人的众神之中的一个不起眼的小神,斯堪的纳维亚人的神灵的很多特点都是和高加索人的英雄人物一样的。再一次,多亏了《洛基》,通过三大职能的法则,从印度一直到挪威,途经俄罗斯南部,印欧语系族群都表现出了一种统一性。而宗教、语法、语言学、民间故事,都有助于建立这种统一性。

《朱庇特,玛斯,奎里纳斯》:卡皮托利山丘的这个著名的三人组合,在几十年后会变得和弗洛伊德的无意识及爱因斯坦的统一场理论一样著名。不要忘记,这种理论化的成果是建立在海量的

---

① 在法语中本来是没有"女作家"这个词的,表示作家、作者的单词是阳性的,un écrivain, un auteur,如果要表示女作家,一般是在前面加上 femme 以表示"女人的,女性的",比如一个女作家就是 une femme écrivain,女作者就是 une femme auteur。这里的 écrivaine,auteuse,autrice 都是后来新造的词,用以指代女性作家。

学术研究的基础上的。杜梅泽尔不仅为我们扼要地阐释了大部分人类的历史,他还帮忙拯救了高加索的好几种晦涩的语言免于灭绝,现在这几种语言只有五六个人还在使用。在知识阶梯的两端,杜梅泽尔都是个伟大的人:因为他学识上一丝不苟,思想上大胆创新。

《费加罗杂志》,1986 年 10 月 18 日

文明的十字路口

　　我睁大了双眼,目不转睛地盯着这个已成为历史的几乎是传奇的时代所投射出来的深度。我一开始认为这只是几个现代的复制品,但我错了,这是写在黏土薄板上的真真正正的原版卡迭石条约。三千多年前,两个强盛的帝国就在争夺巴勒斯坦和叙利亚:一个是连小学生都知道的埃及王国,还有一个王国却鲜为人知,它的中心在安纳托利亚①:赫梯王国②。赫梯的军队与埃及法老拉美西斯二世的军队在卡迭石③这个地方短兵相接,这场浩大的战役打得不分胜负,最终以双方达成和平条约而告终。卡迭石战役及其和平条约,我应该在某个历史课本或是一部连环画上看到过,我被它深深地吸引了,于是我毫不犹豫地将它,连同它那响亮的美名,重

---

　　① 又称小亚细亚或西亚美尼亚,是亚洲西南部的一个半岛,位于黑海和地中海之间,现在土耳其境内。这里是近东文明与爱琴文明联系的桥梁和纽带。

　　② 赫梯王国于公元前2000年兴起于小亚细亚这一古老的文明地区。公元前15世纪末到公元前13世纪中叶是赫梯历史上最强盛的新王国时期,赫梯在这一时期在叙利亚同埃及进行了争霸战争。

　　③ 在叙利亚大马士革东北地区。

新写在我的好几本书里。

条约的原文就在这儿,就在我手里。传说故事的迷雾重重,在我和其他人看来,在这迷雾中游荡的就算不是埃及人,至少也是我几乎毫无了解的赫梯人。而这条约上的文字,终于冲破了这层迷雾,径直涌进了历史中。赫梯人,不再是记忆中与神秘的海上民族①为邻的,对其并无清楚了解的传说中的蛮族:他们与腓尼基人②、亚述人③、埃及人或希腊人不相上下,成了他们势均力敌的对手。

用阿卡德④语撰写的卡迭石条约——熟悉古埃及的人都会记得,埃及语版的条约是用象形文字被刻在了位于卡纳克神庙的阿蒙大陵墓里多柱式厅的墙壁上——与其他很多同样重要的物品一起,在由伊斯坦布尔组织,由欧洲议会和土耳其文化部及旅游部共同资助的安纳托利亚文明的精美展览上展出。

---

① 指青铜时代末期左右,特别是公元前 13 世纪入侵安纳托利亚东部、叙利亚、巴勒斯坦、塞浦路斯和埃及的任何侵略性的航海者集团。他们摧毁了赫梯帝国等古老的强国。

② 腓尼基是古代地中海沿岸兴起的一个民族,一个亚洲西南部城邦国家,由地中海东部沿岸的城邦组成,位于今叙利亚和黎巴嫩境内。腓尼基人是航海民族,他们藉着地理环境,利用海路与其他的城市通商,因而他们后能提高对他国文化事物的认知。

③ 亚述是兴起于美索不达米亚(即两河流域,今伊拉克境内幼发拉底河和底格里斯河之间)的国家。公元前 8 世纪末,亚述逐步强大,先后征服了小亚细亚东部、叙利亚、腓尼基、巴勒斯坦、巴比伦尼亚、和埃及等地。亚述人在两河流域历史上活动时间前后约有二千年。

④ 阿卡德是一个城市国家,统治区域位于北美索不达米亚(今伊拉克),位于亚述西南和苏美尔以南,存在于巴比伦的前期。阿卡德语由古巴伦时期使用的苏美尔语和闪族语发展而来。

安纳托利亚高原,从欧洲最边远的海岸一直延伸到伊朗与伊拉克边境地区,位于黑海和地中海的中间,孕育了无数的种族、宗教、文化,比其他任何地区都要丰富。展览从史前史与旧石器时代开始。恰塔赫遇①是史前史上最重要的一个地点。先是有石头,作为专门用来制作武器、工具、饰物的原材料,后来逐渐有了金属,先是铜,之后有了青铜,最后出现了铁。一座古特洛伊城已经出现,历经几次毁坏和重建。这个特洛伊比见证阿喀琉斯②丰功伟绩和荷马歌颂的特洛伊要早得多。因为前赫梯或赫梯的伟大君主,阿尼塔,哈图西里,穆瓦塔里,因为赫梯王国正处于鼎盛时期,于是圆柱林立、满布镶嵌画的一座座宫殿拔地而起,到处可见各种各样的铭文,一个已经非常高雅精致的文明产生了许许多多的遗迹。有趣的是,我们发现,从这个时代起,前端有些翘起的尖头皮鞋就开始流行了,就这样一直流行了数百数千年。在阿拉恰赫遇③或是在哈图莎城,也就是赫梯的都城,即现在的博阿兹卡莱,那些坟墓、陪葬品、珠宝、代表公牛或雄鹿的小铸像,还有一些雕塑品,见证了一个可与古城迈锡尼④相媲美的文明。

---

① 距今约 9000 年历史,位于土耳其的安纳托利亚,是世界上第一座圈养动物和实施灌溉的城市。

② 古希腊神话与文学中的英雄人物,参与了特洛伊战争,被称为"希腊第一勇士",全身刀枪不入,钢筋铁骨,所向披靡,杀死了特洛伊主将赫克托耳,而特洛伊的任何武器都无法伤害他的身躯,但他致命的弱点在他的脚踵,最后他被太阳神阿波罗一箭射中脚踵而死。

③ 是赫梯人最早的居住地,位于今土耳其境内古城哈图莎附近。

④ 迈锡尼是位于希腊伯罗奔尼撒东北阿尔戈斯平原上的一座爱琴文明的城市遗址。约公元前 2000 年左右,希腊人开始在巴尔干半岛南端定居。从公元前 16 世纪上半叶起逐渐形成一些奴隶占有制国家,出现了迈锡尼文明。

继赫梯人之后，便是佩拉斯吉人①，弗里吉亚人②，迈锡尼人，海上民族。在赫梯新王国灭亡之后，许多地区被弗里吉亚人占领了，比如哥迪翁这个地方，它因被亚历山大大帝挥剑斩断的哥迪翁结③而著名。在别处，有萨蒂斯古城④富有的吕底亚人，帕克托罗斯河⑤就流经那里，还有卡里亚人⑥，而吕基亚人⑦，他们遍布克桑托斯、米拉、特尔梅索斯即今天的费特希耶这些地方的著名的墓葬就证明了他们的存在。著名的猎手恩洛德⑧的形象比比皆是。一边是希腊人登上舞台，另一边则是阿契美尼德王朝⑨的古波斯人在呼风唤雨。一些著名的古迹虽然只是短暂地存在过，但它们却闻名全世界：在以弗所⑩的阿尔忒弥西亚神殿或是卡里亚总督摩索拉

---

　　①　古希腊人对公元前 12 世纪生活在希腊的前希腊民族的称呼。

　　②　弗里吉亚是安纳托利亚历史上的一个地区，位于今土耳其中西部。弗里吉亚人本身是从欧洲迁入小亚细亚的民族，他们讲一种印欧语系的语言。

　　③　公元前 334 年，伟大的亚历山大大帝远征亚洲，在今土耳其的哥迪翁挥剑斩断了千人无人能解的“哥迪翁结”。

　　④　古国吕底亚的都城。

　　⑤　盖迪兹河的支流，流经吕底亚，据说河水挟带的沙子中富含黄金。

　　⑥　卡里亚位于安纳托利亚西南部地区，希腊人把当地的原住民称为“卡里亚人”。赫梯帝国崩溃后，卡里亚是安纳托利亚地区众多的独立小国之一。阿契美尼德王朝的崛起使卡里亚被并入波斯帝国，称为帝国的一个省（约在公元前 545 年）。

　　⑦　吕基亚是安纳托利亚历史上的一个地区，位于今土耳其安塔利亚省境内。在罗马帝国时期，这里曾是帝国在亚洲的一个行省。吕基亚地区在史前时代就有人居住，当地的土著是吕基亚人。在古代，吕基亚地区的主要城市是克桑托斯、帕塔拉、米拉等地。

　　⑧　希腊《圣经》中的一个人物。

　　⑨　公元前 550 年到公元前 330 年，又称波斯第一帝国，是波斯首个征服大部分中亚领域的帝国。领土东至巴基斯坦，西北至土耳其、欧洲的马其顿、色雷斯，西南至埃及。

　　⑩　土耳其地名。

斯王陵墓①,位于哈利卡纳素斯②,大约两千年后,在这里,耶路撒冷的圣约翰骑士团③建成了圣·皮埃尔堡或佩德罗尼昂——哈利卡纳素斯现在的名字:博得鲁姆正由此而来。

　　一个新的时代开始了:这个时代是希腊化艺术的时代,是居鲁士④、大流士⑤、薛西斯⑥的征服时代,是希腊人与波斯人之间的战争时代,最后,是亚历山大大帝⑦的马其顿历险的时代。在帕加马⑧或在以弗所,在米利都⑨,在迪迪姆⑩,这是场悲怆的胜利。艺术,带着些许夸张的炫耀与暴发户的奢侈,似乎仅仅展示了历史的

---

　　①　摩索拉斯是波斯帝国驻卡里亚的总督,其陵墓是由其妻子阿尔忒弥西亚所建,是世界七大奇迹之一。
　　②　位于小亚细亚西南部,今土耳其境内,当时是波斯帝国卡里亚省的首府。
　　③　全称是"耶路撒冷圣约翰医院骑士团",成立于 1099 年,起初是一个行善组织,后发展为耶路撒冷王国的一支重要的军事力量。
　　④　居鲁士大帝(约公元前 559—公元前 530 年在位),是古代波斯帝国的缔造者。居鲁士属于波斯人的阿契美尼德家族,因此他所创立的帝国也被称为阿契美尼德王朝。
　　⑤　大流士一世(公元前 522—公元前 486 年在位),他在继位之后不到一年的时间里,铲除了八大割据势力的首领,偌大的波斯帝国重归一统。后人尊称其为"铁血大帝"。
　　⑥　薛西斯一世(公元前 485 年—公元前 465 年在位),波斯帝国国王,是大流士一世之子。他继位后继续与希腊的战争。他率军大举进攻希腊,洗劫了雅典,但在萨拉米海战中被打败。
　　⑦　亚历山大大帝(公元前 356—公元前 323)是古代希腊北部马其顿帝国的国王,以其雄才伟略,东征西讨,建立了一个横跨欧亚的疆域辽阔的国家,促进了希腊古文化的繁荣与发展。
　　⑧　帕加马原是密细亚(安纳托利亚西北部)的一座古希腊殖民城邦,现在是土耳其境内的一处历史遗迹。
　　⑨　米利都是位于安纳托利亚西海岸在线的一座古希腊城邦,公元前 1500 年左右,一些从克里特岛来的移民定居于此,随后,这个城市就成为了爱奥尼亚十二城邦之一。
　　⑩　迪迪姆是小亚细亚的一个古代城邦,著名的阿波罗神庙就修建在这里。

暴力与痛苦。

在罗马军队占领帕加马王国,打败本都国国王米特里达特之后,十几万罗马人来到亚洲行省定居。艺术与贸易并驾齐驱,共同发展。一些比亚历山大大帝的先辈或后代时期的还要高大宽敞的新建筑把这些希腊化时代的古城装饰一新,有时也显得有点累赘。在席德、佩吉、阿斯潘、艾芙洛狄西亚这几个古城里,大理石人像、青铜人像、象牙人像标志着现实主义的胜利:每尊人像——有皇帝,有将军,有文艺事业的赞助者,有德高望重的罗马妇人——都有自己的性格。这些雕像变成了一幅幅人物肖像画。

不知不觉,在第一个罗马帝国之上,又出现了第二个罗马帝国,拜占庭取代了罗马。拜占庭,这个东罗马帝国的首都,很快就成为了历史上最灿烂、最悠久的文明的中心。中古时代的拜占庭帝国,还信奉罗马教廷与基督教,但深受东方影响,尤其是受古波斯人,还有后来的谢尔居基德土耳其人①的影响。拜占庭帝国绵延一千多年,诞生了人类历史上最美丽、最有意义的一部分珍品。它的教堂、镶嵌画、宫殿、雕像,还有现在只剩一片废墟的古代赛马竞技场,都令拜占庭的艺术成为一种难以言喻的奇遇,自然是无法三言两语就道得清说得明。而在经历了比如 1204 年十字军占领城市及东拉丁帝国的建立等无数小插曲后,史上最具决定性的大事

---

① 起源于土耳其的一个部落的成员。

件之一——穆罕默德二世①——或"胜利者"——1453 年 5 月 29
日攻占君士坦丁堡,突如其来地为拜占庭帝国画上了句号。

这个关于安纳托利亚文明的展览最吸引人的地方在于,展览
就是放在诞生历史的原地点进行。展览分为九个不同的展示。属
于我们刚刚提到的那些时期的物品被集中在君士坦丁堡的最古老
的拜占庭教堂,比圣索菲教堂还要久远:圣伊莲娜教堂。占领君士
坦丁堡后供苏②作住所的托普卡匹皇宫,在它古老的厨房里建了个
博物馆,展示了谢尔居基德和奥斯曼王朝时代。其他一些展览分
布在整个城市里,展示了土耳其当代艺术,书法名作,钱币与珠宝,
土耳其的服装与地毯,安纳托利亚墓葬,乐器,最后是土耳其奇妙
的帐篷——外面是棉花,里子是奢华的绘着图案的丝绸——源自
18 和 19 世纪。在托普卡匹宫的厨房里,离那个因朱尔斯·达欣③
的电影而为人熟知的著名的宝藏很近的地方,离以前由黑衣太监
看守,充满了传奇经历的后宫也就几米远,在这儿,参观者会发现
无数的奇观,从整个帝国从南到北的奥斯曼土耳其军人都穿着的
神奇方格衬衣,就像是种辟邪的护身符,到 1513 年地理学家皮
瑞·雷斯④绘制在羊皮纸上的一幅惊人的南美地图,从一些中国进

---

① 奥斯曼土耳其帝国第七代君主,是历史上最以尚武好战著称的苏丹,最
辉煌的战果是在 1453 年攻克君士坦丁堡,从而灭亡了延续一千多年的拜占庭帝
国,当年他刚满 21 岁。穆罕默德二世在其士兵洗劫了君士坦丁堡后,把这个城市
改为奥斯曼帝国的首都,改称伊斯坦布尔。

② 某些伊斯兰国家最高统治者的称号。

③ 著名电影大师。

④ 他于 1513 年综合史料绘制的非洲和南美洲的海岸地图及南极洲地图,
与现代的卫星地图极为相似,并且精确到了半个经度。

口的装饰有土耳其金属的花瓶或是点缀有花朵和石榴图案的毛皮里子的丝质长袍,到描写自动装置和水磨的手稿,到为君王准备的拉丁字母与阿拉伯字母并列的字母表。在这场显然是伊斯兰教扮演关键角色的展览中,一个惊人之处在于,原则上伊斯兰教排斥的人的身体,竟然在展览中屡见不鲜。谜底就在这个中亚古国的重要影响力中,那儿诞生了一些土耳其宗族,一定程度上中和了伊斯兰教的教义。服装与脸蛋属于中亚,而蒙古,甚至中国,也都不算太远。一直到15、16世纪时,人体无处不在——除了先知他自己:穆罕默德①的脸已模糊不清无法辨认。之后,人体变得模糊,但它仍存在于细密画和所有专用于宫殿内部的肖像画中。

但是,这次天下无双的展览中的最美妙之处,可能要算它永恒的环境了。建于一处海峡——博斯普鲁斯海峡——连接两个内海——马尔马拉海与黑海——处于欧亚大陆的交汇点,几年前一座宏伟的大桥将欧亚两座大陆相连;从欧洲大陆这边沿着金角湾②的窄窄的海湾一直延伸;伊斯坦布尔——或君士坦丁堡或拜占庭,随便怎么叫——或因其极佳的地理位置,或因其数不胜数的,见证了一个个埋入历史尘埃的文明的古迹,——圣索菲大教堂、蓝色清真寺③、苏莱曼清真寺、托普卡匹宫、加拉达塔……——伊斯坦布尔

---

① 伊斯兰教的创始人。

② 这个角型的海湾将伊斯坦布尔的欧洲部分又一分为二。作为世界首屈一指的优良天然港口之一,过去拜占庭帝国和鄂图曼帝国的海军和海洋运输活动都集中于此。

③ 真正名称为素檀何密清真寺,位于伊斯坦布尔旧市街的中心,是世界十大奇景之一。

俨然已是世界上最令人惊叹的一大城市。它的位置,堪比里约热内卢或香港。它的名胜古迹,堪比威尼斯、佛罗伦萨、巴黎或罗马。

《费加罗杂志》,1983 年 10 月 8 日

永恒的宝藏

　　雅克琳·德·罗米丽应当好好感激希腊人：是他们哺育了她的作品和她的生命。而希腊人也应当好好感谢雅克琳·德·罗米丽：古希腊人在世界上匆匆过往一遭，正是她这个一流作家，使他们在两千五百年之后，仍旧活跃在我们中间。雅克琳·德·罗米丽倾注毕生心血，研究修昔底德①，研究古希腊悲剧，研究雅典城邦民主的起源。在这里，她为我们呈现了一本类似心灵遗言的作品——我希望未来还会有更多的作品——书中将她曾研究过的所有主题收录成集。在《为什么是希腊？》②中，她提出了一个双重问题。第一个是个比较私人的问题，甚至近乎私密：她为何如此喜爱荷马、修昔底德和埃斯库罗斯③第二个问题则更大众一些，包含了我们所有人在内：为什么古希腊文化在经历了这么多年的风风雨

----

　　①　古希腊历史学家。

　　②　雅克琳·德·罗米丽，《为什么是希腊？》，法卢瓦出版社出版。——原注

　　③　古希腊悲剧诗人，与索福克勒斯和欧里庇得斯一起被称为是古希腊最伟大的悲剧作家，有"悲剧之父"、"有强烈倾向的诗人"的美誉。

雨、坎坎坷坷之后，仍然活跃在我们中间呢？

对于第一个问题，雅克琳·德·罗米丽回答得很简单。有年夏天，出于偶然，她拿到公元前5世纪的一位名叫修昔底德的历史学家的书，随手翻了几页——她觉得写得很不错。就这样，她一下子被希腊与希腊文化深深吸引住了。从此她就成了我们现代社会里的古希腊大使。当今世界仍在受古希腊的影响——不过它几乎感觉不到这一点。如果没有希腊人教给我们这一切，我们的语言、文化、科学、政治将会面目全非。所以，雅克琳·德·罗米丽的研究是一次感恩与忠诚的研究。也是一次赞美。还有幸福。

在希腊文学的开端——也就是我们自己文化的开端——，首当其冲的是荷马。荷马笔下的主人公——奥德修斯①、阿喀琉斯②、最美丽的女人海伦③以及其他人——，他们的名字我们都耳熟能详。但我们却很少读《伊利亚特》④或《奥德赛》⑤。我们错了。罗米丽夫人曾引用过《伊利亚特》第六章节中描写赫克托耳⑥与妻子安德罗玛克⑦告别的文字，因其难得的清新而温情的风格在其他很多文章中独树一帜。安德罗玛克将儿子抱给赫克托耳，他戴着一顶缀有翎饰的头盔，羽毛随风飘动，孩子被父亲的头盔吓坏了，

---

① 《奥德赛》的主人公。
② 他有个致命弱点在脚踵。
③ 希腊传说中最美丽的女人，特洛伊战争的间接起因。
④ 有关特洛伊战争的一部著名的古希腊史诗。
⑤ 古希腊著名史诗之一，主要是连接《伊利亚特》的剧情。
⑥ 特洛伊国王普利阿莫斯之子。
⑦ 希腊传说中密细亚的底比王厄厄提翁的女儿。

于是赫克托耳笑了,他摘下头盔,将孩子抱在怀里来回摇晃哄他,然后,他和孩子的母亲说了几句告别的话,就将孩子抱还给了她:"他说完,把孩子送回妻子的怀抱;她接过孩子,抱在她芳香的胸前,笑眼弯弯,泪水涟涟。"

"笑眼弯弯,泪水涟涟!"除了荷马,没有人能想出比这更美的句子了。雅克琳·德·罗米丽着重强调的是,荷马的才华并不在于像《一千零一夜》或《圣经·列王记》那样收集细节与特点,喜爱描写肉体,罗列那些卷发和项链。不是。荷马式的分析针对的是人类的共相。他超越了个体,走向人类群体。和其他时期一样,古希腊是历史上的一个特殊的时代,而古希腊的特点在于,它一上来就是具有普遍意义的。

在荷马笔下的奇遇里,众神自然而然地与人类混在了一起。但荷马和一般的希腊人有个过人之处,那就是,众神的存在只是为了更好地凸显人类的崇高。在希腊人看来,众神自愿降临凡间,扮成了人类的样子。罗米丽夫人引述道,另一个通晓古希腊文化的行家,他提醒说,在希腊,"这是第一次,不可见的人愿意在每个地方都按照可见之人的规则改变自己的样子,他就好像被人类的这种不可靠的时尚深深地吸引住了一样"①。可能,玛格丽特·尤瑟纳尔在写关于希腊神话的文章时,没人比她更懂得表达这种人类至上和共相至上:"与代数、乐谱、公制及教会的通用语言拉丁语同

<hr/>

① 罗伯特·卡拉索,《卡德摩斯和哈墨尼亚的婚礼》,伽里玛出版社。——原注

等重要的希腊神话,对欧洲的艺术家与诗人来说就是一次语言共相的尝试。"[1]

雅克琳·德·罗米丽逐一回顾了希腊人作为创造者与开拓者,为无数人所仿效的不同领域:历史,有希罗多德和修昔底德;医学,有希波克拉底;悲剧,有埃斯库罗斯,索福克勒斯,欧里庇得斯;哲学,有苏格拉底和柏拉图。她对修昔底德的研究比任何人都要深入,因此她能够援引整个希腊文学中最著名的一句箴言——这是修昔底德在谈及他的艺术时说的"永恒的宝藏"。这句箴言是什么意思? 是说修昔底德的作品将会永存吗? 可能吧。但也可能有别的意思:以他作为创始人和大师的科学,永远会是未来所有研究工作效仿的榜样。为什么? 因为它达到了共相,对所有人都有价值。古希腊文化遗产为什么伟大? 秘密就在这几个字中。

《费加罗杂志》,1992 年 10 月 17 日

---

[1] 玛格丽特·尤瑟纳尔,《朝圣与域外篇》,伽里玛出版社。——原注

起源的奥秘与明示

我们这个时代似乎对起源问题越来越感兴趣。现在,一部讲述罗马起源的作品问世了[①],虽有点儿专业,但条理清楚,引人入胜,是由皮埃尔·格里马尔作序,我们读过不少他写的关于维吉尔、西塞罗及古罗马的优秀作品。署名的作者是一位年轻的历史学家,刚毕业于巴黎高师和罗马法兰西学院的古典专业,他名叫亚历山大·格朗达兹。在一千年间,罗马以其无可撼动的地位,在地中海流域一直是龙头老大,之后又闻名全世界。古罗马是未来历史参照的模版,古罗马在很大程度上就是我们现在的起源。

长时间以来,我们的生活都会受到比如说来自罗马的,特别是蒂特里夫[②]的,那些大器晚成的历史学家的传统,也有可能是传奇故事的耳濡目染,从而脑海中有一些印象:罗穆卢斯和瑞摩斯,幼

---

① 亚历山大·格朗达兹,《罗马的建立。对历史的思考》,美文出版社。——原注

② 公元前 193 年,蒂特里夫(Tite-Live)首次被称为"托莱多",现为西班牙托莱多省的重要城市。

时由母狼哺乳长大,在巴拉丁丘上建造了罗马,用犁耕出了一条犁沟,双胞胎之间的争吵,瑞摩斯被罗穆卢斯杀害。而从 18 世纪开始,尤其是在 19 世纪,随着语史学的迅速发展,它跃居人文科学与历史科学之首,"primordia romana",即罗马诞生的传统说法,开始受到怀疑与质疑。一些人仍然盲目笃信那些传了一代又一代的文章,格朗达兹将他们称为"忠实的拥护者",而"苛刻批评家"派则反对他们的这种死抱着过去不放的盲从,最终推翻了传统故事的说法,斥其为无稽之谈,沦为笑柄。

关于这点还出现了另外一个历史科学的小插曲,突然诞生了一个与古典语史学相对抗的学科:考古学。长久以来,考古学都被认为是探索"美"的方法,只不过是寻宝,只是艺术史的一个分支。重要的是出版几部艺术作品,能列入"知识渊博的业余爱好者"丛书中。考古学摆脱了它的起源,依靠海量的考古发现,成为了完全独立的一门学科。现代考古学逐渐填补了苛刻批评挖掘出的空白。《罗马的建立》的作者以一些文章为指导,这些文章于他而言只是工作上的假设和总是处在被否决边缘的指导性的提纲,极其谨慎地考察那些石头、铭文,考察岁月留下的痕迹,考察所有考古材料的数不清的资源;突然间,看法有了惊人的转变,就像剧情骤然峰回路转一样,这些参考的证据最终确认了被苛刻批评家批得体无完肤的传奇故事中的说法:罗马确实是在巴拉丁丘这个地方建成的,时间大约在公元前 8 世纪中期——可能是某一个名叫罗穆卢斯的人建成的。

专家们——我不是——自会对格朗达兹他的观点的依据作出

判断。他的作品读起来像侦探小说,得仔细地看,理解起来有点费劲,书中嫌犯是"历史"而侦探是考古学家。他的作品中最有趣的地方在于方法,严密、创新、非常清楚的方法,凸显了他有控制的想象力驾驭和混合下的渊博的学识。比如说,为什么罗马诞生在台伯河①的左岸,离海很近,位于著名的七座山丘的山脚下,而不是在其他地方? 对于盐的贸易这一角色——取道"盐之路"②——格朗达兹先生对此作了清楚的说明。一条大路横跨台伯岛③周围的河流,使得罗马成为了一座我们称之为"第一桥"的城市,意思就是说,为从海滨来的人提供了第一个过河的机会。

更重要的是:格朗达兹先生在他的道路上遇见的最主要的学术建树之一,就是印欧语系民族的职能三等分这一庞大的理论体系,这一理论是与乔治·杜梅泽尔的大名不可分割的。格朗达兹先生竭力证明了一部作品中蕴含的综合性的抱负,在这部作品中,他再次发现了波舒哀、马克思、弗洛伊德式的对天意说的怀旧情结,已被一种惊人的学识改头换面——上述几个人都是属于著名的对卡尔·波普尔④的"不可证明其无根据"的理论持怀疑态度的

---

① 位于意大利中部,全长 406 公里,是该国第三长的河流。意大利首都罗马位于河口以上 25 公里的东岸。

② 意大利语是 Via Salaria,是古罗马修筑的第一条道路,从罗马一直到台伯河河口的产盐地,使罗马的食盐不必再依靠进口。

③ 意大利罗马市内台伯河弯曲处的一个船形河中小岛,也是台伯河流经罗马河段唯一的一个岛屿。

④ 卡尔·波普尔(Karl Popper,1902—1994),20 世纪最著名的学术理论家、哲学家之一。波普尔最著名的理论,在于对经典的观测-归纳法的批判,提出"从实验中证伪的"的评判标准:区别"科学的"与"非科学的"。

人士。"不可证明其无根据"也就是说,经不起所有可能的反假设的试验与考察。大胆、无视传统观念、具有革命性,一直到回归传统,好像从今天起,一个已经星光熠熠的法国历史流派先锋队伍中,也有了格朗达兹先生的身影。

《费加罗杂志》,1991 年 5 月 25 日

小号与勋章或罗纳德爵士的荣耀

"在人的一生中,能够听卡拉丝①唱《拉墨摩的露奇亚》,能够欣赏肯·罗斯维尔②的反手球,能够阅读奥登③的一首新诗——以及,能够接受罗纳德·塞姆的谆谆教导,此乃三生有幸":就这样,美国《时代周刊》开始了对罗纳德·塞姆爵士的歌颂,以多达七个专栏,一整版的篇幅,洋洋洒洒地表达了对这位现仍健在的最伟大的古代文化历史学家的敬意。而我也是,以我的方式,曾是罗纳德爵士的门生。菲利普·霍华德④写的既博学又精彩的这些文章中有一篇,恐怕只有盎格鲁撒克逊人还能够写得出这样的文章,他把罗纳德爵士称为"满载着小号吹奏曲和勋章的伟大的老人"以及"所有罗马人中最崇高的人"(the noblest Roman of them all)。我对罗纳德的记忆依旧深刻,他是给我印象最深和我最感激的人。

---

① 二十世纪最著名的歌剧女高音歌唱家。
② 著名的网球选手。
③ 英国著名诗人。
④ 美国《时代周刊》的编辑。

只有少数一小部分法国人——要不要做个调查？根据我们政府公布的数字,8‰的法国人无耻地坚持要出国旅行。上面那个数目肯定比这个要小——知道罗纳德·塞姆这个人。而他其实继承了麦考利①、《罗马帝国衰亡史》的作者吉本②的风格,某种程度上可以说也是继承了塔西佗③的文风。相对而言,或是举个我们大家都熟悉的例子,他就相当于一个在罗马共和国④末期的来自英国的米什莱⑤。只要是稍微对古罗马历史和古典文化有点兴趣的人,都不能忽视他的作品。风头正劲的人文科学和已成为文人墨客之滥觞的著名文化之中,终于诞生了一个光彩照人的活生生的例子。

　　我在联合国教科文组织时,跟在罗纳德爵士身边——工作了将近了二十五年——二十五年! 他,还有乔治·皮罗杜,还有试图向我介绍黑格尔被埋没的才华的让·伊波利特⑥,在博弈的世界中像个不放过任何细节的灯塔看守员的罗歇·凯伊瓦,至高无上的主人雷蒙·阿龙,执拗忠诚的让娜·赫什,勒内·朱里亚⑦,皮埃尔·拉扎莱夫,埃马纽埃尔·贝尔勒,保罗·莫朗还有其他几个人——当然了,还有我的父母——,都是我心中先贤祠里的神,都

----

①　托马斯·巴宾顿·麦考利(Thomas Babington Macaulay,1800—1859),英国诗人、历史学家、作家。

②　爱德华·吉本(Edward Gibbon,1737—1794),英国历史学家。

③　塔西佗(Tacitus,约55—120年)是古代罗马最伟大的历史学家,在罗马史学上的地位犹如修昔底德在希腊史学上的地位。

④　古罗马在公元前509年到公元前27年之间的政体。

⑤　儒勒·米什莱(Jules Michelet,1798—1874),法国著名历史学家,被学术界称为“法国最早和最伟大的民族主义和浪漫主义历史学家”。

⑥　曾任巴黎高师校长。

⑦　法国朱利亚出版社的创始人。

是曾经给予我最多最好的帮助的熟悉而亲切的神:不是给予破格待遇,不是虚情假意的奉承,或是写推荐信,而是作为榜样,通过他们的批评,有时是指责,还有他们的友谊,来帮助我。为什么总要等到我们的伟人们去世以后才开始赞颂他们呢? 我敬爱的许多人都已经不在了。但还有很多人仍坚守在岗位上,还可以对他们说出他们已经知晓的话:我的感激和喜爱之情。感谢上帝,还好罗纳德爵士身体还很好,他八十四岁了,但仍像个年轻人一样,精神矍铄,现在住在英国牛津市。

罗纳德爵士的荣耀从何而来? 从他撰写的关于古罗马,关于塔西佗,关于萨卢斯特①,关于奥维德②,关于"奥古斯都的历史"这一如同玩笑一般的古老难题的几部主要作品而来,尤其是从研究奥古斯都皇帝登基的鸿篇巨作:《罗马革命》③而来。长久以来,受到一些历史学家的影响,例如希欧多尔·蒙森,据说他将罗马的法典编撰向前推进了一大步,连罗马人自己都自叹不如。因为受到希欧多尔他们的影响,罗马共和国的灭亡和罗马帝国的开创就曾被看作是保守派与改革派的立宪之争,奥克塔夫,也就是未来的奥古斯都,出现了,按照菲利普·霍华德的说法,他可能就像一种"缺乏威望的冷酷的政治家",但他同时也是一个"领导者"与"统一者"的高级人物。

---

① 古罗马政治家,历史学家。
② 古罗马诗人,《爱经》的作者。
③ 罗纳德·塞姆,《罗马革命》,牛津平装版。《罗马革命》,伽里玛出版社。——原注

罗纳德·塞姆斥责的就是这个冷冰冰的人,儒勒·恺撒的继承人。菲利普·霍华德清楚地强调说凡是对得起这个名字的历史学家都必定是偏心的,拥护它的,会因爱情和愤怒而激动不已。让我们想想,比如说,当然了,不仅是圣西门公爵,还有塔西佗他本人以及我们的米什莱。然而,在塞姆撰写《罗马革命》,后发表于1939年的时代,欧洲发生了什么? 那时是希特勒、墨索里尼和戈培尔①胜利的时代。罗纳德·塞姆正是透过了法西斯和国家社会主义的宣传看到了奥克塔夫的崛起。在战前和奥古斯都的时代之间,他架起了一座怀疑的桥梁。对奥古斯都皇帝来说,紧接在六十几代人和过分美化的历史传记打造出的一排排凯旋门之后,猜疑的时代来临了。《作了必要的修正》和夏多布里昂在《法兰西信使报》上的一段作为善与恶的正义部分的著名的文字,——"在一片卑劣的沉寂当中,人们只听到奴隶的镣铐发出的声响和告密者的声音;当一切在专制君主面前瑟瑟发抖,得宠与失宠同样危险时,历史学家出现了,满载着人民的复仇之心。尼禄大帝②再怎么成功也无济于事,塔西佗已经降生于罗马帝国;他在日耳曼尼库斯③的骨灰旁默默无闻地长大成人,正直的上帝已经赋予这个无名小孩儿以世界主人的荣耀"——不仅适用于尼禄和塔西佗,也适用于奥古斯都和塞姆。

　　罗纳德·塞姆小时候并不是在日耳曼尼库斯的骨灰旁长大,

---

　　① 希特勒的宣传部长。

　　② 古罗马皇帝。

　　③ 早期罗马帝国朱利亚·克劳狄王朝的皇室成员,死后骨灰由其遗孀带回罗马,一路受到人民的追悼。

而是出生于本世纪初,如同罗马帝国一样烟消云散的帝国的一个偏远的省:新西兰。不管是传说还是事实,据说吉本产生创作他那部关于罗马帝国末期的名作的想法——罗马帝国的统治后被天主教会和蛮族推翻——是因为看到一些僧侣,排着长长的队伍,从卡皮托利山丘上下来,要穿越古罗马的集会广场,另外,据说他曾在英国汉普郡的部队里呆过一段时间,这使得他可以更清楚地理解古罗马的军事组织。同样的,新西兰的起源使年轻的罗纳德一下子就领会到了何为各省中央的帝国。此外,他之后将自己的古典方面的研究扩展到更宽广的领域,为西属美洲①和罗马的各个省呈献上了一部名为《殖民地精英》的著作。

而就在罗马这个地方,吸引他的,让他着迷的,是缔造历史的人类的起源,他们的轨迹,他们的职业,他们结婚的环境,与他们关系密切的宗派与阶级,他们结成的同盟,还有他们占有的地位——总而言之,就是行话中叫"集群性"②的东西,以及菲利普·霍华德在塞姆的情况下总结成的一句很有意思的话:罗马革命的一种"谁是谁",在半个世纪间,或是更长一点,在二十五年间,或是更短一点,双方都伴随着耶稣—基督的诞生。

而罗纳德爵士的论点,强烈到有些粗暴的程度,有点犬儒主义,绝对反成规。在一些豪言壮语和诸如"荣耀"、"尊严"、"自由"、"和平"的美好的字眼之下,他的论点是,为争夺权力与金钱而争得

---

① 是指从 15 世纪末到 19 世纪,西班牙在美洲拥有的殖民地的统称。
② 系指 20 世纪 70 年代流行于西方的一种历史学研究方法。

你死我活,事实上这正标志着罗马共和国的政治生命已走到尽头。正如在罗马有黑衫党①和蓖麻油②,正如在柏林有黑衫队③和水晶之夜④,掩盖于罗马人的托加⑤和他们做作的贵族身份背后的,是从极其遥远的年代起就不断存在的,王朝与强盗的无休止的阴谋。

菲利普·霍华德清楚地认识到有些批评是可以针对塞姆的理念的。或许,把某一群人和他们各自不同的相关联系人包围起来,要比重建他们的价值观、信仰以及他们的思想环境要来得容易。一位马克思主义者指责塞姆只关注历史上一小群活动家,而忽视了历史学家本人所描述的"没有发言权,完全依附于土地的奴隶、农奴和农民"。相反的,可以指责塞姆为了一些个人、团体、婚姻、宗派而忽视了观点、情感、思想的历史。在历史这所大宅里有许许多多的住所。不管怎样,罗纳德·塞姆建造的,只是其中的一处,坚固且同样非常高雅。

我对这个人的熟悉程度不亚于或者甚于他的作品——我被他深深吸引。我曾听他给我讲数小时的巴尔扎克、圣西门、侦探小说、马克斯和亚历克斯·费舍尔、奥托·尤里乌斯·比尔鲍姆⑥。

---

① 意大利法西斯党。

② 以墨索里尼为首的领导集团于 1920 年 5 月 24 日在米兰举行"战斗的意大利法西斯"第二次全国代表大会,公开宣布他们的行动准则是"蓖麻油和大棒",即暴力恐怖、行凶防火和残杀革命者。

③ 纳粹德国的党卫队。

④ 是指 1938 年 11 月 9 日至 10 日凌晨,纳粹党员与党卫队袭击德国全境的犹太人的事件。这也被认为是对犹太人有组织的屠杀的开始。

⑤ 古罗马人穿的宽外袍。

⑥ 奥托·尤里乌斯·比尔鲍姆(Otto Julius Bierbaum,1865—1910),德国作家。

我曾听他在一群冷酷呆滞的高师学生面前,用了不起的法语讲解一个不大可能的主题:"塔西佗和马塞尔·普鲁斯特"。待天气稍温和一些时,我跟着他,一起穿越法国、瑞士、整个意大利,还有非洲和亚洲的部分地区。沿着他所熟知的古罗马的道路,就像你们对地铁了如指掌一样,我和他一起分享了西红柿和葡萄,还喝了点儿白葡萄酒,对此他并不鄙视。在他的领域里,他是布罗代尔,是杜比、列维·施特劳斯、杜梅泽尔、勒鲁瓦·拉杜里、雅克琳·德·罗米丽、勒高夫、肖努,还有保罗·维纳的对手,他是一个难以忘怀的伙伴,最吸引人的犬儒主义者,令人难以抗拒的自私者,矛盾的很有教养的无政府主义者。我永远都不会忘记他,对他的眷恋会永存心间,我爱他,敬重他,就像对我小时候和青年时的老师一样。我猜想,他一定觉得这番说辞有点拉丁式的歇斯底里。但我会回答他说,像我这样的误入政治与文学之路的人,我想要尊称他为历史学家、学者、博学之士、尤其是大学教员,这些一直都是我的家、我的根、我的先天的环境与后来选择的环境,不管怎样,是我的榜样。我知道,我几乎所有的一切——也可能是全部,都要感谢他。

您从未追求过一丝荣誉,而您的讽刺和怀疑论却让您闻名世界。祝您长寿,罗纳德爵士。

《费加罗杂志》,1983 年 4 月 16 日

雪之奇迹

　　您想不想稍微远离一下今时今日硝烟弥漫的海湾战争？这场战争到最后总是似是而非，就像到处都有发生的讨人厌的事情一样，比如沼泽地上在阳光下破灭的气泡，强大的势力遏制不了的政治规则，既口口声声说着好意，又对金钱充满了贪婪的觊觎。不如让我们把视线转向罗马。是时候这样做了。在国家图书馆，一场美丽而大胆的展览再现了商博良①发现的古埃及的秘密，而在第五共和国的市政厅，另一场规模不是很庞大，但各方面都很棒的展览的序幕由此拉开，梵蒂冈的一些珍宝在此展出。这使得前来参观的人开始幻想这个永恒之城的命运，唤起了他们在罗马散步时的记忆，令他们很想故地重游。

　　人人都知道，信奉基督教的罗马首先是因为四座宏伟的廊柱大教堂而闻名世界。这四所教堂的名称所有人都知道：圣彼得大

---

　　① 让·弗朗索瓦·商博良（Jean François Champollion，1790—1832），是法国著名历史学家、语言学家、埃及学家，是第一位识破古埃及象形文字结构并破译罗塞塔石碑的学者，从而成为埃及学的创始人。

教堂,首先是由康斯坦丁建造,后由布拉芒特,之后又有拉斐尔、米希尔·昂热、马代尔诺、贝赫南参与建造,建于圣彼得坟墓的遗址上;圣约翰拉特兰大教堂,是罗马的,也是世界上的一座哥特式大教堂,又是由康斯坦丁建造,后由博诺米尼整修;圣保罗大教堂,还是由康斯坦丁建造的,不过这次呢,是建在沿着奥斯地①街边的被斩首的圣保罗的坟墓之上,不幸的是,在一次大火中被焚毁,于上世纪重建;最后,是圣玛利亚大教堂——利比里亚廊柱大教堂。

根据一项已经不算太早的传统,因为此传统可上溯至 13 世纪,圣母玛利亚在公元 352 年八月的一个夜晚降临在贵族乔瓦尼的家中。她命令他前往罗马教皇里贝尔那里,在埃斯奎林山上面建造一座教堂,具体的位置就是第二天落雪的地点。据传说中所述,就在罗马的这个夏夜,埃斯奎林山上果真下了一场雪,而教皇绘好了一座廊柱大厅式教堂的平面图,后来在公元五世纪上半叶,由教皇西克斯特三世重新建造——也就是以弗所宗教评议会②审判基督教聂斯脱利派教义的差不多几年后。基督教聂斯脱利派是阿里乌斯教派教义的继承者和反对者,他在基督中区分了两种性

---

① 意大利某地。

② 是于公元 431 年由拜占庭皇帝狄奥多西斯二世在小亚细亚省的以弗所举行的第三次基督宗教大公会议,在以弗所则是第一次,约 2000 主教出席。其主要议题是关于聂斯脱利派关于玛利亚神性之争,决定了玛利亚为圣母的教义。聂斯脱利过分强调耶稣的人性,由此淡化了他的神性,这是基于起"基督分成神人两性"的主张。同时,他不主张将玛利亚称为"天主之母",只视之为"耶稣之母",因为玛利亚赋予耶稣的为人性。会议将聂斯托利及追随者定为异端并革除职务。确定耶稣的神性和人性不能分割,玛利亚所生为形作耶稣的天主,因此是名副其实的天主之母。

质:一个是神性,一个是人性。因此,他断言,唯一具人性的耶稣的母亲,圣母玛利亚,极其严格地来说是称作"基督之母",但不管怎样,都是"上帝之母"。以弗所宗教评议会判聂斯脱利派有罪,这标志着那些在圣母玛利亚身上不仅看到耶稣,还有上帝的人的胜利。圣玛利亚教堂也因此成为献给上帝之母圣母玛利亚的最古老的教堂。利比里亚大教堂在 17 世纪和 18 世纪经克莱蒙十世和伯努瓦十四整修,因其西斯廷礼拜堂和波利娜或波居榭礼拜堂而出名。更出名的要数它精美绝伦的镶嵌画。

只要是喜欢意大利的人——司汤达这样写道:"当我们同时拥有一件衬衫和一颗心时,应该卖掉衬衫,去意大利看看"——都知道在西西里岛、威尼斯、拉韦纳和罗马有着许许多多令人眼花缭乱的镶嵌画。在西西里岛,在帕勒莫,在诺曼底人的宫殿里的小教堂,在离帕勒莫几公里处的蒙勒阿莱大教堂,罗歇二世和纪尧姆二世时的阿拉伯—诺曼底艺术,就在这些上溯至 12 世纪的精美绝伦的镶嵌画中,达到了巅峰。在靠近威尼斯的托切罗岛,圣玛利亚阿斯塔教堂里的镶嵌画也差不多可以回溯到同一时代。在拉韦纳,在加拉·普拉西提阿①之墓,在由东哥特人②的国王泰奥多里克建造的新圣阿波利奈尔大教堂里,或是立柱广场圣阿波利纳雷教堂和建于查士丁尼皇帝和狄奥多拉女王再次占领拜占庭的时代的圣维塔莱教堂里,镶嵌画还要更古老一些:它们可上溯至 7 世纪或 6

① 瓦伦提尼安三世皇帝的母后。
② 哥特人的一个分支,亦为日耳曼民族。

世纪,有时是 5 世纪,为我们展现了一些圣人,朝拜初生耶稣的三博士,圣母玛利亚,一些羔羊,一些天使,还有沉湎于辉煌之中的狄奥多拉女皇本人。而古朴的圣玛利亚教堂中的早期基督教的和中古时期的镶嵌画则还要更加古老。流光溢彩,华美壮观,简直无与伦比,这些镶嵌画展示了旧约和新约全书中的一些场景,以及罗马盛夏时节落在埃斯奎林山的那场奇迹般的雪。已经过去了逾十五个世纪:它们今天面临着磨损和岁月侵蚀的严重威胁。

一个协会已经成立①,用于修复圣玛利亚大教堂和里面的镶嵌画。这是在拯救我们共同的文明和文化中最珍贵的宝物之一。

《费加罗杂志》,1990 年 12 月 1 日

---

① 圣玛利亚协会,巴黎天主教学院教会法系。——原注

多灾多难

提香①在 1545 年游览了罗马。他对眼前的景色赞叹不已,于是写信给阿雷丁②,将心中的感受讲给他听。阿雷丁 1525 年就离开了罗马前往威尼斯定居,他给提香回了一封著名的信:

"今天,您后悔为什么没有二十年前就想到来罗马;我对此深信不疑。如果您醉心于现在眼前的美景,那么,要是你目睹我当年看到的情景,你会如何?"

今时今日,当我们跟前辈讲起蓝色海岸、北京、里约热内卢时,我们就会感觉听到他们的抱怨声一阵阵袭来:唉!要是你们四五十年前经过那里看看!不过,在阿雷丁写给提香的回信中可不仅仅只有对过往和逝去时间的永恒的追悔。在这位作家和那位画家两人的旅行之间的那段时间,这座永恒之城发生了一些非常可怕的事情。安德烈·夏斯泰尔在他的一部首先是供专家参考的,但

---

① 提香(Tizian,1477—1576),意大利文艺复兴时期威尼斯画派的杰出代表性画家。

② 皮埃尔·阿雷丁(Pierre Arétin,1492—1556),意大利著名作家。

也非常引人入胜的专深著作中,讲到了这个大事件:洗劫罗马①。

罗马在其历史上有好几次都被围攻和被占领过。在儒勒·凯撒前的好几个世纪,高卢人就包围了罗马,传奇人物布雷努斯将手中铁剑掷到称量黄金的秤上,高呼出一句名言:"Vae victis",战败者该死②!阿拉里克一世领导的西哥特人占领罗马标志着古罗马时代的终结。而据说,来自巴黎高师的某个主考官,因为对某位投考人拥有的声誉隐约感到有些不爽,于是对其提了一个一直到现在都还是一个传奇式的问题:"在哪一年? 谁? 做了什么?"那位考生并没有不知所措,他很快回答:"在公元410年,阿拉里克一世,熄灭了罗马的圣火。"我们敢肯定,这个答案的作者就是年轻的塔拉格兰德——也就是之后的蒂埃里·莫尼耶③。

由于教皇莱昂·勒·格兰德的介入,匈奴人被转移出了永恒之城去到别处,除了匈奴人,所有入侵意大利的蛮族都是些阿里乌斯教派的信徒,也就是被尼西亚宗教评议会明确裁定有罪的异端分子,而最终入侵的还是一些基督教徒:他们放过了基督教国家的首都,只造成了一些轻度的破坏。对于一些指责基督教削弱了罗

---

① 安德烈·夏斯泰尔,《洗劫罗马》,伽里玛出版社,收录入丛书《历史图书馆》。——原注

② 公元前5世纪至公元前4世纪期间,罗马帝国与高卢人(凯尔特人的一支游牧民族)发生冲突,高卢人挥师南下包围了罗马城。最后双方议和,凯尔特人提出罗马人必须为此支付1 000磅黄金。罗马人在谈判过程中耍了手腕,他们指责凯尔特人在称量黄金时欺诈,这激怒了他们的首领布雷努斯。布雷努斯将手中铁剑掷到称量黄金的秤上,并发誓"罗马必须被征服"。

③ 蒂埃里·莫尼耶(Thierry Maulnier,1908—1988),原名雅克·塔拉格兰德,法国文学评论家、报刊编辑。

马帝国,并造成它衰亡的人,圣奥古斯丁可以理直气壮地回答,不仅基督教徒不是造成罗马帝国衰落的唯一因素,而且,罗马被同时也是基督教徒的蛮族人攻占,对它而言,是个很大的机遇。

对罗马而言,更严重的应数 1084 年的事件。1077 年,亨利四世不得不在卡诺莎城堡外向教皇格列高利七世屈膝请求原谅。他咽不下这份耻辱,迫不及待要报仇,于是日后占领了罗马,迫使教皇退到圣昂热城堡中。在这个关键时刻,教皇萌生了一个灾难性的想法,他要请求诺曼底人的帮助,他们在经历一次轰轰烈烈的冒险之后,刚刚占领了西西里岛——几乎就在同时,他们的兄弟或是表亲又占领了英国。灾难来了:罗伯特·吉斯卡尔领导的诺曼底人狠狠地驱逐了皇室成员,但它们为了私利而涌向罗马,三日之内将罗马洗劫一空。正是这次诺曼底人的入侵,造成了无数灾难性的破坏,其中就有摧毁了当时位于古罗马竞技场附近的圣克莱蒙教堂。后来,这座教堂在废墟上面得以重建,如今吸引着许多朝圣者与游客前来朝圣和参观。

而真正彻底夷平了罗马,毁坏了无数珍品的军事讨伐发生在 1527 年。1527 年 5 月 6 日,由著名的波旁王朝陆军统帅指挥的夏尔·奎因特的部队——继高卢人和诺曼底人之后,法国人在罗马灾难史上也留下了清晰的一笔——,攻破了罗马脆弱得不堪一击的防线。在突击中,波旁陆军统帅被杀死。著名的冒险家本威努托·切利尼,他是在圣昂热城堡指挥教皇的炮兵部队。他在充满了虚构、吹牛,但也不乏才华的回忆录中,夸耀他自己发射出了那枚炮弹要了统帅的命。为了更好地分配咱们同胞的责任,另一位法国王子继承了波旁,领导王室:奥朗日亲王,菲利贝尔·德·夏隆。在好几个月里,他的部队占领了罗马城,烧杀抢掠,将罗马前所未有地洗劫一空。

安德烈·夏斯泰尔赋予了这些悲惨事件其所有历史方面和艺术方面的意义。他将它们重新置于那个环境当中,从中得出涵义,研究其后果。背景是由科技与宗教的两重革命构成的,这两重革命的重大表现相互并和,相互强化:即印刷术的发明和16世纪欧洲宗教改革运动的发展。安德烈·夏斯泰尔为我们展现了一批惊人的檄文与图版,在这个喜欢强调古罗马与天主教教义之间的连续性的教皇之地罗马,——比方说,想象一下宗教肖像集中希比尔①的位置——,揭露了基督教国家的恶魔巴比伦。

这次战争惨剧因其特殊的政治与宗教背景,从而具有了一种美学意义,它的影响波及了整个欧洲。夏斯泰尔长期研究的意大利著名画家瓦萨里就曾强调过,画家、雕塑家、建筑师因罗马的这次洗劫而流落于意大利及欧洲各地,这具有十分重要的意义。历史学家雅各布·布克哈特从1527年的那场灾难中看到的是早前的文艺复兴向巴洛克风格的过渡。作家多米尼克·费尔南德兹曾在他的一部充满了歌剧、糕点和才华的迷人作品中②,为我们歌颂从罗马到奥托博伊伦,从萨尔茨堡到布拉格的优美的巴洛克风格。安德烈·夏斯泰尔以一种完美无缺的渊博学识,对克莱芒风格的

---

① 希腊时期传达"圣谕"的女神,她们能预言未来千年的善恶。
② 多米尼克·费尔南德兹,《天使的宴会》,费兰特·法拉利摄影,普隆出版社。——原注

演变过程进行详尽的研究。这种风格是在于 1523 年被选举为教皇，名为克莱芒七世的儒勒·德·梅弟奇的庇护下渐渐发展起来的。在研究的过程中，安德烈·夏斯泰尔有点回避了问题的实质：他从洗劫罗马和 1527 年那场灾难中看到的更多的是因为分散各地和欧洲一体化而从最初的矫饰主义向天主教的反改革运动的过渡。

我们每天都会听到说我们生活在一个充满了突然的决裂与变革的时代里。安德烈·夏斯泰尔的严密、博学的研究工作为我们展现了，在古登堡①和路德②的双重推动下，文艺复兴以及我们整个文化的转折点会是什么样子。

《费加罗杂志》，1984 年 11 月 17 日

---

① 西方现代金属活字技术的发明和改良者，被誉为印刷之父。
② 马丁·路德，德国宗教改革推动者。

费尔南·布罗代尔或整体性

他目光远大。如果只用一个词来形容刚刚离开人世的费尔南·布罗代尔的作品的创新性与重要性，则可以说他写的故事具有一种"整体性"的意向。这是什么意思？首先，而且特别是对于古典历史学家来说，他们讲述的都是些大事件，因为这些事件在传统意义上是属于很重要的那一类，这点已经获得普遍的认可——战役、婚姻、王位世袭、丰功伟绩——这种历史学家应该由一种能够阐释现实的各个不同方面的具有整体眼光的历史学家取而代之。战争和一些大事件只不过是这种现实的极小的，通常是微不足道的冰山一角。当著名的人文科学迅速崛起之时，历史学家应该同时是地理学家，也有可能是地质学家，经济学家、社会学家、语言学家、文化与宗教专家、人类学家，在某种意义上生物学家也算，不管怎样，都是一个日常生活的观察者。先后由吕西安·费弗尔和马克·布洛克领衔的著名的"编年史"学派就已经走上了这个方向，用保罗·瓦莱里的一句话说，就是抛弃了"大事件浮夸的泡沫"，以便研究逐渐造就了文明史的经济、社会的主流。

长期以来,哲学都是——一直到黑格尔和尼采,也有可能是到柏格森或海德格尔——科学之首和科学之母。而在整个 19 世纪期间和 20 世纪初,涌现了达尔文、马克思、弗洛伊德等人物,诞生了社会学和科学心理学,出现了脑力劳动的分工,哲学原先一统天下的霸权被打破。人文科学与社会科学发展迅速,陆续争取自身的独立,并形成了许多分支,并且这些分支后来也都独立了出去。一门非常古老的艺术,一门新兴而强势的科学——历史——可能会产生一种占据人类研究第一位的野心——只要能够充分把握和懂得利用新兴科学的所有成果。吕西安·费弗尔、马克·布洛克、费尔南·布罗代尔接连致力于研究的正是属于这种范畴。在我们的文学与哲学的发展开始跟不上节奏的这样一个时代,他们这些人将法国历史学派提升到了一流的位置。今时今日,从乔治·杜比到皮埃尔·肖努,从埃马纽埃尔·勒鲁瓦·拉杜里到让·德吕莫,从皮埃尔·古贝尔到雅克·勒高夫到皮埃尔·诺拉,以及其他许多研究人员和学者,将法国历史学派照耀得熠熠生辉。

　　在历史领域发生的情况和政治领域正在发生的情况差不多。我们最具洞察力的观察者们已经开始懂得部长发表的声明和星期日的语句摘选还不如日常生活中隐藏的暗涌来得重要。像《解放报》这样的报纸获得成功正是建立在这个基础上。在不同的平台上,新报刊与新故事——可能还有新小说——都源自于同样的需求,同样的钻研,尤其是同样的反对偶然的例行公事和轶事式的墨守成规。

　　一直到最近几年,费尔南·布罗代尔的铺天盖地的名气与声誉——甚至传到了亚洲和拉丁美洲,特别是美国(纽约大学甚至成立了一个费尔南·布罗代尔研究中心)——整个是靠他的一部二十年前的作品建立起来的。此作品在德国的一个营地里经修改和整理而成回忆录:《菲利普二世时代的地中海与地中海世界》①。这个里程碑式的著作分为三大部分:"布罗代尔写道,第一部分是控诉一段几乎静止不动的历史,是人类与周围环境相联系的历史。"这部分涵盖了高山、平原、岛屿、沙漠、游牧与转地饲养、地峡与海峡、航海与陆路,当然还有气候。这是一段受无生命事物影响的历史,进行得缓慢,几乎超越时间的历史。

"在这段停滞的历史之上,出现了一段节奏缓慢的历史:即一段群组与团体的社会史。"其中涉及经济、人口统计学、货币、金属、价格、贸易与小麦、运输与帆船、资本家与强盗、犹太人与穆斯林人、资本主义与战争。

最后出现的是传统的历史和对大事件的描述:"表面的晃动,潮汐剧烈涌动掀起的波涛。"这方面说的是查理五世②让位,卡托—康布雷奇的和平③,与土耳其人的战争,勒庞特战役④,以及菲利普

---

① 费尔南·布罗代尔,《菲利普二世时代的地中海与地中海世界》,阿尔蒙·科兰出版社。——原注

② 是西班牙国王(1516 年—1556 年在位),神圣罗马帝国皇帝(1519 年—1556 年在位),西西里国王(1516 年—1556 年),那不勒斯国王(1516 年—1556 年),荷兰至高无上的君主。1555 年在击溃新教力量的最后努力失败后,查理五世就开始脱离政治生活,主动退位。他把自己的个人帝国——西班牙和荷兰传给了儿子腓力二世;把神圣罗马帝国传给了弟弟斐迪南一世

③ 1559 年 4 月 2 日英法之间签署《卡托—康布雷奇和平条约》。

④ 1571 年勒庞特之战中,基督教联盟军战胜了土耳其舰队。

二世逝世。

我们不可能不注意到时间和时间段在这个三等分中所起的根本作用。与持续了很久很久的地理学与气候相对的是一些事件与人类的"变化短暂、迅速而紧张"的历史。而在这两者之间,持续时间算中等的是经济、国家、社会及文明。布罗代尔撰写的整体性的历史先后分三个簿册,分三个阶段,根据三种不同的时间性分类。

不该犯这样的错误,即想象着这种以"编年史"学派和科学分析为标志的新历史——在社会学领域,当罗歇·凯伊瓦在联合国教科文组织的帮助下创办《第欧根尼①》杂志时,属于这同种范畴的关心给了他推动力——,形成了对宏观的全貌与概括的再现与回归。与此相反的才是真的。在劳动分工与科学分析统治了这么久以后,综合概括的时代终于来临了。但每一分钟的综括都需要数年的分析为前提。布罗代尔的作品,无论是《物质文明,经济与资本主义,15—18世纪》②还是《菲利普二世时代的地中海与地中海世界》中的每一页,每一行,都是以无数活动中的海量的研究为前提的。其中有关于16世纪罗纳河盆地的洪水或是关于里窝那③的交通的争论,有计算巴伦西亚④的工资或是小麦的价格,有查理五世和菲利普二世关于亚眠广场的债务清单,有许许多多关于犹太人、银行、资产阶级、战争的细节。这是一部带着力度、严格、喜悦

---

① 古希腊哲学家,犬儒学派的代表人物。

② 费尔南·布罗代尔,《物质文明,经济与资本主义,15—18世纪》,阿尔蒙·科兰出版社。——原注

③ 意大利西岸第三大的港口城市。

④ 又译瓦伦西亚,是西班牙第三大城市。

的态度而完成的精彩作品。

对于这样的设想,科学是远远不够的。它在各个方面都超出了范围。不仅是通过一个理想的形式,通过令人惊讶的用语——怎样才能更好地令人感受到地理学和时间的互相渗透？布罗代尔就是这样做的,他联想起老王子朵芮亚的一句俏皮话:"地中海有三个港口:迦太基,还有六月和七月"——,而且,要通过不断依据旅行者的证明、回忆录、文学篇章和小说家。有关地中海的内容,布罗代尔参考的不仅仅是维达尔·白朗士①、弗朗索瓦·佩鲁②、让·富拉斯蒂埃③、恩斯特·拉布卢斯④,而是乔诺⑤、卡尔洛·莱维⑥,还有劳伦斯·杜雷尔⑦。另外,历史学家与小说家间的巧合让人目瞪口呆。杜雷尔想到永久不变的地中海沿岸,当他说到"我们最重视的他们的官方扈从却很少改变那些风景或是几乎一点都不改变人类整个的基础结构"的时候,他无形中完全与费尔南·布罗代尔的看法吻合了。

最终很自然地出现的问题是人类的自由问题。人类被封闭在一个风景画里,这幅画在他的身前身后勾勒出了"长久的持续时间

---

① 维达尔·白朗士(Vidal de la Blanche,1845—1918),法国地理学家。

② 弗朗索瓦·佩鲁(François Perroux,1903—1987),法国经济学家。

③ 让·富拉斯蒂埃(Jean Fourastié,1907—1990),法国经济学家。

④ 恩斯特·拉布卢斯(Ernest Labrousse,1895—1988),法国历史学家。

⑤ 让·乔诺(Jean Giono,1895—1970),法国作家。

⑥ 卡尔洛·莱维(Carlo Levi,1902—1975),意大利犹太裔画家、作家、反法西斯主义者。

⑦ 劳伦斯·杜雷尔(Lawrence Durrell,1912—1990),英国小说家,剧作家,诗人。

段"的无尽的前景,人类怎样做,怎样选择自己的命运？并不是要在这儿解决这个问题。布罗代尔,作为一个具整体性眼光的历史学家,一个结构主义者,一个严格而异常活跃的学者,他的功劳在于以一种宽容而有力的方式提出了这个问题。

《费加罗杂志》,1985 年 12 月 7 日

书籍的幸福

出版商抱怨,书商抱怨,作家抱怨:书市惨淡。那么请告诉我什么才进行得很顺利。世道变得日益艰难——或者更准确地说,它历来就艰难,并继续艰难下去。在这充满风险的世界里,书籍毫不例外。很多都已宣告结束。我毫不相信。阅读一本书籍,它让您沉浸在其中,无法自拔,您对它爱不释手,您竭力将它视为永不消失的乐趣,这正是我们每天的生活中最大的幸福之一。这儿几篇文章歌颂书籍,歌颂它们的各种角色、它们的读者、它们的销售者以及它们的作家。

赞美书籍

上周日，在巴黎国家歌剧院里，当一切都还沉浸在对男高音和德加女舞蹈员酸溜溜的妩媚的回忆时，我们一起款待了读者和作家——他们相依为命，彼此不能分开。几个世纪以来，一件几乎神圣的物品改变了世界，这件物品便是书籍。它并不是从来就有的，数百万年没有书的日子过去了，或许几千年后书籍便不复存在？但不管怎样，在这几百年间，从火的发明、农业的开拓、城市的兴起到机器人以及信息技术的盛行，书籍将掌控我们的命运。

战争、和平、死亡、美貌、疯狂、欢乐和爱情，以及对完美的顶礼膜拜都将记录在字里行间。书籍及其派生物——卡片、报纸、说明书——这些不可计数的材料被刻上符号，因而传递着一种含义。它们本身就是历史，并与历史相互交融，对历史的贡献远远超过人类及其他任何东西。如今，人类征服并改造了世界，书籍使我们怀揣梦想并给予我们力量。

为了学习，为了提高，为了理解，我们阅读书籍；为了梦想，我们也阅读书籍。另一个世界，比第一个世界大一倍，文学便诞生于此，尤其是小说，自从上个世纪以来，至少在数量上获得前所未有的规模。在我们集体和个人虚构的故事里，出现过一个奇迹，我们称之为"文笔"，正是多亏了这一奇迹，尤利西斯①、高康大②、堂吉诃德③、伽弗洛什④、于连·索雷尔⑤、拉斯蒂涅克⑥、斯万⑦和奥黛特⑧才得以获得和恺撒、克雷奥帕特拉⑨、亚历山大⑩或者查理曼大帝⑪同样多的现实性。上帝，宇宙间伟大的小说家，已将手中的接力棒传到小说家手中，他们与天地万物竞争并自诩为神灵。我们生活在现实世界里，同样生活在书籍中。

汽车、水泥以及技术进步威胁并大大改变着我们的世界，在这样一个世界里，如同音乐、绘画、舞蹈一样，书籍还给予我们有关伟大和美丽的概念。平淡无奇的书籍有之，同样不乏引导我们超越自我的书籍，以及那些让我们爱不释手的书籍。我们祈祷这些书籍永不消失并始终与我们如影随形。

整日间，没完没了地播放荒谬得如同大灌肠一般的音乐以及

---

① 爱尔兰作家詹姆斯·乔伊斯的短篇小说《尤利西斯》中的主人公。
② 法国作家拉伯雷的长篇小说《巨人传》中的人物之一。
③ 西班牙作家塞万提斯的小说《堂吉诃德》中的主人公。
④ 法国作家维克多·雨果的小说《悲惨世界》中的人物之一。
⑤ 法国作家司汤达的小说《红与黑》中的主人公。
⑥ 法国作家巴尔扎克小说《高老头》中的人物之一。
⑦ 法国作家普鲁斯特长篇小说《追忆似水年华》中的人物之一。
⑧ 法国作家普鲁斯特长篇小说《追忆似水年华》中的人物之一，是小说中另一人物斯万的情妇。
⑨ 历史人物，埃及托勒密王朝的女王。
⑩ 历史人物，古代马其顿国王，世界历史上著名的军事家和政治家。
⑪ 历史人物，中世纪法兰克国王，神圣罗马帝国的奠基人。

大部分时间里令人沮丧懊恼的电视,面对这种令人困顿的文化,读书和写作依然是最有能力使人们摆脱单调乏味,提升精神境界的活动之一。我们中的每个人都记忆犹新,在夏日的某个清晨抑或冬天的某个傍晚,有亚森·卢宾①、法布里斯·戴尔·东果②、我的朋友娜纳③、斯嘉丽·欧哈拉④、憨第德⑤、费德尔⑥为伴,阅读的幸福之感悄然袭来并把我们带进许多未知的世界里。

为了乐趣抑或为了修养,为了娱乐抑或为了学问或思考,书籍都是不可取代的。有人说如今书籍正受到图像和电脑的冲击,我将我们所需要的一切东西都归功于技术的日新月异,然而,我希望并坚信书籍的作用远没有就此结束。显而易见,书籍将回忆、梦幻和想象中丰富多彩的点子保存得完好无缺,相比而言,机器和图像就逊色不少。人们选定一本书,拿来阅读,丢开它,重拾书本,寻找那虽已遗忘但仍久久回荡在心头的句子。信息技术给予了一些答案,特别是需要在书籍中找寻的问题。荧幕上的图像强加给观众,而书籍中的故事留给读者无尽的想象空间。与机器和电视不同的是,书籍要求读者与之进行积极的互动,从而使灵魂得到升华,并

---

① 法国侦探小说家莫里斯·卢布朗笔下的侠盗,法国的国贼,侠盗界的鼻祖。

② 法国作家司汤达长篇小说《巴马修道院》中的主人公。

③ 法国作家保尔-让·图莱的小说《我的朋友娜纳》中的主人公。

④ 美国著名女作家玛格丽特·米切尔(1900—1949)的小说《飘》中的女主人公。

⑤ 法国启蒙思想家、文学家、哲学家伏尔泰(1694—1778)创作的哲理小说之一,又译《老实人》。

⑥ 法国古典主义悲剧作家让·拉辛(1639—1699)的代表作之一。

许诺读者以幸福之感和内心的自由自在。只要书籍依旧存在,就会有源源不断的写书人和看书人,一切都不会从这个世界消失,尽管充满忧伤和恐惧,我们依然如此钟爱这个世界。

圣诞快乐! 书当如是!

《费加罗杂志》,1990 年 12 月 21 日

书商万岁

　　几个世纪以来,书商们已经为作家提供了足够的服务,那是因为在书商们处境艰难时,作家们也扶了他们一把。这件事远远超越了限制书商和作家的圈子,涉及到无数的公众,即读者。出版商是作家与读者建立联系的首要桥梁,任何一个初出茅庐的作家都亲身体会到寻找出版商的千辛万苦。出版商拥有巨大权力,他们翻云覆雨,能把想象化为现实,因此,作家与出版商的关系在文学史上占有整整一个篇章,米歇尔·利维①、赫茨尔②、波列·马拉西③的名字,勒内·朱利亚德④、伽利玛⑤、格拉塞⑥的名字,总与雨

────────────

　　① 法国出版商之一,于 1836 年在巴黎创建米歇尔利维兄弟出版社,出版过巴尔扎克的全部作品。

　　② 法国出版商之一。

　　③ 全名奥古斯特·波列-马拉西,法国出版商之一,出版过波德莱尔的很多作品。

　　④ 法国出版商之一,于 1942 年创建朱利亚德出版社。

　　⑤ 加斯东·伽利玛(1881—1975),法国出版商之一,于 1911 年创建著名的伽利玛出版社。

　　⑥ 贝尔纳·格拉塞(1881—1955),法国出版商之一,与 1907 年创建格拉塞出版社,是第一个出版普鲁斯特作品的出版社。

果、大仲马、波德莱尔、普鲁斯特、莫朗①以及其他在世的或者已经辞世的作家结合在一起。

尽管如此,作家与其读者之间,出版商并不独占一席之地,他只是给作家创造机会,让作家把不为人知的创作展示出来,给未知的世界提供一个载体,这一载体便是书籍。跟其他物品相比,书籍被赋予力气、能量和美貌,几乎神圣到能扭转乾坤,改变事情的进展。现代世界是书的世界,《圣经》是一本书,《古兰经》是一本书,《方法论》是一本书,《资本论》是一本书。书商肩负着传播书籍的使命,尤其是给那些前所未有的新书开辟一个向公众展示的通道,他们充当作家和读者之间联系的纽带,因而承担着和作家以及出版社同样的风险,在文化的传播中已经并继续发挥至关重要的作用。

希腊人和罗马人最早做起书店的生意,在雅典,在罗马,书店是作家和有文化的读者的聚会之地,那里有一些公共读物。书卷流传到亚历山大省、拜占庭,乃至整个地中海地区,并延伸到高卢,马赛和里昂建立起一些书店。中世纪,在一些规章制度里,明确规定了建立在大学周围的书店的职责。十五世纪以来,法兰克福和莱比锡经常开展集市。印刷术大大破坏了书业的贸易,查禁书籍成了报告中首要的主题之一。介于权力之间,作家和书商经常陷于艰难的境地,书商的职业随时可能沦为几乎危险的职业。大革

---

① 保尔·莫朗(1888—1976),法国作家、外交官,1968 年当选为法兰西学院院士。

命确保法国人拥有自由创作、印刷和发表的权利,共和国废除了帝国时期和王朝复辟时期建立起的书商特许证、宣誓和监管的责任制。

书商成千上万,他们出售书籍,如今却承受着双重威胁。身为商人,他们遭受着国内外所有活动领域都面临的危机,身为经营书籍的商人,他们却又遭受着独特的危机,电视和电子技术日新月异,书商不堪一击,行业萧条,眼睁睁看着日益增多的图像和遍地开花的超级市场,书商们感觉自己从事一个正受冲击的职业。

跟书籍相比,电视表面上扮演着一个模糊不清的角色,实际上,它却是一个破坏者。一方面,电视有助于书籍的传播,电视上播放的大型文学节目家喻户晓,另一方面,电视毫无选择地将文学改编成戏剧,成功地将作家和书籍包装为明星。然而,电视的天性是减少人们的阅读时间,并使阅读"贬值"。它极少谈论文学,除非迫不得已,甚至当它谈论文学时,它压制、歪曲文学,几乎以一种既准确又无声的方式摧毁文学。就超级市场而言,它们在书籍的传播方面扮演着重要而合理的角色,然而,它们不能取代书商。书商与作品亲密接触,彼此信赖,好似顾问和朋友,甚至医生和神甫——长时间地陪伴你。超级市场无法取代书商,但它也限制了书商的营业领域。

面对危机,面对电视,面对超级市场,如今,书商们陷于极度危难之中。所有热爱书籍的人们,所有能从书籍中获得无限乐趣的人们都应该帮助书商们渡过难关,这些乐趣填补了读者生活的忧伤。节日来临,把你喜爱的书籍赠送给心爱的人吧。如果您不知道喜爱什么书籍,书商乐意给您提供帮助,也许他不能帮您找到心爱的人,但毫无疑问,他能帮您找到喜爱的书籍。这真是莫大的幸福!

《费加罗杂志》,1993 年 12 月 11 日

文学领主

1922 年 11 月,巴黎,普鲁斯特与世长辞。他的朋友雷纳尔多·哈恩①、保尔·莫朗、加斯东·伽利玛都守在床边,迪努瓦耶·德·瑟贡扎克②静悄悄地站在角落里,手拿画笔、墨汁和纸簿:他在描绘躺在灵床上的作家的肖像。突然门开了,科克托③进来了。他向死者鞠躬致敬,然后不久,他便转向伽利玛,开始谈论《可怕的孩子们》的作者的下一步作品。

——让,把你的小说给我吧。

——加斯东,那当然了。

因此,《追忆似水年华》的作者尸骨未寒时,《爱说谎的托马斯》的命运已尘埃落定。

皮埃尔·阿苏里④的书中全是轶事趣闻,不可胜数,一个比一

---

① 雷纳尔多·哈恩(1875—1947),法国作曲家。

② 迪努瓦耶·德·瑟贡扎克(1884—1974),法国画家。

③ 让·科克托(1889—1963),法国作家,艺术家,电影导演。

④ 皮埃尔·阿苏里,法国《读书》杂志前主编、传记作家,著有《加斯东·伽利玛》

个出人意料、妙趣横生、引人入胜，这只是其中之一。他把书献给了法国最有名、最伟大的出版商：加斯东·伽利玛。这本书不仅仅是一本传记，更不仅仅是对半个世纪法国出版业的总结，它讲述了二十世纪最辉煌的时期的文学史和知识史。在这个时期里，人才辈出，不乏天才。

众所周知，普鲁斯特和伽利玛的关系向来变幻不定。法兰西的信使、法斯凯尔、奥朗多夫纷纷拒绝出版《追忆似水年华》，于是普鲁斯特将手稿寄存在伽利玛家中。伽利玛和让·斯伦贝谢①、雅克·柯波②、安德烈·纪德③以及其他几个人共同创办了《新法兰西杂志》，年轻的雅克·里维尔④也加入其中。他未被巴黎高师录取，也没有通过教师资格会考。另外还有一位专门研究英国语言、文学和文化的百万富翁——瓦勒里·拉尔博⑤以及一位古怪十足的诗人——莱昂-保尔·法尔格⑥。阿萨斯街上，斯伦贝谢家中，每周四的例会里，普鲁斯特的名字总被大肆谈论："他的作品中充斥着公爵夫人的身影，并不适合我们阅读……另外，他写作是为了献给卡尔梅特——费加罗报的主编。"

---

① 让·斯伦贝谢(1877—1968)，法国作家、出版商，《新法兰西杂志》创办者之一。

② 雅克·柯波(1879—1949)，法国作家、戏剧革新家，《新法兰西杂志》创办者之一。

③ 安德烈·纪德(1869—1951)，法国著名作家，《新法兰西杂志》创办者之一，1947 年获诺贝尔文学奖。

④ 雅克·里维尔(1886—1925)，法国文学家，曾任《新法兰西杂志》的主编。

⑤ 瓦勒里·拉尔博(1881—1957)，法国作家，诗人。

⑥ 莱昂-保尔·法尔格(1876—1947)，法国抒情诗人，以写巴黎著名。

纪德听到这些致命的评论后,犹豫了,手稿上那些难以辨认的字迹,数不清的涂涂改改也让他万分扫兴,尤其感觉像"额头上还隐约可见脊椎骨",纪德一向严格要求,他只看到一堆乱七八糟、让人无法理解的文字,加斯东·伽利玛只得将手稿退还给普鲁斯特。最后,普鲁斯特只能自费出版,他将手稿交给贝尔纳·格拉塞,一位年轻的巴黎出版商,他具有文学广告的天赋,日后必将成为伽利玛强有力的竞争对手。

　　《在斯万家那边》一问世,纪德立刻意识到自己的错误,他写信给普鲁斯特:"拒绝出版这本书,将是《新法兰西杂志》有史以来所犯的最严重的错误,对此,我负有很大责任,深感遗憾,追悔莫及。"加斯东·伽利玛不停地劝说普鲁斯特离开格拉塞出版社,投奔《新法兰西杂志》。

　　两次世界大战之间,加斯东·伽利玛和贝尔纳·格拉塞之间的竞争愈演愈烈。1927 年,爱德华·布尔代[1]的名剧《刚出现》将出版界搬上舞台,出版商朱利安·莫斯卡唯利是图,雄心勃勃,一心想获得左拉奖,而夏米亚尔也想获得左拉奖,两人竞争激烈。剧本一上演,全巴黎人都猜测夏米亚尔和莫斯卡的背后其实是伽利玛和格拉塞在你争我抢。一直以来,加斯东·伽利玛不只与贝尔纳·格拉塞较量,罗贝尔·德诺埃尔[2]和勒内·朱利亚德都是他的竞争对手。正是由于他选择得当,作品齐全,机智灵活,魅力四射,

---

　　① 爱德华·布尔代(1887—1945),法国剧作家、记者,曾任法兰西喜剧院院长。

　　② 罗贝尔·德诺埃尔(1902—1945),法国出版商之一。

威望很高,或许也会附庸风雅,伽利玛在出版界出类拔萃,在短短五十年间,将法国文学展示在世人面前,经久不衰,熠熠生辉。

　　所有在文学上大有作为的作家都经常出入于加斯东·伽利玛家中,毫无疑问,首先是纪德,其次还有西默农①、普鲁斯特和阿拉贡②,萨特③和马尔罗④,雷蒙·阿隆⑤和马塞尔·埃梅⑥,茹昂多⑦和加缪⑧。反对派咄咄逼人,众说纷纭,作家们竞争激烈,你争我斗。面对这一切,伽利玛小心应付,游刃有余。马塞尔·普鲁斯特的离开已让他后悔不已,因此,他不可能不出版塞利纳⑨的作品;普鲁斯特的回归让他欣慰不已,因此,他最终留住了塞利纳。对于瓦莱里,他们始终保持密切的书信联系。保尔·克洛岱尔⑩坚持印刷时要把女主人公名字(Sygne de Coûfontaine)里的 u 上添加长音符号ˆ,于是伽利玛四处奔波,让人专门铸造了一个音符。福楼拜对米歇尔·利维满腹牢骚,皮埃尔·阿苏里仍然记忆犹新:"Salammbô 上的长音符号一点也不优美,我需要一个更开阔的轮廓。"

---

　　① 乔治·西默农(1903—1989),比利时法语作家,以侦探小说而出名。
　　② 路易·阿拉贡(1897—1982),法国诗人、小说家。
　　③ 让-保尔·萨特(1905—1980),法国作家、政治家,存在主义的主要代表人物。
　　④ 安德烈·马尔罗(1901—1976),法国小说家、评论家。
　　⑤ 雷蒙·阿隆(1905—1983),法国社会学家、哲学家、政治学家,以批判萨特而闻名。
　　⑥ 马塞尔·埃梅(1902—1967),法国短篇小说家、剧作家。
　　⑦ 马塞尔·茹昂多(1888—1979),法国作家。
　　⑧ 阿尔贝·加缪(1913—1960),法国小说家、哲学家、戏剧家、评论家,获1957 年诺贝尔文学奖。
　　⑨ 路易-费迪南·塞利纳(1894—1961),法国作家。
　　⑩ 保尔·克洛岱尔(1868—1955),法国诗人、剧作家、外交家。

面对自己的作家们,加斯东·伽利玛——所有人都称之为伽利玛,患过狂躁症,虚弱不堪,心胸狭窄,斤斤计较,他比任何人都经历得多,因此他飘忽不定,既有喜爱之情,他不止一次体会过,又有一种蔑视,夹杂着对女人的嗤之以鼻:"作家,往往不是男人,是一种雌性动物,提供有偿服务,时刻准备委身别处,这是妓女!"

1940年,灾难降临,德军入侵法国,法国沦陷,两次世界大战之间的漫长岁月宣告结束。巴黎的各大出版商,除极个别例外,纷纷屈服,毫不反抗来自德国的命令,有时还领先于这些命令。他们一声不吭,默默接受了著名的,据称由奥托·艾伯兹①拟定的"奥托名单"——将一部分外国作家和法国作家列为危险人物。出版商们日后自我辩护,尽管被德军占领了,他们也希望收到当局严格控制的稿件并继续出版,要不然其他能做些什么呢?加斯东·伽利玛面临的最大难题则是《新法兰西杂志》,他排除万难,确保这本文学杂志按期出版。德国人企图控制这本杂志,最终指定德里厄·拉罗谢尔②为负责人。巴黎光复后,德里厄自杀身亡,事情也就了结了。

第二次世界大战之后,出版条件大为改变,皮埃尔·阿苏里总结得极为精当:"名副其实的作家越来越少了,广播、电视和广告对公众的精神生活影响越来越大,出版商越来越倾向于顺应这一潮流,而不是试图加以阻止。他们向大学教员、记者、拥有多种身

---

① 奥托·艾伯兹(1903—1958),二战时期德国驻法国大使。

② 德里厄·拉罗谢尔(1893—1945),法国作家,二战德国占领法国期间,曾任《新法兰西杂志》负责人。

份的知识分子征集书籍出版,尤其是那些没什么可写,但是有说不完的人生故事的人。"让·杜图尔①在《新法兰西杂志》红黑相间的著名封面上写道:"加斯东一世,出版界之王,文学总监,小说王子,诗歌的保护者,所有印刷品的领主"。罗歇·尼米埃②称赞加斯东为"加斯东族的第一人和加斯东派的开创者"。莫里亚克③将他比喻为"一头角鲨",不断让渴望成为雨果、夏多布里昂或图莱④的年轻人怀揣梦想。我亲眼所见,位于塞巴斯蒂昂·波旦街上的伽利玛出版社审稿委员会里,这位商人身穿深蓝色单排扣西装,戴着出名的蝴蝶领结,风度翩翩,远胜于他所出版的书的作家们。跟他初次见面时,我比踏入法兰西学院还胆怯,被那么多出色而熟悉的光环环绕着,他是洋溢着浪漫色彩的作品和文学中楚楚动人的爱人的化身。

《费加罗杂志》,1984 年 10 月 27 日

---

① 让·杜图尔(1920—   ),法国小说家、评论家,法兰西学院院士,第 31 席位。

② 罗歇·尼米埃(1925—1962),法国作家。

③ 弗朗索瓦·莫里亚克(1885—1970),法国小说家,1952 年获得诺贝尔文学奖。

④ 保尔—让·图莱(1867—1920),法国作家、诗人。

"我是詹姆斯·乔伊斯"

　　年复一年,贝尔纳·毕佛的《猛浪谭》已不可或缺,约定俗成地召唤我们的文化生活——通常这一召唤显得尤为短暂。几年之后,文学史学家谈论经久不衰的东西时——令人惊讶的是,他可能谈论当代文学作品,不可避免地涉及贝尔纳·毕佛[①]的《猛浪谭》。从今往后,为了一场或许令人失望的电影,抑或一顿令人厌恶的晚餐,人们再三考虑收看周五晚上的电视节目,以免错过。我自言自语,与其喋喋不休地谈论社会主义的瓦解,抑或出人意料的戴高乐主义自由党的人事变动结果,不如重拾周六的报纸专栏,阅读上周五的内容,哎呀! 这并非前天的内容。

　　某个周五,节目结束时,毕佛列举的书籍中,有按季度出版的杂志《小说》的最新一刊[②]。《小说》已经出版了七期,每期都有不同

---

　　① 贝尔纳·毕佛(1935—),法国记者、文学评论家、电视文化节目主持人。

　　② 《小说》第八期,《探讨如今的小说》,文艺复兴出版社。编审委员会:弗朗索瓦·库普里、克洛德·德拉鲁、让—皮埃尔·艾那德、埃里克·奥森纳、拉斐尔·皮韦塔尔、卡特里娜·里瓦,以及拉迪奥·吉尔达。

的主题:《人物》、《调查》、《职业:小说家》、《难以寻觅的一代人》……而在第八期中,二十来个小说家围坐在桌旁,自由讨论他们的工作和壮志雄心,因而题为《探讨如今的小说》。

万里无云,烈日当空,笼罩着正在度假的巴黎。尽管如此,小说家们欢聚一堂,他们多次重复,紧紧围绕着既定风格畅所欲言,逐一进行探讨。在这六个周末的会谈中,小说家们所谈及的问题都蕴含在这175页的期刊里。那些确立思想和开展讨论的主题已经引人入胜:"你们去哪里寻找这一切呢?"或者"科学引起幻想,因而形成科幻。"其实,对我们而言,一直贯穿金银匠的谈话的最简单的问题则是:"人们为什么并且怎样成为小说家?"在马尔泰·罗伯特①及其令人赞赏的《原始小说和小说起源》一书的指引下,拉斐尔·皮韦塔尔②确信他时而如母羊般温顺,时而有如不顾红灯直冲而过的英式双层公共汽车。乔治—奥利维埃·夏多雷诺德③试图在小说的起源和童年的神话故事之间建立起联系。因而,在科幻的诞生过程中,两类特殊人物被赋予特权,实际上,他们在富有浪漫色彩的想象中扮演着举足轻重的角色:捡来的孩子和私生子。其他的参与者则显得无关紧要,他们拒绝将小说引向一个独特的机构里。塞尔日·科斯特④提出人们写作总是"或多或少地出于某种补偿,而对某种不足的或无法令人满意的东西。"而阿兰·纳多德⑤

---

① 马尔泰·罗伯特(1914—1996),法国文学评论家。
② 拉斐尔·皮韦塔尔(1934—2006),法国作家、哲学家。
③ 乔治—奥利维埃·夏多雷诺德(1947—),法国小说家。
④ 塞尔日·科斯特(1936—),法国导演。
⑤ 阿兰·纳多德(1948—),法国作家。

却坚持认为"如果某处存在科幻,那么所有小说无一例外都转向这一盲点。人们试图接近难以超越的源点,却又总是轻轻掠过。书籍原本想将这一源点娓娓道来,却总是以失败而告终。那是因为他们都深信会有第二本书,第三本书,甚至更多。"更有甚者,西奥兰[①]的经典名言:"作家的灵感建立在自身的耻辱之上。"他指出:"所有的写作都建立在不可告人的秘密的基础之上",随即"这是一个秘密,而我并不知晓它是如何发生的。"最后,他的解释将结束这一讨论:正是天赋和灵感,使小说家脱颖而出,有别于众人。

然而争论又重新活跃起来:什么样的天赋? 一种"天堂的天赋"抑或历史的、家庭的、职业的天赋? 职业、工作和耐心纷纷登场:"正如海明威所说,为了写出一句逼真又独一无二的句子而奋力工作。"阿兰·德穆宗[②]将读者举荐给作家:"小说并不只是为了那些渴望讲述故事的人,还有那些渴望阅读的人。"最后,或许是让—皮埃尔·艾那德[③]结束了这一争论:"小说的第一功能,是简单的,是给予乐趣,小说还给予乐趣吗? 啊! 是的,显而易见。否则,将不会再有读者了——也将不会有作家了。"

冒着辜负大众的风险,也未从名为《怎样创作小说》的美国小册子中汲取灵感,又抛出了另一种解释:人们写小说是"出于偶然",抑或为了"修理他的汽车",同样也为了赚钱。然而,尤为深刻

---

① 埃米尔·西奥兰(1911—1995),罗马尼亚旅法哲学家、作家。
② 阿兰·德穆宗(1945—),法国作家。
③ 让—皮埃尔·艾那德(1943—1987),法国作家。

的是,这份偶然的贪欲使我想起弗朗索瓦·库普里①的启发,他认为写作并不只是出于内心的虚荣心,还有"一种狂妄自大,跟自己的名字紧密相连"。"我觉得,一名作家,一位公众人物,开始对自己的名字情有独钟,常常自我陶醉,将自己的名字赫然印在书籍的封面上,广告上,醒目的招牌上。"库普里将詹姆斯·乔伊斯的动人故事娓娓道来,本世纪之初时,他 18 岁,无人知晓,身无分文,因而不可能到都柏林的剧院看戏。当他走到检票员面前时,一语惊人:"我是詹姆斯·乔伊斯。"面对这一高大清瘦又满怀自信的青少年,检票员印象深刻,不由自主地让他进场了。"正是由于这一举动,在尚未写出《尤利西斯》或《芬尼根的唤醒》之前,詹姆斯·乔伊斯就有此天赋,敢于向让他进场的剧院看门人展示自己的名字,最终让他的名字永远留在了 80 年代的字典里。"一种着魔般的疯狂让他忍不住脱口而出:"我要添上我的名字!"

在这些微薄、笨拙而又昂贵的纸张里,纵有许多其他的东西可以讲述,例如科学和幻想的关系。拉斐尔·皮韦塔尔反复强调道,他并没有涉及有点老掉牙的主题——科幻,但他谈到了人类科学对文学的入侵,换句话说,正如克洛德·德拉鲁②所言,科学内部诗意般的幻想喷涌而出。如今,人类科学取代了从前小说所占的地位,作为合理的补偿,而今的科学几乎被赋予了浪漫的想象力色彩。阿兰·纳多德在援引他的作品《有关零的考古学》时,遇到了

---

① 弗朗索瓦·库普里(1947—),法国作家,曾担任《小说》的主编。
② 克洛德·德拉鲁(1944—),小说家、剧作家、散文家,拥有瑞士和法国国籍。

一个难题,而我在一部作品里也蜻蜓点水般论及到了:"数学,充当严密现实的数字零是如何扮演小说构思的基本角色的? 小说里的主人公肯定是一位严谨的人物。"

我们丝毫不曾论及小说家的积极参与,小说中的上帝、小说与资产阶级的关联、阶级间的斗争、马克思主义、萨特、新小说、布朗修①、现实、博尔赫斯②、弗洛伊德③,还有小说家与大学的关系,关于这一点,卡特里娜·里瓦④曾大肆谈论过。

小说尚未消亡,仍将继续存在。

《费加罗杂志》,1984 年 9 月 29 日

---

① 莫里斯·布朗修(1907—2003),法国小说家、文学评论家、哲学家。
② 豪尔赫·路易斯·博尔赫斯(1899—1986),阿根廷作家、诗人。
③ 西格蒙德·弗洛伊德(1856—1939),奥地利心理分析学家和精神病学家。
④ 卡特里娜·里瓦(1950—   ),法国女作家。

大病一场

　　书籍是词语堆积而成的，然而又不唯独书籍是由词语堆积而成的。任何一个国家，任何一种文化，任何一种文明都是由词语构建的。长期以来，法语统领着整个世界。法语是这个国家，这种文化的一个基本因素，或许是关键因素，这个国家和这种文化正是我们的，面对它们，我们一直在自问。源源不断地墨水泼向衰落的语言，它正遭受威胁的最初几课，它正处于危险境地的拼写规则。无数个词语紧紧围绕着词语。读者将在此发现有限的词语，然而当读者的阅读峰回路转时，看到贝尔纳·毕佛的身影则不足为奇，他占据了我们如此之多的星期五晚上的时间，使我们精神饱满，满心欢喜。

法国，因为她的语言，生病了

正如我们的经济，我们的语言病倒了。无数个医生都守在她的枕边，替她诊断，给她开方子。病人周围笼罩着忧心忡忡的气氛，有时还带有一丝丝惊慌失措。我们的语言——我们的共同财富，我们最宝贵的资产，她走向何处？遭受摧残，年轻人漠不关心，过度引进，外来词不断涌现，她将变成什么？难道从远处聆听她历尽艰难困苦而变得虚弱不堪的嗓音？而今，英语，世界通用，又狂妄自大，德语活力四射，西班牙语广为流传，明天，也许就是阿拉伯语和汉语的世界，难道她没有被这些压得喘不过气来吗？夫人行将就木，夫人已经步入坟墓。

所有的这些担忧，有时一些已化为一种盛怒。法语已不再拥有昔日那荣耀的地位，也不再扮演昔日那辉煌的角色，这是千真万确的事，这种错误将归咎于谁呢？社会变革，经济滞退，逝去的岁月，历史。人们不再谈论这些时代里的我们的语言，拥有众多法国女读者的时代和伟大的卡特琳娜时代里的圣彼得堡，腓特烈二世时期下的柏林，路易十四铁血政策下的以及拿破仑皇帝统治下的整个欧洲,我们的殖民帝国——嘘!嘘!——时期下的整个世界,从西贡到大马士革①,拉巴特②以及阿尔及尔③,这儿,那儿,在黎巴嫩,在海地,在魁北克,一些隶属法国的小岛至今仍在英勇抵抗。然而,不管人们是否愿意相信,语言总是和商业,海军力量,军事介入紧密相连。法语不再是从前的法语了,因为法国已不是从前的法国了。

语言也和知识的威望紧密相连。希腊语难道长期以来不是文化的语言吗?然而拉丁语却早以其锋利的刀刃称霸世界。法国,理所当然地玩起这张纸牌,出乎意料地是,科学和技术文明的胜利却将决定性的优势给了英语。渐渐地,在国际性学术会议中,在研讨会上,在讨论会里,英语取代了法语的地位。

正如所有身受威胁的国家一样,法语意图自我封闭。弥漫在官方组织里,政府里,作家和语法学家身上的沙文主义倾向和挑衅日益显露。既然在外面我们不再有能力战胜英语,那么至少我们可以成为自己的主人。与来自英语的外来词决战!与外来词决战!与夹杂在法语中的外来词决战!前不久,艾田蒲④和其他几个人满怀斗志地对外宣称。

我承认,出于对法国及法语强烈的热爱之情,我深感自己也是一名民族主义者和沙文主义者,不只对政治、经济和旅游,同样对

---

① 叙利亚首都。
② 摩洛哥首都。
③ 阿尔及利亚首都。
④ 勒内·艾田蒲(1909—2002),法国作家、语言学家、汉学家。

332

语言,也是如此。我赞成开放,反对惊恐失措而又畏畏缩缩的自我封闭。最近才萌发一个念头:语言应该与世隔绝,一成不变,永远固定在那里。这是源自十九世纪的念头。十五世纪以来,一直到十八世纪,语言一直是强大的,充满自信,她到处走动,呼吸新鲜空气,向全世界敞开心扉,沐浴来自五湖四海的风…都被她牢牢抓住,吞咽下去,愉悦地消化。如今,最小不过的"parking"和不足挂齿的"week-end"足以让我们的文艺批评家和监督者紧锁眉头。他们希望你们称之为"parc automobile""parc à voitures",这两个尚且经得起辩驳,而"fin de semaine"则丝毫没有优势可言。老实说,英语词语的入侵并没有让我无法入眠,问题不在这里。问题在于,法语,正如法国和法国人一样,已停止让自己变得强大、富有征服性、拥有竞争力、大胆而勇敢。

与其偷偷地引进具有特殊含义的外来词语,我们何不更好地来关心下语言内部的结构是否还紧密呢?明知实施外汇管制是可恨而又有害的一项措施,我们还是硬着头皮去做,因为我们的经济衰退了。语言也遭受着同样的命运,古英语把我们团团围住,是因为我们不再讲法语,也不再了解法语了。对语言,我主张宽容,愉快地接受丰富多彩的新词,外来词,笑话以及格诺①或塔迪厄②作品里的新鲜小玩意儿或各种文字游戏。然而,我希望语言依旧明白易懂,这样我们可以更好地使用她;依旧优雅轻快,这样我们可

---

① 雷蒙·格诺(1903—1976),法国小说家、诗人、剧作家。
② 让·塔迪厄(1903—1995),法国作家、诗人。

以从中获得无限乐趣；依旧单一严谨，这样我们的精神才不会误入歧途。虚拟式未完成过去时足以让我无动于衷，然而，到处滥用"dans ce but（为了此目的）"或者"par contre（相反的，从另一方面说）"，使用"quiconque（无论谁，任何人）"来代替"qui que ce soit（无论是谁）"，不可饶恕地搞错"rien moins que（一点儿也不，丝毫不，根本不）"和"rien de moins que（真正地，确实地）"，从一个词语派生出很多词语，从而创造了很多新词，正如从季戈捏妈妈衣裙里走出的一群孩子，显得越来越笨拙（poser, position, positionner, positionnement……）。诸如此类，在我看来，不只是让人恼火，已经陷入危险境地了。口头语，语式，重复同样的蠢话，不停地嘀咕（"disons…"，"mettons…"），甚至"dialectique（辩证法）"抑或"existentialisme（存在主义）"以及"philosophique（哲学的）"无精打采地抚慰我们的心灵并把我们带入梦乡。语言，一言以概之，本身并不是一个终结，它是一种独一无二的思想。语言是一件工具，我们应该将它保存完好，尽可能地使它锋利而有效用。

学校和教育是语言和思想的源泉，根基和出发点。有时，我们觉得学校不再教授写作，甚至不再教授阅读，此外，也不再教授计算理解和思考。听写，诗歌背诵，乘法表，部门清单，法国国王年表，一而再，再而三地重复，知道口干舌燥。相比而言，新的教育方法并不是那么行之有效。坚持不懈地努力，自觉遵守纪律，那么我们觉醒，开放，适应世界，完全有可能找回正确的方向。"没有无用之功。西西弗斯①自己练就了肌肉之身。"保尔·瓦雷里的观点或许才是所有教育的基本箴言。

一门语言清晰,易懂,毫无惯例和意识形态的装饰,也没有油脂和懒惰的痕迹,毫不含糊,也不朦胧,对外敞开胸怀,因而对内才牢不可破,这才是我们所要确立的目标。至于其他,哭也无用。法国人口不再增加,他们对国外市场不再积极参与,把自己锁在家门里,而不在外亮相,如此而来,法语在世界上如何才有立足之地呢?一方面阻止法国人走出家门,另一方面又希望法语能有一席之地,这很显然是自相矛盾的。开放边境,呼吸外海的空气,不再身着窄小的西装而瑟瑟发抖,给官僚们加点奇遇。那么,也许,法语将停止后退的步伐,她将重新焕发不可抵抗的迷人色彩,找回昔日伟大时期里的那份骄傲。此外,如果您能在市场上拍摄几部出色的电影,唱几首动人的歌曲,写几部绝妙的书籍,那么,她的痊愈速度将大大加快。

《费加罗报》,1983 年 4 月 14 日

---

① 希腊神话中的人物。

你们怎样描述这个现象呢？

有人肯定地告诉我,法国人读书比以前少了,书商们深感忧虑,出版商、作家也不例外。没有比这更令人忧伤的消息了。然而,为何对此表示惊讶呢? 你们期盼杰作问世,却又奔向那些蹩脚的文学作品。通货膨胀频繁,假广告到处骗人,文学获奖者不信守诺言,人们纷纷扔下书籍,然而人们对写作的品味并没有因此而降低。证据确凿:失去了这些动人的书籍,人们止于悔恨,不再守着《猛浪谭》,转而沉醉于拼写中。

最近的改革,默默无闻,却引起了轩然大波,出现了两大阵营,他们针锋相对,互不相让:冒险派主张变革一切,而保守派却主张什么都不改变。人们纷纷催促我,看我支持哪一个阵营。我想简要地解释下为什么我不能这么做的原因。

显而易见,语言从未停止变化的脚步。一切都在改变:风景,习俗,服装,想法。语言也不例外。保守派们如此眷恋的法语仅仅是对拉丁语的一种曲解。843 年,查理曼大帝的三个孙子:洛泰尔、日耳曼人路易、秃头查理,根据《凡尔登条约》分割了西罗马帝国的疆土,此条约以通俗语言拟订,而并非拉丁语。几年之后,法国文学最古老的文献《圣女厄拉莉赞歌》诞生。直到1539年,《维莱尔-科特雷敕令》的发表,标志着法语成为法令以及部落判决书强制性的书写语言。纵观这几个世纪,法语,源自拉丁语,从未停止自我完善的脚步。暂且不谈夏多布里昂尽管在法兰西学士院提倡的改革前低头认输,但他并未身体力行,依旧将"français"写成"françois",我的父亲,就在几年前,也依然把复数形式的"enfants"写成"enfans"。

有人支持所有这些合理且持续的变革,希望改革拼写法以简化教育,反对所谓的文化特权,也有人并不违法地宣称拼写法与逻辑毫无关系,仅仅与用法有联系。语言纯洁主义者从培养语言的任意性中获得一种虐待狂般的乐趣,他们自以为很有道理地反复强调,所有的改革理应是任意的,令人瞩目的维亚拉特①希望拼写法很有考究地追求复杂化,远非愚蠢地进行简化。语言纯洁主义者,生于名人之家,就职于犹如被绑缚的鸭子的法兰西学士院,他们的论据之一是整个19世纪的孩子都吧拼写法学得很好:为什么如今的孩子学习拼写法却有如此多的困难? 改良主义者则反驳道:浪费一段宝贵的时间——本应该好好利用,去书写带有一个 r 的"chariot"和带有两个 r 的"charrette",带有一个 l 的"imbécile"和带有两个 l 的"imbécillité",带有两个 m 的"bonhomme"和只带一个 m 的"bonhomie",这是合情合理的吗?

---

① 亚历山大·维亚拉特(1901—1971),法国作家。

如今的改革走向何处？在分音符,长音符,连字符和复合词的热带丛林里,呼之欲出的是一些有限而合理的调整。问题,显而易见,立刻涌现出来。例如,改革的一项措施便是提议复数名词的单数形式末尾均不加 s 或者 x,只有复数形式末尾才加上 s 或者 x。那么,复数形式的"prie-dieu"怎样才不破例呢?"sèche-cheveu"必须写成单数形式吗?

语言一如既往地变化着。尽管其应用的相关法令和通报层出不穷,其用法成为唯一的主人。她变化,分解,终有一天,尽可能更晚些,她消失得无影无踪。我,无能为力将语言的改革者的丑事公布于众,因为,无论如何,语言都将改变,而我也将继续使用她特殊,古怪,奇特之处,尽管这些我学得相当的吃力。我也会继续犯一些有趣的错误,这些错误在蕴含魅力的语法中为数众多。

《费加罗杂志》,1990 年 7 月 7 日

贝尔纳·毕佛拥有天才的想法

"文化流派是电视行业中最古老的流派之一,也是最享有盛名的流派之一。然而,几十年以来,她的领域日益狭窄,权利逐步丧失,影响不断减弱。她依旧衣着光鲜,留有些许魅力,闪耀着迷人的色彩。不过,她已被驱赶到队列的尾部,唯有夜深人静时,她才感觉自己并没有生活在封闭里,于是迈步走出属于自己的那片辉煌的弹丸之地。"

是谁写出这几行忧郁与讽刺并存的文字?是谁将文化和文学搬上电视的荧幕?是谁独树一帜地在小屏幕上为书籍效劳着?是谁将希望和恐惧的种子一并播撒在书商、出版商和作家的心田里?——贝尔纳·毕佛。

历史迂回前进,我们无法预料,上帝在阴暗的道路上摸索着前行。兴许在毕佛辉煌的职业生涯中,我并非微乎其微,在他生产博若莱葡萄酒的领地里,一座游泳池上刻着我的名字。我焦虑不安,而后我乐在其中:送走了《猛浪谭》,请给《文化高汤》加上引号吧!贝尔纳·毕佛在文化电视节目里一直处于中心位置,扮演着至关重要的角色。他已成为一种神话。当20世纪末来临,人们编写文学的社会发展史时,缄口不提贝尔纳·毕佛是绝不可能的。他所著的《对不满五十岁的家庭主妇的告诫》一书见证了他的重要地位。

不满五十岁的家庭主妇成为什么?对此,争论不息。她们是广告客户热衷的对象,她们是被追赶收视率的赛跑、市场法规、著名的电视收视记录器折磨得神魂颠倒的电视的化身。

如今,金钱和广告操控着电视,市场份额超过观众人数,已成为影响电视的必不可少的一大因素,因为它显示了电视频道的收入。电视收视记录器精确得使人望而生畏,可以与显示热度的温度计、搞坏天气的气压计、使大地震动的地震仪以及只会夸大损失而不采取行动的盖格计数器相媲美。从不满五十岁的家庭主妇、广告需求、电视收视记录器的专横,延伸至文化,或者更确切地说,是文化的自我封闭,幻想渐渐破灭,人们慢慢醒悟过来。

毕佛觉察到什么?《文化高汤》今天开始在前不久刚停播的《猛浪谭》时间段播出,也就是毕佛这一指路明灯的文学节目被推至夜间,远非是晚上的黄金时段——也就是从不满五十岁的家庭主妇回家到她们上床就寝的这一时间段。时刻表的这一不经意的改变足以显示电视上文化正日益失宠。承受着广告的压力,对电视收视记录器的顶礼膜拜,编排电视节目的工作人员所展示的不满五十岁的家庭主妇的形象,他们把文化驱赶至夜晚的黑暗角落里。

然而,文化旗开得胜:起初,电视自称富有文化气息。我们暂且不谈马尔罗,他曾致力将小屏幕转化为传播文化和知识的工具。昔日,无数个文学节目被安排在最佳时段播出,意义非凡。从《阅读全部》到《大棋盘》①,从《相机探索时间》②到《古意大利人》,多亏了阿韦蒂③、伊夫·热居④、雅克·沙夏尔⑤,以及其他许多人,文化曾经在电视上风靡一时。这段岁月一去不复返,只残存着几块石头,见证着文化促销的痕迹,有如法国二台的《一本书,一些书》,或者还有法国三台由奥利维尔·巴罗⑥执导的出色但极为简短的文学节目《一书一日》。但愿它们永远得到宠幸!

广播电视局分裂,广告入侵,市场困扰,局势因而混乱起来。一场围绕收视率的永久性战争打响了。文化是首要的受害者。毕佛和几位私有电台的老板的关系给从幻想中醒悟过来的笔录增添了几笔滑稽的注解。而这正是其作品的实至名归之处。讽刺声,戏谑声,声声不息,因而诊断结果尤为严重。面对市场份额,即使是毕佛,他也不可能无动于衷。他认为一个文化节目正如他自己主持的,应该差不多能达到电视频道全部收视率的一般。这一全部收视率为 24％:《文化高汤》的收视率应该在 11％和 12％之间徘徊。

---

① 法国电视综艺节目,于 1972 年由雅克·沙夏尔开办并担任主持。

② 法国电视节目,共 39 集,主要讲述历史。

③ 让·克里斯多夫·阿韦蒂(1928—),法国广播电视制作人。

④ 伊夫·热居,出生于英国,二战期间法国抵抗运动成员之一,1975—1984期间担任法国文化广播电台台长,而后担任法国电视第 3 台台长。

⑤ 雅克·沙夏尔(1928—),法国记者、作家。

⑥ 奥利维尔·巴罗(1948—),法国记者、作家、电视节目制作人兼主持人。

如今,广告操控着电视,以及不满五十岁的家庭主妇的神话故事。在这样的情况下,这是一个无法企及的数额。最终贝尔纳·毕佛寻思是否没有可能将《文化高汤》安排在晚上 10:45 左右播放。哎呀!家庭主妇的反应太令人沮丧了。翻开崭新的一页,毕佛告诉我们在 1997 年 12 月的罢工期间,几万观众观看了法国三台的电视测试图像。必须消减那些有点浮夸的节目,这总比观看那些子虚乌有的节目更胜一筹吧?

毕佛的书籍笔调生动活泼,然而他的结论阴沉昏暗。民主和电视的关系之争自始至终贯穿于他的书中,成为名副其实的争论。必须给家庭主妇提供她们说需求的东西吗?——可能,更确切地说是别人认为她们所需要的东西,——或者必须不断努力向她们推荐引导她们超越自我的节目吗?金钱,市场,广告使问题日益复杂,而历届政府和全国代表商谈这一问题时取得了微弱的成功。

毕佛,电视文化节目毫无争议的主人,小屏幕上的文学老板,最终给家庭主妇的建议等于给她们上了一堂智慧的课:他建议她们阅读书籍,这是一个古老而又崭新的想法。这是个天才的想法。

《费加罗报》,1998 年 1 月 27 日

国教

　　文化部长,杰克·郎先生计划增开"一个巨大的,富有诗意的电视频道,如此而来,人类的作品犹如脚底的春风,吹拂着全国各地,深深地滋润着国人的灵魂,尤其是年轻的一代。

　　开设一个电视频道,只需给两位通信者寄上兰波的一首诗就足够了,然后让他们各自挑选两首诗再寄给两位朋友。唯独对于频道的创始人,还必须给他寄上一份诗歌的复印件和一份参与的证明信,地址如下:Les Années Rimbaud. BP262,75866 Paris Cedex 18, France. 兰波年年底,将出版一本书,公布所有开设电视频道的参与者的名单。"

　　在这百年纪念来临之际,许多事情仍记忆犹新。

　　激烈的猎鹰赛跑。从沙尔维尔到巴黎,行程 350 公里,百位运动员传递诗文《我的波希米亚》①,这段行程兰波曾走过无数次。运动员们预计将在 10 月 10 日 10 时许到达终点巴黎,而诗人正是此

---

　　① 　法国 19 世纪著名诗人阿尔蒂尔·兰波于 1870 年创作的一首诗歌。

时此刻与世长辞。

这段短小的文字,出自杂志《评论》里的一篇珍贵的专栏文章《无评论》,节选自美国洛杉矶法国文化部门杂志《接触印相》①。此外,这些文化部门无关紧要。我设想,他们仅仅满足于使用démarrer这个词作为不及物动词的用法,除了在航海用语里(意为起碇,开航),被泛滥地使用成及物动词。至于其他,超越了这些用法,我不敢妄想猜测兰波的心思,人们亦不再向往马克·弗玛罗里主要著作《文化国家》里的精美的插图。

马克·弗玛罗里在其书中揭露了一个侵占文化的国家,它用人们对示威游行的崇拜取代了对知识,对批判分析的崇拜,它轻描淡写地混淆了所有文学体裁,它遏制了传媒迫切需求下艺术和研究的成长。它利用文化仅仅是出于宣传的目的,与此同时,这本书引起了阵阵抗议声,也获得了巨大的成功。弗玛罗里,法兰西学院教授,历史学家,修辞学、文学精神教育以及中世纪文学界专家,分析细致入微,力透纸背,当他谈及文学时头头是道,不曾遭任何人非议。相反,人们主要对他进行了两点批判:人们指责他总是回顾过去而不展望未来,人们寻思着对文化的私人资助是否并没有染上一些坏毛病,而这些坏毛病亦存在于弗玛罗里所揭露的国家里。

出于商业动机,私人企业未必一定支持马克·弗玛罗里,他也提及危害之处及它的势力,尤其在电视这个文化典范上。然而,电视的分量却不及国家,它笨拙仿效的对象以及笨拙地仿效电视的

---

① 电视节目,每期13分钟,介绍摄影师的接触印相照片。

东西,电视并不拥有同样的手段,对任何一种文化也并不给予同样的不妥协,往往厚此薄彼,有所偏颇。如今,能将一种文化捧上天堂,或许也能使其坠入地狱的不是来自任何一种舆论压力自主独立的恳求,而是国家——既为法官又为当事人,一切都从属于国家,只有依附它才能善始善终。人们丧失理智,精神错乱,更多地涌向漫天遍地的布告抑或蛊惑人心的宣传,文化将其驱逐到这个偏离正道的方向。当厚古主义遭受指责时,人们最终纷纷寻思回归过去难道不失为一道新鲜而令人耳目一新的源泉吗?

在当今的文化气候下,马克·弗玛罗里的书不仅仅是一本知识典范,里面最严密精炼的分析交织着最具有爆炸性的抨击文章,也是并最终是,辩论活生生的资料来源,足以让我们走出常规,走出日复一日的贫乏。唯有进行这样的工作,我们才能从主导文化的体系里颠覆图像和观念。每个人都可以随其所意,赞同抑或反对马克·弗玛罗里的书。我们唯一不敢冒险的是——而今如此令人意想不到!——便是变得日益愚笨。

《费加罗杂志》,1991 年 10 月 19 日

年迈的萨里那亲王注视着克劳迪娅·卡汀娜

　　我决定放弃冗长而乏味的评论,来给你们讲述一个故事。在这奉献给电影的章节里,某个地方,我会谈论葛丽泰·嘉宝①以及玛莲娜·迪特里茜②。在此我将简述下我和这两位女神的关系。

　　一位女性朋友,她深知我迷恋电影,有一天她邀请我与葛丽泰·嘉宝共进午餐。太感谢你了,塞西莱!餐桌上,我脑腴得不知所措,于是开始低声哼唱影片《蓝天使》中的著名歌曲:《我从头到脚为爱而生》。对此,这位久负盛名的嘉宝却毫无反应。面对这样一个酒鬼,我坚持不懈,对着她的耳朵我声嘶力竭地将整首歌从头到尾唱出来。而她依旧没有任何反应,于是,我决定豁出去,高声对她说:"我非常欣赏您在《蓝天使》③里的角色!"她转身

<hr>

　　①　葛丽泰·嘉宝(1905—1990),电影女演员,曾获奥斯卡终身成就奖。1999年,被美国电影学院选为百年来最伟大的女演员第5名。

　　②　玛莲娜·迪特里茜(1901—1992),德裔美国演员兼歌手。1999年,被美国电影学院选为百年来最伟大的女演员第16名。

　　③　德国导演约瑟夫·冯·史坦堡于1930年执导的一部影片,玛莲娜·迪特里茜出演女主角。

对我说:"我想您把我和玛莲娜·迪特里茜搞混淆了吧。"我一下子跌至深谷。

故事还没有结束。十年之后,一场适时的比赛使我有幸和玛莲娜·迪特里茜共进晚餐。我用德语跟她交流,勉强应付得了,最终我似乎赢得了她的喜欢。我万分惊恐,喜极而泣:她居然邀请我到她家中喝茶,星期二,蒙田大道。奥森·威尔斯①、理查德·伯顿②、伯特·兰卡斯特③都不是我的堂兄弟。

我不厌其烦地反复解释,我悄声对她说我要告诉她一些事情能让她捧腹大笑。于是,我把跟葛丽泰·嘉宝的故事告诉了她,自己一个人却笑得直不起腰来。

她注视着我,然后对我说:"我想周二你没必要来蒙田大道和我喝茶了。"

---

①　奥森·威尔斯(1915—1985),美国电影导演、编剧和演员。1999 年,被美国电影学院选为百年来最伟大的男演员第 16 名。

②　理查德·伯顿(1925—1984),英国男演员,曾经是好莱坞身价最高的演员。

③　伯特·兰卡斯特(1913—1994),美国电影男演员,曾获奥斯卡最佳男主角奖。

他是 YAWR

在我生命的好几个阶段里,我就不跟你们一一列举细节了了,我曾经是不幸的。为了跟忧伤抗战,我找到了两种最佳的疗法:睡眠和电影。记得一个秋季、一个冬季和一个阳光灿烂而又阴沉昏暗的春季,绝望把我蜕变成一个电影痴迷者。每天三次,我沉浸在电影院漆黑的放映大厅里,在那儿,我可以忘掉一切。剩下的时间里,我一直在睡觉。这样下来——十二个小时的睡眠,六小时或八小时的看电影时间——,脸色和表演使我蜕变成一根萝卜,而且我缓慢地在康复。我到处打听有关奥森·威尔斯、英格丽·褒曼和亨弗莱·鲍嘉德[①]的消息,和所有人一样,我疯狂地爱着他们。他们拯救我,使我超越了自我,他们助我成长。

当绝望还未侵袭我时,书籍给了我无与伦比的幸福之感。然而深陷巨大的忧伤里,必须得图像赶来拯救,使我摆脱对消逝的过

---

① 亨弗莱·德弗瑞斯特·鲍嘉(1899—1957),美国男演员,1951 年获奥斯卡最佳男主角奖。1999 年,被美国电影学院选为百年来最伟大的男演员。

去的念念不忘,不再紧紧抱着一个毫无希望的未来。电影使我受益匪浅,它牢牢地将我抓住,不再松懈。我并不相信天赋,几乎同样也不相信蹩脚的文学作品。出于一些截然不同的理由,天赋,正如那些蹩脚的文学作品,使我陷入忧伤里。我真正喜欢的,是这些电影,《新观察杂志》将其收集在《供观看的奶油水果馅饼》的范畴里,泛泛地讲,这一范畴令人嗤之以鼻,然而它的确令人无限神往。影片《光足女伯爵》或《乞力马扎罗山的雪》中的艾娃·加德纳①,我心甘情愿地为她赴汤蹈火,《潘多拉》几乎将我从逝去的幻想中拯救。

我相信,上帝、雅克·朗和文化例外宽恕了我,我已将所有美国影片摆放在第一位,也和其他所有人一样,追求新颖并没有压得我喘不过气来,我偏爱影片《杜丝》②,偏爱影片《金钱不要碰》里的迦本③,偏爱西蒙·西涅莱④,她在《金盔甲》里饰演崇高的角色,偏爱《影武者》⑤,偏爱大卫·利恩⑥,偏爱艾尔维拉·马迪甘⑦,偏爱

---

① 艾娃·拉维尼亚·加德纳(1922—1990),美国女演员,以性感迷人的气质被称为"世界上最美丽的动物"。

② 法国电影导演克洛德·奥当-拉哈于1943年执导的一部作品。

③ 让·迦本(1904—1976),法国男演员,两次获得威尼斯电影节最佳男演员奖、两次获得柏林电影节最佳男演员奖。

④ 西蒙·西涅莱(1921—1985),法国女演员,1960年获奥斯卡最佳女演员奖。

⑤ 由日本导演黑泽明于1980年执导的一部影片。

⑥ 大卫·利恩(1908—1991),英国电影导演、制片人、编剧,被誉为英国电影界的泰斗。

⑦ 艾尔维拉·马迪甘(1867—1889),丹麦一个马戏团中走钢丝的普通杂志演员,其凄美爱情故事被瑞典导演波·威德伯格拍成同名电影。

《仁心与冠冕》，我们法国人称之为《贵族恩典》。然而，美国人以及可能特别是最近的一些美国人，或者一些沾染异端思想的美国人已将我的目光从《不腐之身》①一书迁移到刘别谦②和伍迪·艾伦③身上。正如司汤达抑或大仲马。

是的，刘别谦。《你逃我也逃》显而易见。然而，同样也是他执导的《街角的商店》，严格说来，影片中什么也未曾发生。约翰·福特、约翰·休斯顿、普里明杰、席尼·波拉克、海瑟薇、霍华·霍克斯（执导《夜长梦多》：极为出色的一部电影，但我从未看懂）。卡普拉、卡赞、洛塞、毕金柏，单单这些名字就使我发疯了。亚瑟·潘、拉乌尔·沃尔什、比利·怀德、威廉·德勒，以及执导影片《列车即将鸣笛三次》和《永恒之人》的辛尼曼。上帝啊！迈克尔·柯蒂斯执导了著名的《卡萨布兰卡》，一部让人反复观看并永远珍藏的影片。

在这儿，我并没有想树立一种荣誉榜，也没有编制桂冠的想法。在不幸的时日里，我疯狂地爱着这种电影，它给我带来如此之多的幸福之感，那么首先它给我留下什么呢？是……是什么？而是一些图像，显然地。有时，给我留下一些句子的印象，（"你知道怎样吹哨吗？"……或者"他在波兰，全民皆知。"），一些音乐（"桑姆，请你再给我玩一下这个小玩意儿吧。"），一些情节，然而尤其是

---

① 天主教徒 Joan-Carroll·Cruz 所著，记载了从西元 1 世纪到 20 世纪初的 102 位修道士和修女的生平以及他们最终的不坏肉身。

② 恩斯特·刘别谦(1892—1947)，德裔美国电影导演。

③ 伍迪·艾伦(1935—)，美国著名演员和导演。

图像给我留下了很深的印象。电影,犹如文学,可能首先是朋友之间醉酒后的一种暗码。

我记得有一部电影,名叫《穿制服的女孩》(1931,全球第一部女同性恋电影)。当时我 15 岁,也有可能 16 岁吧。我从未再看过这部电影。影片中有一截楼梯,一个女人顺着这截楼梯下来,拐弯,她大喊:"玛努埃拉! ……玛努埃拉! ……"这一喊产生了巨大的反响。

我记得电影《费城故事》——不! 不! 不是《费城》! 而是《费城故事》! ——改名为《冒失鬼》,影片里卡里·格兰特和凯瑟琳·赫本正在谈论一只小船,一只在他们生活里发挥作用的帆船。凯瑟琳·赫本说道:"他是 YAWR"。我从未弄明白"YAWR"究竟意味着什么。可能没有一个人知道吧。然而影片中这一故事的蕴义无人不晓。

我记得《美人计》(又名《声名狼藉》)的片尾,在里约(热内卢)的美丽如画的郊外,卡里·格兰特和英格丽·褒曼相互搀扶着,从纳粹分子的楼梯上走下来,可怜的英格丽,深爱着自己的职业——毫无疑问是女间谍的职业——不得不下嫁给纳粹分子。然而,最终她的丈夫发现了这个秘密,便对她下毒,英格丽,可怜的英格丽,依旧如此坚定,勉强站稳身子。爱情赋予卡里·格兰特以肌肉,甚至翅膀,他是正义的力量的化身,面对邪恶势力,他从容不迫地从楼梯上走下来。

我记得电影《猎豹》片尾的舞会场面,我记得电影里的音乐,如今,我还聆听电影里的华尔兹舞曲,就连虎皮鹦鹉听了也会翩翩起舞。皇家军队里的军官个个风流倜傥,却带着隐隐的滑稽之相,对他们而言,加里波第既是宠儿,也是对手。影片里的女人并不是十分漂亮。然而却有一位绝世佳人:他是发横财的佃农之女,——克劳迪娅·卡汀娜。在兰佩杜萨和卢奇诺·维斯孔蒂的大力帮助下,她与德龙订婚了。这是一对无与伦比的佳偶组合。影片中,伯特·兰卡斯特饰演萨莱娜亲王,年轻的坦克德雷(阿兰·德龙饰)的叔叔,当克劳迪娅·卡汀娜邀请他与之共舞时,这位年迈的叔叔起先拒绝了。然后,他便任之引诱,半推半就。人们眼中不再看到其他人的身影,唯有正准备共舞的年迈的亲王和年轻的克劳迪娅。

德龙从舞台上消失了,那些老太太们也不复存在,虎皮鹦鹉和长尾猴已掉入陷阱里。他们在跳舞,所有观看电影和聆听音乐的人都屏住呼吸。起初,在电影里,人群散开了,同样,在电影以外,茅屋里,城堡里,静悄悄的。他们在跳舞,这便是幸福。

当华尔兹舞曲戛然而止时,克劳迪娅局促不安,正要去寻找他的德龙,这时出现了一个令人难以置信的镜头。也许是整部电影最美的了:年迈的萨里那亲王目送着克劳迪娅·卡汀娜远去的背影。

他看到了什么?毫无疑问,是爱情。一段并不属于他的爱情。他保护了德龙与克劳迪娅·卡汀娜的爱情。毫不夹杂其他的东西。坦克德雷年轻,克劳蒂雅年轻。他年老了,然而他们曾经一起跳过舞,克劳迪娅与年迈的伯特,发生了令人难以忘怀的事情,而又必须尽快将之忘却。

他看到了什么?死亡,他的死亡,他自己的死亡。对伯特·兰卡斯特而言,死亡难以抗拒,是他最终的选择,对萨里那亲王而言,多亏了维斯孔蒂和兰佩杜萨,他永远不会死亡。死亡带着爱情和克劳迪娅·卡汀娜令人心碎的面孔。

《费加罗报》,1997 年 5 月 7 日

从布列松到马奈

　　所有人都知道，罗伯特·布列松早已是一位大导演了。《罪恶天使》、《布劳涅森林的女人们》、《乡村牧师日记》、《扒手》、《圣女贞德的审判》、《少女莫夏特》，只需提及这些影片中的任意几部，对于任何一个热爱电影的人来说，不只是难以忘却的回忆：它们已成经典之作。正如作家或艺术家所经历的一样，——这是罗歇·凯洛亚斯在巴西或日本的际遇，——罗伯特·布列松可能在国外更有名气，尤其是深受美国电影爱好者的推崇，超过了法国众多观众。国内的，国际上的奖赏和赞誉，他并不缺少，然而与生俱来的矜持和谦虚使他远离了现实的聚光灯。灵感再次袭来：他给我们带来了一部杰作。

　　《金钱》是一部极富美感却又毫不做作的影片。从托尔斯泰的短篇小说中提取素材，故事情节如机械般一一展开，犹如时钟，带有几分严密。插曲不断，从一开始偷偷塞给送货员的几张假票到最后的屠杀，故事里可怜的小孩子们纷纷掉入罪恶的深渊，影片讲述了一个人逐渐堕落的缓慢过程，他一开始由愤怒转为狂怒，继而进行反抗,最终走向犯罪,这一切都令人难以觉察,在影片中表现得淋漓尽致,彼此间处处连贯,丝毫不留任何机会让人看到哪怕是微不足道的带有幸福的瑕疵。该片至少重新上映过两次,正义交织着罪恶,而罪恶占据了正义,并最终将其吞噬。我记忆中,该影片里没有一丝笑容,使电影熠熠生辉,唯有崇高的灵魂和极为脆弱的心灵相互克制着,几近严酷。

认识并热爱布列松的影迷们将会看出他总是以帅气且博学多闻的形象出现在众人面前。他的电影总是进行得很快且很慢:很慢,是因为每个场景都以著名的布列松式的节奏进行,使广大观众困惑不堪以至失去耐心;很快,是因为所有场景接踵而至,节奏加快,丝毫未曾给观众留有呼吸的时间。对照这两种节奏,一种追求速度,另一种追求缓慢的精细,如此而来,诞生了主宰悲剧的极端不安之感和那命中注定的必然。

两个事关毫不显露的暴力的片断,相对于其他片断而言,我觉得是站不住脚的。宁静,几乎是一成不变的,突然被内心痛苦迸发的巨响打破,监狱的场景,丝毫没有一点戏剧性,将演员和观众抛至一个类似地狱的地方。整部电影,包括最简单的动作和最平淡的场景,都带有些许地狱的色彩,这点千真万确的。监狱,毫无疑问,仅仅是最终的一个俱乐部。整个片尾,我们什么也看不见,唯有抡起斧头的残杀,镜头里,悲观主义披着昏暗的光线,弥漫在乔治·拉·图尔断头台上,留下让人透不过气来的恐惧。在这样一种沉闷的气氛下,或许能使人联想起,热内的巅峰之作《女仆》。我们行走着,迈着不可抗拒的步伐,走向灾难。在这些荒唐的行为背后,在这种对罪恶的渴望背后,在这种彻底放弃希望的背后,我们看到有一种黑色的奇迹,正如一种被倒置的灵魂,上帝的一小部分躯壳被掏空了。

在此,我就不自不量力地介绍马奈并对他妄加评论了,以免授人以柄。所有人在我之前,并比我更好地谈论过卢浮宫的展览,我有幸和我的朋友莫里斯·兰斯一道去参观了此次展览,他是拍卖会估价员,谨小慎微的评论家。马奈周围,战争不断,其中有一位把他视为"庸俗之辈"——这便是德加,另一位把他视为"未熟的果子"。他深受影响,个性复杂,走向神秘。我发现他周围的人有波德莱尔、左拉、西班牙人和印象派画家。正是由于浪漫派艺术家以及他们的后继者的不懈努力,西班牙式的风格,几乎成为一种嗜好,已悄然从雨果笔下传至泰奥菲尔·戈蒂埃和梅里美手中。马奈的整整一部分作品宛如委拉士开兹和戈雅的仿制品。然而,转眼之间,现代主义的方向迅速将其引向其他的道路上。与历史画截然不同的是,这儿,从将马克西米利昂(罗伯斯庇尔)送上断头台到罗什福尔的逃亡,从奥芬巴赫(法国作曲家)到方坦-拉图尔(法国画家,平版印刷家),尤其是到波德莱尔和左拉。当代世界的画,套用一个战争术语,已沦落为"画的托词"。

广为争论,饱受凌辱,《草地上的午餐》抑或著名的《奥林匹亚》大胆挑战透视法,突破了画派的陈规旧矩,取得了格律的标志性胜利。那个时代几乎所有的评论家和专栏编辑都对画家大肆嘲讽。"奥林匹亚,"泰奥菲尔·戈蒂埃写道:"丝毫没有表达任何看法,即使就这幅画本身而言,一位瘦弱的女模特直躺在床单上。肉体的色彩灰暗污浊,模特赤裸全身。阴影部分则由几笔不太浑厚,如鞋油般的线条勾画出来。""在此,我非常想告诉你,"画家给诗人的信中写道:"亲爱的波德莱尔先生,羞辱如冰雹般朝我迎面击来。"另一位作家却竭力维护马奈,他是左拉。"既然无人问津,我便要说出来,我,我要大声宣布。马奈先生的地位已在卢浮宫固定下来了,正如库尔贝。"评论界随即纷纷表示愤慨,画家本人也深受其害。左拉,被迫停下自己的专栏创作,放弃自己的报社工作,在著名的作品《我控诉》未发表的很多年前,他写出了《告别艺术评论家》:"我为马奈先生辩护,正如我毕生将会一直为饱受攻击的鲜明个性辩护,我将永远站在失败者一边。难以制服的个性与大众之间的斗争显而易见。我支持个性发展,攻击一味地大众化。"

还有许许多多其他的马奈。左拉的著名小说(《娜娜》)问世的前几年,自然主义艺术家马奈向我们展示了他的作品《娜娜》——"马奈,"于斯曼写道:"绝对有理由在其作品《娜娜》里将这类女孩最出色的样品展示给我们,而他的朋友,我们亲爱的爱弥尔·左拉大师也将在其最近的一部小说里给我们描述这一样品。"——马奈倾心于女服务员,有歌舞杂耍表演的咖啡馆以及令人赞不绝口的《女神游乐厅的吧台》,他擅长使用冷冰冰的手法和镜子的映像效果,这是一位印象派画家,与莫奈尚未大相径庭。正是这样一位马奈给我们奉献了一幅画,我爱之胜于一切。

马奈的好几幅画作,我长期以来一直大加赞赏——例如亨利·伯恩斯坦孩提时的肖像画,他身穿水手服,不由得使我回忆起葛丽泰·嘉宝和玛莲娜·迪特里茜,我总是心甘情愿地将她们娓娓道来,生怕她们在我心中的地位有所下降。然而,尤其是 1874 年问世的那幅美轮美奂的《在船上》,使我深深地迷上了纽约大都会。极其幸运的是,我在巴黎大皇宫展览上重新发现了这幅画。

马奈,这一时期里,在雷诺阿和莫奈的陪伴下,经常出入热纳维埃和阿让特伊家中。绞刑架上的贝尔特·摩里索肖像画问世,以及名为阿让特伊的大型画像,同一年里,他绘制出我心爱的画作《在船上》。蔚蓝的大海蔓延至整幅画的边框,直到画布的尽头,犹如画家从高处俯瞰他正要复制的场景。船上坐着一个男人和一个女人。他们彼此离得很远,一动不动,默不作声,身体显得强壮,洋溢着幸福之情。画布的右边角落里依稀看出小船的一端。他,身穿白色 T 恤,纽扣从前面扣着,裤子也是白色的,佩戴划船者特有的蓝色系带。她,一袭蓝色的连衣裙,要上系着一根腰带,嘴巴微微张开,戴着一顶帽子,帽檐下的面纱遮住了她的脸。我早有准备断言面纱已经被身穿白色 T 恤,身材高大的年轻人掀起。

在《漂亮朋友》问世十年前,有人断言给马奈做模特的男人是莫泊桑笔下的一位人物,他正与一位漂亮的女受害者划船,而这位女受害者已做好牺牲的准备。《在船上》这幅画使我不由自主地联想起福楼拜写给莫泊桑的一封精美的信,信中最年老的长者这样告诫最年幼的人:"妓女太多了!划船太多了!练习太多了!是的,先生!你们听好了,年轻人,必须把精力更多地放在工作上!除此之外,其他的都是毫无意义的,开始追求你们的肉体享乐和你们的健康体魄,把这些统统扔进你们的脑袋里……你们所缺乏的,正是原则。人们枉费口舌了,必须毫无疑问地知道一些原则。对一位艺术家而言,唯有一条原则:一切都得为艺术而牺牲。艺术家必须将生活视为一种手段,毫无其他的含义,而他必须毫不在乎的第一位人物,正是他自己。"

马尔罗、巴塔耶、其他不少人,在谈及马奈时,都会不约而同地觉得他"主题失败"以及"对整个世界的描绘"。我,我迫切想说。然而,我从《在船上》这幅画中,看到了一个跃入眼帘的主题:愉快,对生活的品味,人体裸露部位的亮丽光泽,世界的美感。然而,福楼拜写给莫泊桑的这封信给了我们莫大帮助,使我们懂得了上帝赐予马奈的天赋:追求艺术的动机以及绘画的借口。

《费加罗杂志》,1983 年 5 月 14 日

至少,三种幸福!

最近这段时日里,我让你们足以烦恼了,我总在预言。春天悄然走了,夏天来到了。我们必须得承认不管是春天还是夏天,都不曾留有十分动人的东西。仅仅是出于一种补偿,然而这两个季节理应得到更多,超过我每周给你们灌输的那些冗长的文章以及那些所谓的课程,这些只是皮毛而已。我有为自己辩解,我深信不疑。你们知道些许吧。尽管如此,我请求你们的饶恕。

因而,这周,我不再向你们讲述施瓦岑贝格教授,阿巴杨吉先生,赦免法,财产税,服从命令的将军,马赛的塔比先生以及社会党人的情绪。我想给你们讲述一些其他重要的东西:一部电影,一本书,一位诗人。

到处有人肯定地告诉我电影进展得不顺利。比书籍还糟糕。跟唱片同病相怜。看来人们待在家中观看电视里的老电影,他们觉得这些老电影比新电影更好。事情进展得如此不顺利,人们应该借助铺天盖地的广告,大力推广电影日活动。在法国,当人们开始为某样东西东奔西走时,其实大势已去了。就电影而言,有人对我说,理由很简单:再也没有优秀的电影作品问世了。

再也没有优秀的电影作品问世了……年轻时候,我对学习有点力不从心,每周我泡在电影院里八次或十次。如今我很少去电影院。然而那时,我看过一些法国电影或外国电影,在我看来,这些电影已相当不错,有的已极为优秀。我特别看过一部杰出电影。唯独这些电影超越了平庸的高山,而这正是其中一部。我想,当时放映厅里大约有十来个观众。我本来希望那里座无虚席,人们在门口排起长队,为了能经常个个你推我搡,争先恐后。电影名叫《芭贝特的盛宴》。

这部电影赢得许许多多人热烈的掌声。所有观看过这部电影的人跟我交谈时,都不由自主地流露出喜爱之情,发出由衷的赞叹。然而,在我们国家,这部电影还未收到它应得的荣誉。美国人,他们并没有自欺欺人,授予这部电影无数的奖项。

《芭贝特的盛宴》是一部有着《圣经》般朴实无华的影片。影片里毫无卑贱的差使,丝毫不曾让观众局促不安。这样的透明公开是否损害了这部电影的价值?影片讲述了上个世纪末发生在丹麦的一个小村子里的两个姐妹的故事。她们生活在父亲温柔而又专横的权威下,这让人无法忍受的专制完全被道德所驱。她们吟唱感恩之歌,而这感恩的歌使我发狂。一位年轻的军官,日后他成为了将军,一位多愁善感而又隐约透着滑稽之相的歌手,以及最后一位令人赞不绝口的法国夫人斯蒂芬·奥德朗,他们相继被解雇。我并未讲述之后发生的一系列情况,而后斯蒂芬·奥德朗准备了一顿晚餐,而这顿晚餐正是整部电影的核心。一切都结束了,而又那么迷人。性格是如此纯洁,精神是如此简单,这时一封信的到来却引起了轩然大波。电影取材于伟大的卡伦·布里克森①讲述的一个故事。电影的拍摄美轮美奂。如果你们还能去观看电影的话,那么赶快去观看《芭贝特的盛宴》。如果你们不喜欢这部电影的话,写信给我则无济于事:我们之间毫无共同点。

我阅读的这部书籍并不是最近才问世的。它已有 60 多年的历史了。恩斯特·坎托罗维奇所著的《腓特烈二世》于 1927 年在德国出版。英译本于 1931 年问世。经过漫长的等待,直至今日,法译本才能跟公众见面。去年,在皮埃尔·诺哈主编的《图书馆的故事》里,艾伯恩·科恩翻译的出色的法译本由伽利玛出版社出版发行。作品不可能一口气就读完,对一位非专家而言,必须得耗费几周的时间,或许几个月的时间。这并不是夏季小说中的其中一本,这些小说史为了消磨一个季度的漫长岁月而编写的。一分耕耘,一分收获。坎托罗维奇的雕像便是一个典范。这是一个经典之作。尽管有点艰难,然而,阅读他的作品给予了我们莫大的幸福。

首先,这部作品是有关历史方法的一部杰作,然而,在这种方法的背后,并且多亏了这种方法,与众不同的人物鲜有问世。身为腓特烈·巴伯路斯的孙子,腓特烈二世是位带有传奇色彩的皇帝。他是霍亨斯陶芬王朝的最后一位后裔,王朝的毕比林根宫殿位于施瓦本。在意大利,对魏尔夫家庭的反抗引发了皇帝派与教皇派

---

① 卡伦·布里克森(1885—1962),丹麦女作家,代表作为《走出非洲》。

之间一场著名的论战。起初,他命途多舛,看来是危在旦夕,却又历尽种种奇迹,以令人难以置信的魅力化险为夷。不久之后,他的王国日益强大,疆土绵亘万里,直到波罗的海——那里赫尔曼·冯·萨尔扎①的日耳曼骑士建立了东普鲁士王国——一直到西西里和耶路撒冷。他是罗马教皇的朋友——也是他们不共戴天的仇敌。他是伊斯兰教徒的敌人——也是他们最忠实的朋友。在他的西西里王国里,他学着接纳这些伊斯兰教徒。在圣地他与他们重逢。他出发去为进行十字军东征,他被罗马教皇逐出教会。已是但丁的预言者,在某些方面,已经预示着文艺复兴的到来,身处中世纪末期,他是恺撒和奥古斯特的继承者,是弥赛亚留在这片土地上的影子,而对于许多人,他的占星家,埃塞俄比亚人以及凶猛的野兽组成的扈从队伍浩浩荡荡,甚至还有他那反基督者的面相,使人惊恐万分,望而却步。阅读坎托罗维奇的作品,并不仅仅是为了发觉一个长得硕大无比使人目瞪口呆的英雄人物,而是为了走进这个正在构建的故事机构,在这个机构里,政治精神和象征精神一直在与现实相斗争。

多亏了弗朗索瓦兹·塞涅,卡特琳娜·萨尔维亚,还有索尼娅·沃勒罗,我如愿观看到《圣女贞德爱德的奥秘》的法译本。我到达影院里已太晚了,满心担忧。影片在冈多菲堡展开。罗马教皇有幸聆听法国最优美的散文。在占领时期那段黑暗的年月里,

---

① 1210—1239 年间的日耳曼十字军组织"条顿骑士团"的大团长。他在创立普鲁士国家方面迈出了关键的一步。

他身不由己,遭受牵连,然而他被磨炼成一位艺术大师,佩居伊[1]是位身材魁梧的诗人,他曾被不公平地忽略过,被一段历史所唾弃,而这段历史起初是那么讨人喜欢,而对他却极尽残酷。《圣女贞德爱德的奥秘》的三位演员使他博得众多热烈的掌声,这些热情的公众对时尚毫不在意。

《费加罗杂志》,1988 年 7 月 16 日

---

[1]　夏尔-皮埃尔·佩居伊(1873—1914),法国作家、诗人、散文家。

威尼斯，舞台左侧

这是威尼斯城的另一角，此时正值夏末时分，这是九月的利多。我在沙滩上苦苦寻找身穿水手服的年轻小伙子，却一无所获，在维斯孔蒂的影片中，他一直令托马斯·曼笔下的老教授心醉神迷，直到生命的终结。怡东酒店大厅被人群挤得水泄不通，我只看到一些抽着雪茄的制片人，一些伺机接触莫妮卡·维蒂和达斯汀·霍夫曼的记者。感谢上帝，在诸如此类的电影节期间，时不时地隐约可见一张动人心弦抑或容光焕发的面孔。烈日当空，有时晨雾缭绕，威尼斯电影节上，我有幸成为一位管事成员，由此开始了我的电影节之旅。

无须太长时间，便能理解电影正如文学一般，充斥着许多枯燥沉闷的影片。二十来部影片参与竞争角逐，将近一半的影片几乎没有达到令人满意的中等水平，甚至位于平庸低劣的杠杆之下。克里斯多夫·扎努西开始行驶自己的主席职权。他具有无可抗拒的魅力，身为天主教徒，通晓多种语言，是位物理学家和语法学家，尽管起着意大利特色的名字，却拥有波兰国籍。评审委员会——

众多女性和演员的出席使其万众瞩目。除此之外,还有不能随处走动的法兰克·卡普拉,欧仁·尤涅斯库,电影艺术家约翰·施莱辛格,他执导过著名影片《午夜牛郎》,建筑师里卡多·波菲尔,画家缪立科,他曾有一场重要的展览正好在威尼斯举行,除此之外,还有曾获诺贝尔文学奖的希腊诗人奥德修斯·艾力提斯——最终寻思着1985年出产的葡萄酒是否会搞砸或许甚至可能令人沮丧不已。令人意想不到的事情依然会发生。

意大利电影令人失望不已。长期以来,其电影产量位于世界前列,如今似乎经历一段荒年期。罗塞里尼,维斯孔蒂,帕索里尼几乎没有继承者。费里尼接受电影节赐予的荣誉本应该是实至名归,然而他的上一部影片却被延迟亮相了。与此同时,没有任何一部意大利影片入围获奖名单。在这个艺术之乡,第七艺术(即电影)曾经有那么多的杰出影片问世,难道电视将电影扼杀了吗?不管怎样,两个国家分割了这块诱人的蛋糕:美国,尤其是法国。

美国展出两部电影:斯柯利莫夫斯基执导的《灯船》以及约翰·休斯顿执导的《普里奇家族的荣誉》:这两位导演的名字均列入最终的获奖名单上。暂不谈论联合摄制的影片——尤其是法国和阿根廷合制的《探戈,流亡的加德尔》,这部影片新颖独特,充满忧伤之情——法国也展出两部影片——皮亚拉执导的《警察》以及阿妮耶思·华达执导的《无家无法》。不管怎样,这两部影片均获奖了。曼努埃尔·德·奥利维拉执导的葡萄牙新片——缎子鞋——跟他搬上银屏的剧本一样长——首先表达了对编剧克洛岱尔的深深敬意,另外,这部影片也在获奖名单之列。

转瞬之间,所有人都清楚地发现一些演员获得了异乎寻常的成功:就男演员而言,杰拉尔·德帕迪约在《警察》中的表现比《普里奇家族的荣誉》中的杰克·尼克尔森更胜一筹,威廉·希基在影片《普里奇家族的荣誉》中扮演一位相貌出众的"教父",他瘦骨嶙峋,脸上显现的衰老的痛苦让人不寒而栗;就女演员而言,桑德琳·波奈儿在影片《无家无法》中的表现让人无可挑剔。从头至尾,她肩负着讲述一位游离在社会边缘的女性的故事,她拒不接受社会对她的奴役以及施舍给她的种种便利,到处漂泊,最终悄然离世。从一开始,在我看来,显而易见,正如所有的评审委员会成员,我相信,桑德琳·波奈儿和德帕迪约理应摘取威尼斯电影节的桂冠。

就在这儿,所谓的无形压力,阴谋诡计,暗语——甚至明言出现了,——这些与整个电影节紧密相连,或许与整个评审委员会不无瓜葛。威尼斯国际电影节举办时期正值反法西斯战争胜利四十周年。在许多人眼里,将艺术之美与道德——即政治分离式绝不可能的。道德,政治元素夹杂其中,尤其在意大利知识分子眼中,强烈的反美情绪愈演愈烈。伟大的约翰·休斯顿执导的影片更加剧了这种仇恨之情。为什么?因为《普里奇家族的荣誉》讲述了黑手党成员的故事——毫无疑问是指意大利人,他们名字足以说明这一点。电影的价值何在——当然是一段显耀的商业历程——,事先就扬言要问鼎最高奖项是不可能的。必须即刻补充的是,如果《普里奇家族的荣誉》本是并完全是出于供消遣的目的,那么它已经获得了专业性的成功,然而它不是——并远远不是——休斯顿执导的最优秀的影片,他曾经执导过如此之多的经典之作。带有令人发笑的讽刺之情,这部影片展示的并非是一种新颖的题材。为了获得成功,影片并非是在展望未来,其实是对过去的一种回味。不幸的是,另一部美国影片——《灯船》——其中罗伯特·杜瓦尔饰演的歹徒和花花公子的角色分外瞩目,他的演技时而被认为是富有才华,时而又觉得太于过火了,这部影片是斯柯利莫夫斯基①的作品。这是什么样的名字呢?一个波兰名字。不过,尽管拥有意大利式的名字,扎努西,评审委员会主席,也是一位波兰人。请跟随我的目光……同时,为了防止任何一件串通勾结之事,尽管扎努西反复声明他与斯柯利莫夫斯基之间毫无牵连,谣言依旧频频传出。《共和国》,然而这类传统意义上带有温和主义色彩的报纸,其电影评论家竟然写出如此出人意料的字句:"如果评审委员会给《灯船》频发奖项,则是为了奖赏被美元束缚住手脚的欧洲创始人。给罗伯特·杜瓦尔颁发一个表演奖项,则是为了鼓励献身滑稽表演的演员。"

相反,就法国方面而言,人们在演奏大管风琴:密特朗夫人在警卫层层保护下,有雅克·朗先生陪同,莅临威尼斯城,她的护卫队在其周围竖起一道警戒屏障。在影片《警察》的首映式上,他们现场观看了一场示威活动,舞台上摊开一幅巨大横幅:"切勿加入绿色和平组织!"官员们左摇右晃,试图熄灭灯光,却无济于事,全体观众热烈鼓掌。尽管出现了这个小事故,一切都井然有序,准备

---

① 杰兹·斯柯利莫夫斯基(1938—),波兰编剧、导演。

庆祝法国电影获得的成功——尤其是阿妮耶思·华达执导的影片格外引人注目,得到了法国文化部的大力资助。

一味地强调电影的强大和美好是有失公平的。电影同样使人害怕,而又难以忘怀。最有趣的莫不过于电影节的最佳影片。东方国家的出席代表竭力反对电影获得的巨大成就。他们毫不掩饰地承认,在他们国家,波奈儿流氓体裁的影片绝不可能迟迟不被扔进监狱,包括女导演她本人。几乎可以如此坦率地讲,这是为了建立一种平衡,获奖名单上指出希腊电影,是大力赞扬反法西斯主义,带有正统观念的作品,以往获奖名单也同样论及大力赞扬反法西斯主义的另一种作品,即西班牙电影。平淡无奇而又因循守旧的影片里,共产党员清白无辜,他们的对手面目可憎,跟这些影片相比,南斯拉夫以及苏联亚美尼亚影片则奇迹般完全摆脱了这种政治意识形态,这些影片同样入围获奖名单。然而,小林武史执导的日本影片并未入围,这些影片是现代武士精神的真实写照,远远胜于所有正在进行得冗长的说教。

唯有一个共同点,则是大家都承认电影完全被金钱所操纵。除美国以外,谁能拨出足够的资金来导演一部大片? 国家,唯有国家。电影节的颁奖典礼上,总统夫人,部长,大使理所当然地位于显眼的位置,而导演和演员已被降至次要地位。国家资金的出租者胜过街头卖艺者。如今操纵电影的正是国家的权力机构。

参与角逐的最佳影片中,不止一次撞击人们心灵的正是忧伤,惭愧,绝望。而那份平静从容的美却毫无动人之处。无论如何,每个年龄层的人们都能找到其钟爱的影片。

我依旧拥有几小时的时间,可以在威尼斯城里徜徉。圣马可广场总是那么迷人。两根巨大的圆柱将广场与圣马克盆地分离,其中一根圆柱的顶端已被截去:人们修建了一座悬挂在圣泰奥多尔上的铜狮像,狮像栩栩如生,正与一条龙厮杀。

《费加罗杂志》,1985 年 9 月 14 日

回忆，回忆……

历来我写的所有作品中，我最心爱的一部作品——也许是唯一的一部作品——出现在这章里面。这部作品就是《记忆中的母亲》。它已发表在我不少书籍里。如今，我再次重提这部作品，并将它与我专门为父亲撰写的一篇文章相互对照。

1925年（希特勒在监狱服刑）至1933年（希特勒上台执政）期间，父亲任巴伐利亚（德国州名）公使，慕尼黑的帕切利枢机主教、教廷大使是他的同事，日后成为庇护十二世教宗。一天晚上，父亲邀请教廷大使来家中用晚餐，当时我大约四五岁，而我的哥哥大约八九岁，他是家中的危险人物。家人给他擦脸，刷鞋，梳头，给他穿上他自己最喜欢且很得体的服装，并告诫他客人到来时要乖乖听话。

教廷大使来到家中。我的哥哥表现得极为优秀，亲吻了大使的戒指，然后便缄口不语了，父母深深地松了一口气。我的母亲欣喜不已，从她的房间里将亨利（我哥哥）打发出去。就在哥哥走出房门时，他突然转过身，一动不动地站在那里，用他清脆的嗓音对大使喊道："再见，老兄。"家人崩溃了，个个发疯般地希望教廷大使什么也没听见。

　　岁月流逝。我的哥哥，勉强算得上是位重要人物，他担任财政稽核员，负责一项官方任务，在梵蒂冈受到庇护十二世教宗的接见。典礼。奏乐。演说。代表团正要离开时，圣父抓住我哥哥的胳膊，低声对他说："您不再称罗马教皇为老兄了吧？"

记忆中的父亲

1933年3月,希特勒上台执政。八年来,我的父亲一直担任法国驻慕尼黑的大使。自从俾斯麦上台以来,所谓的"巴伐利亚特权"一直是欧洲政策永恒不变的内容之一。法国,作为1918年的战胜国,反复强调这一巴伐利亚特权,试图——虽然是徒劳的!——将巴伐利亚从德国的领土中分割出去。这一虚假政策的结果众所周知。1925年,我的父亲被冠以公使的头衔,率领法国公使团出使慕尼黑。正当我的父亲到达慕尼黑就职上任时,希特勒政变失败,锒铛入狱。八年过后,1933年,德国大选将希特勒推至权力的巅峰。

希特勒的获胜直接导致我父亲下台。几个月以来,他的处境越发难以忍受。每天清晨,早餐期间,邮件不止一次地给我们捎来父亲双眼迷茫的照片。威胁一个接着一个。法国政府决心调动我父亲的职务,任命其为法国驻罗马尼亚的大使。

父亲的继任者是为名叫阿梅-勒鲁瓦先生的外交官。他的女儿发现了我父亲在这些艰苦处境中寄给他继任者的一封信。承蒙她将这封信转交给我。这封信由布加勒斯特寄出,日期署为 1933 年 7 月 8 日。我当时刚好满 8 岁。

信中,父亲向阿梅-勒鲁瓦先生介绍了自己担任了八年的职位。他仰慕白里安总理,拥护罗卡诺,全心全意致力于法德关系的和解,作为一位未定型的欧洲人,父亲热爱慕尼黑,巴伐利亚,德国,还有德国人。他还谈论到他的合作者,公使团成员,戏剧以及慕尼黑的音乐。我无比激动,大家能猜到我此刻的心情,信中那些已经在我脑海中消失的名字渐渐清晰起来,他们在我眼中获得重生。有位司机名叫通德乐。这是我婴幼儿时期清晰难忘的传奇故事之一。

然而,父亲在信中不仅提到一些文化和家庭问题抑或外国同僚们的面孔,他还谈及 1933 年德国的政治前景。并不只有法国觊觎巴伐利亚实行自治。梵蒂冈在慕尼黑安插着一位教廷大使,柏林也不例外——这位大使长期以来便是一位头号人物:帕切利枢机主教,未来的庇护十二世教宗。"就政治而言,"父亲在给阿梅-勒鲁瓦先生的信中写道,"您觉察到什么?德国的事情进展得如此迅速,我不能妄加评述。照这里今天发行的报纸看来,柏林与梵蒂冈之间已达成协议,驻扎在罗马教廷机构附近的巴伐利亚公使团解散了。如此而来,慕尼黑教廷大使任期间将发生什么?如果任期结束了,我们的公使团毫无疑问就解散了,而它早已摇摇欲坠了。"

"每天,"父亲补充道,"我在报纸上看到逮捕,所有我认识的人被罢职……我看到的大部分人——知识分子,天主教徒,犹太人,和平主义者,自由主义者……——他们逃跑或者入狱。我无能为力,无法告诉你新的统治者:我不认识他们,对他们深感恐惧!长期以来,我深信不疑地支持法德和解,一直是激情洋溢的罗卡诺主义者和白里安主义者。然而,希特勒及其追随者——如今无所不能——,无事可做,毫无希望。我相信六个月以来发生在德意志帝国的一切对德国人以及欧洲人都将是惨不忍睹的。"

信的末尾,父亲想起"可能的灾难",并反复强调"此后的一切有待观察",表明自己"从未相信巴伐利亚的分立主义"。他用一句话阐述了自己的核心信念:"我深爱过巴伐利亚,昔日的德国。我恨希特勒,其追随者终将知道这一点!"

夜晚如水晶般晶莹剔透,长长的刺刀尚未刺向人群,希特勒尚未犯下无法挽救的罪行,这些罪行即将给人类历史带来最惨绝人寰的灾难之一。在这之前,父亲写下了这些。身为和平主义者,自由主义者,民主主义者,父亲也许是尚未被蒙蔽双眼的超凡入圣者之一。如果许许多多人和父亲一样神志清醒,毫不妥协,众多的不幸或许就能避免发生了。

《费加罗杂志》,1994 年 3 月 26 日

记忆中的母亲

　　最近不少人离世,脑海里满是回忆和圣人的影子,我一下子就苍老许多:母亲离我而去了。长久以来,我曾是她的儿子,她的孩子,她的小伙子,她唤我为"我的小宝贝"。现在这会儿,我不再是任何人的孩子,再也没有人使我远离死亡。在我身后,唯有永远消逝的母亲的面孔,还有珍藏在心中的对她的回忆。

　　我爱我的母亲。她爱我。我对她满怀自豪之情。愿上帝宽恕我!——母亲对他的儿子们软弱过,偏袒过,直到为他们感到骄傲,这不无可能。萨特一个极为出色的词一直让我觉得晦涩难懂:"没有好父亲。这是规则。"我的父亲令人赞不绝口,母亲同样如此。父亲是位冉森派教徒,自由主义者,母亲那么有活力,令人愉快。在这儿,我恳求所有认识我父母的人:难道他们不出色吗?难道他们不曾满怀仁慈、淳朴之心,不曾拥有高贵的精神和灵魂,不曾慷慨解囊,却又总是处处替别人着想而冷落自己呢?难道他们遇见我的父母,哪怕仅仅只有一面之缘,却又对他们充满钦佩爱戴之情,这难道没有可能吗?

母亲仍然健在,父亲已经离世,所以,在我能够写的文章里,父亲占的篇幅总比母亲多一些。我自责自己是多么的腼腆,如今仍在回想,当时我期待着,母亲的离世是为了让我对她说我深爱着她。

这有什么关系!难道我和母亲之间需要言语来表达我们彼此深爱着对方吗?我们都知道彼此对对方的深深爱意,这便是所有。灰暗的战争夜以继日地进行着,坚持到最后,我们依旧被征服和屠杀,在我脑海里留下残酷的片片回忆,母亲憧憬着美好的未来,满怀信心,过往幸福的点点滴滴她记忆犹新,我耳濡目染。我依然和她一起散步,沿着皮赛的池塘,有时在圣·法高这片古老的森林里,这里是母亲真实的故乡,她将整颗心都交给了它;我陪伴着母亲再次旅行,伟大而又使人筋疲力尽的旅行,母亲总是迈着轻快的步子出发,这里的一切都能使她无比快乐;我总是默默坐在母亲身旁,看她做《费加罗报》上的填字游戏,她总能从上面发觉许多有趣的事让我哭或者让我笑。每当我回忆起母亲时,总是带着幸福的滋味。我一直生活在她浓浓的爱意里。

死亡,你胜利在哪里?母亲的去世丝毫不曾抹去我对她的记忆。这种鲜活的记忆超越了死亡。母亲,她本人,难道她全部死亡了吗?啊!我再也看不到母亲走到我身边将我揽在怀里,母亲再也看不到我投入到她怀里。我不再跟她说话,她也不再跟我交谈。我们再也不能一起放声大笑。这是多么痛苦的事啊,对我,对我的哥哥,这种痛苦从来没有消散。然而,正如我的父亲——哦,我的父亲!——正如他的母亲——哦,我的祖母!——母亲深信死亡其实只是另一种生活。她相信死亡其实是另一种真实的生活。死亡,你胜利在哪里? 母亲一直活着,因为她是基督教徒。母亲一直活着,因为将我们紧紧相连的这份爱一直活在我们心中。

《费加罗报》,1975 年 10 月 31 日

圣法高

父亲属于最后的游牧者部落之一,他获许在世间游荡,河流、平原、大洲,他都走过,头顶着羽毛——这便是外交官——,我童年的回忆穿梭在巴伐利亚的湖泊之间——

啊!请将草原上吹过的阵阵夜风赐予我,

新割的干草气味,正如在巴伐利亚,

施塔恩贝格湖上,笼罩着雨后的夜色……

瓦莱里·拉尔博这样吟唱着。喀尔巴阡山里的森林,里约热内卢港湾,在糖心面包店和科尔科瓦多公园的耶稣雕像近旁。我的童年是在欧洲度过的,且又是四海为家。然而,每年夏天,严格说来,我们重新投入法国的怀抱,在皮赛地区的栎树林中,圣·索沃尔不远处,科莱特的故乡里,一所古老的住所,由玫瑰色转头砌成,石板瓦盖起的房顶无边无际,一代又一代人住在这里,持续了好几个世纪。这处住所是一座城堡。城堡名为圣法高。

必须好好地重新认识它,毫不做作,无所畏惧:我们只是十年抑或十二年前的某些人——在我看来这种称呼已逐渐形成,人们不禁发问,——为什么被称作"城堡里的人",这种称呼已经有些过时。我从未从这偶然的联系中获得自豪感,也从未感觉羞愧。这里是属于我们的森特—登—脱龙克①,我们是皮赛这个角落的一群道热尔、戴尔·东果、萨利纳[兰佩杜萨(1896—1957)的小说《豹》中的人物]、盖尔芒特。皮赛位于勃艮第大区和卢瓦尔河谷大区之间,是一个与众不同的地方,一个原始王国,一个延伸至三个省份——约讷省、涅夫勒省、卢瓦雷省交界处的独特地带,——夜幕降临时,这儿的池塘有些阴郁,栎树林中条条小径蜿蜒穿过。城堡矗立在其中。

圣法高城堡装满了回忆。于格·卡佩②、雅克·柯尔③、大小姐④、洛赞⑤和吕利⑥的身影在深无尽头的走廊里、在栎木制的屋架下你挤我推,这些屋架支撑着房顶,错综复杂,令人出奇,——菲利普·博桑⑦刚为他们奉献出一本如此优美的书籍。然而最出人意

---

① 位于威斯特伐利亚的城堡。
② 卡佩王朝的第一位君主。
③ 雅克·柯尔(1395—1456),15世纪法国商人,查理七世的财长。
④ 即安娜·玛丽·路易丝·德·奥尔良,亨利四世的孙女。
⑤ 第一位洛赞公爵,路易十四的宠臣。
⑥ 让-巴普蒂斯特·吕利(1632—1687),意大利出生的法国巴洛克作曲家,路易十四的宫廷乐正。
⑦ 菲利普·博桑(1930—   ),法国音乐学家、小说家,研究法国巴洛克音乐的专家。

料的幽灵则是路易-米歇尔·勒佩勒捷①,国民公会议员,菲利普·平等②、罗伯斯庇尔、马拉的朋友,也是一位弑君者。他作风狠毒,因为他,传统的家里革命与反动、恐怖与死守并存。被送上断头台的国王的鲜血重新回到第一圣餐的下午茶里、公园里的小路上圣体瞻礼的队伍中、围猎的人群中,骑士们身穿红色制服,到处搜寻待毙的猎物——"坏透了人们正在寻找无法食用的东西",奥斯卡·威尔德③恶狠狠地说——,他们沿着池塘奔跑,吹着号角:

布瓦热兰④,你的生活

不会有多少时间了:

你将在一周内失去

博蒙-勒-罗歇的土地。

在皮赛的这片土地上,文化,每一步,都与树林、池塘、草原的秉性和故事融为一体。卢瓦尔河谷离这里不大远,她的王后,节日,城堡。勃艮第大区已在那儿,她的宝藏,修道院,葡萄酒。每当人们漫步在皮赛的大森林里,猎犬们还没对它们发起攻击时,鹿、狍子、野猪和五百年前过着同样的生活,人们似乎感受到世界末日

---

① 路易-米歇尔·勒佩勒捷(1760—1793),法国大革命时期著名的政治家、法学家。

② 即路易·菲利普·约瑟夫·德·奥尔良(1747—1793),其绰号为"菲利普·平等",路易·菲利普国王的父亲。

③ 奥斯卡·威尔德(1854—1900),爱尔兰作家。

④ 即布瓦热兰枢机主教(1732—1804),宗教人士。

的来临。离科莱特故乡只有两步之遥,靠近索洛涅地区,这儿周围有药店、经营服饰用品的商人、扯着粗嗓门的佃农,人们身处法国心脏的心脏。

马在这里一直盛行了好几个世纪。对我们而言,在那个汽车还是奢侈品的年代里,自行车取代了马。我们就是一个在森林里耕作、寻找房子打网球和池塘游泳的团伙。如今摩托、电话、歌曲、摇滚舞以及对很多人来说非常需要的毒品,它们所扮演的情感上的和象征性的角色,那时都被我们可怜的自行车整个替代了。摩托是当时完全超出我们能力之外的一个梦想,我们从不会因为一大堆理由而拿起电话,最关键的则是电话几乎从未好用过,其余的,我们甚至不再谈起。当时,骑自行车兜风对我们而言是一种陶醉和最好的经历。

我写这段文字时,又想起我的童年,是那么清晰又有限。或许是因为有限才清晰。这是一种奇迹,地平线越狭窄,而梦想却越璀璨。皮赛,对我们而言,不仅仅是皮赛。它是传达给我们的所有消息,由堂兄讲述、广播播报、报纸刊登,来自威尼斯或罗马,来自如日中天的圣特罗佩①,来自希腊的岛屿,来自西藏。我们好想出发前往这些地方啊!然而,旅游,当时对我们而言,是一个不可实现的梦想。我们对我们的森林、自行车、池塘已非常满足。每一寸的风景我们都如此熟悉。我们了解每条小路,每棵树,每个灌木丛。傍晚,夕阳西下,掠过"布尔东"池塘抑或"四风"池塘,骄傲的栎树

---

① 法国地中海沿岸的一个旅游胜地。

们紧紧相拥,一种夹杂些许不安的平静深入我们心中。我们都在
展望未来。

《费加罗报》,1992 年 8 月 7 日

生于斯，死于斯

　　一个男人，一个女人，一个家庭，一些孩子，这首先是一所房子。一所生于斯死于斯的房子。一所我们的先辈从生到死居住的房子。一所我们的后人将从生到死居住的房子。几个世纪以来，社会阶层从高到低，奢华抑或贫穷，越靠近别墅抑或陋室，对数百万人来说，房子已经是家庭不可或缺的一部分。直到 19 世纪中叶，铁路诞生，蒸汽船诞生，对当时的人而言，任何一次出门都是一种例外。唯有士兵、朝圣者、爱冒险的男人和女人、大阔佬抑或贫穷的人们在外游历。

　　其他人位于他们生活的地方——即他们的房子里。城市或者乡间的房子，现代农庄或者乡间别墅，结实的土地上或者树林里盖起的简陋的住所，这里无数孩子簇拥在一起，周围是高大古老的建筑物，两侧有小教堂及其附属建筑。那时，房子带有一种集体的韵味。这是祖先的住所。这是根源地。在我们这个时代，战争，危机，技术进步，经济社会发展已经摧毁了所有的这些根源，留给每个人只剩下对逝去的年代的隐隐约约的忧伤，在这一去不复返的年代里,每个人都有自己的一片故土,在熟悉的地平线上由几堵墙围成。如今,人们对第二寓所的迷恋,冒充优雅地迷恋拾掇得干干净净地小农庄和羊舍,只是对这个逝去的梦想在房产上的翻译,对古老的石头和显眼的屋梁的嗜好。

汽车,用来克服空间距离,房子,——另一种艰难的战役,——用来跟逝去的时间作战,是现代世界的两只领头羊。崇拜汽车,也崇拜房子。两次世界大战之间,在我们的第二个战后初期,似乎是汽车以绝对性的优势战胜了房子。随之而来的对大城市的恐慌,希望找回逝去的河流和绿树,逃避人群,追求清静,带给房子无尽的魅力和夺目的光彩。如果不曾回忆黑暗年代里的那片土地,对房子神话般的回忆则显得光彩照人。一位名叫弗朗索瓦·努里西耶的歌手在其歌曲《房子的主人》中唱出了这种回忆的无尽魅力。嚷着要见祖先,要求收回祖产,盼望扎根地方的阵阵喧哗从四面八方传来,房子散发着诱人的甘甜。书中,电视里,年老的索斯坦纳·德·普莱西斯-沃德勒伊即将离开祖先的住所,他泪流满面,在茅屋和别墅里失声痛哭,一直以来,总有人对这种神话不屑一顾。那些和父亲断绝关系的人,那些家庭破灭的人,——纪德写道:"家人,我恨你们!"更有甚者,萨特写道:"没有好父亲,这是规则。"——他们对房子丝毫不曾宽恕。人们看到他们如此批判房子:孤立、狭窄、自私、呆滞、盲目。当保尔·莫朗写《唯有土地》时,他暗示自己开始接受所有的土地。房子,从定义上讲,跟旅游、好奇心、思想开放、冒险截然相反。房子,是对过去、根深蒂固、持续的崇拜,她拒不理睬世人的自由。

家具,小摆设,装饰品,草坪,树木,整座房子是个束缚。在歌颂房子的合唱队里,歌手们的美德、快乐与遭受厄运,只在房子里看到一架奴役机器的人们形成鲜明对比,或许他们还看到一种慢性自杀。深居简出者和流浪者之间,守旧的人和好奇的人之间,继承者和冒险者之间,一场古老的争论仍在进行。史前史时代,圣经时代,居住在城市、乡村、葡萄园和果园的人们,竭力抵制跟随沙漠商队和游牧的羊群到处漂泊的人们。

整个房子是一条链子。没有比这更轻柔的链子了。因为这是一条历尽岁月沧桑的链子。她将死者和生者,过去和未来紧紧相连。更为美好的是,人们居住、使用的一所房子远比短暂的人生更长久,更富有。整个房子是一部小说。她见证了出生和死亡,见证着不同的命运变更。她为爱情、激情、笨重而缓慢的队伍、日复一日的平淡无奇而遮风挡雨。房子里有家具、图画、书籍、家庭用具、地毯、艺术品,一代又一代的人把他们的冲击层安置在这里。这里有他们的回忆和梦想。他们将房子的戏剧改写得令人难以接受,人们被迫离开这里。"与真实的东西决裂,这并没有什么,"夏多布里昂写道,"然而和回忆决裂……梦想破灭,心跟着碎了。"

有人远离了家中的房子,置身于大千世界的种种威胁中,心也迷失了,也有人寻寻觅觅,历尽周折,终于找到梦想中的房子。他们建造房子抑或购买房子,然后住进去,他们给房子打扮,一点儿一点儿地努力和房子融为一体。房子的美丽动人之处,——以及它们的戏剧——并不在于表面看来的几堵墙和几件家具,以及其

388

中的几束花或几棵树。房子首先是一个梦想、一些回忆、一些希冀。房子可能成为一种痛苦。房子总是一种激情。

《建筑文摘》，1988 年 5 月

传奇学校

巴黎高等师范学校庆祝她的第二个百年诞辰:她由国民公会创办,旨在培养共和国教师。许多优秀的教师,在这些毫无争议,培养了整整一代人,有时几代人的教师手中,高师又造就了所有学科,文科和理科内的大量杰出人才。

高师培养了一些小说家、剧作家、诗人、政治家,他们的多样化才能,甚至天赋使于勒姆街举世闻名。佩吉是高师学生,饶勒斯①也是。安德烈·弗朗索瓦-蓬塞②和尼赞③。让·吉罗杜④和爱德华·埃里奥⑤。于勒·罗曼⑥和乔治·蓬皮杜。还有两位因彼此的生活方式和政治主张而分道扬镳的"小同学",其中一位才华横

---

① 让·饶勒斯(1859—1914),法国社会主义领导者,最早提倡社会民主主义的人物之一。

② 安德烈·弗朗索瓦-蓬塞(1887—1978),法国政治家、外交家。

③ 保罗-伊夫·尼赞(1905—1940),法国小说家、散文家、记者、翻译家和哲学家。

④ 让·吉罗杜(1882—1944),法国小说家和剧作家。

⑤ 爱德华·埃里奥(1872—1957),法国政治家,激进党成员之一。

⑥ 于勒·罗曼(1885—1972),法国小说家、诗人、剧作家。

溢,总在一些让人感动的规律上出错,另一位相对逊色些,才华没有如此出众,然而他几乎总是,并且或许在众人眼中,总能令人信服:让-保罗·萨特以及雷蒙·阿隆①。除此之外,还有僧侣、银行家、商人、消防队长、纵横四海的冒险家。

巴黎综合工科学校的学生有一种素质,巴黎综合工科学校有一种精神。我甚至在广播里听到,一个年老的(巴黎)综合工科学校毕业生,为了颂扬其母校称 X 为一件不可替代的"产品"。于勒姆街没有产品。如果存在高师精神,那么首先是独立的精神,非常法国化的多样性,可能还有些违反常规。特里斯坦·查拉②写道:"没有制度,其实还是一种制度,然而是一种最能给人好感的制度。"这是一所学校能接受的箴言,它的集体使命便是培养人才。没有任何一家修道院能像于勒姆街上的巴黎高师做到对所有的异端邪说兼容并包。布拉西亚克③说道,让人忍俊不禁:"这是一场极其艰难的考试,为了升入一所并不存在的学校。"

巴黎高师的入学考试,尤其是文科考试,对外行来说,更容易令他们理解,唯独对学校自身而言,是一种饰有所有荣誉光环的传奇。谈及这些考试,我们首先从前两个年级说起,分别是第一年的"高等预科一年级"和第二年的"高等预科"④,而这两个年级又被冠

---

① 雷蒙·阿隆(1905—1983),法国哲学家、政治家,自由主义捍卫者。
② 特里斯坦·查拉(1896—1963),法国作家,用法语和罗马尼亚语进行创作,达达主义运动的杰出代表。
③ 罗伯特·布拉西亚克(1909—1945),法国作家、记者、电影评论家。
④ 学生在参加完 BAC 考试后,需要经过为期 2 年的预科学习,通过考试后才能进入高师。预科第一年被称为 hypokhâgne,第二年被称为 khâgne。

以 hypokhâgne 和 khâgne 的荣耀光环,因此更深入人心。在这两年期间,学生们孜孜不倦地学习,生活压力远远超越了一个普通高中生能承受的程度,并已修成正果。他们仔细研读柏拉图和马克思的著作,头脑有点晕乎乎;开始探索即时战略,充满了玄奥抽象的颠覆和对社会的诙谐调侃,他们开始忧心忡忡。终于迎来了考试,考生们热情高涨,时刻准备上演一段华美乐章。布拉西亚克著有《时光飞逝》,马丁·杜·伽尔著有《蒂伯一家》,于勒·罗曼著有《善良的人们》,每当人们谈论起这些时都津津乐道,不知疲惫。雅克·达拉刚——日后的杰里·莫勒尼——高师的主考官之一,被考生们早已建立在外的名气弄得无所适从,他别有用心地问道:"谁在哪一年有了什么成就?"立刻有人回答道:"410 年,阿拉列在罗马点燃了圣火。"这所历史悠久的学校,也许是由于一代又一代高师人身上共同的而又无法察觉的那份敏锐,她才卓尔不群,传奇从未停止成为现实的脚步——现实,传奇。

《费加罗杂志》,1994 年 10 月 22 日

高师人

　　乔治·蓬皮杜,共和国总统;班尼·莱维,又名皮埃尔·维克多,左派无产阶级前领袖;皮埃尔·穆萨,银行家,前巴黎银行行长,帕拉斯集团总裁;让·里什潘,渐渐被人遗忘的作家,他著有四幕歌剧《流浪汉》以及电影剧本《吉卜赛式的激情》;罗伯特·布拉西亚克,作家,诗人,自由解放时期被枪决;让·普雷维尔,作家,诗人,抗德英雄。是什么将他们紧紧相连?巴黎高等师范学校,毗邻先贤祠,于勒姆街45号,在这一片葱郁的天堂里,他们都曾度过几年引以为豪的岁月。他们热爱这所学校,又厌恶这所学校;他们满腔热情向往就读于这所学校,又时不时地嘲弄这所学校;他们歌颂这所学校,又反抗这所学校;他们将这所学校从记忆深处抹去,又从未停止对这所学校的深情回忆,这种深情却又蕴含一丝的嘲讽。

　　萨特、阿隆、饶勒斯、佩居伊、埃里奥、吉罗杜、柏格森和莱昂·布鲁姆,他们是《高师人》。

　　数以万计的文学作品被贡献给了于勒姆街的这所学校和她的莘莘学子。小说、散文、回忆录、小册子。在于勒·罗曼的小说《善良的人们》中，——有一位巴黎高师校友被高师人称为"资料立方"，雅莱和热法尼翁都曾是巴黎高师人学生，从教学图表中可以看出，他们的专业分别是政治和文学。马丁·杜·伽尔的著作《蒂伯一家》中，在巴黎高师考生成绩公布当天，长兄安托万陪同造反者雅克前去查看考试结果，是他对弟弟大声嚷道："你被录取了，第三名！"

作家们试图确定著名的高师精神，不惜笔墨，纷纷献策，与国家行政学院和巴黎综合工科学校截然相反。布拉西亚克坚持认为这种精神只是意味着一场极其艰难的考试，为了升入一所并不存在的学校，他戏谑地将高师称为宽容之所。让·吉罗杜，也曾是高师学生，或者更确切地说是"反高师人"，和大多数高师人一样，在其自传中，另一位高师人，菲利普，我认为他跟弗朗索瓦毫无瓜葛，重提 1934 年《费加罗报》上《贝拉》和《当选者之选》的作者对高师的定义的描述："这是一种聚集，人们觉得需要聚在一起，过一种却又极其个人的生活。这是一种修道士规则，正如对无政府主义者的坚持。"

这些无政府主义者各奔东西。交替穿梭于酒会和学校餐厅之间——这并不是徒然——宗教颂歌和国际歌亦如此。一些人是天主教徒，其他人则不信奉任何宗教；一些人在右边，其他人在左边；一些人选择跟他人合作，其他人则是坚决服从最循规蹈矩的共产主义信仰。高师人赫赫有名，他们如此博学，如此聪慧，满腔热情，无懈可击，无人可及。1953 年 3 月，斯大林去世后，两百个高师学生中，共有 75 人签写了一封吊唁信，用此谵妄："斯大林元帅的去世不禁使我们思考,这位政治家,联合国创始人之一,对和平、民主和人道主义事业做出了什么样的贡献? 这位伟大建设者的名字又将和人类解放的伟大希望紧紧相连!"历时造就了思想敏锐、教养甚高的名人,与他们为伍,万分痛苦。

再者,巴黎高深师范学校不仅仅只是引起那些目瞪口呆的仰慕者的注意。在其著名论著《日志》中,德里厄·拉罗歇尔建议拆除高师,当时奥塞车站和特洛卡代罗车站正遭毁坏,在他看来,这两座车站都是民主的象征。19 世纪末期,爱弥儿·左拉发表演说《文学领域里的一个国家》。在他眼里,高师人"是棋子,只是棋子",他还喋喋不休地谈论"老处男无能为力而又不为不知的欲望,他们使妻子大失所望。"

尽管左拉、德里厄唱反调,巴黎高师却拥有几近神话的魅力和声望。或许这魅力和声望是对过往追溯的幻想。生活中,很多东西,不属于爱情,亦不属于乐趣,唯独属于那些规章制度。于勒姆街更令人回味无穷的是,并不是一直待在高师,而是曾经是这里的一名学生。尼桑在作品《亚丁阿拉伯》开头说道:"我 20 岁,绝对不允许任何人说,那是生命最美的岁月。"这是一段非常有名的论述。或许这正是成为高师学生,有时必须历经艰辛最简单不过的阐释了,尽管其中有对书籍的热爱,对柏拉图、维吉尔、斯宾诺莎、黑格尔的追随,对涉猎知识之旅的沉醉。然而他们当中的很多人回首往事时,无比伤感,于勒姆街的高师,他们从那里看到一片清新而葱郁的沙漠绿洲,他们追求梦想,满怀希望,有时生活却令他们郁郁不得志。兰波在《高师人》一书中说道:"难道我不曾拥有一段令人愉快、斗志昂扬、充满传奇色彩的青春岁月,可以书写在黄金般的纸张上吗?"这段一闪而过的文字道尽了这些高师学子的心思。

《费加罗杂志》,1993 年 11 月 27 日

保尔·莫朗,名不副实的祖父

保尔·莫朗跟我以"你"相称:这更迅速了。我跟他以"您"相称,这最自然不过了。一天,他跟我说了一段简短的话,寥寥几个字,清晰明了而又让人捉摸不透:"你看,我没有儿子,但我有好些孙子。"

这位名不副实的祖父在法兰西学院给我打过一次电话。电话响了,我拿起话筒。我立马听出了他的声音,他才不会把时间浪费在这些鸡毛蒜皮的小事情上呢:

——你的信呢?

——什么信?

——你的自荐信。

——什么自荐信?

——法兰西学院自荐信。

——法兰西学院自荐信?……哦,是吗?

——赶紧寄来!

时值六月。假期就要来临。七月份我离开巴黎。九月份我前往巴西。我寄了自荐信。十月份我当选为法兰西学院院士。事不宜迟。这就是莫朗。

《费加罗女士》,1988 年 3 月 12 日

大事

当我把笔下的这段文字公之于众时,我想,玛格丽特·尤瑟纳尔入选法兰西学院已尘埃落定。她将使整个学术界为之而沸腾,太出人意料了!骚人墨客竞相为之大费笔墨。在法国,在国外,报纸上、广播里、电视上,她都将成为头条新闻。饭后人们孜孜不倦地谈论她。人们对其背叛祖国的谴责和非难越来越少,——而且,——她将成为一场"德雷福斯"事件,在这一事件中,祖国和军队都将被文学和学术院取代。

全面煽动、阐释重大原则、宣泄强烈情感,面对这些,我尽量不参加,对这种选择我一直心甘情愿。大肆洗劫日报、周报、月刊、小屏幕,给火车蒙上双眼,任凭其顺着各种媒体行驶,这是一次绝妙的机会。我宁可默默等待,知道紧箍咒被取下。文学是件极其重大的事情,我们不能将其毫无保留地托付给时事新闻。

因为这正是涉及文学,而不是政治、社会学、风俗,也不是论争。这件事跟文学有关,首先跟文学有关。然而传统也掺和其中。趁此机会,论争、风俗、社会学、政治奔赴战场,前来支援。依我之见,在我们国家以及世界各地,所有那些对法兰西学院所能象征的种种念念不忘的人们可以从中获得无比欣慰:学院并未死气沉沉,因为人们战斗在她周围;学院生机盎然,因为人们战斗在其中——手中唯独捧着辩术之花,毫无疑问。

精神的力量如此强大!抑或,兴许是此时此刻法国人浮躁不安?一些民族徘徊在奴役的深渊边缘,宗教之火或许是革命之火蔓延至人们身边,失业和通货膨胀威胁着家庭和个人,整个星球在战争和和平之间摇摆不定,我们首先谈论的是什么?——一名女性入选孔蒂码头的法兰西学院。

法兰西学院没有任何一道院规反对女性当选为其院士。伟大的枢机主教创立了法兰西学院这个男性的圈子,而反对女性加入其中的反对者声称,如果院规对此缄口不语,那么女性的入选曾经是并依然是难以想象的。如果黎塞留主教曾经考虑到女性入选法兰西学院,我们则一目了然。从朗格维尔夫人到塞维涅夫人,从斯居代里夫人到拉法耶特夫人,十七世纪不乏女性的佼佼者。黎塞留及其后继者的沉默直截了当地宣判了女性的入选资格——绝不可能!其他人则奋力回击:谁没有同意;创建者的沉默只是深不可测的睿智和对未来的慎重。

让死者站起来讲话总是十分大胆的,——尤其是那些缄口不语的人——在某种意义上或在其他意义上,可以肯定的是,将女士和小姐拒之门外的是法兰西学院的传统(如果你们允许我使用一种有点冒昧的形象化比喻)。在法兰西学院里,传统并不是件轻而易举的事。我想说,在宝剑、两角帽和绿袍的掩映下,传统举足轻重。

这便是这件事情的核心所在。这件事不值得我们为之一笑。如果法兰西学院不尊重传统，那么谁来尊重传统？否则，传统绝不会让法兰西学院错过杜·德芳夫人，马塞丽娜·德博尔德-瓦尔莫，乔治·桑，诺瓦耶伯爵夫人和伟大的科莱特。她们当中的好几位女性应该越过边境，以便被选入比利时皇家学院，在此我们应该向比利时皇家学院致以崇高敬意。不久之后便有人提醒我帕斯卡、莫里哀、巴尔扎克、司汤达、波德莱尔和马塞尔·普鲁斯特已不在人世——正式地说，至少是这样的——于勒·勒纳尔①戏谑地将他们称之为"不朽者的共同点"，然而，这是些荒谬的"错误"。女性，是一种"起源"。

我们熟知那句格言："永远支持原则，原则最终将弃您而远去。"这仅仅是只言片语，然而现实却异常顽固化，我当即发言，异常清晰明了：我尊重这种现实。人们津津乐道地谈论原则时，我没有傻笑，而是在想人们在改动一项传统前，必须三思而后行。克洛德·列维-施特劳斯，法兰西学院院士，法国思想界的荣誉之星，他非常简洁而出色地解释说，摆脱远古部落的习俗无益于人类。法兰西学院的成员甚至是一个极其古老的部落的最后几位幸存者，这个福利国家让他们依然可以头戴羽毛漫步在塞纳河畔，是什么可以让法国做到这一点？传统造就了我的生活，我受益颇多，而我也不会愚不可及地唾弃文明的起源。

---

① 于勒·勒纳尔(1864—1910)，法国作家。

困境中,传统正遭受威胁,如何寻求最有效的方法拯救这些传统,真正的问题就在于此。必须牢牢抓住他们? 抑或任凭她们缓缓发展? 这是一场由来已久的争论,艰难,有时又相当残酷,传统的正统主义者和极端主义者经常碰壁而郁郁寡欢,自由主义者和变革的拥护者又不由自主地滑向深渊。如何走出这一困境? 在我看来——我自欺欺人——最好的方法,或许是唯一的方法,便是跟才华打赌。既然当代法国文学杰出的作家之一如今是位女性,这正是如此,如人所说,法兰西学院和尤瑟纳尔夫人相互守望着,并给予对方一次不容错过的机会。

总有一天,一位女性将走进法兰西学院。厌倦、顺应时代精神、懦弱、鼓足勇气、新生代的不断涌现、心不在焉、神志清醒、犯下错误,有朝一日,不管怎样,传统的防线将出现一道裂缝。我希望法兰西学院毫无损失,这样等到 1990 年或 1995 年,我依然可以喃喃自语道:"瞧! 我们当时推选玛格丽特·尤瑟纳尔是多么明智的选择啊! 她留下这么多好书!"因为,传统的影响和价值不可分离,然而文学的影响和价值同样不可忽视。我们不妨想象一位贵族俱乐部主席,在另一个世纪之末或世纪之初时,他感慨万千,心满意足地说道:"感谢上帝! 在欧洲,还有几位这样的贵族,对他们而言,个人荣誉无足轻重。"我并不想用一只雌性孔雀光彩夺目的羽毛来自我装饰,义不容辞地支持玛格丽特·尤瑟纳尔入选法兰西学院,对我来说,目的并不是不惜一切代价,用尽各种手段使一位女性加入法兰西学院,我只是竭力反对阻止她加入的那种根深蒂固的观念,尽管她的才华如此出众,这两种态度的分歧就在于对文学的某种观点不一。法兰西学院,千真万确,并不只是文学殿堂,然而,文学在那里依然有一席之地。

无疑,任何文学评论都会引起争议。由此,我遭到某种无法再作出解释的东西——或者某种必须花费好几张纸页才能解释的东西:我深信玛格丽特·尤瑟纳尔是法国在世的最伟大的作家之一,就此断言,我们可以展开讨论。任何人都独挡不了我这么肯定的断言,并且我深信,玛格丽特·尤瑟纳尔的入选非但不会损害法兰西学院,反而会给她带来——删去毫无是处的评述——盛誉和荣耀。

玛格丽特·尤瑟纳尔的道路上横着一些障碍,有些是人为的障碍:她不是法国人,她没有递交自荐信,她住在远方,她没有拜访法兰西学院的院士们。答案极其简单:首先,她是法国人,她曾经致信给法兰西学院终身秘书;其次,接受一位女性加入我们其中,既然我们如此犹豫不决,那么请至少选出一位其他我们不必如此耗费时间的女性吧;再者我们不费吹灰之力就能找出几位著名作家,他们是正宗的巴黎人,然而他们并未因他们的辛勤耕耘而在法兰西学院周四的例会上大放异彩;最后,如果法兰西学院院规对女性缄口不语,然而没有对对院士们的拜访默不作声:"觊觎空位的人不会错过任何一次拜访院士的机会以争取更多的选票。"难道这还不够明确吗? 我深知传统召唤规则抛弃的东西,然而问题至少是公开的。

玛格丽特·尤瑟纳尔将是第一位入选法兰西学院的女性吗? 写下这些文字时,我尚不知晓结果。对她本人而言,对我们而言,她的当选都将是一种荣誉,我暗自思忖道。如果她当选了,是她的幸运。如果她落选了,则是我们的不幸。

《费加罗杂志》,1980 年 3 月 8 日

游走在传统与变革之间的
玛格丽特·尤瑟纳尔

我很快地计算出:我们共有 13 人围坐在桌前。然而犹大不在场。唯有供大家饮用的水以及丝毫不见一点吃的东西:而今这不是耶稣最后的晚餐。这只是法兰西学院召开的一次会议。这次会议的任务便是解读前天在法兰西学院召开的神圣的会议中发表的两场演说,以一种预演的方式,一直在重复着,抑或更有甚者,如果您有所偏爱,这便是身着便服做"彩排前的最后一次排演"。

这场事先安排好的解读是一种惯例,而这惯例完全不再适宜称之为《孔蒂码头的老妇人》,自从一位伟大的夫人入选之后。有人算出平均每年会有 2.6 或 2.8 个法兰西学院院士去世——对确切的数字我不再清楚。让·科克托①肯定地说院士们去世时才获得院士席位。选举后继者担任这些无人继承的席位是后人们要完成的一件大事。保尔·克洛岱尔工作繁忙,不常出席会议,一位同

① 让·科克托(1889—1963),法国作家,1955 年当选为法兰西学院院士。

行去世后,他不得不前来进行一次必要的选举。他非常高兴能有此番经历。走出选举大厅时,他咕哝了几句,用他那著名的嗓音,低声抱怨道:"我们本应该经常召开这种选举会议。"

新当选者发表"致谢辞(法兰西学院的行话)"的惯例追溯到1640年。这一年,据佩利松记录道,奥利维·帕特吕①发表了"一段强劲、美妙的致谢辞,大家非常满意,并要求以后所有的新当选者必须照做"。1671年,夏尔·佩罗②,《小故事集》的作者,获得了更大的成功。突然,法兰西学院决定将新院士的入院演说改为当众发表:1673年,这一年,史无前例,弗莱希埃,主教,神圣的演说家。他取得了巨大成功,盖过拉辛,并从众多候选者中脱颖而出,当选为法兰西学院院士。

一个多世纪以来,新当选者——被成为新院士的演说词,以及院长的致词无疑是长达十来页纸的溢美之词:对去世的院士的双重颂扬,对创建者黎塞留主教的颂扬,对第二位保护人掌玺大臣塞吉埃的颂扬,颂扬路易十四,路易十五抑或路易十六,对法兰西学院本身的颂扬,最后在院长的致词中,是对新当选者的颂扬。麦斯麦总统将学院新院士的演说词戏称为神圣的弥撒,而主持弥撒的神甫极力恭维了所有人之后,总不忘吹嘘一下自己。伏尔泰在其第三十封哲学信函中,更为尖锐地指出:"有一天,一位英国才子向

---

① 奥利维·帕特吕(1604—1681),法国作家、律师,1640年,在黎塞留保护下,当选为法兰西学院院士。

② 夏尔·佩罗(1628—1703),法国诗人、作家,以其作品《鹅妈妈故事集》而闻名。

我征询法兰西学院的学术论文。我对他说,法兰西学院从不撰写论文,但她共印刷了六十卷或八十卷颂词。他浏览了一两卷,他从未能弄明白这种文体,尽管他非常熟悉我们所有这些作家。他说,在这些优美的演说词中,他隐约看到的只是新院士深信他的前任院士是一位伟人,黎塞留主教是一位了不起的伟人,掌玺大臣塞吉埃是一位相当了不起的伟人,院长本人的致词中重复了相同的内容,并补充指出新院士有朝一日也会成为一位伟人……不难看出几乎所有的这些演说词必然给法兰西学院带来微乎其微的荣誉:新院士们强加给自己的一种惹恼公众的法令。发表演说的必要,无话可说的尴尬,富有风趣的欲望,这三样东西足以使最伟大的人变得滑稽可笑。缺乏新颖思想,新院士们竭力搜寻新潮伎俩,不假思索地喋喋不休,正如一些人嘴里空着(什么都没有),却佯装咀嚼,这些人饿死时还装出在吃东西的样子。"人们读懂了皮隆当选为法兰西学院院士,院长邀请他准备演说时的答复:"一切均以敲定,你们也是。——何以如此呢?——我起身摘掉我的帽子,说道:先生们,你们接纳我加入法兰西学院,给我带来了极大荣誉,对此,我深表感谢。你们也起身,摘掉你们的帽子,然后回答道:先生,这事不足挂齿。"(然而国王拒绝批准他的入选,其著名的墓志铭如下:皮隆,人微言轻,亦不是法兰西学院院士。)

18 世纪末期,尤其是 19 世纪,严格审查的文学论战逐渐取代这种大肆颂扬。值此机会,拉布吕耶尔竭力支持"崇古派"而反对"厚今派"。伏尔泰和布封贡献突出,他们让法兰西学院的就职演说成为一种严格意义上的文学体裁。同时,一些新问题也涌现出来了,伴随着许多困难。

欧仁·斯克里布,惊人的高产剧作家,一生共撰有 350 个剧本,其中《水杯》最近在法国重新上演。1834 年,他在法兰西学院发表演说,满脸愤怒,一脸正直,大声道:"莫里哀的喜剧向我们提过伟大国王的过失、弱点、错误吗? 向我们提过《南特敕令》的废除吗?"不幸的是,莫里哀于 1673 年逝世,《南特敕令》于 1685 年废除。

纵观法兰西学院的整个历史,从雨果到科克托,中间跨越了勒南、罗伯特·德·弗莱尔抑或保尔·瓦雷里,他成功地花了一小时谈论阿纳托尔·法朗士却从头到尾不曾提及他的名字。——院士们的入职演说向我们讲述了一些趣闻轶事,成为文学生活中的小事件,然而没有哪次演说如一场并未发表的演说那般轰动一时:1812 年夏多布里昂的入职演说。

1810 年,学院将《殉道者》和《基督教真谛》从她新近创立的文学奖上除名,理由是内波米塞娜·吕西安①发现这两部作品带有"一点滑稽色彩"。两年后,夏多布里昂得到皇帝的支持,并几乎在皇帝的命令下,在 23 名投票者中获得 13 票,勉强获胜当选为法兰西学院院士,取代了马利-约瑟夫·谢尼埃②。获胜者的演说令诵读委员会的成员目瞪口呆:赞词其实是一种控诉。"我不知道,"夏多布里昂说

---

① 内波米塞娜·吕西安(1771—1840),法国诗人、剧作家,1810 年当选为法兰西学院院士。

② 马利-约瑟夫·谢尼埃(1764—1811),法国革命诗人、剧作家,安德烈·谢尼埃的弟弟。

道,"如何把握法兰西学院赞词的分寸。"安德烈·谢尼埃的弟弟抱怨道:这其实是一种曲言法,弑君者,上帝的敌人已被处决。

这次引起重大争论的演说词传到拿破仑耳中,他立刻陷入那众所周知的著名的拿破仑式的愤怒中:"作家们将挑起法国的战火吗？我已经竭尽全力平息各派之争,争取恢复平静。空论家们妄想实现无政府！法兰西学院如何敢谈论弑君者,当我加冕为帝,放下所有仇恨和院士们共进晚餐时？"演说稿归还给作者,被皇帝用铅笔寥寥数笔地画了些晕线。夏多布里昂无比自豪并深感幸福:"雄狮的利爪处处留下印痕,我有一种被激怒的快感,并对此深信不疑。"他拒绝修改任何一个字,坚决不重新撰写演说稿。"因此,我不会成为研究院院士,这令我喜出望外,所有人也都兴奋不已。"

玛格丽特·尤瑟纳尔既没有遭受伏尔泰的批评,也没有夏多布里昂那样命途多舛:她认真研读了卡伊瓦[①]的作品。以后也不再有人像她如此关注《人与神圣》、《游戏与人》、《石头》和《阿尔费河》的作者。第一位女性加入法兰西学院这个男性俱乐部的历史性事件再自然不过了。或许我应该承认的是,长期以来,在全世界,法兰西学院的魅力从未如此光彩夺目。

更令我感动的是,在这次就职典礼上,革新者所具有的超凡的勇气与传统所具有的各种夺目的光彩相互辉映,玛格丽特·尤瑟纳尔的身后,毅然矗立着两位伟大的身影,他们在传统与变革无休止的争论中举足轻重:一位是三岛由纪夫,玛格丽特·尤瑟纳尔刚

---

① 罗歇·卡伊瓦(1913—1978),法国作家、社会学家、文学评论家。

刚撰写过一篇有关他的散文，另一位是卡伊瓦，玛格丽特·尤瑟纳尔将要接替他在法兰西学院的席位。

罗歇·卡伊瓦曾是超现实主义者，日后他成为语言的纯洁性和科学的严肃性最热忱的捍卫者之一；三岛由纪夫①试图以捍卫祖先的传统为名，鼓动目中无人的军队起义反抗合法政府，最终他切腹自尽。

卡伊瓦，三岛由纪夫，尤瑟纳尔：他们迥然不同，人们不需费很大力气便能发现这三位来自世界不同角落作家的一些共同点。

首先，这三位作家，他们在忠实于过去和追求革新之间心碎不已。

其次，经历过无数次尝试和知识探险后，他们终于实现了自己的向往，这种向往并非是每天的幸福之情，而是被他们其中一位称为"题外话"的其他东西，这种"题外话"来自对别人进行劝阻的批判和人道主义者的理智：在这些其他东西中，动物、石头各自扮演着他们的角色，是一种对沉默、对物质抑或对死亡的绝对信仰。

最终，尤其值得一提的是，这三位作家来自不同的世界，心怀不同的忧虑，然而拥有某种共同的东西将他们紧密相连，超越了任何分歧：他们都是伟大的作家。

《费加罗杂志》,1981 年 1 月 24 日

---

① 三岛由纪夫(1925—1970)，日本小说家、剧作家、记者、电影制作人、电影演员。

尤其，不要谈新闻业

当然，不论是好的职业，还是差的职业，其风险一直在增长。从布拉西亚①到索尔仁尼琴②，有数不清的作家因为其文字而遭到处死、流亡、放逐、磨难或者讥讽。但是有另外的行事方式吗？艺术不复存在，私生活也不复存在。

在《追忆似水年华》中，诺尔普瓦③先生嘲笑中的"长笛吹奏者们"。他当然错了。因为那些长笛吹奏者们是深刻的，就如同一位室内画家或一支室内乐；而他本人却是轻浮的，就好比那些冒着轻率的危险处理大事的人们。但是在今天，连才华横溢的普鲁斯特都不能不去了解杀害百万犹太人的大屠杀，集中营，对人类的蔑视，被任意践踏的最基本的权利。也许马尔罗④不能说服普鲁斯特

---

① 罗贝尔·布拉西亚（Robert Brasillach，1909—1945），法国作家，记者，电影批评家，在二战期间，与纳粹主义合作。

② 亚历山大·伊萨耶维奇·索尔仁尼琴（Soljenitsyne，1918—2008），俄国作家，获 1970 年诺贝尔文学奖。

③ 普鲁斯特的《追忆似水年华》中的人物。

④ 安德烈·马尔罗（André Malraux，1901—1976），法国小说家，评论家。

加入法兰西人民联盟①,阿拉贡②也不能说服其加入法国共产党。但是,我有些怀疑在这后半个世纪发生的事件的影响下,普鲁斯特还能否完成他的不朽著作。事实上,在希特勒和斯大林之前,他就已经顺利完成了《追忆似水年华》。毕竟,知识分子们,艺术家们并不是只会逆来顺受与哭泣:历史束缚他们,但同样也滋养他们。如果没有著名的"记事本",就不会有今时今日的莫里亚克③。莫利亚克会不会认为是他的诗歌或者戏剧创作,才使人们记住了他呢?今天,我们都知道,这要归功于他的浪漫作品以及他在我们这个时代的历史中日复一日所积累的地位。

如果没有天赋,要想成为作家,艺术家,通常还需要具备什么呢? 首先是才华,其次还是才华,最后也还是才华。我很想再补充一句,除了才华,什么都不需要了。然而,我认为(也许这种想法有点天真),如果既想要表现所处时代的某些东西,又想冒着被遗忘的风险,争取存活下来的最小一丝机会,不论这个机会是多么渺小,这都需要一股冲劲,一颗宽容之心,对人们的兴趣,以及人们所期望的他对这个时代的理解。如果一个作家或艺术家只拥有过时的才能,这在今天来说,是毫无用处的。如果雨果或斯当达尔拥有

---

① 由戴高乐于 1947 年创立。后正式改名为保卫共和联盟。

② 路易·阿拉(Louis Aragon, 1897—1982),法国当代著名诗人,作家,小说家。

③ 弗朗索瓦·莫里亚克(François Mauriac, 1885—1970),法国小说家,1952 年诺贝尔文学奖获得者。

拉布吕耶尔①,伏尔泰,里瓦洛尔②的才华,那么他们什么都干不了。如果我们具备左拉、巴雷斯③、拉迪盖④的才干,那我们也什么都做不成。的确,他们只能供我们研究,供我们赞赏。这是因为我们必须跟上时代的步伐,如果有能力的话,我们要超前于时代,而不是尾随其后。今天,读者们想从一位作家那里得到的,就是他对于我们这个时代的标志——焦虑的理解。

谈到这儿,我已经偏离了我写这篇文章的意图,偏离了新闻业、实事、铁托⑤之死、侵略阿富汗、德黑兰人质⑥,以及奥运会。离得很远吗? 不。我们的日常生活、自由、荣誉,我们对于比以往任何时候都依赖周围一切的自身的看法。怎样无视这种对于世界的依赖,从属呢? 我们都生活在这个世界上,且不是唯一生活在此的。我们应该要融入这个世界。但也许是因为想更好地保护我们自己的一方小天地,我们又拒绝融入这个世界。

———————

① 让·德·拉布吕耶尔(Jean de La Bruyere,1645—1696),法国作家,法国写讽刺作品的道德家。

② 法国政论家。他冒充贵族,在法国大革命时期发表作品支持君主政体和传统主义。

③ 奥古斯特·莫里斯·巴雷斯(August Maurice Barres,1862—1923),法国小说家,散文家。

④ 雷蒙德·拉迪盖(Raymond Radiguet,1903—1923),法国著名诗人,作家。

⑤ 约瑟普·布罗兹·铁托(Josip Broz Tito,1892—1980),南斯拉夫人民游击司令部总司令,南斯拉夫人民委员会(即临时政府)主席和国防人民委员。1980年5月4日,铁托病逝于卢布尔雅那。

⑥ 德黑兰是伊朗的首都。德黑兰人质是指伊朗扣押美国人质以及由此而引起的种种事态。

我时常自问。我想起了保罗·莫朗①。每次遇见他的时候,他都会对我说:"第一,不要写些色情的东西! 其次,也不要谈新闻业!"我曾写过一本平庸的书,书中有几页大胆露骨的描写。因此,我担心他认为我受到了色情的诱惑。这是十多年前的事了。从那时起,以前备受责备的文学阴沟里的脏水,似乎现在被列入了供那些非常"有教养"的或也许有点迟钝的年轻女子们阅读的说教文集。人们已经倾向于把好的文学作品与差的文学作品混为一谈。保罗·莫朗对新闻业的敌意对我产生了更为深远的影响。用今天人们不怕被嘲笑的话来说,它"引起我强烈的共鸣"。从《夜开》到《只有土地》,令我惊讶的是保罗·莫朗在对现代大都市进行研究之后,如伦敦,布加勒斯特②,他以切分节奏的方式就闪耀着跑车,影院,爵士乐新灯光的现代世界发表了许多杰出报道。就像大众急切期待每年规律地出两册的《善意的人们》一样,我们急躁地等待保罗·莫朗的这些报道。这些报道构成了文学的重要所在——一部著作。于是,我明白了保罗·莫朗所指出的新闻业的弊病——才华的浪费。我们把源源不断的精力用于写作新闻报道,作为献给忘恩负义,风云变幻的上帝的不断更新的祭品,以至于我们不能创作出一部永恒的著作。

　　我承认,我时常会想隐退,离开这个世界的疯狂和风尚,躲到洞里写点与此刻的忧虑无关的长篇文字。但是这个念头还不足以

---

　　① 法国著名作家。
　　② 布加勒斯特是罗马尼亚的首都及最大城市,位于东部瓦拉几亚平原中部,多瑙河支流登博维察河畔。

414

使我在下周或是下个月抛开一切,只能让我更好地保持一定的距离,并尝试着坚持下去。如果不是为了成功,至少想努力地忽略成功的机会,那么我们应该要拒绝每日每事的喧嚣,而不是去找寻它。我们应该背诵季洛社①的深刻而带有讽刺的诗句。虽然他著作中的这些诗句比他的宣传演说来得更有说服力,但是却被我们忽略了。如:

你想认识这个世界吗?

闭上眼睛,你就会看见一个玫瑰世界。

在认识季洛社多年之后,我遇见了克洛德·列维-施特劳斯②,这是一次激动人心的相遇。如果我没有记错的话,克洛德·列维-施特劳斯肯定地认为,在一个喧嚣的世界中,文学的条件之一就是充耳不闻。

啊!当然!普鲁斯特,夏多布里昂③,圣西门④都不曾又聋又哑。哎呀,不是的!但是也许,某个朴实无华的作家躲在自己的角落中,像⑤图莱,儒勒·列那尔⑥一样,写一些事无巨细的事情。最

---

① 让·季洛社(Jean Giraudoux,1882—1944),法国作家,外交家。

② 法国著名的社会人类学家,哲学家,法兰西科学院院士,结构主义人类创始人,法国结构主义人文学术思潮的主要创始人。

③ 弗朗索瓦-勒内·德·夏多布里昂(François-René de Chateaubriand,1768—1848),法国作家。

④ 法国哲学家和社会改革家,空想社会主义者。

⑤ 保尔-让·图莱(Paul-Jean Toulet,1867—1920),法国抒情诗人。

⑥ 法国作家。

后,由于机缘巧合而被大众所知。被称作"善良的提奥"的特奥菲尔·戈蒂埃①大概就是这样一个作家：

> 未曾留意暴风雨的到来，
>
> 任其拍打着我的车窗，
>
> 我躲在车里,读着《珐琅与玉雕》。

　　然而,他甚至拒绝一切道德,一切墨守成规,连准则也弃之不顾,他所有的希望都在于艺术的严谨之中。在 1838 年巴尔扎克写给韩斯卡夫人②的一封信中："特奥菲尔·戈蒂埃是我承认的有才华的人之一……文笔迷人,内涵丰富,但是我想他什么都做不成,因为他处在新闻业中。"巴尔扎克的评价颇为不公。首先,戈蒂埃成为了一名批评家和记者,可能是因为他需要钱,而他同时也很崇拜一些大师和朋友,如雨果,乃至巴尔扎克。其次,他的两千多个关于舞蹈,绘画,尤其是文学的专栏,已经成为了七月王朝末期和第二帝国时期法国的精神生活和艺术生活的写照。戈蒂埃的《西班牙旅行》是一篇不可思议的杰出报道,文中充满了这种"慷慨的赞美",这令莫里斯·巴莱斯羡慕无比。这篇报道不含任何自我崇拜,任何情绪,任何形而上学的空想,整篇报道直指现实。尽管在《珐琅与玉雕》的著名序言中,戈蒂埃曾说过:"对于我来说,存在一

---

　　① 法国浪漫主义诗人。提倡"为艺术而艺术"。代表作《珐琅与雕玉》。
　　② 俄国贵族夫人,巴尔扎克的情人。两人相交十八年,最后终于结婚,5 个月之后巴尔扎克与世长辞。

个外部世界。"这句话也许正是巴尔扎克批评他的地方。因为巴尔扎克是从内心走向外界,而不是从外界走进内心。他创造了一个世界,而又不满足于描写这个世界。可能连普鲁斯特也会批评戈蒂埃。因为在普鲁斯特看来,我们创造时的精神状态,至少是在艺术上,要无限高于我们观察时的精神状态。

然而,现在的问题是,外部世界的压力变得如此强大,以至于隐退的诱惑或象牙塔的诱惑对于作家和艺术家已经变得毫无意义了。之所以这么说,是因为他们已经无法逃避这个时代对他们的要求。我们总是能够逃离报刊,电话,电视。但是它们发展得比我们快,因此总是能赶上我们。它们剥夺了我们平静的生活。人与人之间的相互关系,比以往人类史上的任何一个时期,都要密切。在世界另一端发生的最小的事情,都会迅速导致我们的生与死。我们每个人从未如此地相互依赖。以前的知识分子是离群索居的,这并不是因为他们自认为贫乏或者不被理解,而是因为参与就意味着要冒险——说不定明天就要为失去自己最珍惜的东西:自尊,自由乃至生命而悲伤。然而,如今他们也积极参与进来,这并非偶然的。

我想,这就是为什么我们今天再也不能不问世事,一心写作《珐琅与玉雕》的原因了。我们想要加入周围世界的欲望,有时候会变得强烈,而又合情合理。我们这么做,不仅仅出自是深思熟虑后的意愿,更多的是因为我们不能只为自己而活:我们依赖历史,历史也依赖我们。如果我们不去关心极权政体的蠢事或者无耻行径的话,早晚有一天,我们也会深受其害。并不是所有人都必须去搞政治,都必须为最容易忽视的互相矛盾的组合去积极战斗。我个人更加厌恶知识分子热衷于签名,委员会,和带有偏见的介入。知识分子完全沉溺于这些与他们无关的事,事实上,除此之外,他们还有其他的事情可做。但是,如今,知识分子没有权利不去关心发生在其他人身上或者他们自己身上的事情。因为没有人可以这么做,而知识分子更不可以这么做。

《费加罗杂志》,1980 年 2 月 23 日

无论何事

毫无疑问,查理十世的长颈鹿的趣闻肯定能让你们高兴片刻。

你们探讨过文化……?

　　一本袖珍书,充满趣味,几个星期前刚刚问世,几乎没有人谈论它。书名很有意思,《小虚法国诗歌选集》。从吕特博夫、维庸到苏佩维埃尔、格诺,这本书是一本名副其实的,与我们的文学史并行不悖的著作,带有些许的嘲讽。作者是亨利·贝洛奈。他是大学教师,毕业于巴黎高师,显而易见,拥有能够进行此番嘲讽必需的学识和品味。在模仿他人作品这方面,他才华出众,柯蒂斯[①]使我们喜笑颜开,里波[②]和穆勒[③]让我们的父母开怀大笑,贝洛奈继承了他们的这些品质,不仅对他们的模仿惟妙惟肖,他更是一名富有魅力的诗人。

　　值得一提的是,亨利·贝洛奈并未陷入兴时的潮流趋向中。他不处于先锋前沿,不受时代主义诱惑。他是一位文风古老的大学教师。就文体的规范,他饶有趣味嘲弄当今和昔日的大师们。

---

①　让-路易·柯蒂斯(1917—1995),法国小说家、散文家。
②　保尔·里波(1877—1963),法国作家,善于嘲弄作家们的写作怪癖。
③　查理·穆勒(1877—1914),法国记者、作家,与保尔·里波是好朋友。

从弗朗西斯·雅姆的仿作《装傻骗人请求前往法兰西学院》到保尔·克洛岱尔的仿作《对密特朗总统的赞歌》,我们一一论及。在此,我们举个例子,雅克·普雷维尔的诗作《我想描写拉库尔讷沃节日的一天》:

> 那些讲虔诚的人
>
> 那些讲忠心的人
>
> 那些言说大众之父的人
>
> 那些讲多样价值的人
>
> 那些讲辩证的人
>
> 那些实践的人
>
> 那些必定称马克思的人
>
> 那些一直讲集体农庄的人……

政治绝不是亨利·贝洛奈创作的唯一灵感源泉。他同样把抒情诗、抒写回忆的主题以及对逝去时光的忧伤发挥到极致,从《往日星辰谣曲》可见一斑,这首诗借自弗朗索瓦·维庸[法国诗人弗朗索瓦·维庸(1431—1463)写有《往日贵妇谣曲》。],或者更确切地说,是向弗朗索瓦·维庸借来的:

> 告诉我,她们在何处,在哪片乐土
>
> 那美丽的罗兰,索菲娅
>
> 洛罗布里吉达和维蒂,

刚把宝贝让给了

那么可叹的傻瓜，

在田野或者在浮冰下

把温和的阿维纳献给海豹。

往日的明星如今在哪？

那豪迈的玛格娜尼

她曾经力压罗马群芳

可是却被人背叛

仅仅为了远方陌生的他；

玛莱娜的迷人双腿在哪，

摩根的美丽眼睛又在哪，

还有那库尔伯夫瓦美人阿莱蒂；

往日的明星如今在哪？

身材顺溜的埃斯黛

喜欢把媚人歌星带到舞吧，

丽塔、奥德蕾、芭芭拉、利兹；

柔美的玛丽莲如今在哪

还有那位曾经的王后，

眼睛藏在我们的幽暗的镜下；

薇薇安同样随风而去，

往日的繁星如今在哪？

千回万转，稍作弥补，书的结尾出现了一卷《法国诗歌纤巧而真实的选集》，其中不乏我们文学中最优秀的一些诗作。《岁月流逝》按年代排列，抑或《无线的项链》，这两部诗集中，相继巧妙地给我们展现了孤立的诗句、二行诗、押韵的三行诗以及四行诗，读者可以大饱眼福，正如如今人们所说，进行"知识探索"，比如说读者可以猜猜这些诗句的作者究竟是谁：

　　　　您牙齿浸润其中的那些苦涩柠檬①

　　抑或：

　　　　您有着阿西里香料的滋味②

　　抑或：

　　　　您是您自身花束中的花蕾③

　　抑或：

---

① 杰拉德·德·奈瓦尔的诗句。——原注
② 马莱伯的诗句。——原注
③ 龙萨的诗句。——原注

假如河水没有融化冬雪

让我饮喝你手心的水吧①

抑或：

在阿利冈人所在的阿尔勒

玫瑰下的影子呈现红色

时光明亮②

抑或：

玫瑰色海岸的权杖

停滞在金色的傍晚,这东方,

这道你展示的白色飞掠

紧贴着玉镯的光焰③

这本袖珍书非常珍贵:它可以给大众普及诗歌的审美能力,一种愉快及严肃的方式。

《费加罗杂志》,1993 年 5 月 7 日

---

① 特里斯坦·勒尔米特的诗句。——原注
② 保罗-让·图莱的诗句。——原注
③ 马拉美的诗句。——原注

查理十世最美的长颈鹿

　　酷暑难当,尽管如此,法国总领事德鲁韦蒂先生却异常兴奋。事出有因,小事情往往能引起巨大反响。这次,众多大事情即将激起一阵小波澜——然而,在查理十世的宫廷里,在王朝复辟时期法国的每个角落里,即将引起一阵躁动。这小小的波澜是一只神秘的动物,在法国,人们还从未见过她,——一只长颈鹿。

　　德鲁韦蒂先生代表查理十世出任法国驻埃及总领事,穆罕默德·阿里,埃及总督,他总有不少借口以宽慰自己的种种行为:几位英国人被斩首,面对他们鲜血淋淋的头颅,开罗人沾沾自喜;苏丹人民反对由穆罕默德的儿子易普拉新领导的希腊叛乱者的战争如火如荼地进行着,这场战争使法国大为不快,却有利于希腊的独立事业。当苏丹地方长官慕克·贝将两只年轻貌美的长颈鹿送给穆罕默德·阿里时,这位埃及总督当即决定效仿埃及君主们的古老传统,将这两只长颈鹿赠献给别国君主以博得恩宠:一只献给英国国王,另一只献给法国国王。

　　德鲁韦蒂和他的英国同僚抽签来决定分别选择哪一只长颈

鹿。命运垂爱波旁王朝的最后这位国王,德鲁韦蒂当即发了份捷报给大马士男爵,查理十世的外交大臣:"我很荣幸地通知阁下您,命运真是太钟爱我们了,我们的长颈鹿既强壮又健康。而送给英王的那只病快快地,她不会活多久的。"乔治四世和他的情妇,著名的科宁汉姆夫人热情欢迎这只远道而来的贵宾,英国的这只长颈鹿还未从长途跋涉带来的双腿和膝盖的疼痛中缓口气来,几个月后便在漫画家的阵阵嘲讽声中香消玉殒了。

法国的长颈鹿,——长颈鹿,正如人们所说,比她的同伴幸运多了。登上一艘撒丁岛人的横帆双桅船"I Due Fratelli"("兄弟俩"号),船长答应像对待自己的母亲一样负责照料这只长颈鹿。长颈鹿受到最亲切的关怀。甲板上打了一个洞。长颈鹿被安置在底舱,她把头从洞中伸出来,活像一只潜望镜,一块小型挡雨板在她头顶为她遮挡雨水、浪花和阳光。

为了使这只长颈鹿消除陌生感,两只羚羊和三个苏丹人一同前往。船上配备了三只奶牛为了给这只宠儿每天提供 25 升牛奶。不过长颈鹿不只饮用牛奶:虔诚的苏丹人在长颈鹿的长脖子上挂了一张写有古兰经诗句的羊皮纸。

在内务大臣科比尔伯爵的警示下,罗纳河口省省长德·维尔纳夫-巴尔热蒙特先生在马赛迎接这只珍贵的装载物。他细心将长颈鹿安顿在省长官邸,并称她为"我的宠儿"或"这个来自热带地区的美丽的孩子"。他满怀热情并对她无微不至地照料了六个月之久。省长夫人举行招待会将长颈鹿介绍给上流社会,普罗旺斯的院士们十分惊叹地发现了这位美丽的移民固执的沉默不语的原因:尽管有长长的脖子,或许正是由于此,长颈鹿没有声带。

长颈鹿从马赛到巴黎的漫长旅行意义非凡,史无前例:法国人从未见过长颈鹿。恺撒曾经从克雷奥帕特拉的故乡把一只作为狮子猎物的长颈鹿带回罗马。洛伦佐·德·美第奇曾经收到一只来自埃及苏丹(巴耶赛特二世的敌人)的长颈鹿。莫里斯·兰斯在其令人无法抗拒,内容十分充实的书中写道,伊丽莎白女王在其位于里什蒙的夏日官邸里饲养着一只"鹿豹",其体形异常,前腿比后腿高很多。这只"鹿豹"并不是其他什么动物,正是长颈鹿。然而,长颈鹿似乎从未来过法国。越过大西洋,跨过河流,负责人决定让这只最优雅的怪兽徒步旅行到巴黎。必须得有一位领队。居维叶及其同事们将护送任务安排给他们的一位同事:博物馆动物学教授若弗鲁瓦·圣伊莱尔。他当时正患有风湿病和尿潴留。毫无关系!加布里埃尔·达尔多在其书中写道:"他赶紧收拾了一包轻便行李,马不停蹄地花了六天半时间赶来,然后带着长颈鹿朝相反方向出发。"

人们担心沿途引起骚乱:调集了一只骑兵警卫队沿途护送。为了免遭雨淋,还给她特制了一件带风帽的雨衣,雨衣上饰有法国国王和埃及总督的纹章。还有其他的意外支出:"给长颈鹿做一条毯子,用漆布做披肩的里子。"在里昂的白莱果广场,这场"一只动物秀"的明星破坏了整片的椵树。

马赛到巴黎共880公里,长颈鹿及其著名的领队经过41天的旅程,终于到达巴黎。他们离巴黎很近,人们的热情越高涨。人们乘着敞篷四轮马车,轻便双轮马车,如潮涌般来迎接这支旅行队,教授们穿着镶有白鼬皮饰带的长袍,妇女们穿着节日礼服。人们费了不少劲去阻止贝里公爵夫人加入到人群中去。在描述司汤达的一本书中,讲述了司汤达也加入了观看者的行列。让-保尔·阿隆记载着鲁热·代利勒因债务问题入狱服刑,在狱中,他用双筒望远镜观看这场盛大的演出。

任务一完成,弗鲁瓦·圣伊莱尔受尽尿潴留折磨,身穿节日礼服,匆匆赶往医院进行导尿。迈着轻快矫健的步伐,长颈鹿盛装出行,蹄上有一根钉子。在圣克卢城堡里,在橘园前,早在 28 年前,波拿马在此掌权。国王就在此召见了长颈鹿,身后跟着昂古莱姆公爵,贝里公爵夫人以及两位日后受到夏多布里昂赞扬的年幼的王子。国王用其王室的手指,赐予当日的明星几叶玫瑰花瓣。

随后的几年里,在植物园里,长颈鹿接待了成千上万的参观者,大大地激发了当时时尚界、艺术、风俗、绘画和文学创作的灵感。许多年后,福楼拜写信给乔治·桑,说道:"他正如土耳其的长颈鹿日益衰弱。"在长颈鹿生命的尽头,人们打算促使他结婚,然而她未婚夫却从未离开意大利。

加布里埃尔·达尔多先生,贝鲁特的记者,乔治·泊松先生,索镇城堡的主管官,他们组织了好几场相当出色的有关伏尔泰和铁路的展览会,而今,他们在索镇博物馆讲述了一只"献给国王的长颈鹿"的美丽而动人的故事。对他们,我身怀敬意。

《费加罗杂志》,1984 年 5 月 19 日

贾尔丁一家的魅力

不管怎样,我唯一真正感兴趣的,是人与人之间的关系。我设想,正是由于此种原因,我和联合国科教文组织有些联系,我从事新闻工作,我写作小说。也正是由于此种原因,我喜爱阅读传记作品,和许多读者一样。皮埃尔·阿苏里纳——已经向我们生动地讲述了马塞尔·达索的一生,刻画了加斯东·伽利玛的出色肖像,他撰写的《让·贾尔丁传》使我浮想联翩。

我和你们一样。几年前,对让·贾尔丁究竟是何人,我一无所知。我记得十五年前,在拉波鲁茨旅馆,我和一位朋友共进午餐。离席时,我们和一位身材瘦小的男子交流了几句话,他穿着讲究,满脸焕发着智慧的光芒。

——您想必认识让·贾尔丁吧? 在拉波鲁茨街道的人行道上,朋友对我说。

——毫不认识。

——他很了不起。

朋友开始向我简要地讲述让·贾尔丁的传奇经历。我没弄懂多少。然而,我一直在仔细地听,瞪大眼睛。皮埃尔·阿苏里纳的书中,再现了交织在一起的惊讶和迷恋。我比以往任何时候都更透彻地明白了阿苏里纳借用的贝尔内居民提出的一个天真的问题:"然而,确切地讲,让·贾尔丁从事的是什么职业?"我也暗自这样发问过。

好学的知识分子,铁路局官员,皮埃尔·赖伐尔的内阁部长,维希政府支持者,与抵抗运动紧紧相连,始终处于阴暗处的杰出人物,文学界和政界所有辉煌成就的亲密朋友,第一流的人物,却固执地退居二线,在我们那个动荡的年代里,让·贾尔丁处于中心地位。也许最令人惊讶的是,不在于他深入各个阶层,使尽各种手段让自己居于这个要位,然而影响更为深远:因为他的儿子将在一些引人注目的书籍中歌颂他那些令人捉摸不透的荣耀,他的孙子下周将携带一本非常尖锐的小说在文学的后起之秀聚会时亮相。

贾尔丁的生涯始于贝尔内,这是法国的一座乡间小城,守旧,落后,宁静。奇怪的是,他的族人都出自乡野,我们可从其家谱中发现,除了贾尔丁一家,还有姓氏为拉辛、杜申、杜拉克的族人。让·贾尔丁的祖父是位刀剪匠。他的父亲已经是位名人。年幼的让在周围已小有名气,身边的大人们都不及他:马让达一家人围猎时,莱昂·布鲁姆①对布罗意家族的城堡大加赞赏,他不由自主地忆起路易·德·布罗意:"在这个显赫的家庭里,才智世代相传,而天赋却姗姗来迟。"

---

① 莱昂·布鲁姆(1872—1950),法国作家、政治家。

没有什么比人类的存在更奇特跟美妙了，总是如此相像，如此新奇。最初，让·贾尔丁的生活便被盖上了秘密的印章。铁路局里一位名叫拉乌尔·多特里的合作者负责撰写一部有关交通工具的著作。他请求年轻的让·贾尔丁替他完成这项工作。手稿一完成，拉乌尔·多特里便把让·贾尔丁叫来：

——我要写篇序言，但是我没时间，您能替我准备下吗？

于是，让·贾尔丁以另一个名义给自己写的书作序，而这本书却署上了另一个人的名字。这就是让·贾尔丁。

几年后，慢慢地，法国于 1940 年沦陷。让·贾尔丁成为皮埃尔·赖伐尔的内阁部长。然而，他同时也是很多抵抗者的亲密朋友以及许多被压迫者的保护人。最令人惊愕的一幕或许就发生在他被任命为法国驻瑞士伯尔尼大使期间，这位赖伐尔的合作者从楠蒂阿前往阿讷马斯。他清楚地知道一次针对他的袭击活动已准备好。是谁呢？大区里的游击队吗？并非是他们。更确切地说，应该是保安队，他们怀疑让·贾尔丁工作怠慢。头戴帽徽的西特隆刚中埋伏身亡：一支秘密军队拦截了一辆德国车，把车上的人全部击毙。贾尔丁的生命就此结束吗？没有。抵抗运动的路障微微拉开，给赖伐尔的内阁部长放行。

在此，我来简述让·贾尔丁每日的寻常遭遇，甚至那些不大可靠而又鲜为人知的遭遇是不大可能的，阿苏里纳已将这些公之于众。最重要的兴许是，若干年后，甚至而今，许多人依旧疑惑重重，不敢轻易接受：贾尔丁，毫无疑问，忠贞不二，反对两面人物，自始至终一直效忠贝当和赖伐尔，他不曾欺骗过他们，也不曾背弃过他

432

们。在他眼里,他为法国的抵抗运动所做的一切——毋庸置疑——已经得到元帅和总统的肯定和赞扬。读过贾尔丁的传记后,一直萦绕在我脑海中的问题几乎已得到解决:任何善恶二元论都极其荒谬;不可能一边全是好人,而另一边全是坏人;历史中的社会阶层显然是鱼龙混杂,难以捉摸。然而还有另外一个问题,答案已蕴含其中:当国家领土被侵略时,此时此刻,难道不应该果断地加入一个阵营而反对另一个阵营吗?

让·贾尔丁阅读了他儿子最初的几本书籍,百感交集,我们中的许多人还未忘记书中的那份温情和高傲:《九年战争》抑或《战火不断》。他还未能够阅读《纸牌游戏》就去世了,这本书中他是位英雄人物,这位赖伐尔内阁部长常以正想越窗而跳的布袋木偶形象或李尔王的形象出现。

帕斯卡·贾尔丁也去世了。他才能出众。借助文学,他改善并抹掉了跟他父亲如此亲热的政治。帕斯卡的儿子亚历山大,亚历山大·贾尔丁。他继承了他父亲和祖父的才能。出于众多原因,我衷心希望《台球上方》获得巨大成功。

《费加罗杂志》,1986 年 10 月 11 日

罗兰-加洛斯球场:麦肯罗与伦德尔终场对决,以飨他人的盛宴

今年,罗兰-加洛斯的耀眼之星,人们无不在谈论她,人们日夜监视天气的反复无常。这颗耀眼之星取代了离去的博格。她占据着这一职位,似乎在等待巨无霸,抑或派蒂的丈夫,抑或不受欢迎的伦德尔来取而代之,抑或昔日的这位年轻人而今已成长为老练的马茨。

这颗耀眼之星,专家们无不知晓,甚至业余爱好者,广大热心观众都开始猜想她究竟是谁:对无数个来自其他地方的冠军而言,罗兰-加洛斯的问题,便是那结实的场地。更有甚者,这些日子以来,雨水不停地侵洗场地。旁人言,比赛将在淤泥地中进行。比赛结果:尚不明确。这颗耀眼之星优势明显:她状态良好。太阳终于出来了,半决赛在世界前四名优秀选手间进行。

这些日子以来,我一直专心参加西方自由广播电台《云雀》里的一项针对欧洲人的预测游戏,这项游戏有点冒险性。为了唤醒被欧洲电台弄得昏昏欲睡的广大听众,在此我补充下我对翌日举

行的诺阿-维兰德的比赛结果的猜测。我预言诺阿的失败,作为法国人,我降半旗,内心默默哀悼。大家拭目以待,如果我也刚好看过 6 月 17 日的比赛。罗兰-加洛斯的比赛,最有可能夺冠的,几乎已经肯定的是,显而易见是这位神圣的麦肯罗。他在雨中夺冠。他有大好机会在太阳下夺冠并获得博格放弃的神话的战利品。

雨水并没有浇灭成千上万的人群的热情,他们蜂拥赶至网球场周围。这半个月以来,国际网球已成为晨报、午报、晚报的焦点。据说,国家元首已下令禁止他的部长们——当然,不包括体育部女部长(La ministresse)(是否应该这样来顺应鲁迪夫人呼吁,称她们为 autrices 或 auteuses[女作者]、écrivaines[女作家]呢?)出现在罗兰-加洛斯球场。数以万计的法国人重新坐在布洛涅森林周围或磁带录像机前面,出于反抗精神,他们拒绝表达任何情感,放声大笑,忍受痛苦,因恐惧或赞叹而昏厥过去,这一切皆因一只小小的白球,它在球网分开的红色方形场地上飞快地来回穿梭。

"罗兰-加洛斯使我疲惫不堪,"布隆丹向我诉说,"这并不是因为我打球了,而是我在不停地喝酒。"正如并非所有的法国人踢橄榄球或踢足球,并非所有的法国人都打网球。但是所有的法国人都在观看网球比赛,他们激动不已,不停喝酒——不是为了庆祝法国取得胜利,这种情况越来越少了,而是为了忘却内心的失望之情。

除了在双打比赛中,在法国观众面前,对国外演员有些矜持,演出依旧精美绝伦。如同政治和文学,网球比赛而今已成为一场演出。强烈的好胜心,竞赛,对用功努力的热爱,对胜利的陶醉已从大学里转移到体育场,网球场,所有的这些在大学里被仔细驱逐出门,而在运动场上却被对战败者极尽残酷而又对胜利者百般谄媚的人群大肆赞扬。比赛结束后,荣誉和好运随之而来。在结实的球场上,大雨倾盆,球姿和球技的典雅、力道和优美已经与球场上的这些半神半人融为一体。太阳姗姗来迟,带有丝丝愧疚,用他的万丈光芒给博格的后继者加冕。雨中,太阳下,成千上万的观众稳稳地坐在观众席上的扶手椅上,他们大声呐喊,和无数电视观众一起领略了网球比赛的威力和荣誉。

《费加罗报》,1984 年 6 月 9 日和 10 日

"无论何事……"

在守候作家的所有不幸中,最大的莫过于清晨伴随邮件捎来的一封信,信中要求他为一本新开的杂志撰写一篇文章。灾难悄无声息地降临:来信出自一位朋友之手,信中充斥着极尽恭维的言语,并承诺了很多:"您随便写点什么……我们可以提供给您任何您想要的东西……"

信件放在口袋里一些时日,从口袋里转移到办公桌上,掉到文件夹中,落到抽屉里。五个星期之后,寻找一根回形针时又发现了这封信。糟糕!离截止日期就剩下四个小时了。

"无论何事……"也许您自以为无论何事便是最简单不过的事情了。您就彻底搞错了。没什么比无论何事更让人危难了。您请我谈谈巴西的文学,梵蒂冈的政治,圣日耳曼战役,美国的利率,性解放,法兰西学院的精神状态和身体状态,我将看出我所能做的。我尽力查询资料,必要时或许我将找出两条或三条信息以及半数的观点。然而,无论何事:坦白地说,我一无所知。

无论何事?或许我仓促描绘的上帝,但愿他神圣的名字被不断赐福,但愿并不存在的生活能够永恒下去,巴罗万象的作品——抑或可以更兼容并包。夏多布里昂,如果您想知道的话,和他的无数个女人,我们几乎知道他的每一个女人——然而除了最重要的那个:他真的跟这些都有过接触吗? 爱情、旅行、幽默、英式花园、法国仆从、对爱情的冷漠、情欲? 抑或市镇选举?

说写什么呢? 新创办的报纸总是上帝的宠儿。世界的命运是如此的灰暗。迦太基已被摧毁,法国停滞不前。春天已经来到,年轻人可以做得更好,而不是任岁月匆匆流过,却不对它正眼相看。

说些什么呢? 啊! 古老的美德坚如磐石时尤为高尚,这些美德被永久崇尚,如此而来,人们可以毫无缘故地藐视这些美德,出于游戏,为了自娱自乐,而今,我们生活在已经坍塌的包装中:祖国、家庭、共产主义都被动摇,社会主义遭受损坏……该相信什么呢,我的上帝? 然而尤其是:该反对什么呢?

在充斥着灰烬的风景中诞生了《会聚杂志》。好极了! 正如我的文章:无论何事。不仅仅必须将所有的事情都做完,还必须清楚知道要做什么,并从一无所有中找出带有一点新鲜感的东西。无论何事。有些东西。最终,人类突然诞生了,面对众多的嘲讽,依旧满怀希望。

您千万别把自己太当回事了——但是也不能轻视您说做的每一件事情。

您要知道什么事情都无关紧要——但是您也要明白,最细微的一个举动,最简短的一个言语也将伴随您一生直到您走向坟墓。

面对一无是处的人或物,您都必须鼓足勇气。七情六欲操纵着人的一生。

我的专栏文章写完了。标题是:无论何事。

《会聚杂志》开始发行了。

祝好运!

"没有无用之功,"保尔·瓦莱里说道,"西西弗斯自己练就了肌肉之身。"

《会聚杂志》,1982 年

恋人，幸福的恋人，你们想去旅行吗？……
或者说是一群傻瓜的一阵轻微的眩晕

我感到，而且感到惋惜的是，我常常处于滑稽可笑的边缘。毫无疑问，您也许像我一样期待，威尼斯无法避开我的关注。威尼斯有它的海关、它的回避不了的兵器库、它的服务阶层、它的日常餐厅。那为什么徘徊呢？我已整装待发，跳伞落入遭到威胁的杜布罗夫尼克。法老们，去吧！我们要把一切掌握手中。当然还有兰波。会让人大为惊奇。还将稍微谈到托斯卡纳和翁布里亚。另外还有兴都库什山的光影！

在完成的书中可能更好的是，最后两篇文章：《法马古斯塔的来信》《来自可可纳的蜜吻》。

威尼斯

从远处看,钟楼和圆屋顶使得城市宛如一处石景,正是这些石景使得一座城市有了城市的味道。从萨鲁特酒店①或圣乔治酒店②看过去,起初,在赭色和玫瑰色,以及在热气和雾气笼罩下的虹色光辉之上,我们只能看见两台巨大的起重机,一台是蓝色的另一台是红色的,在阿森纳③周围的天空中显现出来。每天晚上,一些日本人,坐在贡多拉上面,一边听着船歌,穿过呈山脊形的桥,很多人在十分狭窄的街道里排队,为的欣赏游牧民族整个的迁徙,而他们的迁徙正是为的寻觅自己的过去。没关系。不管你是游客还是来这的老年人,威尼斯总是美丽的。

我重新开始散步,不管是白天还是黑夜,沉浸在这种令人窒息

---

① 阿拉·萨鲁特酒店位于威尼斯,距离著名的圣马可广场只需三分钟,面临威尼斯大运河,酒店本身是一座建于十六世纪的威尼斯风格的古老建筑。

② 圣·乔治酒店曾被《财富》杂志提名为世界十佳商务酒店之一。由著名设计师洛伦索·贝里尼设计。是一座十五世纪的贵族宅邸。

③ 曾经是一个造船所兼海军仓库,在威尼斯领土扩张时扮演着重要角色。目前,它是威尼斯地区最重要的区域,是一个海军基地和科技中心。

的又处于危险之中的美丽,沉浸在它迥然不同的风景中。每个人都知道,由于十分勇敢,耐心,偶然甚至是必然,和天赋异禀,威尼斯的艺术迸发于海洋,运河,岛屿之中:自然形成了它的文化。流浪于这些经常破败不堪的宫殿,这些光辉的和破旧的房屋,这些水井和桥梁,和一些在混乱之中竟然不可思议地产生和谐的地方,以及极为丰富的奇观之中,好像文化很自然地对大自然进行修补:这种蕴含着学者气息的美丽,然而在石头和水的装饰下却一点都不显造作,绝没有一丝人工的痕迹,完全自发的,即使到了衰老的时候依然是最生机勃勃的。

我很高兴,在那里重新发现了缪塞①和托马斯·曼②的不幸,瓦格纳③和奇马罗萨④的逝世,哥尔多尼⑤滑稽小丑的幽默,海明

---

① 19世纪法国浪漫派作家,1833年在威尼斯同乔治·桑开始了一段浪漫和伤心的爱情。

② 20世纪德国作家,诺贝尔文学奖获得者。其中篇佳作《马里奥与魔术师》,对法西斯在意大利制造的恐怖气氛做了生动描述。

③ 19世纪德国作曲家。他是德国歌剧史上一位举足轻重的人物。主要作品包括《尼伯龙根的指环》。于1883年2月13日死于威尼斯。

④ 多梅尼科·奇马罗萨(1749—1801年),是18世纪意大利重要的歌剧作曲家之一,以歌剧《伯爵的诡秘》(1772年)而名震欧洲。1799年奇马罗萨因为同情拿破仑党人在那不勒斯被判死刑,后来得到缓刑并被流放。

⑤ 18世纪意大利剧作家,现代喜剧创始人。出生于威尼斯资产阶级家庭。大部分剧用威尼斯方言写成,语言淳朴幽默。代表作为:《咖啡屋》、《骗子》、《一仆二主》、《女店主》、《狡猾的寡妇》等。

威①的酒吧,拜伦②的体育成就,在讲到圣马可教堂③时布罗斯④主席的蔑视:"你们曾经以为这是一个令人钦佩的地方,那你们就大错特错了:这是一个充满苦难的教堂,无论在里面还是在外面。除了这些镶嵌画我们再也找不到更为可怜的东西了",那些只认得并赞美以拜占庭风格为设计灵感的路面的成就的人会说:《无可辩驳,这是世界上玩陀螺最适宜的地方了。》我在那儿还再次发现了,在学院美术馆⑤和萨鲁特酒店之间,达里奥宫⑥和亨利·德·瑞格尼尔⑦的回忆,人们已经将它题刻在大理石上,从而使它可以世代相传下去。意大利人能想到这种方法显然是有诀窍的:

······因为,蜿蜒曲折而又细巧

就像它的花边制作

威尼斯宛如一块玛瑙

运河是它的纹络

---

① 美国小说家,海明威在威尼斯期间,每次从潟湖打猎回来,都会在著名的哈里酒吧喝上一杯,好几次甚至酩酊大醉,正是在此期间,在大运河的落日斜晖和船夫们的歌声中,他完成了那部颇受争议的作品《过河入林》。
② 英国19世纪初期伟大的浪漫主义诗人,尽管天生跛足,但他广泛从事射击、游泳等各种体育活动。
③ 矗立于威尼斯的圣马可广场上,始建于829年,重建于1043—1071年,曾是中世纪欧洲最大的教堂。
④ 查尔斯·德·布罗斯伯爵,18世纪法国历史学家,作家,语言学家。曾任勃艮第议会的主席。
⑤ 在学院美术馆中,收藏着自14世纪到18世纪威尼斯画家的作品。
⑥ 达里奥宫,建于1487年,位于大运河上,它的正面装饰着一些彩色大理石的奖章,呈蔷薇花状是其特色。
⑦ 20世纪法国作家,诗人。

在这所达里奥家族的老房子里

亨利·德·瑞格尼尔

法国诗人

以威尼斯人的方式生活和写作

一八九九年至一九零一年

这种威尼斯人生活和写作的方式应该是令人愉悦的,在我们多灾多难的世纪的大灾难发生的前夜,保罗·莫朗[1]在《威尼斯》一书中比任何人更好地为我们讲述这种方式。一边沿着运河散步,沐浴在威尼斯春天无可比拟的阳光下,从浮码头[2]到几乎成荒漠的犹太人区再到被游客遗忘的阿芭佳济慈修道院[3],我想到我们这个时代是如此高调地关注未来,以及未来的幸福。

我们给我们的后辈留下了什么样的过去,回忆,以及我们自身的形象? 未来也是建筑在过去的基础上的。也许可以说是完全建筑于过去的。那又怎样呢? 为了使未来成为过去,我们自身将要留给未来些什么东西呢? 什么样的适合散步的威尼斯? 什么样的广场,桥梁,雕塑可以使年轻人拥抱美丽,滋生纯洁的爱意? 可以梦想到的什么样的传说,神话,传统? 什么样的写在墙壁上的铭

---

[1] 法国著名作家,著有短篇小说集《温柔的储存》等。

[2] 即沿着究玑卡运河的码头,现在已经成为一个人们经常散步的区域,面朝究玑卡岛。

[3] 建于十世纪,正面曾于 1659 年修葺,饰有具有寓意的雕像。

文？什么样的迷人高雅的生活可以使我们的子孙欢喜？在威尼斯如同在其他地方一样,我们最后总要自问是否尽管我们的祖父辈生活在一个机器,政治因素影响较少的却更为美丽的时代,虽然可能有些误差,但这并不比我们现在的生活好得多。并且自问是否这种过去,尽管多次被诋毁甚至通常被认为是有罪的,就未来而言,没有比我们如今的动荡更为宽宏大量。

《费加罗报》,1973 年 6 月 14 日

威尼斯宛如一块玛瑙

但凡喜欢在威尼斯闲逛的人都知道,站在坎皮耶罗·巴尔巴罗宫①上面可以看见固定在达里奥宫背面的大理石板上面写着:"In questa casa antica dei Dario visse e scrisse venezianamente Henri de Régnier, poeta di Francia","在这所达里奥家族的老房子里,以威尼斯人的方式写作同生活……",达里奥宫哥特式的略微倾斜的正面装点着大运河。威尼斯人对于副词的用法使成千上万的散步者欣喜万分。铭文的上面是瑞格尼尔的四行诗(在第三行,有一个深受威尼斯所有恋人喜爱的拼写错误):

因为,蜿蜒曲折而又细巧

就像它的花边制作

威尼斯宛如一块玛瑙

运河是它的纹络

---

① 地处威尼斯市中心的一所明亮安静的公寓,位于达里奥宫的正前方。

威尼斯是作者生活以及其作品《阿尔塔那平台或威尼斯生活》①的中心。瑞格尼尔来过威尼斯十二次,坐在位于圣马可广场上的佛罗里安咖啡馆②中,后面是一幅著名的中国人的肖像,同长胡子俱乐部③的人聊一聊,这些长胡子因为莫朗而变得名垂青史。很显然,他写道,威尼斯的疯狂感染了我(……)。脑海中对威尼斯的回忆如同光的灰烬。

　　瑞格尼尔是在哪里向我们展现自己的至今仍被忽略的回忆和其他的一些东西?他的《未曾发表的笔记》④一书是在大卫·J.尼德洛尔和弗朗索瓦·布洛什的努力下才得以刚刚出版的,这些笔记构成了一本历时半个世纪(1887—1936)的日记,并且帮助我们解释当时的文学生活和上流社会的生活。

　　他赞颂马拉美⑤,同魏尔伦⑥、王尔德⑦、德加⑧、瓦莱里⑨都有

交往。他创作小说、箴言、传统诗歌,其风格摇摆于巴那斯派①和象征派之间,亨利·德·瑞格尼尔如今还为人所知大都因为多米尼克·博纳②在其《黑眼睛》中描述的他动荡的感情生活,而很少因为他那些大都被人遗忘的作品。他的一生围绕着乔斯·玛利亚·德·埃雷迪亚③的三个女儿:依莲,玛丽和露易丝。亨利·德·瑞格尼尔和他的朋友皮埃尔·路易都爱着玛丽,他们约定在同一天向她表白。可是,瑞格尼尔趁路易不在的时候向玛丽求婚。然后她嫁给了他,可是几乎立刻她又委身于皮埃尔·路易,从而路易成为她的儿子泰格·德·瑞格尼尔的生父与教父,而路易为了简化这些关系,娶了她的妹妹露易丝。玛丽从此也开始以杰拉尔·杜维勒的名字写作,之后还与让·德·蒂南、沃杜瓦耶、埃米尔·雅吕,埃米尔·昂里奥、邓南遮以及其他的一些人有过恋人关系。皮埃尔·路易将他的名字改成了"Pierre Louys"。

除了谦恭、冷漠,没有实际的优点,但是却很高雅,讲究,带着一副单片眼镜,在莱昂·都德看来,一副像一个窘迫的上吊死而又被救下,再被遗弃在雨中的人的神态,亨利·德·瑞格尼尔在他的笔记中没有留下任何显示其不幸和苦难的影子,然而这些不幸和苦难都是在内心最隐秘的。《有一些没有被写出的东西。》仅仅在

---

① 19 世纪 60 年代法国诗歌流派,又称"唯美派"或"高蹈派",主张"为艺术而艺术",单纯注重艺术形式,刻意追求造型美感。

② 法国著名女作家,其中《罗曼·加里传》获 1987 年法兰西学院传记大奖;《贝尔特·莫里索传》获 2000 年龚古尔传记奖;而她的小说《乌木港手记》则获得了 1998 年的勒诺多奖。

③ 西班牙后裔,巴那斯派诗人,十四行诗大师。

他留下最为著名的格言《堕落地活着》中可见一斑。他讨厌纪德，在费加罗报中，他把纪德说成是一个蹩脚的散文家，同时揭露纪德的高仿和滑稽的作品，以及喜欢向他人坦白和揭露个人生活的怪癖。他是反对纪德这一派中极具代表性的人物。能够进入法兰西学院抚慰了他屡受挫折的心。

正如莫朗在《无用的日志》中写的那样，法兰西学院在瑞格尼尔的《笔记》中占据一个令人惊叹的极大的位置。然而进入法兰西学院的过程开始并不顺利，在第二次才由艾伯特·德·南公爵接受进入法兰西学院。他觉得写过《打渔女》和《两个女主人》的这位作家的小说充满着大胆与放纵——他是多么的适合！"我读过这些小说，全部读了，而且从头读到尾，因为我是重骑兵队长。"管它呢。能够入选学院，有一种学院的恩赐，而这种恩赐往往是神秘的。瑞格尼尔很高兴。他勤奋地常常往法兰西学院机构那儿跑。一年以来，我从未缺席过一次会议。在他当选的时候，瑞格尼尔在他的笔记中写道：对我来说好像现在我就能够去工作，读书，安静地生活了……几年之后：讲座，参观，晚宴，修正考试，总之很少有实用性的工作（……）。我损失了多少时间，我让自己干了尽是些平庸的事！《笔记》的最后一整块都被一种官方上流社会的生活所侵占，这种生活给文学史提供了既过时又珍贵的资料证明。

有趣又带些凄凉的味道，阅读《笔记》可能会让一些人希望重读这位博学多才迷人的诗人的一些被遗忘的诗篇，尽管他认为他自己是浅薄愁闷的。

我只需要一根小小的芦苇

就足以使高大的草轻颤……

或：

晴朗的白天落幕

一轮淡黄的明月升空,在杨树的间隙中变圆……

《费加罗文学》,2002 年 11 月 21 日

452

托斯卡纳^①的秋日

有几日我忘记了这些不幸和悲剧。我们一直把这些当作同行,伤者,濒死的人,正被解雇的一群人,弱势群体精神上所受的折磨,和权贵的伪善。我重新认识了意大利。她从未停止深深地扎根在我的心里。离开她一段时间之后,她反而比以往更加保持得住她的美丽和幸福,在秋天无忧无虑,天气多变,和晴空万里。

有着神奇地位的比萨城^②和他可怕的坎波桑托^③,1944 年一枚炸弹差点摧毁了这座城市的壁画。这些画都是极好的,阴森森的,画满着入地狱的人,恶魔,和一些骑士和美丽的贵妇人要捂着鼻子经过的腐烂的尸体;卢卡市^④有着绿树成荫的城墙,从那儿游客可以发现正面是罗曼式的卢卡主教座堂^⑤,那座教堂因为一些玩笑和

① 位于意大利中西部,其首府为佛罗伦萨。
② 位于佛罗伦萨西北方向,比萨的名气,很大程度上受惠于比萨斜塔。
③ 意大利艾米利亚-罗马涅地区一个镇。
④ 位于意大利中北部利古里亚海附近,托斯卡纳大区的一座城市。
⑤ 天主教卢卡宗教区的主教座堂,位于托斯卡纳大区,始建于 1063 年,有美丽的钟楼。

轶事而变得出名,再远些可以看见这座由埃莉萨·巴希奥克奇①重新设计的城市的全部屋顶,她是拿破仑的妹妹,丰塔内斯的女主人,夏多布里昂的保护人;古比奥②有一种令人心碎的朴实的美,它杰出的领事宫③俯瞰整个平原;乌尔比诺④,置身于它那柔软而潮湿的丘陵中,温柔的令人无法抗拒,充满着鼻子骨折的独眼龙的回忆,因皮耶罗·德拉·弗朗切斯卡⑤《费德里戈·达·蒙菲尔托》而流芳千古;圣吉米尼亚诺⑥的高塔,所有人嫉妒的对象,在托斯卡纳的光线下,使人想到纽约的摩天大楼生硬的天际线:我重新见到已经成为我们血肉的珍宝和这些奇迹,它们已然成为我们共同的回忆和共同的遗产。

在盆地前面,我写下了下面几行字,一个种满橘子树和柠檬树的小岛突然映入眼帘。让·布洛涅⑦设计的喷泉从这片翠绿中迸发出来。我顺着一条柏树林小道往下走到了伊索洛陀⑧广场。坐

---

① 拿破仑一世的大妹,托斯卡尼女大公。

② 意大利中世纪古城,城市中大多数建筑于十四和十五世纪。

③ 为一座建于 14 世纪具有代表性的哥特式建筑,是意大利最大的公众宫殿,现为博物馆和美术馆。

④ 意大利中部的一座小山城,15 世纪经历了惊人咋舌的文化繁荣,吸引着意大利乃至欧洲的艺术家和学者。

⑤ 意大利文艺复兴初期画家,他曾经常出入于乌尔比诺宫廷,为乌尔比诺公爵创作壁画,通过透视的方法给公爵夫妇的形象配上的高远的背景。

⑥ 意大利托斯卡纳大区的一个城墙环绕的中世纪城镇,风景如画,被列入联合国教科文组织欧洲区世界遗产。尤其以城外数公里就可以看见的塔楼闻名。

⑦ 16 世纪意大利著名风格主义雕塑家,原名詹博洛尼亚。代表作为:《商神墨丘利》和《善战胜恶》。

⑧ 位于佛罗伦萨阿诺河南岸的一个大区。

在波波里花园①的长凳上,波波里这个名字,听起来比实际上还要迷人些,总是使我产生一种幻想,幻想着我身处度过我疯狂年青岁月的罗马。被天空的温柔驱散开,格拉纳达②,黎巴嫩③,失业,通货膨胀消失在远方的朦胧中。我似乎重新在自己身上发现,从前让我出神的陶醉,这种陶醉之情现在也几乎没有改变过,那时是我第一次发现,并为此而着迷,佛罗伦萨的柏树和罗曼地区乡下的长在海边的松树。

我身边围绕着一群学生,家庭主妇,骑自行车的孩子,一些同性恋,流浪汉,两三对年长的,却要是再死之前还没看过或者是再看一眼维基奥桥④和洗礼堂⑤大门就不想死的夫妇,恋人,和一只猫。一些人在画画,一些人在拥吻,还有一些人什么都不做或是把双臂交叉在胸前睡觉,嘴边还带着微笑。这只猫在瞪着看我。天气真好。阳光灿烂。这就是佛罗伦萨充满灿烂阳光的秋天。

关于佛罗伦萨本身,它的中央大教堂,市政府广场⑥,宫殿,教

---

① 位于意大利佛罗伦萨的一个具有悠久历史的公园。

② 格拉纳达,西班牙地名,风景如画,建筑多姿多彩。阿拉伯建筑使这座城市别具一格。

③ 位于西亚南部地中海东海岸,为中东国家。

④ 又称"老桥",是佛罗伦萨最为著名的一座桥,位于阿诺河上。起初建于罗曼时期,为木质桥,1333年毁于涨水,后于1345年重建为石桥。

⑤ 圣乔凡尼洗礼堂位于佛罗伦萨教堂圆顶广场,直至十九世纪末,所有的佛罗伦萨市民都是在这边接受洗礼。它的出名很大程度上归功于它精美的装饰着浮雕的青铜门。

⑥ 过去和现在都是佛罗伦萨的行政中心,广场上有很多雕刻廊和韦奇奥宫,仿佛是露天美术馆。

堂,贝诺佐·哥佐利①著名的参拜耶稣诞生的朝圣队伍,弗拉·安吉利科②在圣马可修道院的《受胎告知》,圣明尼亚托教堂③或乌菲兹美术馆④,这些我都不再谈论了。在经历了这么多的苦难之后,竟不可思议奇迹般地保留了下来的这么多的历史和美丽——历史上最后一次的苦难是1966年9月的那场可怕的洪水好些记录着城市编年史的大理石块还能使人回想起这场洪水——带来了一种眩晕感。你的眼睛会应接不暇;大脑也会转得不停。你会神魂颠倒。一个民族,生活在这么多杰作的周围,不可能不受这种艺术的影响和心情激动。其他民族的历史,充斥着战争、胜利和失败、和平公约、大革命、断头台、阴谋和演说。佛罗伦萨的历史也不例外,但是好像这些应该好好地度过的波折,仅仅是其美丽的借口。如果说生活在某处是有美感的,那一定是在佛罗伦萨。威尼斯和罗马也是如此。甚至可能比威尼斯和罗马更具美感,尽管它们在很多方面比佛罗伦萨要更具优势,人们依然有可能更偏爱佛罗伦萨,但是在这儿沿海帝国和无处不在的罗马教廷带来了权利和礼仪的忧虑。好像佛罗伦萨唯一要担心的,尽管萨伏那洛尔⑤的愤怒,就

---

① 佛罗伦萨画派画家,热衷表达15世纪佛罗伦萨社会生活中最为繁华的民俗节日场景。代表作为:《礼拜基督降生的三贤人仪仗》

② 文艺复兴时期修道士,画家。代表作《受胎告知》,描述天使加百列向圣母玛利亚传递怀孕信息。

③ 位于佛罗伦萨的一所基督大教堂,为了纪念这个城市的第一个烈士,圣米尼亚斯。

④ 意大利最大的美术馆,其收藏品囊括了美第奇当年资助的几乎所有文艺复兴时期大师,美术馆天花板上大幅的彩绘本身就是精美的艺术品。

⑤ 15世纪意大利宗教改革者,传教士,在佛罗伦萨被处以火刑。

是创造美——它的美有时有点矫饰和奢华,但永远那么优雅,品味高雅,对魅力和高贵有着令人惊奇的热忱。

所有的一切都有助于这种幸福感,在十月份的沐浴在最后的阳光下的最后几天,而这种感觉在现在已经很难感受到了。它不仅仅有画,雕塑,陶土,青铜门。有一些小商店,街头表演,固定的喜剧表演,著名的餐饮店。现在是吃白松露——tartufo bian-cho——和宝仙尼菌菇的时节,就像你知道的,这种蘑菇和牛肝菌没什么区别。在做意大利面,饺子,意大利干面,空心粉和有一个好听名字叫"秸秆和干草"的绿白面团的时候,这两种菌菇可以互换和添加。一切,直到最小分子的细节,都以在意大利戏剧界占据一席之地而结束。佛罗伦萨,或美妙的生活。

锡耶纳①可能至少是,即使不是最美丽的,比起他的老竞争对手——佛罗伦萨,更加令人无法抗拒。所有人汇聚朝向一个唯一的广场,这可能是全世界最奢华的地方,贝壳状的坎波广场②每个夏天都要在那儿举行帕里奥赛马节③隆重又带有野性的开幕式。从广场的一头到另一头,巨大而结构轻巧的宫殿,外墙是令人惊愕的赭色,继续进行,在雅克布·德拉·奎尔奇亚④创作的喷泉之上,

---

① 意大利托斯卡纳大区的一座城市,其老中心城区被联合国教科文组织列为世界文化遗产。
② 锡耶纳市的主要广场,广场是贝壳状的坡地形,好似一个古罗马的圆形剧场。
③ 在锡耶纳市举办的赛马比赛,每年夏天举办两次。高潮时刻是在坎波广场周围的跑马。这是意大利传统和文化的真正范例之一。
④ 意大利雕刻家。

他们永恒的对话,我们如今生活的日子中的忧郁短暂的流言也不会给这种对话产生困扰。在市镇宫,在西蒙内·马蒂尼绘制的著名的雇佣兵奎多利奇奥·达·福格利亚诺的肖像旁边,安博基欧·洛伦采蒂①从这些已经不幸被损坏但依然出色的壁画中,展现了有一个好的政府是多么值得欣喜的事,以及一个差的政府却是一场灾难。这都是一回事:一方面,在城市和乡村,背着财宝的驴子,无休止的经商,开心的活动,公正和和平;另一方面,粗暴的战士和无羞耻心的民兵,他们只会逮捕市民和武断地对待他们——一方面,可能有点被鼓动的自由流通,想法和财富;另一方面,控制,没收,暴力和战争。

离坎波广场和市政宫两步路的地方,矗立着一座大教堂。这个宏伟的建筑物只是一个巨大的还未完成的教堂的十字形翼部,这座教堂现在剩下更多是一些痕迹,几个拱,宫殿的碎片,正面的粗坯。在左边的殿中,开着一家比科罗米尼书店,就在这儿比科罗米尼把在连环画中重新描绘了——这是多么天才的举动啊!——后来成为了主教,即庇护二世的艾伊尼阿斯·西尔维乌斯·比科罗米尼②的一生。然而这些堆积着的珍宝中最为奇妙的,你们的脚把它弄脏了:就是大教堂的路面,因为热切地想要挽回基督教的古文化,恢复就像我们今天说的传统意义上的异教,路面上的大理石的镶嵌工艺品融合了女预言者、先知、哲学家和神圣的殉道士的作

---

① 意大利耶拿派画家。
② 意大利教皇,庇护二世,1458—1464 年在位。

品,这是一种颇具趣味的神学和虔诚的混合物。在入口处,在一个留着胡须、头裹缠巾穿着巨大的袍子的男子的雕像下面,有一排出人意外的但自然而然可以使人想到古文化和宗教的铭文:Hermis Mercurius Trimegistus Comtemporaneus Moysi,赫尔墨斯 墨丘利 特里斯墨吉斯忒斯①,与摩西同时代。

这儿的一切都很美,很好玩,令人无法抗拒。我也将不再痛恨自己身为这个动荡的时代幸福的代表的这个身份。

在佛罗伦萨的圣十字教堂②,走过马基雅维利③的墓——tanto nomini nullum par elogiun——,我突然想到雷蒙·阿隆,曾经借用他的著作《君主论》的主人公,并使之重获声誉。没有人是比雷蒙·阿隆更不信仰马基雅维利主义,就这个词常用的意义来说。相反,他代表着一种拒绝政治谎言和拒绝让目的屈从于金钱观点,反对马基雅维利的意识形态,这是对事实的尊敬,和事件的开放,和历史智慧的谦虚和功效,一个突如其来的转变,正是被囚禁的他的激情的意识形态,在成功之前,面对任何都不退却。这就是马基雅维利,在日常用语中,是狡猾和欺诈的同义词,这帮助我们看清和看准历史。极端地反对马基雅维利主义,远不是马基雅维利主义者,阿隆曾经也是马基雅维利主义者。他觉得马基雅维利的读

---

① 希腊神,罗马名为墨丘利,商人的保护者。
② 方济各会在意大利佛罗伦萨的主要教堂,罗马天主教的一座次级圣殿,坐落在主教座堂东南方大约 800 米的圣十字广场。在这座教堂中,安葬着许多位最杰出的意大利人,例如米开朗琪罗、伽利略、马基雅维利、乌戈·福斯科洛、乔瓦尼·詹蒂莱、罗西尼和马可尼,因而被称为"意大利的先贤祠"。
③ 意大利文艺复兴时期政治家,哲学家。代表作《君主论》。

者,归根到底,比起受马克思蛊惑而误入歧途的信徒作的恶要少些。他更想成为王子的顾问,比起秘书,甚至是这个错误的天命第一秘书,疯狂中,人们将天命从天上取下并在世间建立起来。

《费加罗杂志》,1983 年 11 月 5 日

美妙的旅行

《事情安排如此精致,相当井井有条……》我经常想到,当欧亨尼奥 C 号①靠岸的时候,雨果的这首关于在特蕾丝家的宴会的诗。费加罗报的两次巡航,——第一次已经完成有几天了,第二次正接近尾声——首先构成了一次壮举:2 次共运送,安置,供给 800 人吃饭,并在两次航行共计 11 天中照顾他们,这可不是一个轻活。尽管有些困难,烦恼,行政上的沉重感,关税甚至上周二的罢工,——上周二正好是第二批人准备出发的日子,——这个赌最后我们还是赢了。沿着这条航线,后勤部可不高兴跟着。她一向走在前面的。

地中海的十月份天气通常很晴朗。阳光照射着阿拉伯人、诺曼底人、和腓特烈二世②的西西里岛,照射着永远如此美丽的罗得岛,照射着法老、雷赛布③和纳赛尔④的埃及,照射着犹太人、穆斯

---

① 意大利于 1966 年建造的一艘远洋油轮,于 2005 年停止使用。
② 史称腓特烈大帝,普鲁士国王。
③ 斐迪南·德·雷赛布,法国外交家,实业家。苏伊士运河由他主持开凿。
④ 贾迈勒·阿卜杜·纳赛尔,阿拉伯埃及共和国第二任总统。

林人和基督徒的耶路撒冷。所有的船都是一个封闭的地方。远离北方的浓雾和日常的路线,我们的船用几日穿过千年的文化和文明。路线并不沿着真实历史的进程;它关系到用想象重构编年表。斯芬克斯、金字塔、不可思议的开罗博物馆让我们重回我们文明的起源,我们依然可以在克里特岛①的宫殿中,重拾其他的一些文明的根源,尽管它们已经毁于依旧原因不明的灾难,——有的时候又被大胆地重建。我们不能够看完全部。需要花费 6 个月去安纳托利亚参观赫梯人的遗址,腓尼基人的家,还有字母诞生地比拔罗②、小亚细亚③、塞杰斯塔④、阿格里真托⑤、塞利农特⑥或塔奥敏纳⑦,在那里古希腊的犹太人聚集区到处都是,并且获得极大的成功。在罗得岛,在可以让骑士激动万分的田园小旅馆呆上几个钟头,我们期盼这个神奇的地方,在这儿,文明相互碰撞,混合和融合:林佐斯⑧如此完美的宫殿,被装入在中世纪城墙的这个粗鲁又野兽般的首饰盒中。两个文明相继而来,一个时代在另一个时代中改变方向。

---

① 希腊第一大岛,位于地中海北部,是米诺斯文明的中心。
② 黎巴嫩古城,位于地中海岸边,约有 7000 年历史,被认为是"延续至今的最古老的城市"。
③ 又称安纳托利亚或西亚美尼亚,亚洲西南部一个半岛,位于黑海和地中海之间,属于土耳其。
④ 希腊古城邦,现为著名旅游观光胜地,考古遗址。
⑤ 位于西西里岛的南海岸中央点,自古以来都是扼守地中海的军事重镇。
⑥ 位于西西里海岸的古希腊遗址。
⑦ 西西里岛上的一个度假胜地。
⑧ 位于罗得岛的考古遗址。

在最终同地中海融合在一起的罗马帝国之外,岛上的城市庞贝①和赫库兰尼姆②给予我们一个瞬间的,与其说是从现实生活中提取的,倒不如说是从倒塌的废墟中提取的形象,巴勒莫③和西西里岛构成了一个最为与众不同的作为文明的交汇点和文化的十字路口的例子。两部极好的史诗连番袭击西西里岛:因穆罕穆德的偏爱而产生的穆斯林和阿拉伯人的激增,和诺曼底人的探险。阿拉伯人自9世纪起在这个岛上定居,那时候在占领诺曼底地区之后,维京人④的子孙——他们在欧洲的另一端,以瓦良格人这个名字,马上要建立俄罗斯——几乎在同一时刻涌向了英国和西西里岛。在1066年,征服者吉约姆通过黑斯廷斯战役⑤确定了英格兰的命运,刚刚征服英格兰的诺曼底人——或是他的兄弟或表兄弟——占领了切法卢⑥。

阿拉伯精妙的文化同诺曼底人粗野的文化在巴勒莫和西西里岛,由于第三个强盗的到来接替他们,更能融洽地共存,这个强盗天才地提出了诸说混合。腓特烈二世是一个精通传统文化的日耳

---

① 庞贝城,于公元79年毁于维苏威火山喷发,由于被火山灰掩埋,街道房屋保存较为完整。

② 意大利古城,于公元79年,同庞贝、斯塔比亚两成一起为维苏威火山大喷发所淹没。

③ 意大利西西里岛首府,其古迹建筑没有金碧辉煌的傲人外观,特色是诺曼底、拜占庭以及伊斯兰三种风格的建筑物并存。

④ 斯堪的纳维亚人的一支,他们从公元8世纪到11世纪侵扰并殖民欧洲沿海和英国岛屿的探险家,武士,商人和海盗。

⑤ 1066年哈罗德国王的益格鲁-撒克逊军队和诺曼底公爵威廉一世的军队在黑斯廷斯地域进行的一场交战。

⑥ 意大利西西里岛巴勒莫省的一个市镇,是一个具有国际声誉的海滨度假胜地。

曼国王,同时他又对着迷于伊斯兰教:他接受了西西里的所有遗产,并极好地使这个共存着希腊神庙,拜占庭的镶嵌画,诺曼底人的建筑物以及阿拉伯人的天花板,而不仅是些简单的介绍耶稣受洗和受难像的交汇点带上了他的印记。

耶路撒冷也是一个交汇点。

整个地中海地区就是一种文化同宗教的熔炉。她既使宗教与宗教之间分开,又把他们集合在一起。在西西里岛,她就成功地让阿拉伯人,诺曼底人,和来自意大利或英国的人住在一起。她却目击了,在圣地,三个衍生与亚伯拉罕①和《圣经》的宗教:犹太人,穆斯林,基督徒的冲突。在圣城中,基督徒顺着基督在临死前走的那条路朝拜,在所罗门神殿②和希律圣殿③的只留下哭墙的遗址上,矗立着圆顶清真寺④——被人错误地叫成了奥玛清真寺。由于考古学和考古为我们展现的——距马萨达⑤城墙,犹太人抵抗罗马帝国的标志,只有几小时的车程,——那些使如今的近东变得混乱和

---

① 犹太教、基督教和伊斯兰教的先知,是上帝从地上众生中所拣选并给予祝福的人。

② 又称第一圣殿,《圣经》中记载的一个建筑物。公元前十世纪,所罗门在位时,在都城耶路撒冷建造了希伯来人的神庙——所罗门神殿,公元前586年,新巴比伦王国攻占耶路撒冷时,毁于战火。

③ 位于耶路撒冷,是继第一圣殿被毁后所建造的。公元前19年,大希律王开始大规模整修和扩建第二圣殿,公元70年,耶路撒冷被罗马帝国攻陷,第二圣殿毁于犹太战争中。

④ 伊斯兰圣地,也被称为"奥玛清真寺",穆斯林相信圆顶清真寺中间的岩石就是穆罕默德夜行登宵,和天使加百列一起,在天堂见到真主的地方。

⑤ 犹太圣地,位于犹地亚沙漠与死海谷底交界处的一座岩石山顶。山顶平整,道路险峻,周围城墙长约为1 400米。

充满血色的事件,在远处,突然出现。

阿兰·佩雷菲特①,莫里斯·瑞姆斯②和我曾和耶路撒冷传奇市长泰迪·科勒克③交谈过,——耶路撒冷,作为以色列首都的身份一直受到联合国和大多数政府的质疑。我们在哭墙的恐怖事件发生的第二天遇见了他。那个时候,有了"共治"的以色列形式"洛塔兹亚",伊扎克·沙米尔④接替希蒙·佩雷斯⑤担任总理。除了这些变动,泰迪·科勒克还看得更远:水,这些进来沙漠化的地方的全部财富的来源,传统和宗教的并存,文化的发展。他以一种激动人心的方式为大家讲教育,教育一开始对小孩子产生影响,并且反常地对一些年纪大的人也产生影响,他们很焦虑地想知道他们的孩子在学校学了些什么。因此,在这个最为现代化的社会,饱受每一天的威胁,颤动和闪耀着地中海向我们展示的那些东西,从头到尾被太阳暴晒的海岸,在克里特岛、罗得岛、埃及、西西里、那不勒斯海湾的深处:尽管文化有着千变面孔的,它依然是稳定的,而这些面孔有时是和谐统一的,有时又是矛盾的。

《费加罗杂志》,1986 年 11 月 8 日

---

① 法国当代的一位非凡人物,担任过第五共和国的部长,法兰西文学院院士。

② 法国拍卖估价师,艺术史家,小说家,法兰西学院院士。

③ 耶路撒冷著名市长,在其近 30 年的任期里,不仅在城市建设方面功绩显著,还大力推崇以色列人和阿拉伯人共存的观念。

④ 波兰人,一生为宣传犹太复国主义思想、重新建立犹太国而积极奔波。

⑤ 1923 年出生于波兰,以色列总统,1994 年诺贝尔文学奖获得者。

返回里约热内卢

　　我从巴西的里约热内卢回来。战前,我曾经在那里度过了两年童年时光。在这不到半个世纪的时间里,里约热内卢发生了翻天覆地的变化。唯一没有改变的,就是这座城市的背景。书籍,照片,电影以及越来越便利的旅游,向世人展示了里约热内卢所在的瓜纳巴拉湾的绮丽风光。里约热内卢位于面包山与山顶塑有一座巨大耶稣像的科尔科瓦多山之间,整座城市沿着海滩伸展开来:弗拉门戈海滩、博塔弗戈海滩、依巴内玛海滩、莱布隆海滩,尤其是科巴卡巴纳海滩。来此的游客们赞叹不已,把这座城市看成一个传奇。这一切构成了世界上最美丽的一道风景。在把离开欧洲仍当作冒险的那个时代,熟悉地理的人们神神秘秘地窃窃议论着一系列海陆相接处的杰作:悉尼海港,亚龙湾,里约热内卢海港。人们不断地把里约热内卢海港与同类型的地中海海港——那不勒斯海港作比较。

　　山,美丽的海洋与天空都还是老样子。其他却已经天翻地覆。首先,里约热内卢不再是巴西的首都。巴西有过三个首都,依次

466

是:巴伊亚,里约热内卢,巴西利亚。发展迅猛的圣保罗曾经一度威胁里约热内卢的霸权地位,但目前几千万人口的庞大规模使其像墨西哥城或开罗一样,成为了我们地球上一座怪物城市。为了给自己的执政时期打上自己的印记,库比契克总统①想要在巴西的中心地区建立一个超级现代化的首都。他的这种想法使里约热内卢由首都变成了州政府。某一天早上,总统,部长们,行政人员们,大使们手忙脚乱地搬往巴西利亚。在计划中,新建首都的选址非常随意,没有依据历史,传统,时代,而是由政府的意愿决定的。新首都体现了现代的形象。我非常惊讶人们不再时常回想起关于巴西利亚的多诺格-唐卡②。在同名的史诗喜剧中,儒勒·罗曼③想象有一队冒险家出发去寻找一座梦幻城市。让人痛苦的是,这个城市并不存在。这有什么关系!只要把它建造出来就行了。最终多诺格-唐卡被建造起来。事实上,它就被建造在了人们幻想它所应当出现的那个地方。就这样,巴西利亚从天而降,出现在了巴西的中部。它的先驱外形是由巴西建筑师④尼迈耶设计的,并得到了马尔罗⑤的赞赏。

虽然在里约热内卢办公的部长们,大使们都搬到了巴西利亚,

---

① 儒塞利诺·库比契克(Juscelino Kubitschek de Oliveira,1902—1976),于1956 年至 1961 年期间担任巴西总统。

② Donogoo Tonka,1935 年的电影《Donogoo Tonka:神秘的城市》。

③ 法国作家。原名路易·法里古勒。"一体主义"诗歌的倡导者。

④ 奥斯卡·尼迈耶(Oscar Niemeyer,1907—　　),巴西建筑师,他专长于国际性的现代主义建筑。

⑤ 安德烈·马尔罗(André Malraux,1901—1976),法国小说家,评论家。

但是里约热内卢并没有因此减弱迅猛发展的势头。在半个世纪之中，它的人口增加了两到三倍。在同一时期，整个巴西也经历了一场难以置信的人口爆炸，从四千万上升到一亿两千万，一下子成为地球上的人口大国之一。里约热内卢的人口激增导致了大量建筑物的出现。战前的几年，在里约热内卢只有一座摩天大楼：晚报大楼。这座大楼现在已经不复存在。今天，里约热内卢是一座处在高处的城市，三十、四十、五十层的高楼一座紧挨着一座。人口爆炸引起了汽车数量的急剧增长。为了使交通便利，人们在山丘下面开凿隧道。而在这些山丘的上面满是绿色，粉红色，黄色，蓝色的贫困人口居住的破旧房屋，这就是著名的巴西贫民窟。另外，也修建了许多高速公路，交换道，以及一座横跨港湾，连接里约热内卢和它的新姐妹城市尼泰罗伊①的十五千米长的大桥。在这个世界上最美丽的大自然中，城市风景被搅乱，一座热带大都市在印有诸多殖民时代印记的十九世纪的城市废墟上拔地而起。

我内心深有感触，一座城市的外形是由流逝的时间、混乱的社会学与房地产造就的。哎呀！这变化比我们的心灵还要快。在最近的一次旅行中，我被某种预感所驱使，一下飞机，就直奔港湾边的房子。在那儿，我度过了几年童年时光。我到达的时候，正好看见一辆推土机推倒了墙壁、柱子、花园。从此以后，这一切只存在于我的梦中和我的回忆中。就好像是严厉中仍带有一丝怜悯之心的命运，它期望在我归来之时，摧毁我的青年时代。

---

① 位于巴西东南部里约热内卢州大西洋畔的一座城市。

在发展上,巴西是属于并着脚跳离秀丽的殖民风光的一类国家。虽然在近十九世纪中叶的时候,黑奴条约就被废除了,但是过了快一百年,也就是直到十九世纪八十年代末,奴隶制度才真正地被废除。今天,巴西是一个由不同种族组成的国家。在这里,种族主义一词没有什么意义,或者说只有社会的含义。大部分的巴西人是混血的,但是事实上,繁荣分布不均,肤色越是深,越是贫穷。穷苦只限于肤色最深的人。

现在,巴西受到的时事关注是以往的两倍。首先是因为反对派获得成功的选举,但是无法肯定的是否一部分人惧怕反对派的成功,而另一部分人则盼望他们的成功;其次,是因为里根总统①的来访。他受到了明显比到访哥伦比亚更加热烈的欢迎。这两件事只能说明一个总体的情况——在通往民主政治的道路上,巴西时常会突然停滞不前,以及破坏地方状况的经济危机。和几乎所有的南美洲国家一样,巴西正在经历民主政府与独裁政府的交替。这种更迭常常是军事上的。四十年前,热图利奥·瓦加斯②建立了专制制度。而自从在扮演猫与老鼠,与民主欲望交替、较量以来,他对于专制制度的欲望并没有停止。就是在这几天,也有风声说,将要发生一场政变,某些反对派领导人,尤其是最近几次政府候选人的选举中,在里约热内卢占优势的布里佐拉③先生将会丧命。虽

----

① 罗纳德·威尔逊·里根(Ronald Wilson Reagan,1911—2004),美国第40任总统。

② 热图利奥·多内列斯·瓦加斯(Getúlio Dornelles Vargas,1882—1954),两次任巴西总统。

③ 莱昂内尔·布里佐拉(Leonel Brizola,1922—2004),巴西政治家。

然谣言是假的,但是仅谣言能传播这一事实就能说明问题。菲格雷多总统①是一位主张自由的军人,他正小心翼翼地,而又坚定不移地带领这个国家克服重重困难,走向民主。

巴西的另一个大问题就是通货膨胀。虽然它的通货膨胀率还没有以色列或阿根廷那样高,但也已经很接近每年百分之百了。巴西政府对此无能为力,只能在计算时把通货膨胀率考虑在内,可以这么说,把通货膨胀率编入计划之中。工资、公共税率、私人税率、退休金等经常成为调整的对象。巴西,墨西哥和一些东方国家的对外负债已经成为世界上最重的债务之一。里根总统在最近的一次来访中,用一种避免伤害巴西人民感情的方式,再次提出借十亿多美金给巴西。巴西拥有法国十五倍的国土面积,它是南美洲众多国家中面积最广阔,人口最多,并且可能是最富裕的国家。但是这个庞然大物仍旧很弱小,这一直要持续到什么时候呢?

在文化这个特殊的领域,巴西和法国保持了一种独特的关系。可能法国人整体上对巴西文化知之甚少。他们错了。一个在音乐领域有维拉-洛博斯②,绘画领域有波尔蒂纳里③,建筑领域有尼迈耶的国家并不是微不足道的。就如同整个拉丁美洲的文学异常繁荣,大有希望获得诺贝尔奖一样。甚至于那些把自己与外界隔绝起来,不闻世事的法国人也知道谁是若热·亚马多④,他是一位与

---

① 若昂·巴普蒂斯塔·德奥利维拉·菲格雷多(João Baptista de Oliveira Figueiredo,1918—1999),巴西四星上将,巴西总统 (1979—1985)。
② 巴西作曲家。
③ 坎迪多·波尔蒂纳里(Candido Portinari),巴西最重要的画家之一。
④ 巴西现代主义作家。

加夫列尔·加西亚·马尔克斯①和阿莱霍·卡彭铁尔②，或者吉尔贝托·弗莱雷③平起平坐的小说家。他也是社会学家，著有《主人和奴隶》。阿莫罗佐利马④，若苏埃·蒙特罗⑤，卡洛斯·杜莱蒙德·安德拉德⑥是伟大的批评家，小说家和诗人。任何一个自诩受过良好教育的法国人都不能忽视这些名字。尤其是巴西具有与法国一样的价值观，这种共同的价值观把巴西和法国联系在了一起。

数十年前，在巴西的教育体系中，法语属于一门必修课程。虽然今天，法语受到了英语的冲击。但是年龄稍长的那几代人，他们仍旧忠诚于法语。克洛岱尔⑦，儒维，乔治·杜马⑧，罗伯特·加利科⑨，卡洛瓦⑩把他们的诸多成就归功于巴西，作为报答，他们在巴西的土地上也留下了他们深深的足迹。在保罗·卡内罗逝世的时候，我回想起对他的记忆。他是一个对法国充满无限热爱的巴西人。他把有关于奥古斯特·孔德⑪的弥足珍贵的资料捐赠给了法国国家图书馆。不仅是那些逝去的人，现在活着的人也同样如此。

---

① 哥伦比亚作家，拉丁美洲魔幻现实主义文学的代表人物。凭借《百年孤独》获得1982年得诺贝尔文学奖。

② 古巴著名小说家，散文家，文学评论家，新闻记者和音乐理论家。被尊为拉美文学小说的先行者。

③ 巴西著名社会学家和人类学家。

④ 巴西散文作家，哲学家，文学评论家。

⑤ 巴西记者。

⑥ 巴西诗人，是邦德拉之后最受欢迎，也是最重要的巴西现代主义诗人。

⑦ 保尔·克洛岱尔(Paul Claudel,1868—1955)，法国戏剧家，诗人。

⑧ 法国医生，心理学家。

⑨ 法国文学家。

⑩ 罗歇·卡洛瓦(Roger Caillois,1913—1978)，法国学者。

⑪ 法国哲学家，社会学家，实证主义创始人。

阿塔伊德①院长是自从是自从保尔·克洛岱尔以来的所有法国驻巴西大使们的朋友,在其领导之下,巴西文学院成为了对法友好和讲法语地区的殿堂。无数巴西人都是法国的朋友,他们接受法国的大学教育,会说一口流利的,纯正的法语,他们是法国与巴西友谊的捍卫者。这些不可抵挡的巴西人在心灵和思想上已经把法国当作自己的第二故乡。例如,生物学家,外交家,约翰·保罗二世②的顾问卡洛斯·查加斯③就是这样的巴西人,他与巴斯德·瓦莱里-拉多④相交甚厚。相反,如罗贝尔·德·比利⑤,他是一个巴西裔法国人,也是我们在大西洋彼岸最好的大使。

除了大使们,部长们,科学院院士们,除了责任重大的法文协会,除了艺术家和讲演人的巡回演出之外,我们要向成百上千的默默无闻的,不顾一切反对热爱法国的巴西人致以感谢和赞赏。我在巴伊亚遇见一位教授法语的教授。他们这些教授把一生都献给了法语和法国文学的教育事业。在巴西,很少有人知道克洛德·韦加先生,在法国,更是无人知晓。然而,正是由他和他的同事们决定了法语,法国思想与文学在世界上的命运。我激动地想起他,又听见他面带笑容,低声对我说着一种介于拉辛⑥的亚历山大体诗

---

① 巴西文学院前院长。

② 约翰·保罗二世是罗马天主教第 264 任教皇,梵蒂冈国家元首。

③ 巴西内科医生,科学家,细菌学家。

④ 法国医生,其祖父路易斯·巴斯德(1822—1895 年)是法国微生物学家,化学家。

⑤ 法国大使。

⑥ 让·拉辛(Jean Racine,1639—1699),与高乃伊、莫里哀合称 17 世纪最伟大的三位法国剧作家。

与马拉美①的十四行诗之间的拉封丹②的轻快的诗句：

恋人们,幸福的恋人们,你们想去旅行吗?

《费加罗杂志》,1982 年 12 月 11 日

---

① 斯特凡·马拉美(Stéphane Mallarmé,1842—1898),法国象征主义诗人和散文家。

② 让·德·拉封丹(Jean de La Fontain,1621—1695),法国古典文学的代表作家之一,著名的寓言诗人。

法国的印记

你想不想在国民议会选举开始前透透气呢？我从印度洋回来。我过于匆忙地依次参观了两个地方：毛里求斯①和留尼汪岛②。虽然它们远离法国，但在那里却奇特地出现了法国和法语。因为这两处是法国和波旁③从前的岛屿。谈到这两个面积比科西嘉岛小，人口却比科西嘉岛多的岛屿，每个法国人都会想起美丽的天空与景色，以及动人的回忆；除此之外，还有融为一体的多种多样的文化与宗教，与所有人一样不得不面对现代世界的严峻问题的人民以及他们的传奇般的魅力和微笑。这就是这两个距离欧洲

---

① 印度洋西南部岛国。1715 年，法国人占领了毛里求斯岛，改称它为"法兰西岛"。100 多年后，英国打败法国，将岛的名字又改回"毛里求斯"，并于 1814 年正式将岛划归为英国殖民地。

② 西南印度洋马斯克林群岛中的一个火山岛，东北距毛里求斯 190 公里。1642 年法国宣布正式占领该岛，并于 1649 年命名为波旁岛。法国大革命时期，波旁岛改名为留尼汪。

③ 波旁王朝（1589—1792，1814—1830）是一个在欧洲历史上曾断断续续地统治纳瓦拉、法国、西班牙、那不勒斯与西西里、卢森堡等国和意大利若干公国的跨国王朝。

数万公里的岛屿的概况。

正如大家都知道的,留尼汪岛是法国的海外省。它的省议会和省政府的办公地址位于一幢旧式房子里。这房子曾属于印度公司,后来经过修葺并加以扩大。它的省会圣但尼①是法国最大的海外城市,拥有十二万人口。在这个法国外省里,省长的住宅,教堂,市政府被一些清真寺,泰米尔寺和中国宝塔围绕着。人们也可以在这片热带地区的法国外省的天空下面散散步。所有人都讲法语,当然是带有一些口音,一丝诙谐,而且也不可避免地夹杂了一些克里奥尔方言。那些被称为"穆斯林"的伊斯兰教的印度人,掌握了许多贸易,尤其是在纺织行业。他们的市场和商店距离带有克里奥尔特色的旧木房屋很近。圣但尼出了一些政治家,如雷蒙·巴尔②,一些飞行员,如罗兰·加洛斯③,一些诗人,如勒贡特·德·列尔④或莱昂·迪耶克斯⑤。如今,迪耶克斯已经有点被人遗忘了,但是在马拉美死后,他曾被同辈人推举为"诗歌王子"。有两个名字随处可见,一个是将其名字留在了香料史上波旁岛的总督普瓦夫尔(poivre 为胡椒的含义),另一个是 18 世纪南半球的伟人马埃·德·拉布尔多内⑥。

---

① 印度洋西部法属留尼汪岛首府,全岛政治、经济中心。
② 法国中间偏右的政治家和经济学家。
③ 法国民族英雄,一战
时期的战斗机飞行员。
④ 法国巴纳斯派诗人。
⑤ 法国诗人。
⑥ 法国东印度公司海军司令,在法英两国控制印度洋的战斗中发挥重要作用。

留尼汪岛和毛里求斯一样,首先盛产甘蔗,其次也出产香子兰、天竺葵以及被包成各种形状放在所有菜肴中的佛手瓜。在废除奴隶制度之后,为了收割成熟的甘蔗,种植园主引进了数万印度泰米尔人①,他们被当地人称之为"马拉巴人"或者"穆斯林"。留尼汪岛是一座火山岛,岛上高耸着一座雪顶——终年无积雪,高达3 000多米。巨大的岩壁在坍塌和腐蚀中产生了冰斗。在那里,生活着一些长期居住在高原上的"孤立小村庄"的与世隔绝又胆小的居民。坐直升机穿越这些冰斗真是一次令人难忘的经历。

从前的法兰西岛——毛里求斯,或者说毛里求斯共和国在其独立几年之后,与其领岛留尼汪岛走上了不同的发展道路。在取得独立之前,毛里求斯由印度人统制,因此,印度人的影响占了主导,以至于毛里求斯被英国化了。在1810年,英国舰队打败了法国舰队。在维也纳会议上,英国人把波旁岛(留尼汪岛)归还给波旁王朝,但它仍占领法兰西岛(毛里求斯)。尽管岛上的法国人很少,但是岛上的居民的忠诚却令人震惊——他们继续说法语。这不得不算是一个奇迹。

贝尔纳丹·德·圣彼埃尔②在《保尔和维尔吉妮》一书中写到:依附于法语这门魅力无比的语言,使得毛里求斯岛成为了在法国之外的法国人的天堂。从拥有15万人口的首都路易港③到居尔皮

---

① 来自南亚次大陆的民族之一,有记录的历史大约两千年。
② 法国作家。
③ 始建于1735年,位于毛里求斯西北海岸,是全国的政治、经济、文化中心,也是最大海港。

普①,到军事区②,到鸟林,到四姐妹,从弗利康弗拉克到淡水湾或者到美丽的鹿岛③,在这座法兰西岛上,只有对遥远的法国的回响与回忆。从1841年在这里旅行期间发现克里奥尔夫人的波德莱尔④,到出生于这个小岛的勒克莱齐奥⑤,再到热纳维埃夫·多尔曼⑥的《多多鸟⑦之舞》,法国文学与毛里求斯紧密的联系在了一起。对我而言,最珍贵的莫过于保罗-让·杜勒⑧的文学作品。他生于波城⑨,但是在毛里求斯长大。在美丽年代⑩的巴黎,他成为一个吸毒酒吧的常客和一位伟大的诗人,在此之前,1885年他又从重新回到了他的成长之地。

在一片沙滩,山丘和鲜花的景色中,与茶叶和纺织相比,甘蔗在毛里求斯占据了统治地位。十九世纪时,毛里求斯约有两百家制糖厂,目前仍有二十多家。纵然时代艰辛,但毛里求斯成功地解决了危机。如果只用一个词来描述将来出现的问题,那就是出于

---

① 旧译"居勒皮"。毛里求斯山城。在毛里求斯岛中部高原上。

② 位于毛里求斯中部的一个城镇。

③ 毛里求斯岛东端海岸的一个小岛。

④ 夏尔·皮埃尔·波德莱尔(Charles Pierre Baudelaire,1821—1867),法国十九世纪最著名的现代派诗人,象征派诗歌先驱。1841年,在他返回法国的旅途中,路过留尼汪岛,创作了诗歌《致克里奥尔夫人》。

⑤ 20世纪后半期法国新寓言派代表作家之一。2008年获诺贝尔文学奖。

⑥ 法国女作家,记者。

⑦ 曾是毛里求斯特有动物。又名愚鸠。据说因遭荷兰殖民者大肆捕杀食用而于1681至1693年间灭绝。

⑧ 法国作家。

⑨ 位于法兰西共和国西南部比利牛斯山区,西班牙边境。

⑩ 欧洲历史上的一个时期,始于19世纪末期,一直延续到一战,以乐观主义和新技术,医学发现为特征。

种种原因,留尼汪岛的政治、经济和整个社会状况要比毛里求斯更令人堪忧。

《费加罗杂志》,1993 年 12 月 18 日

神灵和死亡之河（1）

你们愿不愿意在一两周之内，抛弃我们共同生活的世界，抛弃罢工，抛弃冰天雪地，去一个我们心驰神往的国度？就像印度，墨西哥，秘鲁和中国，埃及是一片梦幻的土地。最近出版的几本书籍都向我们展现了埃及的宏伟，神秘与历史。《法老时代的女人》(斯托克出版社)是一本原文的，深奥的书籍。其作者德霍许诺勃库[①]夫人是一位研究古埃及的杰出专家。她对于图坦卡蒙[②]的研究取得了世界性的成功。这本书再现了众多在权利，荣誉和日常生活上丝毫不屈服于周围男人们的女性形象。著名的哈特谢普苏特[③]是她们中最出色的一位女性，她组织远征，声名远扬至一些神秘国

---

① 克莉斯汀·德霍许·诺勃库(Christiane Desroches Noblecourt, 1913—   )，法国埃及学家。

② 公元前 1341 年—公元前 1323 年，古埃及新王国时期第十八王朝的法老。

③ 公元前 1503 年—公元前 1482 年在位，或译哈采普苏特，哈特舍普苏特，赫雀瑟(意为最受尊敬的)，古埃及第十八王朝女王。

家,如厄立特里亚①,哈德拉毛②,苏丹③。她在卡纳克④,尤其是在戴尔-埃尔-巴赫里⑤大兴土木。至今戴尔-埃尔-巴赫里停灵庙仍就是法老时代埃及的重要建筑之一。

去埃及旅行的话,如最近的弗朗索瓦·密特朗⑥先生,必须拥有一些必备的工具。首先,彩色绘制地图,新版的"蓝色导游"(阿歇特出版社"蓝色导游"丛书中的一册《埃及》)。"蓝色导游"代替了欧洲旅行者们以前使用的是贝德克尔旅游指南,这本手册中记录很多东西。另外一本珍贵的书籍就是"发现"新丛书的第一册《寻找被遗忘的埃及》(伽里玛出版社)。这本书读起来像是一本小说,其风格有些类似于名噪一时的作家希拉姆⑦曾经出版的一本有趣的书——《神、坟墓和人》。在书中,让·韦库特⑧以杂志与电影模型的形式,新奇而又生动地描绘了埃及学的发展历程,从维旺·

---

① 位于非洲东北部,地理位置十分重要。

② 也门东部的一个省份。

③ 位于非洲东北部,红海西岸,是非洲面积最大的国家。

④ 埃及中王国及新王国时期首都底比斯的一部分。太阳神阿蒙神的崇拜中心,古埃及最大的神庙所在地。

⑤ 埃及中王国及新王国时期首都底比斯的一部分。

⑥ 法国政治家,于1981年5月当选法国第21届总统,1988年5月连选连任法国总统。

⑦ 德国著名考古学家,考古学普及家。

⑧ 法国埃及学家。

德农①和尚波利翁②到卡特③,卡尔纳冯④以至今天。

读一读这些书,就足以激发我们出发去旅行的梦想了。

对于一个喜爱地图和木版画的孩子来说,宇宙就是其最神往之处。

啊!世界在灯光下是多么辽阔啊!

……夏尔·波德莱尔⑤写道。备受弗郎索瓦·莫里亚克⑥推崇,却又被人们遗忘的让·德·拉维尔·德·米尔蒙⑦,回应波德莱尔道:

因为我出发的雄心壮志未曾得到满足。

我并不满足于做梦。有一次,我受邀去埃及参加一个会议,当时的埃及正值骄阳似火,而法国却是冰天雪地。

像我这样无知的门外汉,有幸在这几天之内接触了或多或少

---

① 法国艺术家,作家,外交家,考古学家。曾被拿破仑任命为卢浮宫的馆长。
② 让-弗朗索瓦·尚波利翁(Jean-François Champollion,1790—1832),法国古典学者,语言学家,东方文化研究者,翻译埃及象形文字。
③ 霍华德·卡特(Howard Carter,1874—1939),英格兰人,是英国考古学家和埃及学的先驱。
④ 英国贵族,赞助霍华德·卡特发掘国王谷的图坦卡蒙的坟墓。
⑤ 法国十九世纪最著名的现代派诗人,象征派诗歌先驱。
⑥ 法国二十世纪著名作家,1952 年的诺贝尔文学奖获得者。
⑦ 法国诗人,文学家。

有点熟悉,而又确实很神秘的埃及文明。说它神秘,是因为在巴黎有一座古埃及方尖碑,而且所有人都听说过纳芙蒂蒂王后①或者克里奥帕特拉女王②。就像几周之前,《费加罗杂志》列出了许多象形文字,并向我们介绍一些奇妙古埃及的形象:鸟首女神和令人费解的宗教仪式。埃及文明是如此接近,如此地中海化,如此在圣经中出现,如此与希腊和罗马历史融合在一起。对我们而言,法老时代的埃及可能比佛教,中国和日本更加陌生,与印度的万神殿或者阿兹特克人③或者玛雅人④一样的陌生。朝代的不停更换,旧帝国,中期帝国,新帝国的连续,这其中充斥的著名的"中间时期",反抗无名的喜克索斯人⑤,反抗这些海洋人民(我们对他们一无所知,只知道他们可能来自土耳其海岸的吕基亚⑥)。这些难以理解的宗教和日常生活闪耀着金色的光芒。虽然古埃及人是人类大家庭中的一员,虽然我们过去常常提起希罗多德⑦和凯撒大帝⑧,以及与他

---

① 公元前 1370—公元前 1330,埃及史上最重要的王后之一,古埃及历史中最有权力与地位的女性。

② 公元前 51—30,埃及托勒密王朝末代女王,也被称为"埃及艳后"。

③ 又译阿兹台克人,阿兹特卡人,是墨西哥人数最多的一支印第安人。

④ 又译马亚人,玛雅人。中美洲地区和墨西哥印第安人的一支。

⑤ 是古代亚洲西部的一个混合民族,西克索也译希克索。他们于前 17 世纪进入埃及东部并在那里建立了第十五和第十六王朝(约前 1674 年至前 1548 年)。

⑥ 安纳托利亚历史上的一个地区,位于今土耳其西南部海岸。在罗马帝国时期,这里曾是帝国在亚洲的一个行省。

⑦ 伟大的古希腊历史学家,史学名著《历史》一书的作者,西方文学的奠基人。

⑧ 罗马共和国末期杰出的军事统帅,政治家。

们俩往来密切的马克·安东尼①,但是我们仍把这些埃及人看得比和尚,武士更加遥远,更加模糊。也许,我们不能仅仅限于谈谈图特摩斯三世②与拉美西斯二世③的功绩和木乃伊,因为最有天赋的小学生都知道这个。我们最好要考虑一下,今天急于踏上这些伟大祖先足迹的旅客对这个可怕而又带点滑稽的人物形象的一些简单看法。

首先,也是最简单的,埃及是一条河流。不止一种文明是建立在一条长河之上的:底格里斯河④,幼发拉底河⑤,印度河⑥诞生了伟大而古老的文明。希罗多德以一种神奇而著名的方式告诉我们埃及是尼罗河的恩赐。这并不足以说明:埃及和尼罗河融合在一起。从埃及史前的源头起——那个时期缓慢地开启了一些最初的朝代,但是很快就建造了金字塔——一直到使纳赛尔⑦把苏伊士运

---

① 古罗马政治家和军事家。他是恺撒最重要的军队指挥官和管理人员之一。

② 公元前1514—1450年,埃及第18王朝法老,在古埃及的31个王朝中,第18王朝是延续时间最长,版图最大,国力最鼎盛的一个朝代。

③ 公元前1314—公元前1237,古埃及第十九王朝法老,其执政时期是埃及新王国最后的强盛年代。

④ 中东名河,与位于其西面的幼发拉底河共同界定美索不达米亚,流经伊拉克,最后与幼发拉底河合流成为阿拉伯河注入波斯湾。全长2 000多公里。

⑤ 中东名河,与位于其东面的底格里斯河共同界定美索不达米亚,流经叙利亚和伊拉克,最后与底格里斯河合流为阿拉伯河,注入波斯湾。西南亚最大河流。发源于土耳其亚美尼亚高原。全长约2 800公里。

⑥ 印度河是巴基斯坦主要河流,也是巴基斯坦重要的农业灌溉水源。河流总长度2 900—3 200公里。

⑦ 加麦尔·阿卜杜勒·纳赛尔(Gamal Abdel Nasser,1918—1970),埃及前总统,阿拉伯民族主义政治家。

河收归国有的高高的阿斯旺水坝①,埃及都随着这条长河的节奏而活。尼罗河统一埃及,哺育埃及,组成埃及。坐飞机穿越埃及可以看到被细蛇般的尼罗河分隔开来的东西沙漠的壮丽景色。只有三角洲地区是一条数千公里宽的,肥沃的绿色地带。我们只需看一眼就可以证实书上传授的知识:虽然埃及的面积是法国的近两倍,但是它的可用面积却不超过法国的二十分之一。埃及是位于两片沙漠中间的花园。

如果密特朗先生和苏克苏茨基②先生,如果希拉克先生和巴尔③先生给予我们时间,如果没有灾难降临于我们,那么,下周我们就会来到这个与我们的源头是如此相近的,迷人的花园散步。它诞生于世界上最长的河流之一,被热衷于永生的神灵和死亡纠缠不息。

《费加罗杂志》,1987 年 1 月 24 日

---

① 尼罗河上所筑的阿斯旺高坝,为世界七大水坝之一。它横截尼罗河水,高峡出平湖。

② 亨利·苏克苏茨基(Henri Krasucki,1924—2003),法国工会前秘书长。

③ 雷蒙·巴尔(Raymond Barre,1924—2007),法国中间偏右的政治家,经济学家。曾担任法国总理。

神灵和死亡之河(2)

上周,我们了解了古埃及就像希罗多德①给其下的定义一样,与尼罗河密不可分。今天,埃及仍然与尼罗河融合在一起。它只是位于两片沙漠——东面的阿拉伯沙漠与西面的利比亚沙漠之间的一个长长的花园。

尤其是直到喜克索斯人②在中期帝国末期给埃及引进了车轮,双轮马车而确保了埃及在军事上的优势之时,尼罗河仍旧是上埃及③和下埃及④中间的一条联系通道。当然,通过这条河流传播的,有观念,工具,财富和军队。但在这一切中,首先可能就是女神

---

① 约公元前 484—425,伟大的古希腊历史学家,史学名著《历史》一书的作者,西方文学的奠基人。

② 是古代亚洲西部的一个混合民族,西克索也译希克索。他们于前 17 世纪进入埃及东部并在那里建立了第十五和第十六王朝(约前 1674 年至前 1548 年)。

③ 埃及南部地区,主要是农业区。

④ 习惯上指开罗及其以北的尼罗河三角洲地区,是埃及的政治、经济、文化中心区。

和神灵。就像阿兹特克①的众神，尤其是印度的众神一样，埃及的众神也是一种财富，错综复杂而又极其重要。埃及的宗教有两个特点：无处不在与保守主义。据文献记载，罗马生活和希腊生活中都充满了神灵。维吉尔②，卢克莱修③，贺拉斯④，甚至于修昔底德⑤，柏拉图，亚里士多德都有自己依仗或存在的宗教体系，即使我们没有这些宗教体系的固定参考资料，我们还是能理解他们。而在埃及，就不存在类似的事情。人人都与神圣相连，没有不信教者。神灵无处不在。它们充斥着整个社会生活，政治生活，日常生活。我们目前所能接触到的一些仅有的古埃及建筑都是宗教建筑。因为没有其他的证据，所以我们只能通过这些建筑来了解古埃及的日常生活。也许埃及历史上最大的革命，不是政治革命，军事革命，物质革命，而是宗教革命。纳芙蒂蒂的丈夫阿蒙霍特普四世⑥为了遏制底比斯⑦祭祀们不断膨胀的权利，使所有的埃及人民都崇拜唯一的神，而把自己的名字为阿肯那顿，并离开了卢克索⑧

---

① 阿兹特克是古代墨西哥文化舞台上最后一个角色，他们创造了辉煌的阿兹特克文明，开创了阿兹特克族最兴盛的时期。

② 公元前 70 年—公元前 19 年，古罗马诗人。

③ 约公元前 99 年—前 55 年，古罗马哲学家。

④ 公元前 65 年—公元前 8 年，古罗马诗人，批评家。

⑤ 公元前 460 或 455 年—公元前 400 或 395 年，古希腊历史学家。

⑥ 公元前 1379 年—公元前 1362 年在位，古埃及第十八王朝法老。阿蒙霍特普三世之子。

⑦ 在公元前 14 世纪中叶的古埃及新王国时期的都城，横跨尼罗河两岸。

⑧ 卢克索，埃及古城。位于南部尼罗河东岸，南距阿斯旺约 200 公里。因埃及古都底比斯遗址在此而著称。

和凯尔耐克,定居在阿马尔奈①。他抛弃了埃及众神,转而崇拜唯一的太阳神阿顿。这是一次激烈的,短促的变革。25 年之后,阿肯那顿的女婿图坦卡顿为了在死后的荣誉中复活而在临死之前,又反其道而把自己的名字改图坦卡蒙②来赞誉一个传统的阿蒙神③,并重新统治底比斯。而底比斯的一个僵化的,保守的,固定的传统神职人员战胜了这位戴着幻觉面具的神秘君主。

当那些化身成神庙塔门上法老的罗马皇帝的名字出现在了刻有隐约可现古老符号的装饰框中的时候,这种宗教保守主义的势力大到了惊人的地步。在卢克索神庙的阿蒙神及其陪神之前,亚历山大大帝④化身成了一位法老。神庙内部刻有其雕像的砂岩小教堂的隔板与刻有阿蒙霍特普三世雕像的墙壁⑤中间仅有几厘米的空隙,但前后却相隔了一千年。

法老是神与人的中间人。首先是为了保证法老的永生,沿着尼罗河而建的许多建筑都只是他们在这个世界永生的开始。在底比斯,卢克索神庙和凯尔耐克神庙对面的尼罗河左岸上,底比斯的宏伟墓地只是一连串的坟墓。首先是国王和王后的坟墓。然后是祭祀,书记,官员的坟墓。多亏了这些坟墓上的雕刻与绘画,我们

① 埃及新王国时期宗教改革中一度迁建的新都。遗址在今开罗以南 287 公里的阿马尔奈。

② 公元前 1341—公元前 1323 年,是古埃及新王国时期第十八王朝的法老。

③ 一位埃及主神的希腊化的名字。

④ 公元前 356—323 年,古代马其顿国王,亚历山大大帝国皇帝。世界古代史上著名的军事家和政治家。

⑤ 约公元前 1417—公元前 1379 年在位,古埃及第十八朝第九位法老,法老图特摩斯四世之子。阿门诺菲斯三世是其希腊名。

才能够了解古埃及人的生活。书记,天文学家,管家的坟墓在规模,奢侈与装饰上都比不上国王与王后的墓地,但是通过他们的坟墓,我们可以更多地了解到三四千年前的生活条件。君王的坟墓尤其注重他们的血统,以及他们与神灵,女神的亲密关系。仆人的坟墓则更接近农活,手工活,日常琐事和家庭生活的细枝末节。法老们把我们领进了一个传统众神的迷宫。统治者,会计员,粮仓监视人的坟墓再现了整个世界。

也许最惊人的,最感人的就是书记员和法老经过小小的曲折后,终于达到了他们的目的。永生,和获得永生的方式是这些无数逝者的操心大事,也几乎是他们的烦恼之事。然而,使他们成功的战胜死亡,并在人类的记忆中永存下来的不是宗教仪式,而是他们的神庙和坟墓的宏伟与壮丽。使图坦卡蒙与拉美西斯二世[①],使所有的阿蒙霍特普与托勒密[②]永远活在我们之中的,既不是他们的战斗与胜利,也不是他们的信仰与赞美,而是他们的光辉灿烂的艺术。

《费加罗杂志》,1987 年 1 月 31 日

---

① 公元前 1314—公元前 1237,古埃及第十九王朝法老(前 1304 年—前 1237 年在位),其执政时期是埃及新王国最后的强盛年代。

② 托勒密王朝由亚历山大大帝部将、留驻埃及的总督托勒密·索特尔(约公元前 367—公元前 283)所建。公元前 323 年,亚历山大去世,托勒密成为埃及的实际统治者。公元前 305 年,托勒密正式称王,为托勒密一世,最后的君主是女王克里奥帕特拉七世和其儿子托勒密十五世·小恺撒。

重返婆罗浮屠①

在最后一次参观婆罗浮屠十年抑或十五年之后,我又回到了婆罗浮屠。印度尼西亚有一亿五千万逊尼派伊斯兰教徒,这占据了印尼总人口的百分之九十。因此,印尼是所有伊斯兰教国家中人口最多的。如果说印尼位于文化和宗教的十字路口,那么它同样对拥有世界上最古老,最庞大的佛教建筑而自豪。在爪哇岛②上,离日惹③西北部四十多公里的地方,有一座建于九世纪婆罗浮屠寺庙。也就是说这座寺庙要比吴哥的寺庙建筑群早大约三个世纪。它最晚的一个完工日期是在公元 842 年。同一年,在我们国家,查理曼大帝的孙子们颁布了第一部有关法语的文献:《斯特拉斯堡宣言》。

从 950 年开始,整个爪哇岛发生了神秘的灾难,战争、流行病

---

① 位于印度尼西亚爪哇岛中部马吉冷婆罗浮屠村,是世界最大的古老佛塔。

② 印度尼西亚的第四大岛屿。

③ 印度尼西亚爪哇中南部特区。

或者火山喷发,由于一些不为人知的原因,这座寺庙被废弃了,埋没于热带植物中,直到上个世纪才被发现。几年前,在联合国教科文组织的帮助下,爪哇完成一桩与尼罗河河谷或者威尼斯一样卓越的工程——专家们把这个建筑物一块一块地拆卸,借助电脑技术给三百万石块,三十万块碎片和浮雕编辑目录。清除其表面的地衣,苔藓,并重现婆罗浮屠塔昔日的光彩。

到访的游客们一见到这个建筑物,就被其庞大的规模所震惊。四个表面刻有浅浮雕的正方形平台层层叠起,呈金字塔形状。这些正方形平台由一个半埋于土中的塔基支撑着。方台之上是三个环形平台,其表面布满钟形卒塔婆。卒塔婆是镂空的,每个卒塔婆都有一尊佛像——第一层圆形平台有 32 尊,第二层有 24 尊,第三层有 12 尊。整个建筑的外面环绕着一个巨大的,密封的,空心的卒塔婆,其直径有 15 米。在每个面的中间,各有一个石梯直达佛塔顶端。

象征高雅精神的巨大石念珠,散发着神秘的威严之气。从一个方形平台到另一个方形平台,从方形平台到环形平台,朝圣者的灵魂从人类世界和欲望世界进入到绝对精神世界。只有凝视天空和石头才会领悟这种绝对精神。从约 1500 块长达几千米浅浮雕,直到环绕神殿的宏伟的卒塔婆,这种不可思议的高雅的艺术之美在面对精神空虚与纯粹思考时渐渐变得模糊。散布于所有平台上的 504 尊形态各异的佛像所构成的艺术只是一个用来使灵魂摆脱依附的工具,这种艺术只是围绕在整个金字塔外面的不带一丝浮雕和雕像的巨型卒塔婆所象征的分析之路。在佛像雕刻中流动着的生命,如树木,叶子,果实,猴子,大象,鸟儿,双轮马车,石船只是一个开始,这一切宣告了至高无上的智慧,以及甚至不再需要艺术的万物的和谐。

普兰巴南寺①遗址离婆罗浮屠几千公里,靠近 3000 米高的默拉皮活火山②。大约在同一时期,普兰巴南寺遗址的三座湿婆神③,梵天神④,毗湿奴神⑤神殿反映出了惊人的印度教文化。传说罗洛琼格朗公主为了不嫁给想娶她为妻的巨人,而要求巨人在一夜之间建造一座有一千个雕像的神殿。当最后一个雕像还未建成的时候,公主就让鸡叫,标志黑夜的结束。于是,巨人一怒之下,把公主变成了一座石像,也就是最后一座雕像。现在人们仍可以在普兰巴南寺主神庙的北部欣赏到这尊雕像。

《费加罗杂志》,1991 年 11 月 8 日

---

① 位于印度尼西亚爪哇中南部日惹特区附近。普兰巴南寺建于 10 世纪,是印度尼西亚最大的印度教寺庙。

② 位于印度尼西亚的爪哇岛,是一个锥形火山,是印度尼西亚活动性最强的火山。

③ 印度教三大神之一,毁灭之神。

④ 印度教三大神之一,负责创造宇宙。

⑤ 印度教三大神之一,是叙事诗中地位最高的神,掌维护宇宙之权,与湿婆神二分神界权力。

要拯救杜布罗夫尼克①

我最后一次去参观布杜布罗夫尼克的时候，正下着雨。那是一次美好的回忆，对我来说弥足珍贵。

这座城市历经几个世纪，仍旧完好无损，城的四周围着城墙。无论是在隆隆暴雨，闪电交加之中，还是在前几次参观时的灿烂阳光之下，这座城市总是那么美丽。

如果世界上有一座城市，在其有限的、封闭的空间里汇聚着文化，魅力，美丽，以及所有历史与艺术财富，那就是建于四面环海的峭壁之上的杜布罗夫尼克。就像其他人一样，当我得知全欧洲最美丽的港口，所有遗产聚集地之一正遭受着战争的威胁的时候，我哭了，就好像得知一位朋友的去世或者一场席卷全世界的巨大灾难一样。

在紧靠威尼斯的杜布罗夫尼克，很早就出现了艺术，美丽，自

---

① 杜布罗夫尼克——古名"拉古萨"。克罗地亚东南部港口城市，也是该国最大旅游中心和疗养胜地。

由,共和政体。它是开明的,贵族阶级的民主政治的形象。杜布罗夫尼克位于达尔马提亚①海岸上,它曾是希腊城市埃皮达鲁斯②的旧时殖民地,后又在罗马时代转而依附西罗马帝国的伊利里库姆③省。在 7 世纪初的时候,这座城市遭到了斯拉夫人的破坏。它的居民在北面几公里的小岛上建立了一座名叫拉古萨④的新城市。在小岛对面陆地上的橡树林中,居住了一个斯拉夫部落杜布拉瓦。在 13 世纪,人们填埋了把这座希腊拉丁城市与斯拉夫人隔开的狭窄的海峡,于是拉古萨与杜布罗夫尼克的命运就联系在了一起。

随后的几个世纪中,一座海上贸易的希腊拉丁文化的城市就在斯拉夫地区,在东方世界的边境上建立起来,并且当时处于拜占庭帝国的控制之下。

1204 年,威尼斯战胜了拜占庭,拉古萨就由威尼斯接管。威尼斯在这个城市建立了仿制督治制度的共和贵族制度:一位选举出来的区长,两位顾问,一个上议院。希腊罗马人是贵族阶级,斯拉夫人是自由民和人民。刚开始时,拉丁语是唯一的官方语言,但很快克罗地亚语也成为了官方用语。我们把拉古萨实行的政治称为自由主义政治。拉古萨与威尼斯一道统治着地中海的海上贸易。

---

① 在克罗地亚东南部和南斯拉夫南部沿海,北起伊斯的里亚半岛,南至德林湾,绵延 700 多公里。
② 位于希腊半岛东南端,在哥林多南南东方约 30 公里处。相传是阿波罗之子医神阿斯克勒庇俄斯的出生地。
③ 古罗马行省。位于巴尔干西部地区,包括今南斯拉夫大部分地区在内。
④ 意大利城市。位于西西里岛东南部,锡拉库萨西南的伊尔米尼奥河河谷中。

当威尼斯衰落的时候,拉古萨在名义上承认了匈牙利人的统治。当土耳其人入侵整个巴尔干半岛之时,拉古萨要付给苏丹贡税,但仍保留基本的自主权。以君士坦丁堡,即后来改名为伊斯坦布尔为主的意大利和西班牙的大型商业城市在拉古萨设立国外分行。这样,几个世纪下来,这座自由主义的,贵族政治的,商业的,外交的城市确保了其独立性,也积累了财富。

它控制了巴尔干地区的制盐和奴隶贸易。其影响远及环绕泻湖①的威尼斯史基亚佛尼海岸大道。这条大道位于达涅利饭店的前面,从拉帕洛延伸到阿森纳附近,以及到布琴托罗饭店。

银、铜、铅、辰砂贸易使它积累了财富。经济的繁荣造就了文学和艺术的繁盛,以及快速发展的人道化。从 1347 年开始,拉古萨以拥有一家老人收容所而自豪。从 1416 年起,奴隶贸易和酷刑被废除。在拉古萨,很早的时候,公共教育就达到了很高的水平。

在 16、17 世纪,拉古萨发展到了顶峰,资产阶级上升,贵族阶级依旧存在。拉古萨就像从前的威尼斯一样,地处奥斯曼帝国的边缘,到了 13 世纪,位于拜占庭帝国的边缘。它装备的舰队是欧洲实力最强的舰队之一。拉古萨成为了基督教国家和穆斯林国家之间必要的中间人。

1687 年 4 月 6 日,一场强烈的地震摧毁了这座城市的一大部分建筑,夺去了超过半数人的生命。就像威尼斯一样,新大陆的发

---

① 位于意大利北部,亚得里亚海边,是意大利最大的潟湖。意大利著名城市威尼斯即位于潟湖内。

现,大国海上力量的增长削弱了拉古萨的商业活动。斯拉夫因素日益重要的城市共和政体捍卫了拉古萨的独立,但是在竞争激烈的世界中也变得过时了。

1797 年,波拿巴①摧毁了威尼斯共和国。几年之后,拿破仑的军队进占拉古萨。1806 年,马尔蒙②将军被任命为法国占领区达尔马提亚③的总督。在 1808 年,他解散了拉古萨政府和上议院。马尔蒙元帅,拉古萨公爵在皇帝(拿破仑·波拿巴)被俘之后,转而投靠战胜者波旁王朝④,对于波拿巴主义者来说,"raguser"一词就成为了背叛的同义词。拿破仑倒台后,维也纳议会把拉古萨划分给奥匈帝国。1918 年,这座城市以杜布罗夫尼克的名字并入南斯拉夫。

一切时代的苦难,一切历史的往复运动,人文主义者们,诗人们,哲学家们,数学家们,艺术家们的名字使杜布罗夫尼克享誉世界,使其获得了"南斯拉夫的雅典"的称号。但是,当人们在被城墙包围的杜布罗夫尼克散步的时,就会忘记这些事情。

越过城墙,站在普拉卡大道之上。这是一条贯穿这座城市的

---

① 拿破仑·波拿巴(Napoléon Bonaparte,1769—1821),法兰西第一帝国皇帝。

② 奥古斯特·马尔蒙(Auguste Marmont,1774—1852),大革命时代将领,拿破仑帝国元帅。曾屡立战功,法国战役中背叛拿破仑。镇压七月革命失败后流亡国外。

③ 克罗地亚的一个地区。包括亚得里亚海沿岸的达尔马提亚群岛和附近 1 000 多个小岛。

④ 一个在欧洲历史上曾断断续续地统治纳瓦拉,法国,西班牙,那不勒斯与西西里,卢森堡,等国和意大利若干公国的跨国王朝。

直线的、美丽的大街,它被建造在从前分隔拉古萨岛民和杜布罗夫尼克的斯拉夫城的海峡之上。这座城市远离汽车交通,因为汽车被禁止入内。在这座无与伦比的城市里面,建有一些最美丽的建筑物。游客在这里可以感受到从前城市里的美丽与和平的气氛。

位于欧洲首个收养弃儿的收容所前面的欧诺佛喷泉,文艺复兴时期宏伟的圣索沃教堂,建有非常奇怪的回廊的方济各会修道院,及其1318年的药房(欧洲最古老的药房之一,里面堆满了无价的广口瓶和当时的物品),这一切就足以构成世界上任何其他城市都无法企及的辉煌。

在方济各会教堂里,有一张15世纪的圣布莱斯①画像。圣布莱斯是杜布罗夫尼克的守护神,在画像中,他手持这座城市的设计草图。尽管历经几个世纪,战争,火灾和地震的洗礼,今天这座城市所呈现出来的景象与其五百年前非常相像。但是所有这些魅力与美丽都只是辉煌的过去的一些见证而已。

在普拉卡大道路边矗立着钟楼。她位于一个小广场的中心地带,广场的四周聚集了杜布罗夫尼克的一些代表性建筑,如哥特风格与文艺复兴风格调和的史邦札宅邸,它的正面装饰着一条由五根柱子支撑的走廊。柱子间的六个桥拱的弧度极其优雅。在史邦札宅邸的对面,是巴罗克风格的圣布莱斯教堂。教堂的前面,是建于1418年的罗兰圆柱。根据传说,为了击退萨拉逊人,查理曼大帝的侄子罗兰带领法兰克人的船队在拉古萨登陆。

---

① 杜布罗夫尼克的守护神。

但是杜布罗夫尼克最美丽的建筑物，要数神长殿。它建于 12 世纪，毁于地震，又重建于 15 世纪。每月选举出来的区长都必须住在这里，并且在一个月的任期之内不得离开。在这里刻有一句拉丁文：Obliti privatorum publica curate。即忘记私事，关注民生。

应该要谈一谈被提香①、拉斐尔②、提埃波罗③当作绘画原型的哥特式教堂，以及建于 14 世纪，后于 1816 年毁于大火之中的大议会宫殿。

在杜布罗夫尼克，最美妙的莫过于沿着狭长的小街漫步。这些小街位于大建物的后面，笼罩在城墙的阴影之中。在这里可以重新找到以往世纪的气息。在世界上，没有一个地方反映出来的过去，能像杜布罗夫尼克被时间冲刷成白色的石头城墙后面的过去那样生动。

杜布罗夫尼克作为世界遗产的代表作，被联合国教科文组织列为受保护的艺术城市。南斯拉夫加入了为反对战争，捍卫人权而建立的联合国。它也加入了以为了保护文化和美术为主的联合国教科文组织。

---

① 维切里奥·提香（Vecellio Titian，1490—1576），意大利文艺复兴盛期威尼斯派画家。
② 意大利画家。是文艺复兴意大利艺坛三杰之一。
③ 乔凡尼·巴蒂斯塔·提埃坡罗（Giovanni Battista Tiepolo，1696—1770），18 世纪意大利威尼斯派最突出的代表画家。

也许会在杜布罗夫尼克再次上演《格尔尼卡》①的悲剧。揭露这种罪行的国际意识该觉醒了。从现在开始,在不可补救的事情发生之前,所有声称支持文化和艺术的人都应该行动起来,把杜布罗夫尼克从野蛮的内战和破坏中拯救出来。欧洲不能在杜布罗夫尼克的废墟上重建起来。欧洲必须要拯救杜布罗夫尼克。国际团体不能听之任之,自毁信誉。它必须尽保护之责,全力以赴拯救这份珍宝。扎达尔②,斯普利特③——即以前戴克里先④时代的斯帕拉托,建有宏伟教堂的希贝尼克⑤,已经遭到了严重威胁。杜布罗夫尼克是全世界的杰作,必须从废墟中将其拯救出来。

重要的不是在这场克罗地亚人与塞尔维亚人对立的战争中表态,而是我们对于文化和文明所持的看法。如果必要的话,联合国,联合国教科文组织,欧共体的代表们齐聚杜布罗夫尼克,响应库什内先生⑥曾经号召的"干预职责"。此刻或者将来某一天就是实践这些伟大原则的时候。

我梦想见到德洛尔⑦,英国、意大利、西班牙、德国的特派员来

---

① 布面油画《格尔尼卡》是毕加索作于 1937 年的一件具有重大影响及历史意义的杰作。画中表现的是 1937 年德国空军疯狂轰炸西班牙小城格尔尼卡的暴行。作为一个具有强烈正义感的艺术家,毕加索对于这一野蛮行径表现出无比的愤慨。他仅用了几个星期便完成这幅巨作,作为对法西斯兽行的谴责和抗议。

② 克罗地亚的第五大城市,位于亚得里亚海沿岸。

③ 克罗地亚历史名城,克罗地亚第二大城市。

④ 原名为狄奥克莱斯(Diocles,245—312),罗马帝国皇帝,于 284 年 11 月 20 日至 305 年 5 月 1 日在位。

⑤ 克罗地亚东南部历史名城。

⑥ 贝尔纳·库什内(Bernard Kouchner,1939—   ),法国外长。

⑦ 法国经济学家,政治家。欧共体委员会主席,法国前总理。

到杜布罗夫尼克。但愿文化部长们与环境部长们,雅克·朗①先生,拉隆德②先生,库史耐③先生带头表现亲自前往杜布罗夫尼克的意愿。如果必要的话,可以空降。我确信还有其他很多人,我自愿与他们一道参加这次和平探险。这次探险不会威胁任何人的生命,而仅仅冒着相当微小的被流弹击中或者跳伞时扭伤踝骨的风险。

德尼沃④,莱维,兰斯,叙罗,我们会一起去的,不是吗?既然这是我们所热爱的梦想中的城市,那么我们就应该把我们所亏欠于它的东西不时地归还给它。

我想象一些来自欧洲各国的部长们,代表们,孱弱的科学院院士们,狂热的作家们表达他们对于杜布罗夫尼克艺术宝库的重视。这就足以把这座城市从可能造成的破坏中拯救出来。

我确信有很多年轻人,他们热爱旅行,羡慕长辈们,如拜伦⑤、马尔罗⑥、凯塞尔⑦,拥有为之奋斗的伟大的事业。这里就有一项

----

① 法国前文化部长,国会议员。
② 巴里斯·拉隆德(Barice Lalonde,1946—　),法国前环境部长,2012 年后国际气候制度谈判大使。
③ 法国人道主义医生,政治家。创办和推广"无疆界医生"这个非政府组织。
④ 让—弗朗索瓦·德尼沃(Jean-François Deniau,1928—2007),法国政治家,作家。
⑤ 乔治·戈登·拜伦(George Gordon Byron,1788—1824),是英国浪漫主义文学的杰出代表。
⑥ 安德烈·马尔罗(André Malraux,1901—1976),法国小说家,评论家。
⑦ 约瑟夫·凯塞尔(Joseph Kessel,1898—1979),法国名作家,法兰西学院院士。

事业:一场为了把杜布罗夫尼克从贝鲁特①与吴哥②命运中拯救出来的声势浩大的和平与文化运动。

如果,杜布罗夫尼克不幸地被炸毁,那么欧洲的诞生就要被打上了罪行恶劣的印记,我也就不对其持过高的期望了。我恳求欧洲乃至世界上所有有能力唤起人们的勇气和人们的想象的那些人,凭借所有人的勇气和所有人的想象,把杜布罗夫尼克从破坏中拯救出来。因为缺少了杜布罗夫尼克,我们的世界将会变得贫瘠。

《费加罗报》,1991 年 10 月 7 日

---

① 黎巴嫩首都。贝鲁特著名景点巴勒贝克的神庙由于遭多次地震和战争的破坏,庙宇已残破不堪。

② 柬埔寨古都和游览考古胜地。20 世纪后半期,柬埔寨出现了政治和军事动乱,吴哥庙宇群也遭到一些战争破坏和盗窃。

卡马尔格①

　　长久以来,老人们只对流逝时光的不忠而感到痛心。然而,从此以后,老人们从也会为沉没空间的背叛而感到悲伤。没有什么能比回到我们童年生活过的城市或村庄更加寻常,更加令人伤感。似乎天空中那似火的太阳落了下来,燃尽了我们所珍爱的一切。摩天大楼,高速公路,地下世界的换气孔,发电厂,超市围困住了孩子们所喜爱的绿色天堂。

　　乡村还没有发生天翻地覆的变化。但这能持续多久呢? 蓝色海岸已经不只是海洋和高山之间的界限,它正在变成一个奢侈的地区——就像人们所说的高级豪华地区。人们预言本世纪末,或者在此之前,从巴黎到里昂,将会形成一片连续的城市风光。所到之处,连最小的树木都像是一个幸存者。一片油橄榄树林,一座荒岛,一片原始山冈和一片没有泛滥成灾的房地产的沙滩都成为了

---

　　① 法国南部地区名,是历史文化名城阿尔勒市下辖的一个区。位于罗讷河三角洲的两支流间。

我们对于过去的追忆。

在外省和朗格多克①之间的传说中的卡马尔格"这片无人居住的土地"上,随处可见池塘,沙子,成群的白鹭和粉红色的火烈鸟。卡马尔格仍在抵制统一的现代生活,抵制经济开发的欲望,抵制结合在一起的旅游和房地产,抵制由于繁荣与统制而咄咄逼人、树敌众多的工业文明。甚至对于一个刚刚来自嘈杂、拥挤、交通发达的特大城市的无知的人,卡马尔格已经同意其窃窃议论一点它的平静,安宁,美丽,悲伤而至上的伟大。

有一次,在转机的途中,我在好客的朋友家中呆过几个小时。夜幕降临之时,放牛人马塞尔·梅朗忧伤地回忆起三十岁的那个时光,迷人的白天,百来只正在穿越古罗讷河②的公牛,没有汽车的荒芜的公路。他肯定地说一切都变化得太快了,连卡马尔格的图景也已经被改变了。在发展迅速的西部地区,卡马尔格仍就是蒙受恩泽的避风港之一。在那里,景色,生活还是老样子。好像一切都与1460年,基克朗·德·博热③在《赞誉普罗旺斯》中所描绘的场景一模一样。

从火印节到阿尔勒④与尼姆⑤著名的赛跑比赛,再到罗马回忆

---

① 位于法国南部地中海沿岸,是法国葡萄酒的10大产区之一,是全世界面积最大的葡萄种植园。

② 也称作罗纳河,是欧洲主要河流之一,法国五大河流之首,地中海尼罗河之后第二大河。

③ 皮埃尔·基克朗·德·博热(Pierre Quiqueran de Beaujeu,1522—1550),法国贵族,塞内兹主教。

④ 位于法国东南部,属普罗旺斯-阿尔卑斯-蓝色海岸大区罗讷河口省。

⑤ 法国加尔省的省会,并是此省的最大城市,有着古老的历史。

的影子里,一个国家的习俗,肤色,愉快,生活的喜悦与保护自然空间,景色的联系是多么的紧密啊!对于这一点,我们怎么可能看不见,体会不到呢?在卡马尔格,就如同在其他一切地方,一个国家的外形与其幸福,平衡是密不可分的。所有这一切的源头与意义来自对被称之为传统的过去的尊敬与爱护。在16世纪初,由放牛人,爱骑马的人所成立的著名的保卫圣乔治协会极好地体现出了这种传统。在卡马尔格以及其他地方,传统就是落后的,半死不活的残余的反义词。传统意味着大家都依附于过去,这段过去由于大众的热情而永远存活着。

同时,进步和传统这两股相反的力量构成了我们的社会,但有时候,这两种力量也会解构社会。进步是我们这个年纪的人所珍爱的孩子,它有非常多的美德。长久以来,进步一直占了上风。但是它使一切变得统一,平整。这就不可避免地导致了完全一样的空间,产生了类似于物理学家的熵①一样的东西,产生了让·科克托②所谓的可以一目明了的,且被工厂和机场的技术世界明确阐明的"视觉世界语③"。传统就是保护地方特色,独特性,特有风俗。一小部分的世界之美就存在于经历耐心,时间的冲刷而幸运地留存下来的空间里。这些空间以城市或者自然的形式存在,如威尼

---

① 表示物质系统状态的一个物理量(记为S),它表示该状态可能出现的程度。

② 法国剧作家,演员,导演。

③ 世界语是波兰籍犹太人柴门霍夫博士(L. L. Zamenhof)1887年在印欧语系的基础上创立的一种国际辅助语,旨在消除国际交往的语言障碍,被誉为"国际普通话"。

斯,或巴厘岛①,吴哥②或者卡马尔格。如果我们想要保护这些地方,使其免遭破坏,并恢复其昔日的光彩,我们就要尽全力让打在这个空间,及其布局,景色,轮廓上的活着过去的唯一印记能够完好无损地保存下来。

《费加罗报》,1970 年 6 月 12 日

---

① 行政上称为巴厘省,是印度尼西亚 33 个一级行政区之一,也是著名的旅游胜地。

② 柬埔寨古都和游览考古胜地。

兰波①神甫及其他故事

　　想象一下您身上所肩负着的今日发生的全部事情。不论是忍无可忍的政治,还是令人反感的国家事务,还是您手中的报纸,还是折磨您的电视,还是那些没有朗②先生所断言的那样有趣的新电影。不要在小事面前退缩。不妨违背常识地假设一下,荷马史诗和巴里罚点球的悲剧使您不快。想象一下那些对您不再有足够吸引力的小说。

　　不要失望。这儿有一本书,虽然是最陈旧的题材,但是它会使您恢复本色,重新点燃您对生活的一点兴趣。这是一本游记,叫做《非洲的冬季》(伏尔泰沿河街出版社)。

　　这本书的作者伊夫林·沃③是一名英国人,一名作家——一个男人! 他著有《旧地重游》及其他许多才思敏捷,英国式低调陈述

---

① 阿尔蒂尔·兰波(Arthur Rimbaud,1854—1891),法国诗人,早期象征主义诗歌的代表之一,开启了超现实主义诗歌流派。
② 弗立茨·朗(Fritz Lang,1890—1976),法国著名导演。
③ 阿瑟·伊夫林·圣约翰·沃(Evelyn St. John Waugh,1903—1966),英国作家。

的代表作。他去世已有十五年了。伊夫林的妻子也叫伊夫林,这使事情有点复杂。为了区分伊夫林·沃和她的丈夫伊夫林·沃,我们把她称之为她-伊夫林。《非洲的冬季》描述了20世纪30年代末,去埃塞俄比亚,坦桑尼亚,肯尼亚,比属刚果①的旅行。这本书确实非常叛逆,用今天的标准来衡量,就是完全反体制。这本书也因此趣味十足。沃在爱尔兰过着平静的生活,住着一间维多利亚哥特式的格鲁吉亚房子。他从未想过要去非洲。更确切地说,当人们告诉他阿比西尼亚②教堂曾把蓬斯·皮拉特③列为圣人,而现在又通过朝主教头上吐唾沫而给主教祝圣的时候,他才怀有了去远东的想法。因为这些细节吸引了他。他以前一直不知道拉斯特法里④这个名字,现在他得知拉斯特法里正在以海尔·塞拉西⑤的名义给尼格斯⑥加冕。于是,他立刻预订了一张从里杜镇⑦前往吉布提⑧的车票。从那就开始了一连串讽刺的场景和引人发笑的注解。

在里杜镇,一位外国的外交官向伊夫林·沃吐露:"我国在这里有四个公民,但其中两个是犹太人。"不久之后,沃和他的同伴一

---

① 刚果(金)原为比利时殖民地,当时称比属刚果。1960年2月独立。

② 全名埃塞俄比亚联邦民主共和国(旧称"阿比西尼亚"Abyssinia),是一个位于非洲东北的国家。

③ 罗马骑士,福音书中说他根据古犹太人法庭的建议 宣读了耶稣的死刑.此后他就去清洗双手,似乎想洗脱自己在耶稣之死上的责任。

④ 1930年代起自牙买加兴起的一个黑人基督教宗教。

⑤ 1930—1974,埃塞俄比亚皇帝,政治活动家。原名塔法里·马康南。

⑥ 埃塞俄比亚皇帝的称号。

⑦ 位于法国西部卢瓦尔河谷,属于中央大区的安德尔-卢瓦尔省。

⑧ 全名吉布提共和国,位于非洲东北部亚丁湾西岸。

道去欣赏明显是从上世纪末的一本年鉴上剪下来的,非常丑陋的彩色石印图画。他们在一座埃塞俄比亚修道院的脚下扎了一个令人厌恶的帐篷。沃和他的伙伴们在地上喷洒了许多杀虫剂。正在这时,阿比西尼亚①宗主教突然闯入。他立刻注意到了地上一层厚厚的杀虫剂。作为高贵的主人,面对这样的疏忽,他皱了皱眉头,小心翼翼地将讨厌的粉末打扫干净。一会后,伊夫林·沃正巧遇到了年老的阿拉尔主教,他跟主教谈论起了阿尔蒂尔·兰波。但是主教有点耳聋。他把诗人听成了神甫,他坚定地宣称自从他记事以来,从来没有一位兰波神甫在阿比西尼亚任职。在亚丁②,年轻的索马里童子军与审问他们的长官之间的对话滑稽无比。在其对话过程中,每个交谈者都怀疑对方的智力水平。

我们可以远远地发现,在这些喜剧故事中,夹杂了无用旅行的悲哀与沮丧:"欧洲社会生活中的无聊至极的一切事情——谈论自己贫穷的富裕的女人们,谈论自己富有的穷困的女人们,剑桥唯美主义者们组织的周末,伦敦经济学院③的讲演人们,两个各执己见的拜占庭艺术的权威,城市的女演员们,向您解释您行为的心理学家们,跟您谈论他们最近读些什么的美国人们,法国南部从早开始纠缠您的苍蝇们,谈论作者权利和批评家权利的业余小说家们,业余记者们,吵架的情侣们,神秘的无神论者们,叙述者们,狗,经常

---

① 埃塞俄比亚的旧称。

② 也门古城亚丁,位于阿拉伯半岛的西南端,扼守红海通向印度洋的门户。

③ 伦敦政治经济学院(LSE)由 Beatrice 和 Sidney Webb 创建于 1895 年,1900 年成为伦敦大学联盟的一员。

出入蒙帕纳斯①,对最新的艺术运动了如指掌的犹太人们,假装高深的人们——所有这些促使你逃到地球上最遥远地方的可怕事物,与我们寻求避难的热带神庙的昏暗,潮热中迅速滋生与扩散的恐怖事物比起来,一点都不算什么。"

《费加罗杂志》,1991 年 6 月 8 日

---

① 巴黎南部一街区。

惊人的旅行家们

　　很久以来,我一直都想谈谈帕特里克·莱斯·法莫①,以及他去年出版的充满想象与魅力的代表作《祭品时代》。这个故事讲述了一个学习差劲的十八岁的年轻小伙子,决定在 1939 年的灭顶之灾到来前的五六年离开英国,穿越欧洲,到达君士坦丁堡。这是一件充满新鲜、滑稽与冒险的趣事。英国人生来就有一种勇气,人们毫不夸张地把这种勇气称为史诗般的超脱,或者英雄式的轻松。我曾经在这里谈论过的埃里克·纽比②写的一本有趣的书《走过兴都库什山》。这本书就极好地说明了英国人喜欢广阔的空间,拒绝冗长的语句。因为反抗纳粹主义而出名,并且声明远扬的帕特里克·莱斯·法莫就是这样一个无所畏惧、不装模作样的旅行家。他最近出版的新作《在河流与森林之间》(帕约出版社)不及他的前

---

　　①　英国作家,学者,当过士兵,在二战中立过重要战功,被认为是英国在世的最伟大的旅行作家。
　　②　英国小说家,在英帝国殖民势力范围之内,尝试新的旅行内容,徒步兴都库什山而创作《走过兴都库什山》。

一本作品《祭品时代》。

在 1933 年和 1934 年,年轻的帕特里克正充满了与生俱来的魅力。他出门只靠步行,并且发誓说除非下着倾盆大雨,否则他不会搭便车的。那时候,我们是多么喜欢读他的书啊!在《祭品时代》一书中,他结识了一些朋友。这些人的文学作品已经先于帕特里克在匈牙利,咯尔巴阡山脉,多瑙河流域流传开来。帕特里克所到之处,均受到了人们的欢迎与喜爱。他时不时地停下脚步,描写风景,讲述关于阿瓦尔人和达契亚人的故事,或者回忆起了 802 年哈鲁恩·艾尔-拉希德①送给查理曼大帝的一只名叫阿布拉哈兹大象的旅行。读者不停地捧腹大笑,感受到作者从茨冈人,农夫们,布达佩斯雍容华贵的太太们,猎人们,以及所有在留宿时而偶然结识的朋友们那里所孕育出来的情感。

赫尔曼·黑塞②是一位著名作家,著有《荒原狼》,《纳尔齐斯与歌尔德蒙》,《玻璃球游戏》。他出生于波罗的海沿岸的一个传教士家庭。他的外祖父是一位有名的印度学家。从 1901 年开始,赫尔曼·黑塞穿越阿尔卑斯山脉。《意大利旅行》(约塞·科尔迪出版社)向我们展现了描写位于山冈上的古比奥③或者蒙特法尔科④,

---

① 世界名著《一千零一夜》中一位阿拉伯君主。
② 德国作家,1946 年获诺贝尔文学奖。是一位孤独,漂泊,隐逸的诗人,被人称为"德国浪漫派最后的一个骑士"。
③ 意大利北亚平宁山区的一个乡镇,位于滨海城市安科纳以西 80 公里。
④ 意大利佩鲁贾省的中部城镇。

科莫湖①,波波里花园②,威尼斯海港,被黑塞误称为"多高马"(Dogoma)的著名的海关大楼③,比萨④精美绝伦的纳骨室壁画⑤"死亡的胜利"的一系列绝妙的篇章。这比《马斯特里赫特条约》⑥,或政治家们的主日演说读来更让人愉快。人们读完这本书,不禁会寻思与其呆在家里读一些写得马马虎虎的美文,不如自己出门去旅行。这也正是赫尔曼·黑塞给我们的建议:"我常常会在自己的卧室呆上一会儿,看着悬挂在墙上的巨幅意大利地图,眼神贪婪地轻拂波河⑦和亚平宁山脉⑧。我穿过绿色的托斯卡纳⑨山谷,从里维埃拉⑩的蓝色和黄色沙滩旁经过,有些眼红地向南朝西西里岛望去。我在科孚岛⑪与希腊附近迷了路。上帝呀! 每个地方都挨得很近! 我们可以如此之快地去所有的地方! 然后,我吹

---

① 世界著名风景休闲度假胜地,是意大利著名风景区。

② 意大利是享誉世界的古代罗马园艺花园。在十四世纪初期波波里庭院是佛罗伦萨最显赫贵族梅第奇家族的私家庭院,每逢节日梅迪西家族都会在庭院里举行盛大的音乐派对。

③ 位于威尼斯运河末端,建于1677年,大楼建有塔楼,镀金球体,命运女神形状的风向标。

④ 意大利中部名城,位于阿尔诺河三角洲。

⑤ 建于1277年,建筑本身呈回字型,有一个长条状被壁画环绕的美丽中庭。部分建筑和壁画在1944年遭二次大战炮火破坏,目前均已修复;壁画中最著名的是在北侧一座房间内的"死亡的胜利"、"最后的审判"和"地狱",均为14世纪的作品。

⑥ 马斯特里赫特,荷兰东南部城市,1922年欧盟在这里签订了著名的《马斯特里赫特条约》。

⑦ 意大利最长的一条河流。位于意大利北部,全长652公里。

⑧ 意大利亚平宁半岛的主干山脉,是阿尔卑斯山脉主干南伸部分。

⑨ 也译为托斯卡尼,是意大利一个大区。

⑩ 地中海沿岸区域,包括意大利的波嫩泰、勒万特和法国的兰岸地区。

⑪ 位于希腊西部伊奥尼亚海,爱奥尼亚海中一岛屿。

着口哨回到了工作室,读些无关紧要的书,写些无关紧要的文章,想些无关紧要的事儿。"

让-弗朗索瓦·德尼奥①是一位大使,部长,众议员,现在是科学院院士。他的《我所相信的》(格拉塞出版社)一书,并不是一本游记。这是一本关于勇气和信仰的书。它讲述了一个海员,一个反抗者,一个战士,一个心灵和自由的旅行家。德尼奥曾经写过一本好书,它有一个令人遐想的书名——《大海是圆的》。在他的《拉代西拉德岛》,《午夜两点后》,《夜间王国》三本书中,他把我们带进了整个世界。《我所相信的》书中的十个,十五个,二十个故事使我们不止一次地回想起米歇尔·德鲁安最近着重研究的安德烈·苏亚雷斯②在其《一个意大利雇佣军的旅行》中描写的伟大一课:旅行者首先是为了找寻自我,才出发去旅行的。请您相信我:在接下来的几周,或几个月之中,不论您是在家里抑或是出门在外,阅读让·弗朗索瓦·德尼奥,赫尔曼·黑塞,帕特里克·莱斯·法莫,就好比与一个英国人,一个德国人,一个法国人交流,去西班牙,去意大利,去东欧国家以至于整个欧洲旅行。您都不会浪费时间。您也许是抱着消遣的目的去阅读,但是您会不断地被感动,您的心灵和思想会得到提升。

《费加罗杂志》,1992 年 5 月 30 日

---

① 法国政治家,作家。
② 法国作家,诗人。

法马古斯塔①的来信

亲爱的吉斯贝尔②:

  我对于您把我派遣到塞浦路斯这个隐退之地表示万分感谢!在这儿,我可以着尝试过一种隐居生活。另外,您告诉我,迫于无数读者来信、来电竭力要求给我这个普通员工增补津贴,您决定给我加两倍薪水。对此,我也非常感激! 我接受了,亲爱的主任,就不跟您客套了。我已经在电话中给您留言了。以免您一直拿不定主意,我就赶快跟您确认这件事。

  我记得在我们的上次通话中,您除了告知我加薪之外,还建议我写一些关于将会震动巴黎的政治经济事件的有分量的评论文

---

  ① 又名阿莫霍斯托斯,塞浦路斯东部港市。

  ② 弗朗兹-奥利维埃·吉斯贝尔(Franz-Olivier Giesbert,1949—),法国作家,记者。1985 年成为《新观察家》周刊编辑部主任。1988 年,担任《费加罗报》编辑部主任。2000 年起担任《观点》周刊编辑主任。

章。有哪些事件呢？有事件吗？连帕福斯①,尼科西亚②,利马索尔③,法马古斯塔这些地方都未曾传闻这些事。然而,它们似乎使您很痛苦。我感谢您不辞辛劳地逐字逐句授意我这样一片出色的文章。我不得不听从您的要求——一则关于政治和道德的简短故事,从中自然而然得出的一个中国谚语式的结论,然后把它写出来,签上名字,最后寄给您。不幸的是,我手上既没有纸,也没有笔。我真是尴尬之极。

我知道您心之所想,您感觉某些部长们因为担心做得不够,而结果却做过了头。这极有可能。我对此一无所知。为什么您要管这些事情呢？法国有司法机关,它应该可以履行职责的。所以,就让它按照它自己的路子去走吧。亲爱的朋友,您可以回想一下,其实,我们的历史中充满了这种故事。我手上一本小字典都没有。(我记得不是很清楚,您可以查一下字典)从前,不是有一个叫昂盖朗·德·马里尼④或者类似名字的人,由于他把王室的财政和自己的钱财混在了一起而被绞死或者烧死了吗？相反,我很清楚地记得,雅克·科尔⑤和富凯⑥就是这类财政部长,他们都拥有辉煌的城堡。当他们捞够了好处之后,国王就下令让他们把不义之财都交出来。而现在,我不知道,国王仅仅是出于公正之心,还是由于

---

① 曾经是塞浦路斯的首都,位于塞浦路斯西南部。
② 塞浦路斯的首都,是塞浦路斯政治、经济和文化的中心。
③ 又名莱梅索斯,塞浦路斯南岸城市。
④ 法国国王腓力四世的财务管理员和部长。
⑤ 法国国王查理七世的首席财务顾问。
⑥ 法国国王路易十四时代的财政监督。

雅克·科尔案例中的波治家族与德·圣弗尔戈家族的繁盛,富凯案例中的维孔特城堡①的宏伟刺激了他,而使他在道德感中夹杂了一丝嫉妒之心,才这么做的。

还有马萨林②呢?柯尔贝尔③呢?人们还吹嘘他们俩的美德吗?他们没有从王室和穷苦百姓身上榨取大笔财富吗?我亲爱的弗朗兹-奥利维埃·吉斯贝尔,还有塔列朗④呢?可以肯定,只要他一被任命为部长,他就坐上四轮华丽马车;车轮每转一圈,他就会大喊:"现在,要大笔大笔地捞钱了。"但是我已经想不起,坐在他身边,被他的举动吓了一跳的那个人的名字了。

不要认为只有君主政体和帝国才会干这些卑鄙的事情。格雷⑤是一位勇敢的总统,他有一个女婿,叫威尔逊⑥。威尔逊找到了一个赚钱的好门道:售卖荣誉勋位勋章。还有史塔维斯基呢?这位被拍成电影的女银行家⑦呢?不要让这些不甚美妙的事情玷

----

① 维孔特城堡位于巴黎东南方向 50 多公里的地方,曾是路易十四的财政大臣福凯的豪华府邸。

② 尤勒·马萨林(Jules Cardinal Mazarin,1602—1661),又译马扎然,法国外交家,政治家,法国国王路易十四时期的宰相及枢机。

③ 让-巴普蒂斯特·柯尔贝尔(Jean-Baptiste Colbert,1619—1683),法国政治家,国务活动家。他长期担任财政大臣和海军国务大臣,是路易十四时代法国最著名的人物之一。

④ 夏尔·莫里斯·德塔列朗-佩里戈尔(Charles Maurice de Talleyrand-Perigord,1754—1838),法国政治家,外交家。

⑤ 弗朗索瓦·保罗·儒勒·格雷(Francois Paul Jules Grevy,1813—1891),法兰西第三共和国总统。

⑥ 全名丹尼尔·威尔逊(Daniel Wilson)。

⑦ 法国电影《史塔维斯基》,导演阿伦·雷乃。

污您的手。在波茨坦①有一群法官。在巴黎也有，在罗马同样也有。您倒不如来塞浦路斯与我会合，这里此刻还是夏天。

我离开了桑布科②，在那儿，我很开心。为了取悦我的读者们，为了让您高兴，我住在了塞浦路斯。迪斯雷利③把塞浦路斯描绘成了"维纳斯的桃色领域，十字军的浪漫王国"。塞浦路斯秀色可餐。来吧，我在这儿等您。不要像德洛尔④一样。您有德洛尔的消息吗？我曾邀请他来桑布科跟我会合。我们的这个潜在的，犹豫的，秘密的候选人连一点儿消息都没有。你不要模仿他。来吧。

塞浦路斯的一切没有像迪斯雷利说得那样桃色。自从1974年，土耳其人在这座岛屿的北部登陆以来，塞浦路斯就被一堵被称之为"绿线⑤"的柏林墙分成了两部分。1959年，希腊人和土耳其人签订苏黎世协议⑥，成立了塞浦路斯独立共和国。双方试图和平共处。然而，就跟黎巴嫩、卢旺达、南斯拉夫、波斯尼亚一样，希腊和土耳其的极端主义者们和民族主义者们发生冲突，于是塞浦路

---

① 德国勃兰登堡州首府，位于柏林西南部。

② 意大利库内奥省的一个市镇。

③ 本杰明·迪斯雷利（Disraeli Benjamin，1804—1881），犹太人，第一世比肯斯菲尔德伯爵，英国保守党领袖，三届内阁财政大臣，两度出任英国首相（1868、1874—1880）。

④ 雅克·德洛尔（Jacques Delors，1925—　），法国经济学家，政治家，两任欧盟委员会主席。

⑤ 是指希腊和土耳其在塞浦路斯岛中部由东向西划出一条狭窄的无人地带。"绿线"东起法马古斯塔，西至莫尔富，横贯全岛，并穿越首都尼科西亚，全长200多公里。

⑥ 1959年2月19日，塞浦路斯与英国、希腊、土耳其三国签订《苏黎世—伦敦协议》。

斯的局势很快就恶化了。今天,塞浦路斯仍旧被分成了两个群体:语言,希腊文化,塞浦路斯共和国以及塞浦路斯北部的土耳其共和国。至今土耳其共和国还未被联合国所承认。

塞浦路斯是西西里岛、撒丁岛之后地中海第三大岛屿。阿佛洛狄忒岛拥有得天独厚的自然条件,是众多文化与文明的十字路口,同时也是对抗,竞争之地。这就造成了塞浦路斯动荡的历史。希腊人、罗马人、阿拉伯人、拜占庭人、十字军骑士、法兰克显赫的吕兹延家族、威尼斯家族、奥斯曼家族、英格兰家族都曾依次统制这片土地。他们互相融合,与希腊人融合起来。

首都尼科西亚被分成了两部分。如果您来的话,您可以去帕福斯。它曾是塞浦路斯的首都,位于岛屿的西部。荷马曾经提到过这个地方。帕福斯的镶嵌画,也许是整个地中海最精美绝伦的。最近,在狄俄尼索斯馆、忒修斯馆①、奥尔普斯馆、阿龙馆发掘出了这些壁画。在去帕福斯的路上,您会路过一个特别神圣的地方,叫做"罗密欧"②。海浪拍打着"罗密欧"悬岩,激起层层浪花,爱神阿佛洛狄忒就诞生于这浪花之中。您不想观看爱情的诞生吗?您也会经过一片景色优美的地区,那里的山冈中间布满了修道院,这是

---

① 狄俄尼索斯馆及忒修斯馆位于塞浦路斯西南地帕福斯,1961年由一个农民在犁地时偶然发现的一个古罗马遗址,地面铺有多幅美丽的镶嵌画。这是塞浦路斯的重大考古发现,被列入世界文化遗产。

② 又称"爱神岩",相传阿弗洛狄忒曾在此处出水现身。

通往特罗多斯①的道路。埋葬塞浦路斯第一位总统马卡里奥斯三世②大主教的古老的奎科斯修道院就位于那里。

塞浦路斯岛的北部被土耳其军队占领，那里有一座引人注目的城市，它只有一个名字，叫做"法马古斯塔"。这个名字使我整个青年时代都为之遐想。乍一看，法马古斯塔是由拉丁文 Fama Augusti——"奥古斯特的荣誉"派生出来的。法马古斯塔这个姓氏也可能是希腊文 Ammachostos——"藏在沙子里"的变形。亲爱的吉斯贝尔，我就是在这儿给你写信的。我曾在从前出版的一本书《荣誉和帝国》的开头提到了法马古斯塔这个的响亮的名字。虽然我那时还未曾到过法马古斯塔，但是我却在书的开头几行文字中对它进行了描述。我的希腊朋友们在尼科西亚和帕福斯接待了我，而我却在书中提到了被土耳其人占领的法马古斯塔。对此，我请求他们原谅我。怎样才能打消穿过"绿线"，去参观法马古斯塔的念头呢？我没有失望。我在这里重新发现了吕西尼昂③，狮心王查理④把法马古斯塔赠给了他。我在这里重新发现了奥赛罗和苔丝狄蒙娜⑤，就像您天真认为地那样，他们的悲剧没有发生在威尼斯，

---

① 位于塞浦路斯岛的中央。

② 马卡里奥斯三世大主教(1913—1977)，塞浦路斯东正教教会大主教，塞浦路斯首任总统。

③ 居伊·德·吕西尼昂(Guy de Lusignan,1159—1194)，法国骑士，因娶耶路撒冷公主西比拉而成为耶路撒冷国王，1187 年领导王国与萨拉丁在哈丁战役中被俘。

④ 是英格兰金雀花王朝的第二位国王，他在位期为 1189 年至 1199 年。他也是诺曼底公爵(称查理四世)。

⑤ 两者都是莎士比亚的悲剧《奥赛罗》中的主要人物。

而是发生在了法马古斯塔。我在这里重新发现了塞浦路斯著名的王后凯瑟琳·科纳若,她拥有一对美丽无比的杏眼。也许她就是杀害丈夫和儿子的凶手。但最终,她的哥哥为维护威尼斯共和国利益而逼迫她退位。我在这里重新发现了整个威尼斯,在城门上雕刻了它的标志——展翅的雄狮。

威严的圣皮埃尔与圣保罗大教堂,拉丁人的圣乔治教堂,尤其是圣尼古拉教堂都惊人地证明了法国在法马古斯塔留下的印记。先改名为阿依索菲亚清真寺,后又改名为拉拉穆斯塔法清真寺的圣尼古拉教堂,是 14 世纪初法国哥特建筑的瑰宝。它是建造在棕榈林中,悬于清真寺的尖塔之上的兰斯大教堂①。吕西尼昂在这个教堂里加冕成为塞浦路斯和耶路撒冷的国王。同样是在这里,凯瑟琳·科纳若泪流满面地放弃了她的威尼斯王国。

我亲爱的弗朗兹-奥利维埃·吉斯贝尔,我还能跟您谈论很长时间地塞浦路斯的奇迹。在桑布科,我跟着一位伟大的美国作家的足迹前行。凯里尼亚,土耳其语称吉兹纳,是更加宁静的塞浦路斯的圣特罗佩②。在这里我重新找到了另一位朋友劳伦斯·杜雷尔③的珍贵无比的记忆。他在《苦柠檬之岛》中,把他居住的凯里尼

---

① 兰斯大教堂在法国历史上的地位举足轻重,其重要程度绝不亚于巴黎圣母院。这里曾经是法国第一位国王 Clovis 克洛维接受洗礼的地方,而从 1027 年开始一直到法国大革命,这里也是几乎每个法国国王举行加冕仪式的地方。

② 是法国普罗旺斯-阿尔卑斯-蓝色海岸大区瓦尔省的一个镇。

③ 生于印度的英国小说家,诗人,地形学家,散文剧作和滑稽短篇故事作家,于 1953 年初来到塞浦路斯。

亚①圆屋顶酒店称作"没有人会看见比住在圆屋顶酒店里的更为奇怪的人类了。人们满以为福克斯通②和斯卡伯勒③的被遗忘的维多利亚时代的膳食公寓派遣了一位代表来参加有关长寿的国际会议。"杜雷尔从凯里尼亚一直爬到位于高山上的一座古老的法国修道院——和平修道院，后来改名为贝拉帕尔斯④修道院。迷人的贝拉帕尔斯修道院景点建于一处几近垂直的岩石陡坡上，拥有一座建于 13 世纪的教堂、回廊、餐厅。杜雷尔坐在悠闲之树咖啡馆创作了他的《酸柠檬》："我没有料到这个小村庄的融洽，山坡就如同摇篮一般守卫这份融洽，这让我手足无措。在爬最后一个斜坡时，浓密的景色掩盖住了弯曲的小路，四周满是柠檬树、橙子树，还有淙淙的流水声。扁桃树，桃树的花瓣盖住了道路，就像一个日本剧院的房间装饰那样层层叠叠。"

亲爱的吉斯贝尔，我就不写下去了。我还有其他话想说，但是我打住了。抛开那些事务，过来与我会合吧。告诉达尼埃尔、朱利、泰松、高龙巴尼、安贝、帕特里克·波沃赫·达沃⑤、皮沃特，其他所有人。希望他们像您一样抛开他们无价值的小报，布袋木偶，和您一道过来。在帕福斯、法马古斯塔、贝拉帕尔斯，坐在阿弗洛狄忒诞生的悬岩上，您会比在琐事缠身的巴黎愉快得多。来吧。

---

① 塞浦路斯北岸港市，凯里尼亚行政区的行政中心。
② 英格兰肯特郡的一个城市。
③ 位于英格兰北方的约克郡，是英格兰中古时最著名的城镇之一。
④ 距塞浦路斯北部海岸约四英里的一个村庄。
⑤ 帕特里克·波沃赫·达沃（Patrick Poivre d'Arvor，1947—   ），法国作家，记者。

天气晴朗。我吃着从树上落下的无花果,听着一些悲伤至极的希腊歌曲。这些希腊歌曲被西奥多拉基斯①传播到整个世界,后又被梅莲娜·麦可丽②在《痴汉娇娃》完美地演唱出来。晚间,素馨花的香味弥漫在宁静而又清澈的夜色中。来吧。我等着您。

《费加罗报》,1994 年 10 月 4 日

---

① 米基斯·西奥多拉基斯(Mikis Theodorakis,1925—),著名的希腊作曲家。

② 著名希腊演员,凭借《痴汉娇娃》(*Jamais le dimanche*)获得戛纳电影节最佳女主角奖及奥斯卡最佳女主角金像奖提名。1982 年担任希腊文化部长。

来自可可纳①的蜜吻

亲爱的朋友，我失望了。我失望至极。我曾经邀请德洛尔②来桑布科③，而他却没有来。我邀请您到法马古斯塔来，您也没有来。我清楚地知道，雅克·德洛尔正在候选几件事情，但是我不知道是哪些事。也许是精神科学与政治科学学院？抑或者是省议会的议长职位？我知道您要负责费加罗报的编辑工作。我却什么帮助也不能给予您。但我却坚信您没有来是错误之举。每晚夜幕降临后，我就会来到桑布科港口等待德洛尔，法马古斯塔港口等待您。有那么三两次，人们告诉我有船从法国过来。但却从来都不见你们的身影。

我想也许是我过分坚持让你们厌烦的事情。我曾经在桑布科

谈论一位美国作家,在法马古斯塔谈论劳伦斯·杜雷尔①、狮心王查理②、凯瑟琳·科纳若③、吕西尼昂④和奥赛罗⑤。德洛尔和您可能对此有些不甚其烦了。请原谅我。人人都知道,我专门喜欢引经据典和谈论那些声名远大的人。我已经反思过这一切。你们两个人既要掌握故事情节,又要发表无数文学演讲。我清楚地知道,德洛尔与您所需要的,是大自然、阳光、大海,以及深入陆地的海湾边的树丛下的修道院。你们需要摆脱所有缠身的可怕之事。因为我并没有放弃最终见到你们到来的希望,所以我离开此地,前往可可纳。

可可纳是一座岛屿。非常之小。你们在最详尽的地图上也找不到它。它是大海之中,太阳之下的一堆石块。我可以跟你们发誓说可可纳历史上从未曾发生过什么大事,现在也不会发生。荷马曾提到过可可纳(我又开始谈论引经据典了!),但他是带着一种蔑视的口吻——只有三只船飘荡在大海上对抗特洛伊。至于其他,坦率地讲,就不值一提了。希腊人,就如所有人一样。罗马人,就如所有人一样。拜占庭人,就如所有人一样。奥斯曼土耳其人,

---

① 生于印度的英国小说家,诗人,地形学家,散文剧作和滑稽短篇故事作家,于1953年初来到塞浦路斯。

② 是英格兰金雀花王朝的第二位国王,他在位期为1189年至1199年。他也是诺曼底公爵(称查理四世)。

③ 塞浦路斯的女王。

④ 居伊·德·吕西尼昂(Guy de Lusignan,1159—1194),法国骑士,因娶耶路撒冷公主西比拉而成为耶路撒冷国王,1187年领导王国与萨拉丁在哈丁战役中被俘。

⑤ 莎士比亚的悲剧《奥赛罗》中的主要人物。

就如所有人一样。德洛尔和您在这里不会听到人们谈论国家事务，禁止贸易，发展不均衡的欧洲，也不会听到关于总统健康的议论。你们千万不要认为我生活在一个野蛮国度，也不要认为你们过来之后，将会与世隔绝。我此时正在读 9 月 26 日的费加罗报。这是由唯一的交通——船运刚刚送到的。谢天谢地，这块岩礁上没有一个可以容纳飞机的广场。真希望德洛尔与您会来这儿！你们肯定会来的，不是吗？我保证会让你们俩见见可可纳的市长。我想你们对这个肯定很感兴趣。因为可可纳的市长是一个非常杰出的人物。

历史回忆、示威游行、政治丑闻、宣言、潮流、权利竞争，这些在可可纳都不存在。因为这里没有权力机构。没有地铁，公共汽车。也没有，或者可以说几乎没有公路。但是这里有船。我们坐船去纳努①，南博里奥斯②或者去圣埃米利亚诺③。这些都不失之为奇妙的探险。

德洛尔与您可能要问我白天都干些什么。你们大可放心，我绝对没有感到无聊。更确切地说，我缺少时间。我夜里睡八小时，白天工作六小时，大约花四小时来散步和游泳。八加上六，等于十四，再加上四，就是十八。我还有六小时来给你们写信，吃东西，幻想一些我自己也不知道的东西，还有什么都不做。德洛尔和您，你们会来的，是不是？

---

① 布基纳法索的一个城镇。
② 希腊地名。
③ 西班牙城市。

这里最有趣的事情，显然是散步和游泳了。加斯东·伽利玛①是出版普鲁斯特、纪德、塞利纳②、阿拉贡③、克洛岱尔④、瓦莱里⑤、凯洛依斯⑥、波朗⑦、马丁·杜·加尔⑧以及其他许多作家的天才出版家，保罗·莫朗⑨曾经问他生活中最喜欢什么？他回答说"女人和海水浴"。我很喜欢海水浴。

亲爱的朋友，可可纳现在已是盛夏时节。我请求您把这告诉德洛尔。昨天，晴空万里无云，我顶着炎炎烈日，步行至南博里奥斯港湾。在沿海的路上，我游泳了三次。我不得不承认我并不唯一这么做的人，事实上我还遇到了另外两个人。哎呀！可惜她们不是你们俩。即使你们被太阳晒得黑黑的，即使你们穿着泳裤，我还是能认出你们来。景色美丽得让人心动。四面环海。海浪冲刷着陡峭的岩礁。一个稍大的港湾里面又有三四个小海湾，只留一个狭窄的通道与大海相通。在每个海湾的尽头，有一个隐匿在绿

---

① 《新法兰西杂志》创始人之一，在 1919 年成立伽利玛出版社，任社长。

② 路易·费迪南·塞利纳（Louis-Ferdinand Céline，1894—1961），法国小说家和医生。

③ 路易·阿拉贡（1897—1982），是法国当代著名诗人，作家。

④ 保尔·克洛岱尔（Paul Claudel，1868—1955），法国诗人，剧作家，外交家。

⑤ 保尔·瓦雷里（Paul Valéry，1871—1945），法国象征派大师，法兰西学院院士。

⑥ 罗杰·凯洛依斯（Roger Caillois，1913—1978），法国学者，他的个人著作融会了文学理论、人类社会学、哲学。

⑦ 让·波朗（Jean Paulhan，1884—1968），曾任伽利玛出版社审稿委员会委员。

⑧ 法国小说家，1937 年以《蒂博一家》获诺贝尔文学奖。

⑨ 法国外交家，小说家，剧作家，诗人。被认为是早期现代派作家。

色中的教堂或修道院。德洛尔与您,我亲爱的朋友,你们会感到害怕吗?至少这就是你们不肯来这里的缘由了。天空,大海,岩礁,太阳是如此之美,以至于让人喜悦之中竟夹杂一丝隐约的伤感。

也许你们会说,跟巴黎比,可可纳显得微不足道。我会这样回答你们,跟可可纳相比,巴黎几乎什么都不是。可可纳是一个戒毒的理想之地。在可可纳的烈日下,人们戒掉毒品!洗刷、洗净、清除,最后痊愈。德洛尔与您,我亲爱的朋友,你们都是可怕的瘾君子,无药可救的吸毒者。你们必须花很长时间才能像我一样痊愈。

亲爱的朋友,我必须告诉您,我之所以选择可可纳,是因为您可以乘火车到桑布科和到法马古斯塔来找我,而您就不大可能到可可纳来,或者把电话打到可可纳来找我。这对我来说最好不过了。这对于您也同样是最好的。回想一下吧,当时我在法马古斯塔的时候,您给我涨了两倍工资。我惶惶不可终日,害怕您坚持再加一倍。那么,我的薪水就是底薪的六倍!想想我的处境,还有您自己的!我已经看见您在跟编辑者们斗争了。他们都想来桑布科、法马古斯塔、可可纳,这样他们的工资可以按照出差的比例来增长。我预见您被罗贝尔·埃尔桑①召见。

——可怜的吉斯贝尔②,您都疯了吗?底薪六倍的薪水!

——啊!您恰如其分地回答道,他是多么的才华横溢!……

---

① 法国媒介大亨。

② 弗朗兹-奥利维埃·吉斯贝尔(Franz-Olivier Giesbert,1949—),法国作家,记者。1985年成为《新观察家》周刊编辑部主任。1988年,担任《费加罗报》编辑部主任。2000年起担任《观点》周刊编辑主任。

他多么的喜欢海水浴！

——才华，我才不信呢！罗贝尔·埃尔桑回答。因为他，我的报纸要卖得更贵了。

亲爱的朋友，类似的事情有给您带来严重后果的危险。为了避免范·伦贝克①法官调查我的六倍的薪水，我更愿意去可可纳。您要感谢我，而不是低声抱怨。如果您可以再一次成功的通过电话找到我，您免不了又会给我加一倍薪水。这样，连雅克·德洛尔都没有能力帮助您逃脱起诉了。

我游泳、睡觉、散步。我发现没有跟您讲讲有关于我六小时工作的事情。我在做什么呢？如果不是写一本著作，您想让我在可可纳的烈日下做什么呢？亲爱的朋友，我正忙于写一本书。您会不会偶尔对此怀疑一下呢？为了避免努里西耶②的手稿的惨剧，我随身携带着手稿。可可纳不是马赛，在这里，手稿也十分安全。当我的书完结之后，您会惊讶得立刻给我打电话，告诉我要给我十二倍的薪水。那么为了逃避范·伦贝克法官，我要继续呆在可可纳了。除非德洛尔，显然……

不要过早地乐观。（这本书还没有完稿。）我必须写完这本书。工作。还是工作。在信的结尾处，我寻思德洛尔和您会不会冒险让我紧张的工作分心呢？我是不是如此喜欢和你们，德洛尔和您，一起游泳呢？无疑鲁阿尔想过来，还有朱利。这真是天大的灾难！

---

① 全名雷诺·范·伦贝克（Renaud Van Ruymbeke，1952—　　），法国法官。
② 佛兰索瓦·努力西耶（François Nourissier，1927—2011），法国作家，记者。

我已经可以看见他们在掠夺圣乔治①,纳努,圣埃米利亚诺,还有破坏佩迪②了。总之,是不是您最好不要来可可纳?我已经有点受够德洛尔和您了。我受够了请求您,也受够了您的拒绝和对我的侮辱。您愿意告诉德洛尔吗?告诉他一切都结束了,我不会再等你们。告诉他桑布科比你们想象中的要差。告诉他拥有棕榈环绕的哥特式教堂的法马古斯塔,吕西尼昂,和凯瑟琳·科纳若都只是一些捉弄文科预备班学生的鬼话。告诉他可可纳从来都不存在。把一切通通告诉他。德洛尔和您,你们不要来了。不用再来了。已经结束了。来自可可纳的蜜吻。

《费加罗报》,1994 年 10 月 17 日

---

① 小安的列斯群岛南端岛国格林纳达首都。
② 亦称特兰斯瓦索托人、北索托人或巴佩迪人。居住于南非林波波省操班图语的民族,组成北索托人种语言族群的主要集团。